李莹／著

偷銅記

百花文艺出版社
BAIHUA LITERATURE AND
ART PUBLISHING HOUSE

图书在版编目（CIP）数据

响铜记 / 李莹著. -- 天津 ：百花文艺出版社，2012.5
ISBN 978-7-5306-6117-8

Ⅰ. ①响… Ⅱ. ①李… Ⅲ. ①长篇小说－中国－当代
Ⅳ. ①I247.5

中国版本图书馆CIP数据核字(2012)第099760号

百花文艺出版社出版发行
地址:天津市和平区西康路35号
邮编:300051
e－mail:bhpubl@public.tpt.tj.cn
http://www.bhpubl.com.cn
发行部电话:(022)23332651　邮购部电话:(022)23332478
全国新华书店经销
淄博方正印务有限公司　印刷
*
开本 880×1230毫米 1/32　印张10.125插页 2　字数272千字
2012年6月第1版　2012年6月第1次印刷
印数： 1 － 5000 册　定价:22.00元

目录

春祭

夏记

秋祭

冬记

春祭

夏记

秋记

冬祭

春记

春祭

舞飞镲，
放鞭炮，
虾兵蟹将满网跳；
大元宝，
二元宝，
叽里咕噜往家跑。
——庆年谣

有神自然香

戊子火年,正月大,二十二日。

宜:祈福、入学、开市、求医、成服。

天色大好。

李夏站在赵家祠堂小院里,发现自己已许久未用过“大好”来形容天气,“万里无云”这样的成语更是远离她的城市生活词典。

今天确是个好日子。是螺姑亲自挑选的吉日。为了欢迎《滨海晚报》的记者老范来镲儿塘村采访飞镲和镲神庙的事,螺姑宣布了一个重大决定——挖镲。

此话一出,在镲儿塘那是相当的轰动。村长赵有余惊得直嘬牙花子,赞叹自家老娘保密工作做得太到位,连他这亲生儿子都从不知赵家竟藏着这等神物。

为此,螺姑让儿子把工作在外地的赵家子孙们都叫回来,毕竟镲是祖宗埋的,还埋在祠堂,就算挖镲这事现在看来应该是好事一件,螺姑仍觉得有必要给祖宗们和赵家子孙一个交代。

李夏接到老范的电话，说是已到村口。她快步走出祠堂小院去找赵有余的儿子赵二海，他自己雇了大轿子车从市区拉来了手下整支飞镲队在院外候着，就等正主一到立马开镲。院外围满了镲儿塘的村民，李夏好不容易才从人堆里发现那身格外显眼的红滚边对襟白绸布队服。跟他交代了几句，李夏又返回院内祠堂，她得跟螺姑和赵有余做最后的程序确认。

螺姑听说客人马上到，终于离开供桌不再东擦西弄。她从角柜拿出一个包袱，脱了羽绒服换上一件藏青色右衽大襟袄。李夏昨晚已仔细欣赏过这件古董衣，并且拍照上传到博客。据螺姑说袖口和袄边上那些连年有鱼的绣纹是她结婚前没日没夜绣了好久才完成的，这是她的嫁衣。

螺姑仔细地拉平衣角，又让李夏帮忙查看身背面是否穿妥。李夏小心地帮螺姑拉掉背上的一道褶子，这件比她年龄快大上两倍的大袄看起来就像一件新衣。李夏暗忖着，看来今天真是螺姑的大日子。

“李夏，看见亮子了吗？”赵有余打断李夏的专注，她回身见村长抱着镲站在门口张望。今天挖镲前赵家要办一个祭祖的仪式，还要由祖孙三代给老祖宗们舞上一段飞镲。

“对了，赵俊亮呢？”李夏这才惊觉自己一早还没见到人，怕耽误了正事她连忙急问，“不会还没起来吧？有人喊他吗？”

“没事，那孩子有分寸，误不了大事。”螺姑不急不缓地应话，赵有余不理，绷着脸掏出手机拨号。赵俊亮是赵二海家的独生子，一直在市区打工，年前刚辞了工作回到镲儿塘。比起爷爷和父亲对飞镲的挚爱，赵俊亮简直把这门技艺当成了负担。想到这儿，李夏还真有点怕他临阵脱逃。

院外，鞭炮声噼里啪啦响了起来，鼓声催着镲点，通知着院内的人贵客已到。三人走出祠堂，就见赵氏家族子孙一个不少已候在院子里。李夏顿时舒了口气，疾走几步，迎上记者老范打招呼。“把你盼来真不容易啊，老范你太给面子了。”

“那么用心挖坑给我跳，我要再不识举，李大策划还不得把我埋了？”老范打趣李夏，又介绍身边两男一女，“我算是超额完成任务，这是电视台的记者和摄像师，这位漂亮姑娘是日报社的。”

李夏与其他几位也算旧识，她寒暄几句就引来村长赵有余给记者们介绍。为了赶吉时，大家握手招呼一下又各自散去准备采访拍摄。

待确定所有人员已经就位，李夏叮嘱助手袁天乐一定要抢位置多拍照，自己也从随身背包中拿出相机准备侧拍那些来采访的记者。她一直在博客上记录着她在镲儿塘的所思所想所做，镲儿塘这个宣传策划案是她独立操作的第一个案子，她想把它做成经典案例。

“吉时已到——”

村里的“大了”江三两敞着嗓子喊了一声，四周围立刻止了喧闹。赵家人一个个都正了神色，依次面朝祠堂正门站立。

“大了”又高喊：“跪——”

站在头排的赵有余带领赵家子孙齐齐跪在地上，行三叩九拜大礼。礼毕，赵有余将身后半步外的老母亲搀扶起身。螺姑独自进入祠堂，在供桌前捻起三支檀香点燃，默默念叨了一阵才转身示意赵有余进祠堂。

赵有余方步踱进，接过香火在供桌前高举过头，对着老祖宗们的牌位大声道：“神镲若能重见天日，定是受各位老祖宗的保佑，赵氏子孙将不负所托，将家门绝学发扬光大，以慰先祖在天之灵。”

供上香火，赵有余扶着螺姑走出祠堂。螺姑眉眼微凝，喝道：“小子们，祭镲——”

赵有余、赵二海、赵俊亮立刻脱了棉衣，露出里层红滚边对襟白绸布衫。赵家媳妇们端出大碗白酒，三人一仰而尽，各自取过一双响铜镲步至祠堂小院那棵枯枝桃树下，围成一圈。

只见赵有余将手中两只铜镲举过头顶轻轻擦响，“嚓嚓嚓……嚓嚓嚓……”他开始围着桃树缓缓挪步，赵二海和赵俊亮同样跟着挪步擦镲。三人脚下步伐渐行渐快，几乎飞成一影。

蓦地，鼓点响起。

赵有余瞬时变了镲点,引导赵二海和赵俊亮飞出“敬香十打”。一打插花盖顶,二打柳树盘根,三打苏童背剑,四打怀中抱月,五打兔拜观音,六打张飞骗马,七打海底捞月,八打穿插回路,九打大鹏展翅,十打五福临门。

“十打”一气呵成,鼓点渐渐弱下,三人收住脚力只擦镲挪步,额头已见豆大汗珠。院外百姓爆出阵阵叫好声刺激了赵有余,他扬声大喝:“再飞一番!”

赵二海和赵俊亮未回话,但显然二人业已尽情投入,甚至颇有较劲意味。镲点渐紧,鼓点立刻跟上。“咚咚……咚咚咚……”每一响似乎都能听见大地的回声。

“敬香十打”是舞给祖先众灵的,更是与诸神的对语——

一打插花盖顶,敬拜皇天在上;
二打柳树盘根,敬拜一方土地;
三打苏童背剑,敬拜渤海龙王;
四打怀中抱月,敬拜镲儿塘诸灵;
五打兔拜观音,敬请碧霞元君;
六打张飞骗马,唤醒百年神镲;
七打海底捞月,恭迎护海娘娘;
八打穿插回路,引我祖先之灵;
九打大鹏展翅,神力灌入天顶;
十打五福临门,赵氏从此登极。

“嚓嚓……嚓嚓嚓……”鼓点镲音又渐轻渐慢,三人缓下脚步,后退挪移成一个更大的圈,赵家人全部围了上来。螺姑端着一碗白酒走到桃树下,洒祭了树神,再踱步走过一圈,终于停在一个定点。她从赵家最小的孙辈赵阳手中接过另一碗白酒, 在泥土上浇成一个圆圈,而后退去。赵有余将镲递给大儿媳,又从二儿媳手中接过铁锨。他走到螺姑浇定的那个圆圈处,高高扬起一锨直中圈心。

敬告镲神——

赵氏一族为了镲儿塘的存亡将赌上祖先们的馈赠。

标题:《飞镲锵锵闹革命》

出处:镲儿塘民间故事

讲述者:螺姑

记录者:李夏

约莫是上世纪四十年代初的时候，渤海海边大部分盐滩都给日本人霸占了,为了日夜不停产盐好运回日本国内,好多渔民都被抓到盐场里卖苦力。日子难熬啊,丁点儿工钱根本不够一家老小生活,有些老百姓实在熬不住,就晚上趁黑偷盐私卖,日本人是发现一个枪毙一个,盐工们都敢怒不敢言。

那时候,在渤海湾的盐滩和芦苇荡里活跃着一支盐民游击队,他们对付小鬼子可有一套了,常常神出鬼没打得日本人哇哇叫。有个叫赵平安的小游击队员,就利用一双飞镲诱敌入瓮,不但破坏了敌人袭击游击队驻地的计划,还消灭了好几个日本大官,被传为一时佳话。

十七岁的赵平安本是渔民出身，小小年纪就练得一身渔家的好本事总能抓到最新鲜的海产,是镲儿塘里有名的小海狼。盐场里的一个日本厨师看上了他的本事，专门雇他给日本军官们抓最鲜活的鱼捞最肥美的贝,赵平安假意顺从,利用可以随意进出盐场军官驻地的便利替游击队搜集情报。

这一日,他送海产到驻地就听说日本人逮住了一名游击队员，那名队员不堪酷刑泄露了游击队的藏身地，日本人已经计划晚上实施突袭。赵平安知道自己必须在傍晚之前把消息送出,否则游击队员们都难逃此劫。偏偏,这天驻地来了一个日本大官,且兴致高昂要盐场官员们一同出海游乐，厨师要求赵平安跟随他们一起上船,为大官撒网捕鱼。

赵平安脱不开身,只好跟着登船。他冥思苦想,终于有了一个计策。当厨师要求他下海捕鱼时,他讨好厨师说:“求求您就让我在大官们面前露一手吧,好多讨些赏钱。”厨师也想求表现,便将他带到大官面前。大官问他:“你有什么好本事可以讨赏?”赵平安说:“在我们这有个说法,一网金全年都能走大运,我今天就收一网金上来给您办宴,如何?”大官不信,赵平安呛声说:“如果没有一网金,您就砍我脑袋。”大官来了兴致,允诺给赏。赵平安立即跃到船沿,指挥几个日本士兵下了网。他从怀中掏出一对小铜镲,将两个镲片轻轻一擦,镲片模仿出的鱼叫声立即吸引鱼群向船边靠拢。正这时,他示意士兵拉网收鱼,自己则大力击镲引得网中鱼儿雀跃,日本大官往网中间一看,果然是一片金黄。赵平安见取得日本人的信任,故意装得孩子气大话道:“这算不了什么,要是再往海那边走走,我这镲一敲,海猪都跟着船跳舞呢!大人,我听说您喜欢吃河豚肉,咱们这儿的海猪肉可比河豚的肉香上百倍。”那大官不懂海猪是啥,日本厨师立刻解释那是一种江豚,听这话大官眼睛立刻亮了起来,要他带路。

其实呀,赵平安并不知道上哪捕海猪,再说了就算他真知道也不会将日本人引去,因为那可是渤海的神物。他就是想趁机把这艘日本人的船引去游击队常出没的东部海域。

到了地儿,他跟日本人说:“我家这祖传的飞镲舞过三番,便能引来神猪共舞。”说罢,便在船头舞起飞镲。只见两片飞镲在船头翻飞,镲声顿时响彻近海,也顺着海风溜进了游击队员们的耳朵。原来,赵平安敲的镲点里暗藏不同的讯息。游击队员们收到暗号,一边转移伤员,一边准备伏击此船。

赵平安飞过三番,水面却无动静。日本人起了疑心。正这时,水面突然浪花四溅,一只神猪冲出水面。赵平安见神猪突然现身,着了急,怕日本人真的伤了它,立刻大喊:“别开枪,看我拿它。”他又旋身舞了一段,趁日本人看得入神,立刻飞出一个镲片击向神猪,又顺势跳入海中。神猪差点被敲中头,立刻游离日本船。赵平安入了海就看见游击队员们已经在船底安放炸药。没一会儿,日本船漏水翻覆,船上的日本人全都掉到了海里,无一生还。因为赵平安带他们来的地方暗流汹涌,是有名的“鬼见愁”。

后来啊，赵平安渐渐成长为盐民游击队里的一员猛将，人送外号“鬼见愁”。这渤海湾边也传唱起了新的民谣，民谣里是这样唱的——

响铜镲，敲得欢，
顺着荡子往东钻；
去请盐民游击队，
打得鬼子鱼肚翻；
小子鬼见愁，
百姓得平安。

翠绿叶子在笔记本电脑屏幕上滑动，点击发送新博文。李夏将赵平安的故事上传到了她专为镲儿塘建立的博客。电脑很快显示上传成功，她点开首页，又查看上一篇关于祠堂挖镲的博文，看留言，已有百来个跟帖。那天整个仪式结束后，她上传了大量的照片，她发现人们特别热衷一些带有神秘色彩和乡土气息的故事，但挖镲本身并未被网友过多讨论，倒是挖镲转天那棵枯枝桃树突然桃花满枝头的八卦，被众多跟帖拿来演绎，镲儿塘的“神”因此才被认同，倒让她有些哭笑不得。

再次点开新的发表页，李夏准备写一篇新博文，为镲儿塘后面的一系列活动预热。

标题：龙抬头快闪预告

二月二，你可知“领龙”习俗？很久很久很久以前的一个大年三十，龙王派了几条龙出海上岸巡查，谁知这几条龙贪玩，大玩一通后竟睡昏在海边，一觉就睡到了二月二。睡醒后，它们发现事情糟糕了。龙王气他们懒惰，竟将海水自它们周身撤去，几条龙搁浅在海滩上现了原形。幸好，有渔民发现了它们，招来全村人想把它们抬回海里，可龙身太沉，怎么抬也抬不动。有人想出个办法，让大伙从家里拎水浇在它们身上，这些懒龙才在渔民们的帮助下重回大海。后来啊，每年的二月初二，人们都要从家里拎一大桶水出门，边走边撒,寓意将懒龙送走将勤龙迎回,告诫全家要在新一年勤劳上进。而在镲儿塘,那些懒龙是被飞镲神音敲醒的。当镲音落定,各家各户就要打开门,拎水送龙。

“领龙打”,要不要来听一段,打跑你身上的懒龙？别怪我没提醒你,飞镲神音将在二月二现身滨海市各处,敬请期待。

PS:如果你够幸运,看到了“领龙打”,请拍照留念,上传回帖可以领奖哦。

点击发表文章,又将博文转到滨海市一个年轻人常去关注的活动发布网站。李夏想让更多年轻人了解飞镲和镲儿塘,因为他们才是镲儿塘未来潜在的消费群。

这一套活儿都忙完,李夏才起身下楼。客厅里出乎预料地热闹非常。沙发上坐了一圈赵家人在欣赏赵俊辉泡茶,看茶几上摆的瓶瓶罐罐,她就猜赵俊辉一定是在卖弄最近刚从她这偷学去的俄罗斯红茶。再往拐角餐厅处张望,袁天浩赫然坐在餐桌一面,另一面则坐了几位村里的大婶。李夏心里暗忖着,不懂这家伙怎么突然对镲儿塘的事如此热衷？连给妹妹找个保姆都要亲自面试。

“哎呀,呵呵呵……李夏来啦,快过来喝茶,没想到这外国茶还挺好喝的。”赵家二儿媳唐国翠用她独具特色的排山倒海笑招呼着。

“李夏啊,明天的事都安排好了吧？”提问的是村长赵有余,这个问题一天之内他已问过十多次。关于明天飞镲队在市区表演的事,他老是放不下心。李夏不急不缓地坐下端了一杯茶暖手,又重复着答道:“没问题,村长,明天您亲自压阵,还怕出岔子？再说二海叔也是老江湖了,他的飞镲队大大小小也演过百场,肯定没问题。”

赵有余听这话,气倒不顺了,冷声一哼嘟囔:“若不是村里的飞镲会没建起来,哪轮得上那些半拉子献丑去！”

“是是是,二海哪比得了您啊,要不明儿您也来一段压轴。”唐国翠忙不迭地讨好公公,恭恭敬敬递上根烟。赵有余接过烟,又是一哼。“那小子,要是有国翠你一半孝顺我睡觉都得乐醒了。”

唐国翠勉强笑着不再说话,心里盘算着,该不该替丈夫再争取些什么。赵二海见村里最近动静不小,就留下话叫她见机会一定要帮自己争取,可在村里主事的公公对这二儿子一直有意见,尤其是对他在外面传授飞镲又拿它赚钱的买卖,十分不赞同。唐国翠知道公公的心思，他是宁愿把飞镲都传给孙子赵俊亮，也不想传给儿子。

客厅里,沉默了几分。李夏啜了口茶,打破尴尬气氛。“跟大家汇报个好消息,老范来电话了,说咱们这次真是把好钢用在了刀刃上,今年是改革开放三十年又是中国奥运年,明年是新中国成立六十年大庆年,若能把握好这些机会,利用飞镲和镲儿塘的资源做文章,被树成报道典型,那以后他来的机会可就多了。”

这话赵有余爱听,脸上顿时多了几分骄傲,他忙应和:“你跟老范说，他愿意啥时来就啥时来，不报道新闻也可以来玩，村里招待。”

“铜镲的检验结果出来了,还给咱们出了个鉴定证书,证明那镲是古董。咱们总算没白折腾一回。李夏,我想以后你在村里做事可以更有底气些,村长肯定大力配合。”一直沉默不语的赵俊辉倒会抓时机,立马要给李夏吃颗定心丸。李夏当然明白他的意思,要在村里顺利推行他们的镲儿塘策划案，如果得不到村长的全力支持,肯定干不下去。

几人目光都落在赵有余身上。赵有余咳了一声,竟默默起身穿衣,直到他把身上的羽绒服穿得严严实实,才出声道:“咱还得继续看表现啊,继续看表现。”说完,便和唐国翠一起告辞。

赵家在村里建了两栋小洋楼,一栋是赵俊辉家的,一栋是王庆荣孝敬老人的。但赵有余和螺姑不常住,比起小洋楼,他们更喜欢老宅的平房。只是平房里没暖气,冬天冷,螺姑年纪大了才在儿子的劝说下搬到小楼里过冬。现下,除了这对年龄相加超过一百五十岁的母子，从城里下岗回来渔村开办海边小酒店的二儿媳唐国翠和孙子赵俊亮也住在那儿。

没了长辈，客厅里的气氛顿时轻松许多。一直假装隐形人的袁天乐也换了个舒服的姿势，抱起笔记本电脑无线上网，她刚在这栋洋楼里安了一个无线路由器，并且升级了带宽，现在电脑上网速度还算凑合。李夏再次偷窥餐厅里的面试，却发现只剩下袁天浩一个人坐在桌前不知道想些什么。似乎感受到了注视，袁天浩偏过脸正巧和李夏对个正着，李夏有点尴尬，只得高声邀请："要不要过来喝茶？"

袁天浩接受邀请，走到沙发这边坐下。赵俊辉今晚煮茶煮得十分用心，话少得很，李夏见他不语，只好继续搭话问："面试得如何？一定要给天乐找个超优保姆，我才能跟着沾便宜啊。"

袁天浩沉默不语，说实话今晚见的几个他都没看上，他在想要不要把家里的管家派来住些日子，他还比较了解袁天乐的生活习惯。袁天乐似乎感受到了哥哥的意图，她立马插话说："我觉得马三姑不错，人挺干净的。"

李夏瞪了眼袁天乐，提醒她马三姑可不是一个上选，见袁天乐使劲朝自己眨眼，她终于忍下心里话。

"你觉得不错，那就她吧。"袁天浩见妹妹开口点了人，就不再在保姆问题上纠结，他快速转了话题问李夏，"听说挖镲那段视频在网上已破了百万点击量了。"

"这还真要感谢你，要不是你朋友帮咱们一直将视频挂在网站首页推荐，也不可能有这么多点击量。"

"李夏说的倒是实话。"赵俊辉为四人添了新茶，话音一转又问袁天浩，"你的动作够快啊，我都不知道你跟我爷爷已经深入交换了彼此的想法。"

"有钱当然要一起赚啊，好兄弟的事我哪能不上心啊。"袁天浩明白赵俊辉指的不是他出钱请飞镲队去绿会所表演并且替飞镲队包车在市区几处巡演的事，但他现在并不想在李夏面前说破其他计划。

同样是生意人，赵俊辉自然明白他的用意，不再追问。李夏可不认为袁天浩真想做善事，他愿意为镲儿塘的事出钱出力，无非是想在这谋些赚钱的项目。不过据她所知,赵俊辉回镲儿塘搞宣传策划案纯粹是因为母亲的逼迫，他的投资兴趣还是在中心渔港那边的大工程。镲儿塘不远的海岸线上正在建设千万吨级的大型中心渔港,李夏和赵俊辉一起看过沙盘,那里除了港口正在建设之外还要建度假酒店。与镲儿塘相比,那里无疑更有发展潜力,李夏不懂袁天浩怎么会对这个也许就快消失的村子兴趣盎然?只是,这话不该她问。

“睡吧,各位,明天还要早起。”袁天乐难得发话,心思复杂的三人随即应和。

“绿”是滨海市顶级的一家高级会所,它的奢华却不在于其主建筑“绿阁”装潢讲究,而是在这寸土寸金的城市中央竟能拥有一座恍若迷宫般的私家花园,树影窈窕,移步换景,每一条羊肠小道都能将客人引向他的目的地,却不必担心偶然遇上不想见的人。八座独领美景的 VIP 原木房子,客厅、餐厅、影音娱乐室、卧室、卫生间一应俱全,屋外则以树为界将每栋房子都隔成一个独立的世界,不为外人所窥。也就是说,只要有钱,你不管想在这里怎么玩、玩多久都不会有人打扰,也无需害怕有人泄露你的隐私。

引导员在前方领路,李夏赏着景并不着急赴宴。今天飞镲在市区的几场表演都很顺利,这让她心情大好,也备觉面对旧老板说起话来定会硬气。她跟袁天浩特别商借了上回那栋木屋,她要请欧总吃顿散伙饭,以表示过去一年对于他的提携,她并非不知感恩。只是她无法原谅,作为自己十分信任的老板和业界前辈,他是那么轻易地出卖了她。

园子其实并不大,只是设计得巧妙。思忖间,已走到一栋木屋门口。引导员为她开了门就转身离开,她只是负责引导工作,木屋都有专属管家。

李夏进了客厅,就见管家已迎在门口。“李小姐,欧总说他还要半小时才能到,您若需要什么尽请吩咐。”

要了杯茶,李夏走上二楼露台。她想抽根烟。想到上次在这房子里发生的一切，她就难以控制自己不去憎恨亲爱的欧总。说到底，她在他心中不过是件可以标价出售的商品吧，纵使她为他的广告公司打响了策划品牌。

露台上，风有点劲，和那天一样，恍惚间李夏又回到了那夜——

欧总要在“绿”的独栋木屋里招待公司的VIP客户，这事让李夏吃了一惊。年终答谢会而已，以吝啬著称的欧总怎么会突然这么大手笔？猜测欧总可能是想吃喝玩乐都在这里解决，李夏就不太想参加，怕自己碍眼反倒令客户们玩不痛快。要不是欧总一再表示敬过酒随时都可以撤，她绝对玩失踪。在这圈子里混了十多年，李夏可比谁都门清，酒桌上有情谊没实话，要谈买卖最终还是得拿出真金白银。尤其是年轻女人，千万别以为酒桌上被捧着就是女王了，哪个男人不是憋着一肚子坏水，不玩死你也要灌你个半残，没一个真心想怜香惜玉。

那天都大黑了，管家才迎进来一位客人。李夏拨打欧总的电话，那头却总是在重复着“您拨打的电话不在服务区”。第三次拨打欧总电话后，李夏终于有了新想法。她走进客厅问那唯一的客人：“这木屋是你定的还是欧总？”

翟隽放下手上的商业杂志，似乎早已猜到李夏会来提问，他微笑作答：“据我所知，今晚的客人只有我一个，而负责招待的主人只有你。”

李夏皱起眉隐忍住不悦，又问了一遍：“我只想知道，这木屋是你定的，还是欧总？”

“我也觉得欧总太破费了，只有我们两个人，难道这顿饭还能吃到明早不成？”翟隽语露挑逗之意，也把李夏的问题回答得透彻。见李夏眉头越皱越紧，翟隽心情倒更愉快了些，他从沙发上起身凑到李夏身边，几乎靠在她耳边轻声问，“难道欧总没好好教育下属吗，对待敝公司的大客户，你应该表现得更热情。”

“哎哟，翟总，既然我们欧总都这么吩咐了，您今天可要多吃点，欧总真是下了血本招待您。”李夏迅速跳开几步，忍住逃跑的冲动,咬着牙故意拿腔拿调耍热情。她倒要看看,眼前的男人费尽心思邀她见面,究竟图谋什么。

李夏吩咐管家备餐,将翟隽引入餐厅落座便再无二话。翟隽也不逼她热络,两个人就专心致志地看管家招呼服务人员布菜。菜色是提前安排好的火锅料理。一小锅纯正四川红汤底,一小锅鱼翅汤底,一浓一淡,用料道地,丰富却不夸张。餐桌旁,服务员推进来一个专门摆放调料的推车,麻酱、沙茶酱、花生酱、味噌酱、辣椒酱、香蒜酱、和风酱、番茄酱、豆瓣酱、芥末酱……光是酱料就准备了二十几种,还有许多辅料如韭菜花、豆腐乳、蒜泥、香葱、香菜等也是盘盘碟碟各司其职。主菜是日本空运来的霜降牛肉和据说吃天然牧草、喝矿泉水长大的草原羔羊羊肉,配菜则有鲜虾滑、野山菌拼盘、茼蒿、油麦菜。

一桌子上齐,李夏就明白这肯定是翟隽专门为她点的菜,每一样都是她的喜好。可惜了,若是十年前,她会很感动他的贴心,可现下只觉得浪费。美食啊,要有美好的心情才能享受到个中美味。十年前,翟隽为了钱选择和大他十岁的女老板结婚,从而顺利由一个小职员晋升为副总。怎么,他现在有钱了,就觉得地球该围着他转?天知道,她多想忘记自己曾经认识此人。

管家和服务生都撤出了餐厅, 两人依旧无话。红汤那锅烧开了, 不想饿坏自己, 李夏埋头往火锅里丢了一堆自己喜欢吃的东西。她甚至打开了电视,看起新闻联播。她是打定主意故意冷落翟隽,对面的男人也不计较,甚至自己换坐到了她身边的位子,和她一起边看电视边吃火锅。

"你还是喜欢一边吃饭一边看电视啊,知道吗,十年来如果没有应酬我也喜欢在家边吃饭边看电视。"翟隽突然侧身在她耳边说话,李夏愣住,骤然发现自己竟然没在第一时间阻止翟隽的攻势,她正在放纵自己沉湎过去。翟隽见她脸上变了色,得意地继续挑逗,"我告诉过你,就算不接我的电话,我们也会见面。这就是缘分!"

李夏"啪"地摔了筷子。

翟隽关了电视,起身又走回另一侧坐定,才笑着问李夏:"吃饱了？想谈谈了？”

李夏望着眼前穿着一身名牌休闲装的男人，他看起来很年轻，只是那双被欲望侵蚀而愈显浑浊的眼，告诉李夏他再也不是十年前的亲爱男友，而只是个功成名就的中年商人。

“什么时候你脾气变这么好了？伺候太后可真磨炼心智啊。”李夏点上一根烟，试图缓解内心的紧张。她需要在这个男人面前变得更自信更强大。翟隽不理李夏的讽刺，他似乎更关注她手上的东西。

“你以前不抽烟。”

“十年前我还是处女呢。”

“我知道你气我，我会补偿你。”翟隽干了杯中红酒，从口袋里掏出一张银行卡，推到李夏跟前。“这张附卡给你随便刷，以后我也会把集团所有的活动都交给你的工作室代理。”

“哈哈哈，好大方啊。大款就是不一样。”李夏嗤笑翟隽，又故意问，“不可能没条件吧？”

翟隽知她聪颖也不打算相瞒，他是怀着诚意来的，也决定这次要开诚布公。“她病了，这些年也没有为我生育，所以回到我身边吧，为我生个孩子，属于我们两个人的孩子。”

李夏拿起那张附卡，翻转着把玩。好半晌，不说话。翟隽等得不耐烦，刚要催促李夏快做决定，就见她将卡扔进了桌上的汤锅。“谢了，有钱赚是好事，不过我想你不会接受我的条件。”

李夏起身准备离席，翟隽伸手拉住她，急切地问：“什么条件，只要我能做到，我肯定答应。”

这话如果换到十年前说，李夏为他死都行，可是现在……李夏笑着，她靠近翟隽勾住他的脖子，十分亲昵地靠近他耳边问：“真的什么都可以吗？那用你的钱养我的小情人吧，我觉得这个食物链更有趣。”

翟隽惊诧的眼神，李夏至今仍记得清楚。怎么，他以为过了十年还会有个女人在痴痴等他吗，尤其还是在被他抛弃后？哼！可笑。

“李小姐，欧总到了。”管家出声，唤回李夏的游思。李夏收拾起情绪，她知道该是和旧生活做了断的时候了。她已变得如此厌恨城市，憎恶为了维持一种虚荣的优越假象而忍耐不断透支健康、快乐和幸福感的生活。人生已有其他选项……首都她都毅然决然地逃了，再逃一次又何妨？

冬天的渔村，裸着土的地方不是光秃秃一片泛着碱白，就是枯黄黄的倒着些将死未死的芦苇和狗尾草，而占了最大地界的水面绽着一层层冷光，多看几眼都觉得寒意太浓。莫名地，李夏打了个寒战，又想起欧总的那句问话："滨海市就这么大点儿，你能去哪儿？"

车里的暖风被开得更大了些，赵俊辉问："还是觉得冷吗？"李夏偏头望他，揣测着眼前这个男人，自己的现任老板，究竟能不能称为朋友？是不是终究会像欧总一样将她挂牌出售？他等在"绿"会所的大堂降尊纡贵地主动要求送她回镲儿塘，是不是另有图谋？

李夏讨厌这样的自己，城市让她对任何人都无法信任。而她现下的决定，去镲儿塘的决定，真是对的吗？

"今早翠姨给我送了饺子，说是咬了元宝肯定行大运；螺姑还剪了我一绺头发，说是龙抬头的日子还让刘海挡着眼不吉利，她们对我是不是期待太多了？"

"刚刚欧总问我，我能去哪儿，赵俊辉，你说我能去哪儿呢？是啊，他说的没错，滨海市就这么点儿大，就是去了镲儿塘，早晚我不还得回头。"

"你说，有人给钱明明是挺好的事，我怎么就这么想不开呢。曾经我多想要一张怎么刷都刷不爆的信用卡啊，什么叫不劳而获，有人他妈的累死累活一辈子都吃不上一块霜降牛肉。我这是典型的没事找抽！"

…………

赵俊辉不应话，默默听着李夏抱怨。他很少见她失控，她总能将自己伪装得刚刚好，聪明能干、性格爽达、知书达理、善解人意的……看起来，这次欧总给她带来了极大的挫折感，还是……那个男人依旧对她影响深刻？

"赵俊辉，你他妈说话呀，要让我去镲儿塘究竟有什么不可告人的目的？”喝光第三罐啤酒，李夏终于问出长久以来的困惑。赵俊辉瞥她一眼，淡声说：“少喝点，村长晚上要宴请那个对飞镲感兴趣的勃朗先生。”

“勃朗先生？”李夏困惑，“什么时候又出了这么一号人物？是老范介绍的那个日本人？”

“不是，这位是美国来的。”

“我靠，没准过几天八国联军都到齐了。”李夏放肆地呵呵傻笑。赵俊辉微皱起眉，他干脆将车停在路边，转过身对李夏正经八百地问：“你真后悔了？你要真想回去，咱们立马调头。”

笑容隐去，李夏瞪了他一眼，故意将身子坐正，也不再拿唠叨骚扰赵俊辉。她点上根烟，慢慢抽起来。赵俊辉也点上根烟。沉默了好半晌，李夏才又开口说：“镲儿塘的事，我知道你有其他想法，那些我不关心也不参与，只要该我赚的那部分你都兑现，我也会尽我所能把镲儿塘的企划案做漂亮。”

李夏话中有话，聪明如赵俊辉当然听得明白，但有些事现在确实还不能透露。踌躇之际，忽地，对面一辆疾驰而来的汽车吸引了两人的注意，那车仿佛脱缰的野马闪电一般划过黑漆漆的村路。

李夏轻轻闭上眼。

砰！

半月前

《镲神庙的来历》

出处:镲儿塘民间传说

讲述者:螺姑

记录者:李夏

很久很久以前,镲儿塘只有百余户人家。也不叫现在的名字,因为村里最早落户的人家姓田,田姓族人又在村里占了一大半,村子就被叫做田家村。

一年大水,村民们裹上值钱的东西跑到贝壳山上,谁想大洪水冲到村口时突然改了道直冲向渤海里去了。众人啧啧称奇,村长忙带领着大伙乌泱泱跪了一地拜谢龙王救村之恩。众人高高兴兴返家,走到村口却见有个大木盆横在路中间。木盆里躺着一个看起来五六岁模样的小闺女,浑身湿漉漉还闭着眼睡得香甜。这女娃整整睡了三天三夜才醒过来,可受了惊吓连自己是谁都忘了。村人相信这女娃给村子带来了好运,就决定把她抚养长大。田姓族长为女娃起名为芦花。

田家村民风淳朴,芦花吃百家饭渐渐长大。村民大多靠打鱼为生,日子过得并不富裕,可小鱼小虾卖不上价,渔民最希望出海能打到名贵的黄花鱼。想捕到黄花鱼有一绝招,谁能模仿黄花鱼的叫声,总能打到更多的鱼货。村人中,芦花模仿得最像,就常常被大伙叫上船出海。十五岁的芦花想要报答养育她的村民,从不拒绝大家的要求,可这么天天学鱼叫,没多久她的嗓子就给喊哑了。怎么办呢?芦花很想帮助将她当亲闺女一样抚养长大的村民,可她只有一个,没有分身,就算再努力一次也只能帮上一条船而已。不过她总觉得这鱼叫声好像在哪听过,于是便更加留了心。

果然去景忠山时被她发现了妙处。那天她上山祭拜过碧霞娘娘,下山途中在一塘边就看见一位道长两手持铜镲搓擦,镲片抖腕一擦便发出"嚓嚓"响声,恍若黄花鱼叫声一般。芦花欣喜,立刻向道长求买铜镲。道长却说:"这是神物,会自己识得主人,只送不卖。"芦花为求神镲,虔诚地在景忠山拜求多日,道长却再没现过身。盘缠用光了,芦花只得失望下山,走到半路却发现背上的包袱特别重,打开一看那对铜镲竟在其中。芦花赶紧回到山上,想把神物奉还,却怎么也找不见那位道长,问其他道士竟都不知此人。

芦花越发相信这是神物,急忙裹紧铜镲回了村。但这次芦花存了私心,她只告诉村民们擦敲铜镲可以模仿鱼叫,却把求得的神镲偷偷送给了心上人田福。田福是村里有名的"海狼",小伙子俊俏又勤劳,有了神镲简直如虎添翼。自那以后,他的渔舱总是最满的,可他越来越不知足,他想赚更多的钱和芦花过好日子。这天,他一早就趁着涨潮出海,满载而归后复又再次出海,却没能在退潮前回来。这夜,暴风雨吹得苇草房颤颤巍巍,芦花担心得一夜没睡。天刚大亮,她就奔去海边,却被眼前的景象吓傻了。一夜之间,堤岸上竟起了一座大庙,青砖亮瓦,雕梁画栋,凌空飞檐,金碧辉煌。芦花穿过庙门,走进大殿,殿中央香案上正摆着她自景忠山求回的那对神镲。芦花腿一软跪在地上,她知道自己的心上人再也回不来了。

自那以后,芦花就从田家村消失了。田家村却多出一座镲神庙。说也奇怪,渔民们只要出海前到庙里拜一拜,总能捕得鱼满舱。也有人曾经偷走神镲想要占为己有,没两天神镲又会自己回到庙里,而偷盗者大都被海鬼拉去做了替身。

翠绿叶子在笔记本电脑屏幕上轻轻滑动,将名为"镲儿塘志"的文件关闭。李夏浅金的指甲抽离鼠标,又攀上散乱的栗色长发,将它们安抚在肩头。她起身准备下楼。她刚接到短信,她的财神此刻正坐在客厅等她喝茶。这大正月的,她一个人跑来光秃秃冷飕飕的海边小村子,当然不是为了喝茶。她被邀请来操持一场生存 PK。

客厅沙发桌上同时烧着两只电茶壶,还摆了白兰地酒和几种不同口味的果酱。李夏一下楼就看见赵俊辉坐在沙发上一手拿电话聊着一手打开壶盖认真观察着壶内的情形。他是这个企划案的投资人,滨海市神龙集团房地产开发有限公司总经理。这家公司隶属于本市知名民营企业神龙集团旗下,集团总裁王庆荣是赵俊辉的母亲,镲儿塘正是他们的老家亦是发迹之地。

她暂住在赵家位于镲儿塘村的独栋别墅,这三层小楼起在村东边高地上,是村里唯一能在家里窥到海景的地方,装修也算最现代的,有独立卫生间和冷暖空调,不像村里大多数人还在使用公共厕所和煤球炉。

赵俊辉还在接电话:"兄弟,我什么时候有赚钱的好事不想着你?现在不是还没到你出场的时候嘛……没问题,到时候一定隆重推出……"

李夏径自落座,自己挑了柚子果酱舀在杯中,又倒了一点白兰地,慢慢将它们混合。赵俊辉边接听电话边端起茶壶将煮好的红茶滤在公道杯中。李夏斟了四分之一到自己杯中,又提起另一只开水壶将红茶冲淡些。散发着淡淡柚子果香和酒香的红茶,嗅一嗅都让她觉得心情大好。

"开发区那边都是大工程……不好拿……行,哪天和翟总一起坐坐……"赵俊辉并不讳忌李夏,径自谈着自己的生意。李夏边喝茶边想着这场 PK 游戏,虽然眼前这男人可算是自己的好友,也已经几次表示这只是一场游戏,不用有压力也不强求完美获胜,但这毕竟是攸关镲儿塘村生死的大事,真能搞得这么云淡风轻?

现代化最终要将农业社会的痕迹消灭到何种程度才算是工业化进程完美收官?城市化进程中,大城镇的建设是否意味着小村庄再没有独立于世的必要?让渔民们放弃盐碱地,拿钱进城变身为新城市人,这听起来很美的事正在镲儿塘发生着。但,美事太多却也似乎不是好事。身处环渤海经济圈要地的镲儿塘村,还毗邻正在建设中的国家级远洋渔港,在滨海市的规划图中镲儿塘村地块亦处于环渤海旅游度假区。镲儿塘和与之相邻的鱼骨庙村,将被保留下一个,作为活的渤海渔民文化民俗生态博物馆,提供体验式的海渔民俗文化旅游服务。

二选一,令镲儿塘人着实犯了难。年轻人都希望赶快变身城市人,尤其很多人早已离村在市区打工多年,他们巴不得赶快卖地分钱,好在城市里换个安乐窝。而村里的中年人和老人们却对卖地一事有不同想法,谁不想着落叶归根,可要是村子都没了,他们将来要魂归何处?中年人顾虑的问题则更实际,他们大都一辈子靠打鱼养虾为生,哪有什么别的技术。进了城,他们要靠什么赚钱?体力活肯定是争不过年轻人,技术活他们又不会干。就算村里卖地分个几十上百万,够花一辈子吗?

李夏当然知道那不够花一辈子,作为一个标准的城市白领兼房奴,她太知道在城市里生活有多压抑。不管你怎么富有,总有更多欲望等着你,哪怕有坚定的意志力,也难说不会屁颠屁颠地俯首甘为钱奴。城市容不下太有骨气和过分爽直的人,如果不懂得弯腰和变通,那么就永远只能活在底层。镲儿塘这些淳朴得甚至有些野劣的人们,城市会接纳他们吗?顽劣呢,想着自己对镲儿塘人的第一评价,李夏情不自禁笑出了声。

"想什么美事?"赵俊辉打断李夏的思绪,他已结束通话。李夏放下杯子,在沙发里寻了个舒服的位置:"说实话,我挺喜欢镲儿塘。"

"那太好了,你就留下来替我操持宣传的事。"赵俊辉巴不得李夏能接手镲儿塘的烂摊子,好让他自己赶快从这是非之地脱身。他端起公道杯想替李夏添茶,李夏却不买账,反倒放下手中杯。

“我常听说海边的人顽劣,可顽劣毕竟也是个性一种,只不过……”李夏犹豫一下,说出自己的顾虑,“我还是喜欢和温顺的人合作,那样做起事来事半功倍。”

赵俊辉明白李夏话里有话,无非是怕镲儿塘这策划案不好推进,影响了她的收入。镲儿塘这些事确实不是一天两天就能搞定的,他重金礼聘她来,就是看重她不但具备策划和创意能力,做事还比时下年轻人多上一份耐心。看来,他得送她一颗定心丸。

“村里刚开了村民大会,定下来了,他们还是想和鱼骨庙村争一争。你就放手干吧,没问题,这钱该着你赚。”

“前两天这些人还在为拆迁的事你死我活的,怎么突然心这么齐了?”事情比预想的顺利,李夏反倒怀疑起来。赵俊辉也不瞒他,颇得意地解释:“小地方人嘛,就是见识短,我让村长组织他们旅游了一圈,陈庄子小区半日游,又给他们找了个专家讲讲现在的形势,这不,都醒过闷儿来了。”

李夏总算把赵俊辉说的这些事融会贯通起来了。陈庄子是早前拆掉的渔村,那些村民都被安置在城市边上某个安居小区里,听说很多人都没活干,天天就靠着拆迁款混日子。

“那专家呢?哪来的专家?不是你雇的临时演员吧。”李夏讪笑调侃,谁知赵俊辉竟真的点点头。

“大学里找来的,据说经常上电视,还真有点名气。咱说破了嘴还不如人家说一句顶用。这些人,真他妈的……”李夏轻咳两声,止住赵俊辉对于别人母亲的问候,赵俊辉自知语失,收敛粗口继续解释,“专家说,这地方嘛只会越来越贵,现在不卖将来也可以卖个更好的价钱,况且镲儿塘名气越大土地价格也会更高,他们争一争银子就从天上掉下来,这种美事还不靠前,只能傻等着喝西北风了。”

李夏讪笑无语,低头给自己续上红茶。要不要接这个活,她还在挣扎。按赵俊辉的说法,这个活并不难做,无非是要多花些时间。这对于超负荷忙碌了好几年,又刚刚炒掉老板的李夏来说,是个休整和转型的机会。一年前，她从北京返回父母生活的滨海市，为的不就是这个吗？可是一回来又莫名其妙陷入了无休无止的忙碌中，就为了赚钱天天像个陀螺似的傻转。这种日子，她真是过够了。

短信铃声响，李夏拿起手机翻看，竟然一下子涌进来三条新信息：第一条是欧总发来的短信，他是李夏的前任老板，他要她立即回电，否则就再也不用回公司了；第二条是老妈发来的，要她准时相亲，否则就再也没有老妈可认了；第三条是前一个项目的投资人发来的，也是害她失业的始作俑者，他要她别再固执，否则她将失去这世界上最爱她的一个人。

短信，一一删除。

李夏真不懂，世界上为什么总有人认为自己无所不能？抬起头望向对面，李夏很期待眼前的这一个是例外。赵俊辉感受到了李夏投来的注目，他殷勤着又帮她添上茶，探问："是不是有人对李大小姐三催四请了？"

"是啊，有人威胁我，不听话就再也不用回去了。"李夏诚实应答，导致她炒掉老板的烂事，赵俊辉作为她的好朋友，早已知道得一清二楚。

"好啊，那你这下就安心留下来吧，改天我得请欧总吃饭，感谢他把这么优秀的员工让给我。"

"好不容易成了自由人，你可千万别给我安排肥缺。"李夏突然抢白。这话让赵俊辉不太明白，他不动声色地问："那你的意思是……"

李夏和盘托出自己的构想。"假如五十万都能到位，并由我亲自筹办这次的策划案，我打算做三件事：第一件，为镲儿塘拍摄并出版一本图文版《镲儿塘志》，有史需要有据，白纸黑字再加上一些传奇故事，咱要打造历史文化名村的底气就足了；第二件，为镲儿塘举办一场开海祭，邀请政府部门领导、专家、媒体参加，扩大镲儿塘知名度；第三件，为镲儿塘建立网络宣传平台。"

"太好了，这计划听起来够唬人的！"李夏话音刚落，赵俊辉就鼓起掌来。显然李夏很知道如何操作此类策划，他立马催促李夏拟个合同。

“如果咱们签约,我希望是以——新李夏工作室的名义。”李夏提出自己的签约条件。一年前,她以自己在业界的知名度建立以自己名字命名的工作室,并挂靠在欧总的广告公司旗下,双方互利互惠,老板给她揽活,她负责具体筹划,其实合作得还挺愉快,要不是那件事……李夏甩甩头,不想回忆那段破事。

“没问题。”

赵俊辉答得爽快,倒把李夏惊着了,她直起身迭声问:“真的要和我签约?我们老板那儿不是还有你们公司很多项目,你支持我,可就是和他过不去……”

赵俊辉大笑了起来,直笑愣了李夏,“李夏啊李夏,你是真傻还是跟我装糊涂,那些活动本来就是我允诺签给你李夏工作室的,附加协议条件也根据你的要求写上了必须由李夏亲自负责筹办该活动,现在你不在那家公司了,那些合同也就形同废纸。你们老板辞了你,可是损失巨大,依我看明明就是你和他过不去吧。”

李夏靠回沙发背上,她仔细回想,发现自己真的白白纠结了好几天。没错,为了不让老板玩卸磨杀驴的把戏,李夏每次都要求自己签到的客户在合约里注明附加条款。经赵俊辉这么一提醒,李夏豁然开朗。嘴角扬到极限,她给自己倒上半杯白兰地。

“既然如此,赵老板,祝我们合作愉快。”

“祝新李夏工作室生意兴隆。”赵俊辉端起杯子,也倒掉了红茶换上白兰地,才与李夏碰杯。

“不是还要回市区?酒驾可不好。”李夏微皱起眉,以朋友的身份提醒着。赵俊辉听这话倒更来了劲儿,一仰头干了杯中酒,坏笑着说:“这下好了,我不得不留下来陪你了。”

李夏没理会赵俊辉的玩笑话,借口要给老妈打电话回了自己房间。她可不想自作多情。赵俊辉想留下多半是因为他不想赴那个所谓的团圆家宴。刚协议离婚,就要和前妻坐到一起吃团圆饭,不尴尬才怪。只是可惜了他母亲的一片苦心。为什么做父母的总要替自己的孩子决定他的人生呢？

李夏又想起自己老妈发来的那条短信，一想这事儿就让她头疼。算了，还是打电话吧，毕竟老板可以炒掉，老妈却是不能换的。电话拨过去，免不了又被老妈一顿唠叨。坚持忍受了二十分钟，李夏谎称有来电终于结束了折磨。

李夏住在这栋小楼里难得的海景房，外跨着一个小阳台，她穿上羽绒服推开拉门走出去，想呼吸点新鲜空气。此时天色已渐渐暗下去了，视线所及，整个海面都乌蒙蒙的，与光秃秃的盐碱滩连成一色。

李夏点了根烟，苦涩在口腔里蔓延。她不懂，明明自己是个积极要求上进的好青年，怎么就因为不结婚而成了父母眼中的异种？结婚有什么好的，那个人……结了婚，不还是不幸福？

短信铃声响，李夏返回房间翻看手机。是以前的下属袁天乐发来的，她通知李夏，她和马鸣已经在高速路上了，一会儿就来找她讨元宵吃。

最后一点儿悬着的心思终于落地，李夏告诉自己可以签约了。五天前，当李夏第一晚留宿镲儿塘，她就给以前的几个同事发了邮件，邀请他们到镲儿塘来和她一起创业。

袁天乐是李夏唯一觉得最有可能跟她一起创业的人，她的长才也是她最需要的。年仅十九岁的袁天乐是个摄影高手，电脑也玩得不错，算是"富二代"，家里不缺钱，她哥袁天浩将她送到工作室锻炼只是希望唯一的妹妹能够多与人接触，不要一直冷冷地只当个生活的观察者。

至于马鸣，他会接受邀请倒是出乎李夏的意料，他可算个老油条，也是广告公司的资深员工，他不太可能轻易离职。当然如果他肯加入是再好不过，他最擅长和政府部门以及新闻媒体打交道，三教九流没有他不认识的，就算今天他不认识明天他也能转上八道弯认识他需要认识的人。这种交际能力，常常令李夏叹服。

打开电脑，李夏梳理着为镲儿塘量身定做的宣传策划方案。她预计，如果一切顺利，他们的第一个案子将在入夏前结束所有工作。点开名为“镲儿塘志”的文件,李夏将自己的大脑清空,继续整理关于镲儿塘的文字素材。

在镲儿塘,李夏遇到了很多奇怪的人。比如海边小酒店的老板娘,一笑起来简直排山倒海;总爱站在村口指挥交通的傻顺,每见她必要拉着她的手要她放屁,说这样才能接上地气。而最奇怪的当属赵俊辉的太奶奶。明明辈分大得很,却坚持要求村里所有人都喊她螺姑。螺姑是个故事大王,最爱拉着人听她讲故事。才来了几天,李夏就已经听过五六个。李夏从螺姑那儿听来的第一个故事是有关镲神庙的。当初说这个故事是因为村里要重建镲神庙,以此来和拥有六百年历史的鱼骨庙村竞争。其实这两个村子现状差不多,庙毁了很多年连丁点儿痕迹也找不着了。重建镲神庙就能改变村子的命运?反正李夏对这一论调匪夷所思。但莫名地,她就想为镲儿塘留下点什么,即使将来村子没了,还有些别的念想。于是她从螺姑所讲的故事中获得了灵感,准备以那些有关镲儿塘的民间传说和故事为素材,打造一本带有传奇色彩的《镲儿塘志》。

不如……干脆为镲儿塘建个博客吧。这想法一滑过李夏的大脑就被她完全捕捉了下来。说干就干!李夏立刻注册并登陆,上传了第一个关于镲神庙来历的故事,她又继续整理上传第二个。

题目:《镲儿塘的由来》

出处:镲儿塘民间传说

讲述者:螺姑

记录者:李夏

“先有镲神庙,后有镲儿塘”。要说镲神庙对于镲儿塘有多重要,这句老话讲得够清楚了。但是,田家庄为啥改叫了镲儿塘,这里还有一段故事。

话说镲神庙落地田家庄,这下不得了喽,一传十十传百,田家庄名声大噪。远郊近村的渔家都来祭拜,香火十分兴旺。田家庄的人更不必说,其中就有陈姓、王姓、赵姓渔户最为虔诚,不光出海,捕鱼回来也总要到庙里上炷香。他们的渔船一出海就能装得满满的回来，没几年就成了村里的富户。

原本村里的大户田家却连年衰败，把田家族长愁得吃不好睡不着，族人们也怨声载道，埋怨他领导无方。又是新一年开海的日子，族长决定亲自带领族人们出海，争取博个好彩头。没承想船队才出海，天就变了色，乌云密布，狂风暴雨，一会儿工夫族长就只看得见自己搭乘的这条船了，仅这一条还迷失了方向。眼看几无生路可寻，族长只好带领族人跪满舱板祈求龙王及各路神灵保佑，并发了大愿——倘若获救田姓族人将世世代代侍奉大小诸神。

龙王似乎并不买账，眼看渔船就要被一波又一波巨浪掀翻。众人绝望了。正这时，远处突然亮起一团星火，那团火越靠越近，船上的人们惊喜发现一条小船正朝他们驶来，船上有一红衣女子在船头提灯，一男子在她身后划着桨。近身一看，竟是芦花和田福。

族长大惊，以为他俩做了海鬼，是来换命以求取自己重新投胎为人的机会。芦花却开口道："大家莫要惊慌，我和田福已被碧霞娘娘收在座下修行，因田家村为我再生父母，我实在不忍见村人命丧大海，特向娘娘请命为渤海掌灯，娘娘念我情深义重，特许我和田福前来，咱们马上为大家引路。"

众人将信将疑，害怕这是海鬼骗人的把戏。族长壮着胆子问："芦花，你不明不白自村里失踪，我们如何信你？"

芦花道："是我对不住大家，我自景忠山带回神镲，却藏了私心把它交给田福，也因此害得田福失了性命。当日我投海自尽，就是想拿自己的命换取田福再世投胎的机会，是碧霞娘娘救了我。她说，镲是神物，自不能为一己私利所用。族长，这几年田姓日渐衰落所来为何，你可知？那些祖宗牌位怎能和神位并受香火，今日回去速速前往景忠山向娘娘请罪吧。"

田姓族长大骇，忙跪地求取神灵宽恕，并令舵手紧紧跟随芦花和田福乘驶的小船。那一叶小船在漆黑的海上飘啊飘，不知过了多久，船上的人终于看见海岸了，还遇上了失散的船只。那些船上的人们也纷纷讲述起暴风雨中遇见芦花和田福的事。而此时，他俩早已不见踪影。

田姓族长不敢再欺瞒神灵，自镲神庙中取回自家祖宗牌位后，便带领族人徒步前往景忠山，三步一叩五步一拜，迎回碧霞娘娘、送子娘娘、财神、药王等大小众神，并承诺田姓家族世代为众神仆役。更主动将田家庄更名为镲儿塘。

爽肤水、润扶乳、眼霜、面霜、隔离霜、防晒粉底，依次涂在了脸上；再细描上黑色眼线、刷上黑色睫毛膏；眉粉选了咖啡色，与李夏的发色相近，也使整个人看起来显得柔和；然后是眼影的选择，李夏选了浅金色，这淡淡的金色与皮肤贴合后会令眼睛看起来明亮有神；刷上成熟白领女性爱用的橘色系腮红；再扫些散粉定妆。半小时，李夏为自己戴好了最符合今天身份的面具，又拿起造型品开始整理头发，最后喷上香水。一切就绪，这才走出房间。这是李夏每次出门前必做的功课，把自己包装了十几年，现在的她是绝对不敢蓬头垢面出门的，那会让她觉得不安全。

第一次镲儿塘保卫战策划会在镲儿塘村长办公室召开。出席本次会议的有：镲儿塘村长赵有余、村长助理陆军；村委会成员谭玉凤、江贵大、扂福冒；出资方代表王庆荣、赵俊辉；李夏及其工作室成员袁天乐、马鸣。

会议由村长助理陆军主持。赵俊辉先介绍了要为宣传镲儿塘出资五十万的构想，又宣布将聘请李夏工作室来负责操作整个策划活动。李夏信心满满地详细说明了自己的策划方案，听着听着，村委会那些人脸上却隐去了笑模样。他们窥着赵有余的神色，见他脸阴着，便也不敢开口。赵有余不明白这大儿媳妇究竟葫芦里卖的什么药，他舍了老脸给她打电话求她给村里办点事，她怎么倒把这一大笔钱给了外人？他抽着烟，耐着性子等到李夏说完，没二话，直望向大儿媳王庆荣闷声质问：“庆荣，这和咱们说的可不一样。”

“爸，这件事我交给俊辉管，让他说吧。”王庆荣把球踢给儿子，她是打定主意这次的事丁点儿不过问。一是为了锻炼儿子的处事能力，二是不想把自己一再处于尴尬境地。这些年，她一直告诫自己是镲儿塘成就了她的事业和神龙集团，对于回馈乡亲也算不遗余力，尤其是公公赵有余当上村长之后，村里修这弄那，只要他开口，自己从没驳过老人的面子。谁承想，这反倒给村里人留下了念想，现下村里一缺钱就找她，不给钱就戳脊梁骂。她是招谁惹谁了？要知道她每次掏出来的可都是自己的私房钱，就算是自动提款机也禁不起这么折腾。

赵俊辉自是明白母亲的难处，甚至对于镲儿塘他还有自己的小心思。作为神龙集团地产开发公司的负责人，他十分看好镲儿塘的未来，但在商言商，没有回报的投入他可不想插手。见母亲点名，他正了正身子开口。

“在座的都是我的长辈，有些话可能不该我这晚辈多嘴，但为了咱村，这些话我不得不说。我知道大伙把咱村的希望都放在建庙这件事上，可建庙真的有用吗？咱不能因为鱼骨庙村打算重修鱼骨庙就跟风建庙，人家有六百年历史咱们才三百年，再者就算庙建好了也不是一个古迹，国家的建设规划是一个统筹的大盘子，绝不会因为一个小庙而保留镲儿塘。到时候，各位，这五十万可就真打水漂了。”

“俊辉啊，照你这么说，咱镲儿塘是比不过鱼骨庙村了？”村办公室主任谭玉凤忧心忡忡发问。其他人也都直直盯着赵俊辉，包括村长赵有余。

“这也正是我邀请李夏来为咱村做包装宣传的用意。现在咱们最需要的是什么？不是一间庙，而是名气，要想发展旅游，没有名气谁来啊，酒香也怕巷子深，咱得走出去宣传镲儿塘，只要镲儿塘有了大名气，谁还敢随便拆？你们想想，天安门名气大吧，北京的土地那么贵，谁敢说把天安门拆了盖高楼？”见众人表情松动，赵俊辉继续忽悠，“我想再跟各位长辈介绍一下，李夏和她的同事都是滨海市最优秀最专业的策划人，她们筹办过许多大型活动，在这方面非常有经验。”

“这么年轻，能有啥经验啊，弄个开海祭就要走五十万，这不是坑人吗？”赵有余虽然心里略有所动，但嘴上仍不松口。

“村长，五十万不光包括开海祭，我们还要为村里架设一个网站并在网上做推广，而且还要为镲儿塘出一本宣传书。”李夏耐着性子解释，她有些小尴尬，没想到对于五十万的用途村里人原来有不同的想法。

“那个什么网的我不懂，就说这个开海祭，你打算啥时候弄？”

“我打算按照古礼，在阴历四月二十五举行。”

“啥？”赵有余一巴掌拍在桌子上，忽然激动起来高声质问，“还说不是坑人，这都是搞啥啊，咱要是等那天才出海，这半年怕不是都得饿死了！”

李夏一群人不明所以，赵俊辉反问：“五月末正好春暖花开，最适合搞户外活动，怎么了？”

“禁渔期！”一直未发一言的村长助理陆军开口解释，他是上面派下来的大学生村官，现任村长助理。“六月十六号禁渔期就开始了，咱现在二月份海就开了。”

“开海祭只是个宣传形式，和渔业生产并不冲突。”李夏急着解释，见村里其他人仍凝着眉头，又匆忙改口，“如果大家觉得这个时间不好，咱们也可以再商量。”

“不行，我不同意！还说宣传咱镲儿塘，这不是瞎捣乱嘛。”赵有余火气越来越大，说罢，竟背着手冲出村长室。村委会其他人摇头叹气地也跟着出了门。赵俊辉想要追出去，却被王庆荣拦下。

“你爷爷说得在理，要想宣传好镲儿塘，不了解这个地方是不行的。”王庆荣对赵俊辉说完，又转向李夏说，“李小姐，你的策划方向还是好的，但操作细节方面考虑得确实有些欠妥。你要想签下这个案子，村长不合作肯定不行。这样吧，我给你十天时间，重新整理你的策划案，要是再通不过，我们只能另请高明。”

虽然暗骂这帮人难搞，但李夏必须承认自己确实轻视了对手，她以为村里人根本不懂这些，应付应付就能了事，没想到反被挑出疏漏。李夏的职业尊严可不允许她推脱责任，她正了脸色向王庆荣做出保证：“放心吧，王总，下次我们一定能拿出个最佳方案。”

李夏、袁天乐和马鸣三人出了村委会，一起往赵俊辉家的小洋楼走。现下，那儿是他们的临时住所。一路上，李夏沉思，袁天乐神游，马鸣嘴里则不停嘟囔着，他认为村长就是不想花这钱才借题发挥。

快走到门口时，马鸣突然拉住李夏。“李夏，我可能没跟你说清楚，我答应加入工作室是准备做兼职，一会儿我就先回市区去了，晚上有个应酬。”

李夏一愣，但很快收敛了失望笑说：“好啊，反正媒体这块主要是靠你那三寸不烂之舌，留不留在村里都无所谓，那咱们有事电话联系吧。”

没想到李夏如此爽快，马鸣倒笑得尴尬起来，又说了几句道别的话就转身上车扬尘而去。

“靠，什么东西，早上我听见大老板给他打电话了。”袁天乐淡声咒骂。李夏没有回话，她也并不生气。马鸣从来都是一个逐利而行的人，能答应兼职已然是给她好大的面子。创业嘛，难免有失败的可能。袁天乐理解不了马鸣的行为，是因为她从来不缺钱，而李夏知道没钱的日子有多可怕，尤其是他们这些所谓有房有车的白领，他们是没有资格挑选工作的，因为未来的几十年他们都要替银行打工。所以，她现在最在意的事只有一件——究竟什么样的策划方案才会令村长赵有余满意，从而签下那一纸五十万的合约书。

一回到住处，李夏马上要袁天乐上网搜集与镲儿塘、镲神庙、渔民等关键词有关的信息，自己则重新梳理这几天的采访资料。要说她完全没有为镲儿塘的策划案做功课绝对是冤枉她，在村里采访了五天，她做了许多案头笔记。仔细又翻看了一遍，没什么启发。李夏烦躁地出了门，打算在村里晃悠晃悠找灵感。

镲儿塘与北方大多数村庄一样四季分明。村里的冬天实在有点萧瑟，可能是太冷的缘故，路上没什么人，村人们都猫在家里找乐子。李夏穿着羽绒服，可还是觉得冷，她用羊毛披肩把自己裹得更紧些，慢慢在村路上瞎溜达。

镲儿塘由于是地震后重新规划建设的，整个村子看起来很规整。一水的尖顶瓦房，灰顶红墙，顶高就像量过似的，不讲究错落有致,谁家也别压过谁家的顶子,倒省去了无谓的纷争。这里家家都有个长方的小院,有人在院子里种花种菜,也有人修上了东西厢房。这几年慕名到镲儿塘来吃海鲜的游客不少,于是也有村民将自家厢房改建成了海鲜大排档。

靠近码头的地方,有个海鲜一条街。现下大部分饭店都是空的,这个季节没什么海货,很少有人会到渔村来。

没错,这就是镲儿塘发展旅游经济所面临的最大问题!以前李夏也曾和朋友慕名前来镲儿塘吃海鲜,但只限于春秋两季海鲜多产的时候,而且是吃了海鲜就走人。这里除了吃海鲜,实在没什么娱乐项目。出海,勉强算上一项,但人头费不便宜,出去转一圈撒一网就回来,一次也就玩够了。

说实话,李夏觉得镲儿塘并不是个适合发展旅游的地方。这里没有古民居,也没有碧海银沙,漫无边际的泥滩看久了会让人有种快被吞噬的恐慌感。光靠海鲜,拢不住回头客,更别说这几年由于过度捕捞和环境污染,海产的品质已经大不如前。

这样下去倒不如拆迁走人,村子里很多人都是这样想吧。镲儿塘渔业生产的黄金时代已经过去了。这些天和村里人们聊天,常有人这样跟李夏感慨。走上码头,看见有人在修船,李夏立刻掏出相机凑过去拍照。拍了一会儿,又跟背对着自己的修船小伙搭讪,"嗨,你好,能告诉我为什么所有的船都要漆成海蓝色吗?"

"因为龙王喜欢呗,龙王高兴就多给咱点儿好货……"浑身沾满了油漆点点的小伙子一开口,李夏脸上立即变了色,她拉过那人摘掉他的帽子,几乎惊叫出声:"赵俊亮,你不在市里送快递怎么跑这儿来修船了?"

赵俊亮朝李夏咧开个笑,又继续回身干他的活,"我就是这村的人啊,不在这儿应该在哪?咱赵家也算村里的大户,村长赵有余是我爷爷,海边小酒店是我妈唐国翠开的,赵俊辉是我表哥。"

赵俊亮一连说出三个李夏熟悉的名字,李夏立刻恍然道:"你早就知道我来镲儿塘了,是不是?你故意躲我?"

一听这话,赵俊亮终于把手里的油漆桶和刷子都扔在了地上,示意李夏跟着他走到码头更远处没人的地方，才开口问："我说李大小姐，是谁跟我说老死不相往来的？"

"我说过这话？"李夏明知故问，"我记得我说希望咱们做普通朋友。"

赵俊亮撇嘴哼了一声，"又普通朋友了？"

"怎么，不愿意？"李夏朝他瞪了眼，赵俊亮马上矮了气势。"愿意，愿意，行了吧，不过咱妈说了，不能跟城市里来的坏女人说话。"

赵俊亮转身想走，李夏却听出他话里有话，立刻拉住他问："喂，你这话什么意思？"

赵俊亮得意地朝着她笑，"没想到咱们无敌女超人也有搞不定的事，你还不知道吗，村里已经传遍了——说城市里来的漂亮姑娘原来是个女骗子，来骗村里建庙的钱。"

"啥？"李夏简直不敢相信自己的耳朵，"你再说一遍。"

赵俊亮真重复了一遍，李夏仍是反应不过来。赵俊亮趁机捏她的手，李夏才回魂般甩开他的手，瞬时爆了脾气，"我靠，谁传的瞎话，也太瞎了吧！不就是方案没通过吗？我怎么就成骗子了？"

"小地方就这样，你习惯就好。"赵俊亮又来一句让人吐血的话，李夏嘴巴张了又合，实在不知道说什么好。她阴着脸转身就走，她想让赵俊辉替她辟谣。没走几步，她又停下，略思忖后，折回来走到赵俊亮跟前。

"你说赵有余是你爷爷？"

"是啊，怎么了？"

李夏突然绽开笑脸，挽住赵俊亮的胳膊，强迫邀请说："走，我请你喝酒去。"

知己知彼方能百战百胜。要想让赵有余同意自己的策划案，李夏认为必须投其所好。酒过三巡，赵俊亮也把他爷爷的老底抖得差不多了。李夏明白，赵俊亮是故意放水，他想帮她，却又怕她不好意思。哎，明明是个手粗脚粗的大男孩，为什么心思倒总是比她还细密。

把微醺的赵俊亮还给老板娘,李夏独自出了海边小酒店。做老妈的都不容易,害怕她这个城市里来的坏女人把儿子骗了,却又碍于她是有钱侄子的朋友,不敢多阻拦。李夏猜,刚刚过去的两小时,唐国翠一定很挣扎,就连她那排山倒海的招牌笑都不见了呢。

酒气未散,站在小酒店门口,李夏竟不觉得冷。她从口袋里掏出一包薄荷烟,抽出一根点上。想事情的时候,她总是习惯点上一根薄荷烟让自己更清醒。海边小酒店开在码头上,李夏站在门口就能看见刚刚还是灰蓝色的旧船已经换上水蓝色新装。只是,她还是不懂,为什么渔船都要漆成这颜色?

往前又走几步,站在码头最边沿。李夏远远眺望海天相接处,蓝和黑两个大大的色块那么自然地融化在一起。

人与人也可以那么亲近吗?

她也可以吗?

她真可以融入镲儿塘吗?

这些不懂遵守城市法则的人和事,真能开启她的新人生?或者,只是将她的生活搅得更混乱而已?那些她想逃开的人和事,在镲儿塘依旧继续混乱着,如果这里并不是解脱之地,她又何必停留。

手指感到一股灼热,李夏松了手,烟屁股掉在地上。踩灭那星点火光,李夏将冰冷的双手插进羽绒服口袋。视线不断上移,她喜欢触目所及的颜色。天,那样清透的蓝,城市已失去许久。几只白色海鸟闯进了李夏的视野,雪白的翅膀扑向船头。呵呵,它们也喜欢蓝色的渔船呢!李夏自言自语:“蓝色啊,难道是因为——那是最靠近神的颜色?”

没人回答。

不知过了多久,温暖,突然裹上身。

是个男人的怀抱,依稀可以嗅到好闻的香水味。李夏没有挣扎,只对来人问:“赵俊辉,你是打算现在就把我赶出村子吗?”

赵俊辉闻言松了手,退到李夏身侧,一脸坏笑问:“怎么?知道人言可畏的厉害了?要不然一会儿坐我的车回市区,晚上咱俩可以一起过个情人节。”

听这话,李夏猜他已经知道村里那些谣言。赵俊辉掏出烟,抽出两根,一根递给李夏,一根自己点上。他望着退潮后一片泥泞的滩涂,狠狠抽了口。“你我都知道,五十万干不了什么,无论是做宣传还是建庙,不过就是给我爷爷一个安慰。”

“五十万或许也可以做很多事……”李夏掐掉手中的烟,觉得不合口味。有点急躁,她挑衅问,“赵俊辉,你现在是作为投资人在和我谈工作吗?”

“不,是作为爱慕者,想和你谈谈心。”赵俊辉一副认真神情,反遭李夏讥笑。“我不早说了,我对二手货不感兴趣。”

“咱可是黄金二手货!”

“钻石的还可以考虑看看。”

“你想要多少,我买给你。”

“太值钱的东西,我怕别人偷,更怕别人惦记。”

斗嘴一阵,忽地,两人都沉默了。李夏偏头打量身侧的男人,一身名牌配备,品位也属上佳,受过良好教育,绝对是个理想的结婚对象,只可惜太优秀的男人总有无数女人前赴后继,她吃过亏了,知道拥有这样的男人未必是幸福。

“李夏,知道我为什么找你来?”赵俊辉突然开口,李夏摇摇头,等待下文,“记得吗,你曾经跟我说过,你有一个梦想。如果你可以在镲儿塘实现它,我希望我也可以参与一下。”

“梦想?我现在最大的梦想就是赚更多更多的钱先还清银行贷款为自己赎身。”李夏选择性失聪,不理会心底的微漾。赵俊辉也不追究,又给自己的承诺加码。“如果你做得好,我会为你争取更多投资。”

李夏沉默了。

好半晌,她才偏过头问:“赵老板,要不要和我一起去听故事?”

题目:《飞钹三曲》

出处:镲儿塘民间传说

讲述者:螺姑

记录者:李夏

镲神庙落地镲儿塘，有好事者提及田福曾执镲收获满仓黄花鱼,便有胆大者摘了高悬在庙梁上的响铜镲带上船,却因此反而得祸。人人都想沾沾仙气,怎么办呢?有老人见多识广就出主意:小船装不下神物,可以仿一对神镲带去庙里加持。

有人按此法仿制响铜镲,还真灵验,于是渐渐就流传了仿制神镲的习俗。后来又有被芦花、田福所救的渔民回村后说起两人均是在碧霞娘娘座下修行,得娘娘神力护佑保护大伙,于是镲儿塘人再去景忠山烧香总会带上自己的镲给娘娘开光。大伙都相信得了娘娘加持的响铜镲能够敲出不同寻常的声音，这样自己在海上遇到什么风险,只要镲在,敲几声,娘娘听见一定会派芦花和田福前来救人。

又过了几十年，有一赵姓族人发现响铜镲在海上做联系用特别好使，声音清亮不说还传得特别远，于是就编了几套不同的镲点,用作船队联络捕鱼、下网、收网之用。这本是好事,可没想到许多村民都强烈反对,他们觉得这会惊扰了护海娘娘的圣驾,坚决不允许赵姓族人再滥用。这个赵姓族人是个耿直性子的小伙子,他并不觉得自己是在冒犯神灵,他亲自前往景忠山请碧霞娘娘解惑。

赵氏族人上山后误入侧院,偶见一道长习武,他执拂尘劈空飞跃,武得特别好看。他闷头看了一阵,心下有了主意。他回到大殿前,用细绳把娘娘神码儿拴在头顶,绕过脖子,用嘴咬住,然后更裤赤脚背起一副马鞍进了大殿。他来求愿，定是要先给娘娘烧个苦香,让娘娘知道自己愿做驾前的马一心侍奉,以表诚意。大礼过后,他跟娘娘说起神镲的事:“娘娘啊,您赐的神镲在海上好用着呢,咱们收成一年比一年好,这都是靠您的保佑。可现下小人有个事,定要求您解惑。我镲儿塘人历来全心全意供奉镲神从不敢怠慢,仿制神镲随身带着,也是信着您神力无边定能保咱风调雨顺。只是,这响铜镲只做信物着实浪费,小人做了几套镲谱用作劳动之用,您可觉得被冒犯?求娘娘给个明示。我刚在殿外遇到一道长,想学了他的本事回去制作一套镲谱专门为祭祀娘娘所用。如果您允我带镲上船用作劳动之用，就令那道长不要拒绝我的求教，要是他不答应,我就当娘娘显灵以后绝不再辱没神镲。”

赵氏族人磕了头走出大殿，在山上寻了一大圈却寻不着那道长的踪影。他正着急时,忽听有人喊他名字,回头一看正是那道长。他急忙求教,道长欣然授教。

自那以后,镲儿塘就有了不同的打镲谱子。有“敬香”等曲子是专门拜娘娘用的,有打喜的曲子是专门通报丰收的,也有更多打镲的套路是用于海上生产的,都像暗号似的,各队不同且不外传。

这么多镲谱,只有祭拜护海娘娘的曲子是在陆地上飞的。执镲者要是没几手凌空飞步、劈空掏月的本事,绝对选不进飞镲会。在镲儿塘,谁家小子要是能被选进飞镲会,那绝对是一等一的海狼。因为在镲儿塘特别兴旺的那些年，飞镲会每年都要选出飞得最出色的一个小伙，负责带领村民一路飞拜至景忠山，向娘娘请安祈福,并献上“飞钹三曲”。

将新从螺姑那里收集来的故事上传博客，又仔细分析了袁天乐提供的有关飞镲的重要信息。李夏终于找到了突破口。她兴冲冲走出房间,却发现三层小洋楼里竟然空无一人。看看手机,原来已经是晚饭时间了,上面还有一条新信息,是袁天乐留的,依旧是惜字如金:海边小酒店。

这几天,她们三餐基本上都是在那包饭。海边小酒店不大,五个单间就满员,厨房里也只有一个墩两个灶。常住人口就是老板娘唐国翠、厨师唐晓鸥和一个帮厨的六婶,忙不过来的时候请几个外援,无非也是亲戚家的七大姑八大姨。唐国翠是村长赵有余的二儿媳妇,和丈夫赵二海以前都是市区化工厂的工人,下岗后回到村里一边经营海边小酒店一边照顾老人。唐晓鸥是唐国翠的一个远亲，刚满十八岁,高考落榜后本想和哥哥唐大鹏一样出去打工,却被唐国翠以年纪太小为由留在身边。三年前他们两兄妹的父母因为车祸离世,唐晓鸥一直受到唐国翠的照顾,许是怀着报恩的心态,就这么在海边小酒店干了下来。唐晓鸥从母亲那里继承了一套渔家私房菜谱,做得一手道地纯正的海宴,海边小酒店也因此极受饕客们的欢迎,常有回头客不远千里跑来只为了一饱嘴福。

李夏还知道，死了老婆的赵有余三餐也都是吃在二儿媳妇开的小酒店。想到要碰面,李夏有些犹豫。正这时,手机铃声响了起来。是赵俊辉打来的。

“喂,工作狂,快来吃饭。”

“你们都在?”李夏脑中突地闪过一个念头,她知道这很冒险,但她想试试,“赵俊辉,村长酒喝得怎么样了?”李夏听赵俊亮说过他爷爷爱喝酒,喝高兴的时候特别好说话。

“连我爷爷爱喝酒你都知道啦,看来你对镲儿塘的了解进展神速啊。”

“他喝得还高兴吧?”

“还不错,被我妈安抚了几句,态度正在软化当中。李夏,你不错呀,我太奶竟然都替你说好话。别人说话可能没用,我太奶一开口,爷爷准保听话。”

似乎……听起来……那边的气氛很不错。也许现在正是时候。李夏回房间抓了一件外套就奔出了门。她以有生以来最快的奔跑速度闯进海边小酒店,直冲进赵有余一家吃饭的单间。在众人的惊诧目光中，她拿过桌上的空杯子倒上了满满一杯白酒，敬过赵有余,二话不说先干了——

“村长,今天上午拿出一个不合格的策划案是我的疏忽,我向您赔罪。现在,我有一个新的想法想获得您的认可,如果您还是不满意,我今晚就离开镲儿塘永不再碰这个案子。您看如何?”

这突发的状况令全场静默。赵俊辉想开口李夏不要意气用事,却被赵有余拦下,他不怒反笑,起身干了杯中酒,高声道:“好！爽快！我喜欢你这女娃的性子。你说说你的新想法。”

“第一,我听说飞镲已申报国家级非物质文化遗产,也来咱村采访过,请您做过谱系,咱们应该争取传承人的身份认可,因为这才是镲神庙重现于世的重要佐证;第二,我打算为镲儿塘重新组建一支飞镲会，为他们争取机会出去比赛和表演，为镲儿塘做宣传打知名度；第三，我将策划一系列镲神祭活动，赵俊辉有一点说得没错，镲儿塘名气大了将会吸引更多的投资。我想将系列活动的高潮定在封海日，举行封海祭，我们可以与政府环保部门合作，咱们滨海市现在正大力建设生态城市，我们应该把镲儿塘打造成渤海生态第一村。有海、有船、有美景和美味，镲儿塘才能吸引游客；有神、有庙、有历史，才是值得保护的古村落；但是……这都不是最重要，最重要的是，咱们应该齐心合力打造一个独一无二的镲儿塘，独一无二的！因为咱们有飞镲啊，我终于找到最珍贵的资源了，它是祭天祭地祭海祭神的信物，是咱村标志性的神器，咱们怎么可以不好好利用！村长，一起来做这件事吧，这是咱们追寻镲儿塘传统文化的最后机会，我相信这也是复兴镲儿塘的大好时机！”

这一番话说愣了一桌人。

赵有余脸上面无表情，他点了根烟，慢慢抽着，也不表态。大家都在等赵有余发话。好半晌，直到掐掉烟屁股，他才开了口：“飞镲，是个好东西呀，可惜了，真是个好东西……”

春天花会开

“春季里风吹万物生，花红叶绿草青青，桃花艳梨花浓杏花茂盛，扑人面的杨花飞满城……”李夏昏昏沉沉地躺在床上，午饭后她吃了感冒药，现下困得要死。平生第一次见义勇为，在腥气十足的虾池子里捞出田家富，虽说是功德一件，可一想起自己是那晚唯一挂了病号的一个，她就觉得憋屈。连螺姑都笑话她小身板太弱巴，经不得风浪。可城市里讨生活的“白骨精”，哪个不是外强中干？这样想着，李夏心里又平衡了。

《花为媒》顺着窗户缝一直往她房里钻。这是螺姑最喜欢的评剧，李夏以前最受不了这些戏曲，最近被螺姑熏陶得竟也觉得这唱词很有意趣。拥着被子蜷缩在床上，李夏忍不住跟着哼：“爱花的人惜花护花把花养，恨了花的人厌花骂花把花伤。牡丹本是花中王，花中的君子压群芳，百花相比无颜色，他却说牡丹虽美花不香，玫瑰花开香又美，他又说玫瑰有刺扎得慌……”

气不够用，李夏一阵咳嗽。她急忙跳下床喝水，又顺道取了笔记本电脑查看资料。就算是生病中,她也不能闲着。宣传镲儿塘,这第一炮她算是打响了，最近陆续来了几批人马想在镲儿塘投资建庙。

苍井优一是滨海市开发区一家日企的老板，据说螺姑的丈夫曾经救过他父亲的命,只是村里人对于他的国籍颇有芥蒂;而来自美国某民间文化保护基金会的勃朗先生，说是要在镲儿塘和鱼骨庙村择其一投资扶持建庙,但看他对那副出土铜镲的兴趣,很有可能最后花落镲儿塘;即使这两家都不成,还有袁天浩兜底,他似乎铁了心要在镲儿塘搞点啥,最近常跑来村里来找赵有余套近乎。

而她的下一个任务就是筹办飞镲会。办活动,李夏不犯愁,但她最腻歪这摆弄人的事。村长赵有余不想得罪人,几次都表态要她操持飞镲会的选拔,并希望她重用赵俊亮,这让李夏觉得为难。她不想在镲儿塘和赵俊亮走得太热乎,毕竟……

有人敲门,打断了李夏的思绪。是马三姑送来热水,又问有什么要洗的脏衣服。李夏翻出牛仔裤,叮嘱她裤子很贵一定要手洗。马三姑拎过去瞅，指着裤子上的破洞和油漆痕问:“这裤子都破成这样了,还要?再贵也不能穿条破裤子呀,还有这油漆用酒精也洗不干净。”

李夏忍住笑解释:“这是流行,要是没有这些油漆点点,这裤子的价钱也许得少了零呢。三姑，你就小心别把破洞越撕越大就成了。”

“就这么一条破裤子有这么值钱?得好几百吧?”马三姑最近常替两个城市来的女孩洗衣服,知道她们穿的衣服都不便宜。

“我记得,好像不到两千块。”

“嚯,就这么一条裤子,够我干上三四个月的了。你们这些年轻人真是会享受……”马三姑将拎着的裤子小心叠好,临出门时还一直嘟囔,“我看,洗你这衣服,我得先跟上帝祷告祷告。”

马三姑信奉基督,每有难事必先祷告。虽然人有点唠叨,但做事还勤快,也许是信了教的缘故,对人也极为和善。听说她以前是个暴脾气,儿子遇了海祸后就完全变了一个人。这也是一个苦命的女人，忙活了大半辈子，结果丈夫儿子都早早地离她而去。

睡意被扫个精光，李夏又捧起电脑，打开一个新的文件准备草拟个飞镲会成立筹备方案。刚敲了几个字，又有人敲门。这次出现的是赵俊亮。他会主动来倒令李夏有点好奇。自她来到镲儿塘，他还是第一次主动上门。

“要是来探病，我要说谢谢，不过……我记得咱们两个有过约定。”李夏开门见山，先在两人之间隔开一道屏障。赵俊亮故意寻了屋子里距离床头最远的角落，靠在墙上直抒来意：“我有事和你说。”

李夏表情未变，心里却是一怔。自打在镲儿塘见面，赵俊亮就变得有些陌生。她不语，等着他继续说。

“我要留在村里，好好把飞镲学下，我想亲手操办飞镲会。”赵俊亮如此斩钉截铁地要求着实令李夏惊诧，这不是她曾经熟悉的那个少年，她现下甚至看不透他的想法。

李夏试探问：“你是想……抢我的活？”

“不，我是想接下你不想干的活。”

“你又知道我不想干？”

“你弄这个是赔钱买卖。再说了，镲儿塘的飞镲会本来就应该由村里人操持。你是外人，就算把人攒起来了，他们也未必听你的，这村里都是拧种……”

“赵俊亮，为什么？”李夏突来的问话让赵俊亮愣了一下，见他似懂非懂，李夏又追问，“为什么突然对村里的事这么上心？为什么不回城里？你不是刚刚升职了吗？”

这话让赵俊亮一下子沉默了。好一会儿，才闷声说：“给别人打工一辈子也出不了头。是你跟我说的，每个人都要努力过自己想过的生活。”

李夏望着眼前这张还略显稚气的脸，她知道赵俊亮并没有完全道出实情，但她并不打算逼他。他有一点说得没错，亲自操办飞镲会对她没什么好处，而对于赵俊亮来说却未尝不是一个机会。只是……赵有余葫芦里究竟卖的什么药啊？李夏谨慎再问：“我只问你一句，你爷爷究竟希不希望我插手这事？”

“今天我来找你，真的和我爷爷没关系。”

李夏审视着赵俊亮脸上的表情，看起来他说的并非假话。那他身后站着的那个人是谁？究竟是谁要他接下这个担子？他们还有什么计划？一连串的疑问在李夏心中蔓延，但她强忍住好奇。

“你想我怎么帮你？”听李夏这么问，赵俊亮紧绷的脸色终于放松了些。他笑了，笑得像李夏所熟知的那个大男孩一样单纯可爱。“我没经验，该怎么操办，你教我，我会认真学。”

“什么都听我的？”赵俊亮使劲点点头，李夏忍不住夸他，“看起来干劲十足啊，不过……”

“不过什么？”

“这事，我做不了主，你得找别人。”

“谁？”

“想成事，首先要先学会凡事不依赖别人，这是第一课，问题我留给你了，答案你自己找。”

赵俊亮劲头正足，立刻发了豪愿。李夏借口身体不舒服打发他离开，临出门时，他又说起车祸的事。那晚，李夏亲眼看着田家富的车翻进虾池子，若不是她和赵俊辉及时相救，怕是要闹出人命。

“听说，车上被人动了手脚。”赵俊亮一脸神秘的样子，好像知道很多内情似的。

“他得罪人了？”出事的田家富在村里也算是个小名人，育苗场、海产加工厂都是他开的，有钱，能折腾，据说明年换届的村长之位他势在必得。不过，李夏对他没什么好印象，暴发户一个。

“人不能老是朝钱看。”赵俊亮蓦地冒出这么一句，引得李夏又将目光集中到他身上。被看得不自在，他抢白道，“本来就是嘛，只要钱不要脸，亏他还能在村里待下去。瞧瞧我大妈和俊辉哥，自己富了可没忘了村里人。”

“赵俊亮，假如有一天你也富贵了，可别学他。”李夏说得语重心长，赵俊亮却撇撇嘴不以为意，迅速消失在门后。李夏明白他的心思，此时的他肯定认为自己是杞人忧天。也对呢，她有什么资格说那些话呢，人总是要变的。大家能做的也只是去迎接生活。比如此刻，让《花为媒》送她入眠，烦心事太多，她又困了——

“春季里风吹万物生，花红叶绿草青青，桃花艳梨花浓杏花茂盛，扑人面的杨花飞满城……”

螺姑喜欢植树节。她说镲儿塘最难生养的不是人而是树，能多点绿就是给孩子们最好的财产。植树，在镲儿塘确是件奢侈的事，这退海之地盐碱化程度十分严重，树苗栽下去常常是有今儿没明儿的。时间久了，人们都觉得这事太劳民伤财，最多就是在自家小院种一棵试试。

赵有余当村长后，每年植树节都号召村民们参加义务劳动，村里道路两旁前些年栽下的杨柳生得挺壮，今年村委会决定在村西面植下几道防风林。另外，村委会也给村民免费提供一些果树苗，鼓励大家在家里试种。

趁着年轻人多，赵有余宣布了村里要组织飞镲会的事，要年轻小伙们都到村委会报名去。这个消息顿时在人群中炸开了锅，三五成群地都在议论。

李夏寻了个角落，找了块石头坐下歇脚。没想到种棵树还挺累人，要不是傻顺刚刚一劲帮忙，她还真不相信自己能种下那棵树苗。傻顺真是个好人呀！只是可惜了，这么好一个人怎么突然就疯了呢？据李夏这些天听来的八卦讲，傻顺以前也是个正常人，初中毕业就出去打工，据说还是在一个世界500强的大企业。然后某天，家人就接到了一个电话通知他们去工厂领人，挺乐呵一小伙子不知怎么着就变成了一副呆傻样，这还是傻顺最乐观的状态，不乐观时据说满村撒疯谁都拦不住。

“怎么，打算在镲儿塘长住了？”背后突来的声响吓了李夏一跳。回头一看，是边防派出所的王所长。李夏玩笑问：“怎么，想给我办暂住证？”

因为田家富出车祸时见过，后来又一起喝过几次酒，算是熟人，他又年轻，李夏说起话来比较随便。王所长这人不错，挺有责任心,人也算热情。不过,即便如此,李夏也不认为他主动找上自己,只是搭两句闲话。

“听说你病了,好点儿没?”

“反正不糊涂,有什么事劳您大驾亲自过问,赶紧说吧。”听这话,王所长立刻嘿嘿傻笑两声,不甘心地回嘴:“你个女孩子,嘴茬子这么厉害,小心嫁不出去。”

“劳您费神了,谢谢。”可能是感冒的关系,李夏有点烦躁,她耐着性子又问,“要不,咱说点儿正事?”

“行,说正事。”王所长往四周人群望了望,低声问,“那个勃朗先生,你知不知道什么来头?”

“不清楚,怎么了?”虽然这些天风言风语往耳朵里灌了不少,李夏可不想给自己找麻烦。勃朗先生又不是她找来的,她可不爱蹚浑水。

“那老外自打来了镲儿塘, 俩眼珠子就到处踅摸, 我怎么觉得——他就不像个好人呢?”

李夏扑哧笑出声,王所长太实在了,虽然她也对勃朗先生有此感觉,但她觉得还是客气些好。她拍拍王所长的肩膀劝说:“亲爱的人民警察,您说话是不是应该含蓄点儿,勃朗先生现在可是镲儿塘的贵客。”

“现在是贵客,将来指不定是什么。”李夏的话显然没说服王所长,他凑得更近些,神神秘秘地追问,“你真不知道内情?”

李夏皱起眉,这世界上怎么有这么多内情啊,躲到镲儿塘这鸟不拉屎的小村子了生活竟然还不能简单些,真烦。她起身,拍拍衣服上的土,四两拨千斤地回话说:“我看这事儿,你问陆军可能更合适,毕竟他作为翻译,和勃朗先生接触最多。”

王所长也清楚,问李夏还不如直接找陆军去,只是陆军在村子里角色特殊,人也性情孤僻,他反而不敢像对李夏这样开门见山地问询。话说回来,这陆军和勃朗最近真是腻乎,简直快形影不离了。以前那小子可是有时间就跑去乡里帮忙,哪有心思在村里折腾啊。他忍不住抱怨:“现下这镲儿塘真是不一样了,以前多安静的地方,现在天天都是事。”

这话倒把李夏逗乐了，她坏心地说：“王所，那你可得再多做些心理准备了，往后这村子只会越来越热闹，绝对够你忙活的。”

王所长听了这话眉头皱得更紧了，趁他想事情，李夏立马开溜。她也头疼了，明明吃了感冒药，为什么还一直头疼呢？

赵俊亮也不明白了。当初爷爷可是哄着他要教飞镲，可现下他想学了，爷爷倒端起架子，非要他跟村里招起来的年轻人一起学。这是啥意思？不给吃小灶？赵俊亮绷着脸在小酒店里来回踱步，他不甘心。

“哎呀，你别折腾啦，小祖宗，看得我心发麻。”唐国翠明白儿子急什么，可他这样也不解决问题啊。原本儿子打算留在村里的事，她就有点想法，一说起这事她就忍不住埋怨，“你说你放着城里好好的活不干，非回来学什么飞镲，这能当饭吃吗？就是够个吃喝，也养不了家，你爸不就是一反面典型，你说你跟着凑什么热闹……我看，你还是回城里好好干活去，别跟着你爷爷瞎折腾……”

赵俊亮被唠叨得烦，干脆出了小酒店，跑到码头上吹风。初春的风挺有劲，烦躁的情绪被抚平了些，可他还是不明白自己究竟哪一步错了。他原以为自己轻而易举就能获得重用，毕竟这飞镲老赵家才是正宗，爷爷这是怎么了，老糊涂了？

“亮子哥，我想和你说点儿事。”唐晓鸥的声音打断了赵俊亮的心绪，他偏过头还没开口，唐晓鸥就自己抢白说明来意，“我打算把小酒店的活辞了。”

“咋了？”赵俊亮诧异，他一直以为唐晓鸥在小酒店干得挺高兴，“你跟我妈闹矛盾了？我妈更年期，你别理她。”

“没的事，翠姨一直对我挺好。”唐晓鸥怕他误会，急忙摆手解释，“但我想和你一起到市区去找工作。我上次不是和你提过？”

“我以为你说着玩的，小酒店不挺好的，干吗非到城市里看人脸色？你就那么欠人使唤？”心里还兜着气的赵俊亮说话老实不客气，惹得唐晓鸥也不高兴了。“那你为什么非要进城？我跟你的想法一样呗,你这不是鱿鱼笑八带嘛!”

赵俊亮沉默了。是啊,四年前他还不是像现在的唐晓鸥一样,拼了命地想去闯世界,以为只要努力终会干出属于自己的一番天地,可现在……他的天地究竟在哪,就连他自己也搞不清了。

“喂,亮子哥,翠姨让我劝劝你,还是回市区去找工作。”见赵俊亮闷不吭声,唐晓鸥又催问,“你之前的工作,真辞了?”

“辞了。”这次,赵俊亮回答得倒挺爽快。

“不喜欢?”

“嗯。”

“那就换一个呗,干吗非在村里窝着?”

“我想做一个别人无法代替的人。”赵俊亮又冒出这一句,唐晓鸥听不懂,她想要赵俊亮解释,却发现他的眼神瞬间凝住了。循着视线望过去,就见小酒店门口李夏正和赵俊辉说话。两人说了一阵,李夏似乎不太高兴地转身想走。赵俊亮眼中绽出别样光芒,吓了唐晓鸥一跳,她仿佛意识到了什么,故意问:“亮子哥,你说你俊辉哥找来的那些城里人靠得住吗?前些天不还传说是女骗子,这几天村长又把她当贵宾了。我看未必是什么好人,那么年轻能懂什么,哪个有名的专家不是白头发。”

“别瞎说,人家是专业人士,在这行干了十多年了。”赵俊亮收回视线,警告唐晓鸥。

“骗人,她才多大,也就二十出头。”唐晓鸥得意扬扬地戳穿他的话,赵俊亮不自觉替李夏解释:“她今年三十岁了,十八岁就入行做兼职,一边读书一边工作。”

“哼,干了十年就厉害了?”唐晓鸥见赵俊亮一直为李夏解释,更气了,提高了声音反驳,转一想又觉得不对劲,“你咋对那女人的事这么清楚?”

唐晓鸥不明白赵俊亮怎么突然就喜欢别人了。虽然她的亮子哥一直也没喜欢她,可他不是一直对女人的事不开窍吗。不好,大事不好!他肯定是喜欢上城里来的那个狐狸精了。她还想追问,赵俊亮却阻止说,“你别跟来,我找俊辉哥说点儿事。”

赵俊亮回到小酒店，赵俊辉正和唐国翠商量关于李夏和袁天乐包饭的事。他要唐国翠把配餐安排好点儿,超出标准的部分费用由他来补，说着还掏出一沓钱放在吧台上。唐国翠一听这话就急了,这俩姑娘是在为村里做事,她能帮上忙也觉得挺光荣,怎么可能从她们嘴里抠钱呢。两人为了那沓钱推来推去,还是赵俊亮看不下去了,抓了钱说:“你们都不要,我就不客气了,操持飞镲会用钱的地方多着呢。”

“对不起,花钱的事都得走账,不劳你费心。”赵俊辉说话间就从赵俊亮手中拍回了那沓钱,又塞在唐国翠手中,见二婶并未理解他的用意,他干脆说得更直白,“二婶,这钱就是一点心意,她们两个外人在村里总是不方便,又都是小姑娘,您这儿人流多传话的也多,要是听到什么一定给我通个消息。毕竟人是我带来的,我得确保她俩的安全。”

唐国翠这下总算听明白了,她勉强收下钱,又信誓旦旦地保证一定好好照顾俩姑娘。赵俊辉见这边的事搞定立即告辞,赵俊亮见机一把把他拉进单间。

“这么大脾气,对自己的表现不满意呀？”赵俊辉明知故问,他刚和爷爷谈过堂弟的事,他猜赵俊亮肯定也是说这段。

“没的事。”被窥到心事,赵俊亮不甘心地回嘴,说完又后悔自己嘴快。他找堂哥就是为了请教他,可他偏偏拉不下脸。

“亮子,你表现不错,别把自己逼得太紧。”赵俊辉若有所指,见堂弟一脸懵懂,他又说,“爷爷不让你管事,是为你好,枪打出头鸟,你当了头儿,那帮小子也未必甘心情愿听你的。”

“是啊,我算老几啊。”赵俊亮忍不住嘟囔,听得赵俊辉直想笑。堂弟还是太年轻了,那根直肠子连个弯都不会拐,怪不得爷爷要替他先做打算。

“你是第一还是最后一名,那要看你自己有多努力。不过,我可以先给你吃颗定心丸,我答应你的事并没变。”

“真的？”赵俊亮面露喜色。赵俊辉又给他补上一剂强心针说:“只要你听我的好好干,要钱要人我都全力支持。”

赵俊亮感觉一股力量重新又充满了自己的身体，整个人顿时清爽起来。“没问题,哥,我听你的。”

“还有一件事,亮子,你要注意。”

“啥？”

“你和李夏还是保持点儿距离比较好,否则她在村里难做事。”这是赵俊辉第一次跟赵俊亮提起李夏,他心下一惊,猜不准堂哥究竟知道多少关于他们的事,只能含混探问:“我替你照顾贵客,有什么闲话好传的。”

“替我照顾贵客？”赵俊辉撇撇嘴冷笑两声,“那你照顾得挺好啊。”

“你什么意思？”

“她发烧都快烧糊涂了,你知道吗？”赵俊亮被问愣了,他知道李夏感冒了,可什么时候严重到这般地步？他脸上顿时显出自责神色。赵俊辉似乎挺满意堂弟的反应,他意有所指又说,“如果没能力照顾别人,就别说什么大话,否则也只是给别人添麻烦而已。”

“我去找吴大夫。”赵俊亮没听懂堂哥的话,他一心想着赶快找大夫给李夏看病。赵俊辉立刻将他拦下。“不用了,小卫生院的条件太差,我一会儿载她回市区。”

赵俊亮缓下脚步,回头望着赵俊辉,好像突然发现他头上长了角似的,瞪圆了眼望着他。“哥,你是不是喜欢李夏？”

赵俊辉似笑非笑,反问:“漂亮姑娘你不喜欢？”

赵俊亮见堂哥这副转样,本想说道说道他和李夏有多亲近,可是一想到李夏的警告,他只好欲言又止。

那天,李夏见赵俊辉为自己生病而紧张的样子,还真以为这男人爱上自己了。可惜,现实总是残酷的,那不过是移情作用罢了。原来十几年前的某一天，他父亲赵大海就是因为感冒发烧在小卫生院耽误了病情，转入城里大医院时已多器官衰竭，没几天就病逝了。所以,她因祸得福,获得了一周的强制假期。

除了每天去医院报到输液,大部分时间李夏都赖在家里画画。

她已经许久未拿起画笔了,曾经有好长一段时间,她每每拿起笔却不知道自己要画些什么。而现在,螺姑讲过的那些关于镲儿塘的故事,在她脑中不停闪耀着,除了文字,她还想把那些人和事全部画出来。

一周后,赵俊辉来电话说要为一个生态建筑项目忙活去,镲儿塘的工作将全权交由李夏负责,并说五十万的策划费用已全部汇入了她的户头,随她支用。他甚至留了话,只要活儿漂亮,他不会查账,也就是说,李夏如果可以花二十万搞定所有活动,那剩下的钱都是她的净收入。旧同事来了电话,要李夏回公司做一些交接手续。李夏本来想直接甩手撂挑子,想了想,还是觉得应该以和为贵。毕竟还在一个圈子里混饭吃,现下可是欧总欠她人情了。

袁天乐来电话说,网站搭建得挺顺利,要李夏在城里再搜集一些她要的素材。李夏又亲自跑到服装批发市场,她答应赵有余从策划案专款中拨一部分钱为飞镲会购置服装和器材,这可是从她身上剜肉啊,她当然能省则省,只是那些大同小异的廉价货都不能让她满意。

博客的内容一直在更新中。点击量也一路在攀升。镲儿塘的故事,就像一部连续剧,吸引了众多的观众。其中,有热心者跟帖出谋划策说应该把镲儿塘建成一个与世隔绝的桃花源,也有忧心忡忡者告诫重建即是毁灭。

其中,有个留言者尤其引起李夏的注目。他说:镲儿塘就是一块不毛之地,不管赋予它多少传奇,也改变不了人们内心的荒芜。他说:李夏,你不是神,你什么都做不了,还是赶紧滚蛋吧。

李夏本想删掉这些留言,转念一想又回了那人一张小纸条:我可以滚蛋,只要你亲自来说服我,这块不毛之地究竟有多荒芜?

回复完,李夏点开写博客的页面,心情颇愉快地开始工作。

标题:飞镲会成立纪事

我知道我无聊,我就是故意挑十八点十八分这样的时间上来发文。八是个神奇的数字,看似互不相容的圆圈,放倒下去却又代表无限可能。城市与镲儿塘,谁又能说不会生发出一段传奇呢?

喜欢镲儿塘，可能是因为这里有一群单纯为了做好一件事而努力着的人们。飞镲会成立了,一帮在村里闲着无事、调皮捣蛋的臭小子们被选了出来,每天集中在一起进行强化训练。一个月后,他们将通过考试决定能否被飞镲会录用。

也许你会问,他们没有其他工作吗?在镲儿塘有种特殊现象,出海跟船劳作的大都是中年人,或是从外地雇来的打工仔。本村的年轻小子们只要家里富裕些的,基本都不上船。为什么?如果你家只有两个孩子,又或者只有一个男丁,你也舍不得让他出海吧。海上的凶险是完全不可控的,每次出海都可能再也回不来。所以这些做父母的,宁愿自己辛苦,也不想有天白发人送黑发人。

哎呀,话题扯沉重了。说点儿八卦,据赵俊亮讲有天来了一个女娃想报名,竟然被村长给轰回家了。咱们亲爱的赵有余村长,坚持飞镲会只用男丁,也够封建的。不过李夏我已有对策啦,哈哈,暂时保密。

苍井报恩

春分日,昼夜均分,阴阳各半。螺姑说,镲神庙若要修造动土,非春分日不可。赵有余只好组织村民开大会,公开招标,并要村民投票决定在苍井优一、勃朗和袁天浩三组愿意投资镲神庙建设的人马中,究竟选择哪一路?

苍井优一没有任何附加条件却受到最多非议；勃朗宣称他将派一队专业技术人员在镲神庙遗址处挖掘和重建，但要求对可能挖掘出的物品拥有所有权;袁天浩则出人意料地拉出了赵俊辉,说两人将共同出资建庙，作为交换村里需免费出让一块土地的二十年使用权用于建设温泉会所,这将为村民提供新的就业机会,并带动镲儿塘旅游业的发展，他甚至还承诺为村里免费修建一个温泉浴池。镲儿塘竟然有温泉资源,而且自己将来也能洗上温泉浴,没准还能在温泉会所谋个新差事，虽然还不知道温泉会所究竟是个啥地方,村民们还是一股脑儿地都把票投给了袁天浩这一组。

春分日。

李夏病愈回到镲儿塘参加镲神庙奠基仪式。镲神庙将在原址依原样复建。那是紧靠码头边的一块地，村人去码头的必经之路，现下只有一些芦苇野蒿荒长着，丁点儿能够证明镲神庙存在过的痕迹都难以觅见。可每个镲儿塘人都祖祖辈辈口传心授地被告知那是禁地，即便改革开放近三十年，镲儿塘办工厂、换大船、搞旅游，建饭馆，这块黄金地皮也从未有人妄想用来谋私利。而如今，镲神庙要重现镲儿塘了，村人们一人一锨翻着禁地之土，心思却越发复杂起来。

这一天，苍井先生也来了。他给村委会留下笔钱，并规定这钱必须用于村里修建新的公共厕所和改造一些基础设施。他似乎并不因为村民排斥他的身份而感到不悦，甚至留了电话给螺姑，说要有任何他能帮得上忙的地方都请给他打电话。

苍井先生的车驶离后，李夏陪着螺姑站在村口，望着那条可以通往镲儿塘以外任何地方的路。许久，无话。这气氛甚至感染了与螺姑形影不离的阿黄，直到村口出现了另一番骚动，它才突然狂吠起来。

勃朗先生行色匆匆地背着行李往村外奔，见到她们连个招呼都没打就跳上一辆等在村外的越野车扬长而去。又过一阵儿，派出所的王所长和几个民警气喘吁吁地从村里跑出来。李夏忙问怎么回事。王所长说："那个勃朗先生果然不是好人，什么狗屁民保基金会啊根本不存在，他就是一文物贩子，打咱铜镲和贝壳堤的坏主意。"

"肉香才有狗惦记，随他去吧。"螺姑听了勃朗先生的事，竟褪去严肃表情开心笑了起来。王所长不赞同地"嘿嘿"干笑了两声，就跑到一边打电话跟领导通报情况。一直闷声不吭的李夏，突然偏过头问螺姑："您说，镲儿塘民间故事里该不该有苍井先生这一段？"

螺姑闻言突地紧紧拉住李夏的手，那张满是沟壑的黝黑老脸爬满了笑。"李夏啊，咱镲儿塘的故事都是好人才能得好报，你是个好姑娘，你来镲儿塘是福气，镲儿塘的福气。"

李夏也笑着，此刻，她努力把尴尬的情绪按在心底。这是她已然陌生的情感对接，她被感动了，但那扇心门她仍不想打开，那不是工作态度。

标题：《苍井报恩》

出处：镲儿塘民间故事

讲述者：螺姑、苍井优一

记录者：李夏

2008年春天，镲儿塘出了大新闻，“百年飞镲”出世，当天就上了滨海市的各大媒体。一石激起千层浪，转天就有投资客拥入小渔村。有一日本商人苍井优一也寻到镲儿塘，却说自己不为投资只为报恩。

故事还得从头说起。话说当年日本人占了盐场和晒盐滩，逼着老百姓当盐工卖苦力。民不聊生，就有许多盐民渔民加入了游击队闹革命。赵平安在“鬼见愁”智斗日本大官解救了游击队，日本船也被其他游击队员击沉。故事呢，本应该在这里结束，可偏偏又出了个小插曲。当年日本船翻在“鬼见愁”，赵平安趁乱跳船，本可以就这么一走了之。可游了一阵，他越想越不是味，于是又返回出事地救出了日本厨师苍井，把他藏在芦苇地里，并且摘了苇叶替他敷在伤口上。赵平安小小年纪虽读书不多，但还懂得有恩报恩有仇报仇的道理。苍井虽然是日本人，但是他只负责做饭，从来也没干过杀人放火的坏事。更重要的是，他对他们赵家有恩，他不能恩将仇报。有一回，赵平安爷爷生病，是苍井拿了日本药救了爷爷的命；还有一回，他家断粮数日，他实在没办法就趁送鱼的时候偷了苍井厨房里的大米，苍井发现后不但没杀他，之后还经常偷塞他一些粮食。苍井出海前跟赵平安说过，他马上就要回国和亲人团聚了。

赵平安救了苍井，可心里十分不安，怕苍井看出什么破绽泄露了身份。他便哭着对苍井说：“我真没想到船会遇到暗流，我救不了那么多人，只能救你一个。哎，我原本也不该救你的，这事要是传出去，我家在村子里就住不下去了，而且翻船的事日本人也不能饶了我。可你伤得重，我必须把你送回去医治。现下日本人正雇了村里的人在捞尸体,我把你挪到明处去,让人好找你。咱俩的生死就在您手里了,你一定要好好养身体啊。”

苍井昏昏沉沉地被抬回了驻地，他心里也明白这事要真追究起来,他也脱不了干系。于是干脆假装撞坏了脑袋,没多久就被送回了日本医治。

苍井优一就是当年那个厨师苍井的儿子，也是滨海市最大的一家日资企业的老板。据他说,他父亲当年对赵平安的飞镲神技印象颇深,也猜测他可能是游击队员,但他救了他,所以返回驻地后他一直装疯卖傻。父亲一直教育他与人为善,所以当他在报纸上看到那段父亲经常讲给他的故事，他就觉得自己一定要到镲儿塘来看一看。

苍井优一愿意无条件捐出一百万元人民币帮助镲儿塘重修镲神庙,却遭到了村民们的强烈反对。镲儿塘人可不愿意在日本人花钱修建的寺庙里拜自己的神灵,更有老人冷嘲热讽,提议不如用这一百万修厕所。苍井优一不怒不恼,欣然与村委会签订一纸合约,留下百万元用于改造镲儿塘的公共基础设施。

春分日好。

苍井优一参加镲神庙奠基后,悄悄乘车离开镲儿塘,无须夹道欢送,只辞别故人妻螺姑。他道:“此行足矣。”

贝壳堤,镲儿塘人俗称“龙尾巴”。如果不是勃朗先生对它心怀叵测，李夏还真不知道世界三大著名贝壳堤之一的其中一段就藏在镲儿塘所辖海岸线上，而这条古海岸线距今已有七百多年的历史。

循着村长画出的路线,李夏独自寻宝。拍摄贝壳堤的照片作为网站的素材,这本是袁天乐的工作。但因为清明节放假的缘故,袁天乐被叫回城里去了,只剩下李夏一个人闲闲无事。她原本也要回家的,可老妈一个命令她回家相亲的电话彻底断了她的念头。这是件匪夷所思的事,清明节相亲,她老妈也太有才了。她可是靠自己实力在城市里努力打拼的白骨精,从来不相信世界上有救世主,也不相信一个男人一段婚姻就可以拯救自己脱离困苦重重的人生。一个人可能孤独,两个人就不寂寞吗?那个人结婚了,不还是不幸福!

清明祭祖都是各家的私事,李夏不好打扰,只能给自己找事做。她沿着海岸线一直往东走,村长说走上十分钟就能看见一处遗迹,可二十分钟后李夏还在堤岸上溜达。难道是走错路了?又往前走一段,没发现贝壳堤,她倒遇见了一个人。

那个大学生村官陆军正在堤坝下方一处退潮浅滩上摆弄着什么,李夏偷偷观察,最近陆军在村里八卦不少,和骗子勃朗走得近显然使他成了替罪羊,勃朗跑了,所有的闲话都落在了他身上。李夏倒替他不平过几句,一个没多少社会经验的大学生村官,能有什么伟大的密谋,顶不济就是想攀上勃朗出个国。

陆军似乎在祭奠什么人。滩上摆了一只苹果,他打开一瓶酒样的东西围着祭品洒了一圈,又点上一根烟插在滩上。忙完一通,他自己也点上根烟。李夏正想着要不要偷偷溜走,陆军突然转身将她看个正着。李夏只好站在堤上朝他挥挥手。

陆军刚走回堤上,潮就涨起来了。李夏尴尬笑着说:“对不起,我可不是故意偷窥。我只是迷路了。”

“迷路?这光秃秃的盐碱地也会迷路,你要去哪?要不我给你带路吧。”陆军拿出随身带的毛巾擦掉脚上的泥,虽然擦不干净,可他还是穿上了洗得褪色的袜子,再穿上瞧不出底色的球鞋。

“我想去贝壳堤看看。”李夏观察着眼前的青年,他身上还裹着浓重的学生气,但看得出来从小并非娇生惯养,应该是穷人家的孩子。

“行,我带你去。”陆军绑好鞋带,领着李夏往回村的方向走。两人沉默着走了一段,陆军突然主动提起刚刚的祭奠,“我弟弟是溺水死的,去世的时候他才十七岁。假期太短了,我没办法回家,只能在海边给他祭拜一下,反正我相信五湖四海皆相通,我弟弟肯定能收到我的祝福。”

“有你这样的好哥哥挂念着,他肯定能在天堂里享福。”李夏难得好心地安慰他，陆军脸上却忽然别扭起来，他别开脸，低声回说："他这辈子没享上一天福，希望他下回投个好胎，找个富贵人家。"

这话题太沉重了，李夏不再应和，两人继续沉默前行。他们往回走了一段路，陆军引着李夏下了一个坡，再转个弯才看到一个大坑。这显然是个人工挖掘的坑。陆军解释说："前几年没人管，村里就有人在偷挖这个卖给外地人加工饲料用，其实一吨也卖不了多少钱，他们不知道这对于某些人来说可是无价之宝。"陆军拾起一片贝壳递给李夏，"你相信吗，你手里的贝壳在这里已经埋了几千年。"

李夏抚摸着贝壳，她认得手里的这款，吃生蚝时这是盛器。她走到一个剖面前，面对着那些层层叠叠堆积着的贝壳们，不禁猜想千年前它们的命运。

"牡蛎是浅海或潮间带生长的贝壳动物，它们很喜欢在河口及滨海泻湖的淤泥质滩地繁殖，但是它们也很挑剔，只有海岸线较长时间稳定时，在入海的河口三角洲处牡蛎才能大量自行繁殖形成堆积层。"陆军兴致勃勃地为李夏讲解，见李夏听得认真又继续说，"镲儿塘这段贝壳堤位于镲儿塘西与鱼骨庙村东之间沿海挡的内测，长约两公里，宽四五十米，呈散片带状。贝壳堤因为高低不平，断续延伸，所以镲儿塘的人都叫它'龙尾巴'。以内侧唐王征东马蹄井为界，东段称龙头，西段称龙尾。据说清代中期时，这段贝壳堤比现在的规模要大得多，一直绵延至蓟运河口，长有九公里，宽五六十米，高度也比现在还要高一倍多。认得吗，这是扁玉螺……这是竹蛏……这是三角口螺……"

李夏连忙拿出相机为他所指的小古董们拍照留念。陆军好奇探问："你拍这些贝壳堤的照片是要传到网站和博客上去吗？"

"对啊，宣传镲儿塘呗。"李夏边拍照边应着话，她突然想起个事，问陆军，"你觉得苍井先生要在村里投资建贝壳粉加工厂的想法怎么样？"

陆军思忖了一下，才玩笑着反问道："不会也是在打贝壳堤的主意吧？"这话说到李夏心坎里去了，刚刚陆军一说起贝壳加工的事，她就不自觉地联想到了苍井先生。但她宁愿相信是自己想错了，人世间美好的感情千金难买，那段回忆她不想毁坏。

见李夏默不作声，陆军又解释说："就算苍井先生真打贝壳堤的主意，也没机会了，国家现在保护这个，随便开采是违法的。"

"听你刚才介绍那么多，看来你对这村子的事很了解嘛，我一直以为你对镲儿塘没什么兴趣。"

李夏这话令陆军显出不快，他抱怨说："村里人总觉得大学生村官就是摆设，摆个两三年走人了事，村里重要的工作从来不会交给我做，乡里叫我去也就是写个材料。"

"你难道不想走？我知道的大学生下基层可没几个打算长期留守的，很多人就是为了考公务员加分或者可以参加选调。"

"我若真想在镲儿塘搞出点名堂，也没人相信。"陆军语气颇无奈，这话却给了李夏灵感。她暗忖着，自己现在使得上手的只有一个袁天乐和半个马鸣，运作《镲儿塘志》和网站架设还够人手，如果搞封海祭的大活动必定需要更多人帮忙，她何不拉拢下这个大学生村官，就地取材省钱省力。想罢，她暗示道："我相信呀，要不要一起来做点事儿？"

李夏这话把陆军问愣了。李夏见他不说话，也不催，继续说明自己的想法。"镲儿塘的风土人情你肯定比我熟，我要在镲儿塘做活动以后少不了麻烦你，别的我不敢承诺什么，但跟我做事的人该拿的钱绝对只多不少。你要是愿意干，我就算你一份，你就当赚个外快如何？"

陆军思忖着，似乎在权衡这事的利弊。好半晌，他终于表态。"既然李夏你这么瞧得起我，我也不能丢份儿，以后有什么需要我帮忙的尽管开口。"

李夏脸上绽开笑容，她朝陆军伸出手。"那么……合作愉快！"

陆军伸出双手回握住李夏。他隐忍着内心渐渐涌起的骚动，暗叹眼前的女人很不一般，正如她脸上盛开的笑，明明灿烂夺目却不让人有被侵略的反感，反而温润如水一般滑过他的心头。

夏记

说胡话，胡话胡，
拿起镢来耪两锄。
一耪耪到枣树上，
掉了葚子一大糊。
张起包来拾葚子，
拾了葡萄两嘟噜。
——镲儿塘民谣

飞镲会

标题:飞镲扫盲帖

在古代“钹”本是僧人随身携带的一种兵器,随后经演变而成一种乐器流传到民间。“飞钹”通常使用的乐器包括两类:鼓与钹。“钹”乐器分为两种:规格略大一些的称之“铙”,比之略小一些的均称“镲”。一支飞镲会打“铙”者三四人足矣,大部分舞者执“镲”,故称飞镲会。

在镲儿塘传统的“飞钹曲”大体分三种。第一种曲调称“敬香曲”。曲调偏低、节奏缓慢,曲音清平典雅、曼妙动听,用于祭祀时演奏;第二种曲调称“朝山颂”。通常人们称之为“草籽”,多用于庆祝吉庆丰收。当敬香仪式结束后,伴随鞭炮齐鸣,飞镲会就击打出节奏欢快、激昂的旋律。第三种曲调称“长粮”。通常人们称之“一、二、三”,取其加油之意。当飞镲表演进入高潮阶段,即会将鼓乐音量控制在低音状态,突出“镲”的声音,以体现吉庆快乐的节奏与欢腾四起的场面。在表演中由“镲头”领衔,其他人随“镲头”的动作调整节奏,需随时关注其指令。

镲儿塘飞镲自清乾隆年间传入,至今已传承近二百八十年。其独具一格特色,正来自于上世纪三四十年代的一次革新。乱世动荡,镲儿塘男子均习武强身。赵泰和师从河北形意拳李师傅习得一身好拳脚,作为镲儿塘飞镲会的镲头,他尝试将形意拳的功夫融入飞镲动作中,使舞飞镲者真正“飞了起来”,直舞得“眼似流星镲似剑、身如蛇行腿如钻”。其根本讲究正在武术之根基,俗话讲来即“底盘够稳方能身轻如燕”。

更有斗镲故事精彩绝伦,稍后详叙。

点击,发表新博文。写上这么一小段,已花去了李夏大半个小时。她本想把那个斗镲的故事也顺便写上,可她还有一个下午茶约会。

李夏在镲儿塘的生活算是过得十分充实,索性连五一假期也没给自己放假。没办法,这是她离开公司单干后接的第一个活,要想省钱,她就必须最大限度了解什么资源可以免费利用,哪些情况下可以少花钱多办事。本想在镲儿塘过一过慢生活的李夏,不知不觉中又让自己的生活跑成了加速度。

她有点想尽快结束这个工作,来镲儿塘一晃就有两个多月了,要按北京速度,两个月她可以同时推进几个活动,但在镲儿塘,她则必须顺应村里的生活节奏。她承认她自虐,慢生活让她焦虑,她常常有种危机感,怕在镲儿塘待久了,回到城市会适应不了。

好吧,坐在小楼露台上喝着咖啡看海景的李夏,承认自己或许有点杞人忧天。谁知道呢,也许最终不是镲儿塘改变了她,而是她改变了这个村子。又或者,在这个解构一切的时代,镲儿塘或者她,都将被重新排列组合。

总之,她的企划案在镲儿塘推进得非常顺利,《镲儿塘志》的照片拍摄和资料整理以及网站的架设都在有条不紊地进行中;封海祭的生态养护理念得到了滨海市政府相关部门的重视,有望扩大规模,与政府及相关组织联合举办。

现下,镲儿塘人越来越拿她当自己人。李夏发现村里人很看重外来人能不能和他们一心,只要证明都是心往一处想劲往一处使,他们就觉得对你怎么好都不过分了。所以,她在这里的生活完全可以用“惬意”来形容。唯一还令她操心的事,就是飞镲会。

已接近约定时间,露台餐桌上摆好了待客的茶点。路上人很多,李夏从高处望去,镲儿塘呈“井”字形的四条街上,靠近码头的那一边格外热闹。李夏猜傻顺这回一定站在路口指挥交通。傻顺最喜欢村里来游客了,那样他这个兼职交警才有用武之地。还别说,虽然傻顺常常不清醒,指挥交通这活儿却一直干得不错。离李夏较近的这条路上很安静,只有某家的猫和某家的狗在打架,还有几个……围观打架的旅游者。今天是中午的潮汛,他们应该是刚出海回来。李夏自得其乐着,忽听楼下有人喊她。她的小娇客终于上门了。

李夏不谈正事,陈美美刚一坐定,就忙着招呼她吃喝。“吃蛋糕吗?这是昨天刚从市区带来的草莓蛋糕,还是你更喜欢我这块抹茶卷?”陈美美选了草莓蛋糕。李夏又十分亲切地询问,“你要喝可乐还是果汁?”

“谢谢李姐姐,我要可乐。”陈美美坐在椅子上,很有礼貌地回答李夏。李夏颇满意她的态度,殷勤地为小客人倒上饮料。

“别客气,咱们先吃甜点再说别的。”李夏径自享受起美味的抹茶卷。陈美美僵坐了一会儿,才试探着进攻眼前粉红漂亮的草莓蛋糕,先是小小地挖了一口,觉得好吃才极认真地吃起来。

李夏悄悄观察着:陈美美不过十二岁,却是个十分沉稳冷静的孩子,淳朴却不野劣,做事专注认真,要是有人肯培养将来肯定是个可造之才。蛋糕盘见底,陈美美终于抬起头,见李夏望着自己,小麦色的脸上绽开微红。李夏问:“蛋糕好吃吗?”

“好吃。”陈美美使劲点点头说,终于显出些孩子气,说完她抱起刚放在桌上的镲,跃跃欲试问,“李姐姐,你叫我带镲来,是不是要看我飞一段?”

李夏才点头,陈美美就迫不及待走到露台空场上拉开架势飞起镲来。手上动作虽不娴熟,但李夏很快发现她脚下功夫不错,底盘比那些小伙子们不知稳上多少倍,旋身弹跳能力都极好,长长的五彩镲缨被她舞在空中煞是好看。

飞过一番“草籽”,陈美美扬着粉红小脸跑回李夏跟前,问:“姐姐,你说我飞得好看不?”

“好看,就是动作不太熟。要是村长肯教你,恐怕赵俊亮也得被你比下去。”李夏为她倒上一杯白开水,舞飞镲可是个体力活,她一边说着一边招呼陈美美坐下休息。

“我可不想把亮子哥哥比下去,我就是想进入飞镲会,都二十一世纪了,村长干啥这么封建,就不许女娃参加。”

李夏点点头,附和她的意见。但她心里想的,可不仅仅是破除封建传统的事。陈美美之长,正是现下飞镲会之短。赵有余操办飞镲会,那些毛头小子虽然忌惮村长的权威,但毕竟都是娇生惯养,没受过什么苦,学起飞镲来总有些半成不就。上次发帖讲过这些小子,但李夏并未把话说透。这镲儿塘的特殊现象嘛,这类人的心理,她确实也很难理解。这些小子不上船,没有固定工作,大部分啃老。有时候去开发区的工厂当操作工,有时候在村里的网厂冷冻厂育苗厂找点活儿,或者给谁家的养鱼养虾池临时看个摊,但工作一累就撂挑子,宁愿回家歇着去。他们的人生态度都很随性,是李夏羡慕的那种随遇而安,但是这种工作态度可不适合她的需要。李夏自己是那种干什么就一定要干到最好的性格,她觉得很有必要替飞镲会那些小子们洗洗脑。

原本应在四月底完成的飞镲会选拔几乎是无疾而终,符合录用要求的仅有三人。飞镲会这样的发展速度,实在让李夏插不上手。封海祭就在六月,也就是说,一个月后,她就需要一支成熟的队伍。新选拔的飞镲会能胜任重担吗?怕是最后又要叫赵二海的队伍应急。李夏也不愿意用赵二海的队伍,总觉得那支由非渔民组成的飞镲队缺少了支撑这项民俗文化活动最根本的内在气质。

陈美美唤着李夏,把她的思绪打断。她说歇足了,可以再飞一番。李夏看得津津有味。她确定了,这真的是新飞镲会最亟待解决的问题。

四立之时吃饺子,是镲儿塘的习俗。螺姑说交子之日定要咬元宝,咬到元宝就说明有神保佑着呢,后面的日子定能平平顺顺。

今日立夏。李夏和袁天乐都极爱吃小酒店的毛蚶白菜蒸饺,倒也就不排斥入乡随俗。最近游客多,小酒店天天爆满。李夏怕耽误小酒店生意,都会提前打电话通知唐国翠准备饭菜,直接外带。不过毛蚶蒸饺稍稍凉上一点就会走了鲜味,于是今天她俩要和赵有余一家拼桌,在小洋楼里开饭。

马三姑从海边小酒店端回包好的生饺子,据说有毛蚶白菜、三鲜虾仁、猪肉茴香三种,已经都蒸在屉上。李夏是第一个现身的吃客,她刚下楼,赵有余就从外边踱着小方步进来。李夏跟他打招呼也不理,直走去厨房吩咐马三姑,一会儿蒸好了饺子去小酒店帮忙,他要请建镲神庙的工人们吃。

"村长,这么高兴啊,工程进展得很顺利?"李夏继续搭话。赵有余满脸是笑,频频点头。"这帮小子肯出力,活也好,我看这镲神庙很快就能完工了。"

"这么快?"李夏诧异,"不是还得几个月?"

"几个月很快就过去啦,丫头,你那个什么活动,我看不如等庙盖好了再弄,你看咋样?"赵有余打着他的小九九,李夏不答话。封海祭六月便可举行,等这镲神庙建好,没准一拖就到下半年了。手里其他的工作都快干完了,她可不想在镲儿塘耽搁那么久。李夏不回话,也不拒绝,她转了话题问:"飞镲会弄得不太顺利。村长,我有个主意,您想不想听听?"

一提飞镲会,赵有余就头疼。李夏说她有办法,他当然乐意听。于是两人回到客厅,趁着没人说话。

"村长,我又查了些申遗资料,原来咱们这儿的飞镲表演划归的不是舞蹈类,而是定性为集民间音乐、民间舞蹈、民间武术为一体的综合性民间艺术。舞蹈这块儿咱是有点意思了,但我觉得武术功底这项,咱是不是还得多抓抓?"

赵有余认真想着李夏的话,换做以前他是决计不会听这黄毛丫头的胡思乱想，但他最近亲眼见证了李夏带来的种种变化，觉得专业人士确实比他这门外汉有道道。其实，关于武术这块儿，他也有想法。想当初，就是他爷爷把形意拳和飞镲表演结合起来的。可这学个镲，没有一两年的钻头还练不好呢，更何况是练功夫，这些孩子都没底子，要从头开始扎马步，这可是个大工程。

“这事，其实不难，就是雇个老师教呗。可那帮小子不认真练呢，我头疼的是这个。”

“所以啊，村长，咱这支队伍必须职业化！咱得动真格的，飞得好就能拿功夫赚钱！”李夏试图说服赵有余，她觉得这支队伍如果建得好，不只是村里的一个亮点，拉出村子没准也能整出个“镲儿塘印象”。她甚至更看好后期的运作。

赵有余不说话。李夏说的这些他都明白，现在是经济社会，一切向钱看，没有好处谁整那闲篇。可是这一笔钱算下来真不是个小数目。他又不希望飞镲会出去接什么商演。在他心中，这镲是神赐的宝贝，岂能让它染上铜臭味。

李夏还想再劝，刚开口就有人推门进来，是赵二海。他见李夏和赵有余说话，直奔两人过来，想要插入话局。“两位说啥呢，这么热闹？”

“没说啥，就等着一会儿吃饺子。”赵有余朝李夏使了眼色，似乎不想让儿子知道太多。李夏会意，只点头招呼。赵二海也知道他爹的脾气，识趣不再多问，转和李夏说话。“我刚在国翠那儿看见飞镲会的服装了，听说是李夏你设计的，还真挺好看，我想给我们队里也一人来一套，你说怎么样？”

“那可不行。”没等李夏说什么，赵有余先发了话。赵二海知道自己老爹是死活看不上自己这支飞镲队，可这次他就偏要争一争。“有啥不行的，我的飞镲队天天在市里演出，那也是给镲儿塘做宣传。”

“你弄你的，我弄我的，你那些蒙事的玩意儿甭跟飞镲会瞎搅和。”赵有余声音提了几分，见袁天乐下楼，又有李夏在旁，他不想继续话题，掉了脸起身转去餐厅，赵二海追在他身后又扯着别的话。

袁天乐见气氛不对，忙问李夏怎么回事。李夏简单解释了几句。此时,赵俊亮扶着螺姑也进了门。于是大伙一起去餐厅落座。

这一顿饭吃得很沉默。赵有余和赵二海各自闷头喝自己的酒。袁天乐干脆端了一盘饺子回房间享用。李夏见证了刚才的小冲突，不好意思早退,只想快点吃完。这一桌人,只有螺姑和赵俊亮一直在状况外。赵俊亮更是兴奋地说着练飞镲的事。赵有余听着,脸上终于见了笑,嘬了口小酒跟螺姑说:“妈,小亮子这回认了真,咱俩入了祠堂对得起祖宗们啦。”

赵二海斜了赵有余一眼,鼻孔里冷冷喷出一哼。“光想着祖宗能吃饱饭吗？亮子,你个小毛蛋子,别跟你爷爷瞎掺和,赶紧回市区好好找个正经活儿。”

“爸,你这话就不对了。”赵俊亮恼着辩解,“你自己不也是靠飞镲队赚钱,怎么倒说我不正经？”

“所以你爷爷一辈子都瞧不起你爸爸,你小子就算二乎也应该看出来了吧,现在这世道就只认钱。学你爸有啥用,你得向你大伯、俊辉哥学习,有钱才是老大,懂吗傻儿子！”

见赵二海要发飙,李夏借口要办事躲出了门。不过,她并未走远,站在门口偷听。屋里安静了好一会儿,赵有余才开口说话。“甭扯别的,你就说吧,这次回来究竟是个啥想法？”

“哼,我说了有用吗？”这是赵二海的声音。

“你不说,谁知道。”

“我听说市里非遗中心要来个专家,市文化局想包装飞镲会出去参加全国的比赛。我为了飞镲忙活这么多年,飞镲会的事,不能没我的份儿。”

“你的意思是,你要当镲头？”

屋里又沉默了。也不知赵二海有没回应赵有余的问话。李夏正猜测着,门内突然冲出一人。眼前晃过赵俊亮的身影,李夏觉得情况不对,立刻追出去。

一口气追到海边堤上,赵俊亮才停下来。李夏停在他身边呼呼喘着，嗓子紧得出不了声。右手边，远远传来一阵镲声。李夏循着赵俊亮的视线望去，是陈美美，小小一个人，正沐着夕阳挥镲旋舞。

嚓嚓嚓……嚓嚓嚓……

单调的音律在堤岸上回荡，却似乎有安抚人心的奇效。李夏终于顺了气，却不想开口劝。她突然觉得给赵俊亮点儿挫折或许是好事。

两人就这么远眺着陈美美舞飞镲。好半晌，李夏等赵俊亮主动开口。“我不会让的，我爷爷不喜欢我爸那套打法，我会证明我比他强。”

李夏嘴角微微上扬，这才是她要的态度。她却故意不说鼓励的话，赵俊亮现在更需要刺激。“我正说服村长给飞镲会请一个形意拳师傅教你们练功夫。看看陈美美，脚下无根，飞镲是飞不起来的。或许没多久，这个女孩就会超越你们所有人。”

“不可能！我会比她更勤奋。”赵俊亮信誓旦旦。李夏不再刺激他，她拉着赵俊亮想去找陈美美说话，才走两步却见那孩子跳过了堤坝往泥滩上冲。李夏和赵俊亮怕出事，急忙奔下堤坝。

滩涂上，潮水半退处，竟有条大鱼在挣扎。三人站在安全距离之外，似乎没人猜得出它的确切身份。陈美美胆大又往前凑了几步，立刻惊叫说：“哎呀，它受伤了。”

“别动，你们站远点先看着，我去找人帮忙。”赵俊亮说完，飞奔而去。李夏和陈美美守着大鱼，美美突然问李夏：“你俩偷看我练镲了？不许跟别人说。”

李夏不懂，这渔村少女为什么如此迷恋飞镲。她不置可否，只问她：“如果我能让你入飞镲会，你必须帮我一个忙。”

陈美美望向李夏，不解地问：“什么忙？”

李夏还未来得及答惑，从堤岸那边已下来一帮子人。有老渔民一见着大鱼就说这是海猪，是“渤海河神”。赵有余琢磨着这可了不得，便和村干部商量要找个地方替海猪养伤。

这么大的东西，一般的澡盆可放不下。有人便出主意放到汪子里去，可村民的汪子都刚下了苗，这海猪一下去那些鱼苗虾苗岂不成了盘中餐。一牵扯到自家利益,大家都不说话了。最后还是谭玉凤拿了主意，她说:“我儿子田家富在海边有块汪子，和海水连着的,就放那儿吧。他赚那么多钱,也该为村里作点贡献。”

傻顺最近又多了一件事忙,天天跑去汪子给“塘宝”喊号子。傻顺囫囵吞枣地吼着,连人都听不清呢,真怀疑“塘宝”能不能听懂。据螺姑说,傻顺原来并不是镲儿塘人,他姐从邻村铁陀沽嫁到镲儿塘时才跟了过来。铁陀沽在镲儿塘人眼里可是个奇妙的地方,人称“号子村”，那里的人都神道得很，啥都能编成号子扯开嗓子喊一通。以前啊,哪个船出海都爱用几个“号子村”的人,拉帆打网能把一船人拧成一个劲,收山回岸时号上一通也是个乐子。可惜啊,国家建设沿海公路,“号子村”已经推没了。这海边能喊号子的也没剩几个。

“塘宝”这名字是陈美美起的,她说既然这海猪是神赐给村里的宝贝,这名字最合适。李夏习惯性上网求助搜索引擎,才知道原来海猪学名江豚,是一种小型鲸类,也是我国特有物种,通常栖于咸淡水交界的海域。江豚没有背鳍,背部自体前五分之二至尾鳍之间有不明显的隆起,隆起上有鳞状皮肤,全身均为淡蓝灰色。作为哺乳动物,它用肺呼吸,在大风大雨到来之前,因江面起雾气压变低,它们需要频繁地露出水面“透透气”。所以,渔民一见江豚从海里出来朝起风的方向“顶风”出水,俗称“拜风”,就知道大风暴要来了,这几天就不会出海捕鱼。它“渤海河神”之名亦由此而来。

村里的孩子们最近一下课就往海边汪子跑,逗着塘宝玩。海边汪子简直变成了村里最热闹的一块地儿,田家富怕出事,专门调了陈贵大和唐大鹏来看汪子。陈贵大是陈美美的爷爷,原是在冷冻厂看大门,为啥派他来,田家富算是卖了村长面子。赵二海回村争镲头的位置,赵有余并没有同意。但为了安抚赵二海,他答应将他的飞镲队介绍给市文化局的专家。市里想要以飞镲为模本排演一个舞蹈参加全国的比赛,赵二海见有利可图便又离了村。而飞镲会这边，赵有余则听从了李夏的建议。他知道陈贵大年轻时习过形意拳,这么多年都没撂下,便聘了他来教课。海边汪子离村委会很近,那边镲声一响,陈贵大就和唐大鹏换班教拳去。

镲儿塘的女人心灵手巧，唐国翠一听李夏说要自己设计新队服,就主动联系了村里的姑娘媳妇帮着裁布缝衣。今天大家把各自领回的任务都带来了,又找了几个飞镲会的小子试穿,效果还真是不错。

李夏在村委会会议室验收了飞镲会的新服装，就跑去汪子边看“塘宝”。“塘宝”嘴巴弯弯的身子圆圆的,太可爱了。尤其伤好后,愈加活泼,也不怕人。当然,她不止对塘宝有兴趣,对于陈贵大这位拳师也兴趣正浓。听说他教拳教得不太顺利,正如李夏所料想的那样,所以真正的训练计划,她觉得可以开始实施了。

陈贵大不在汪子边,只有唐大鹏在。唐大鹏是唐晓鸥的哥哥,一直在外边打工,听说是在外边惹了事回来避风头。哎……村子就是个没有隐私的地方。李夏虽然乐于八卦,但不免厌恶,因为听说自打她进村后她的名字就一直驻守在镲儿塘八卦排行榜前三名。

李夏和唐大鹏闲聊了两句,田家富开着小车停在汪子边。李夏假装没看见人转身想走,田家富却大声喊她,生怕她逃走似的。李夏不想交恶,只好回身跟他打招呼。

田家富从 LV 手包中掏出一条 LV 手帕擦着汗说:“美女,来看那只海猪呀?你放心,村长交代的事,我田家富可以不上心,可救命恩人李大美女交代的事,让我以身相许都成。”

“那我就替塘宝谢谢你啦,田老板你办事我放心。”李夏淡笑着敷衍,眼看田家富又要往她身前凑,她下意识后退了几步。田家富似无所觉,抻抻自己的名牌夹克又故意扬起钻表看了又看,才说:“哎呀,时间不早了,要不中午我请你吃饭?”

李夏不想应酬,一时又想不好该不该拒绝。怎么说田家富也是镲儿塘大户,绝对是个可用之人。正犹豫间,赵有余和陈贵大也朝汪子走过来了。李夏立马决定先去谈正事。

李夏跟赵有余和陈贵大说了自己的训练计划，陈贵大没表态只盯着村长的脸色,赵有余原是不赞同的,但飞镲会那帮小子他真的管不动，只好答应李夏先试练几次。李夏请求二人先不要泄露消息，她还要等一个人。

几天后，当萨米耶拉着行李箱找到李夏的时候，她正在海边小酒店门口，坐着小板凳，边和村里的小媳妇们聊化妆技巧边偷吃唐国翠晒在门口的半干小白虾。村里这些年轻姑娘们比她还爱美，可明明用的化妆品也不差，却个个顶着大浓妆，看起来俗艳得很。这群人原本是村里最不欢迎李夏的一群，却也正是村里最八卦的一伙。李夏琢磨着，要怎么摆平这些大姑娘小媳妇，正巧唐晓鸥有一日问起眼线的画法，就让她有了主意。果然，穿衣化妆这些女人的话题极受追捧，李夏每次都很耐心地透露那么一点点，大家回去一试果然变漂亮，哪有不爱她的道理。

女人们见来了一个金发外国姑娘，原本好奇得紧，但见李夏招呼她也坐下聊天，又都害羞避走。

从小酒店里借了个小折叠桌，李夏又拿了两罐啤酒、一碟花生仁、一碟半干小白虾摆上。午后阳光正暖，大肆享受着略带咸腥味的新鲜空气，萨米耶一坐定就嚷嚷着："亲爱的，你这生活也太奢侈了。"

"亲爱的，这一切的美好生活可都是拜你所赐！"李夏真要感谢萨米耶，要不是她在电子邮件里总不厌其烦地刺激自己，说一个热爱艺术的人长期生活在城市，哪怕是再灿烂的生命早晚也会因城市而枯萎，她也下不了那么大的决心跑到镲儿塘来。她实在是太羡慕萨米耶的生命力了，她好像总有用不完的精神，世界各地到处跑，无论是非洲原始部落还是北极冰岛，总是兴致所至即可成行。而这些丰富的人生经历，也成了她艺术创作的灵感之源。她是画家、摄影家，还是欧美潮牌服饰的御用设计师。她这次来中国，就是应了这一品牌的邀请为设计带有中国元素的新一季服装和饰品采风。

"我真是来对了，这是个好地方！"萨米耶又一次发出赞叹，打断了李夏的思绪。她回过神，喝了口啤酒，见萨米耶正要剥开小白虾的虾皮,急忙用英语出声阻止。“不,不,不,不是这样吃！不需要剥皮,这小白虾只要去掉头就好,然后一口放进嘴里嚼。来,慢慢感受一下,它的皮被晒得脆脆的,虾肉刚刚被抽去了一些水分,吃起来很有嚼劲……不要急着吞下去,要慢慢嚼,越嚼越香……”

萨米耶如李夏所讲,慢慢嚼着虾,她感受到了,她知道李夏为什么喜欢吃这个了,忍不住她又拿起一只小白虾嚼起来。李夏并不急着和萨米耶谈工作,这一次她就是邀请她来玩的,她想知道镲儿塘这样的地方对萨米耶这种世界各地到处跑的人来说是不是也同样具有吸引力。

码头上的车多了起来,出海的渔船正渐渐回港,有的已经在和货商谈价称货。萨米耶觉得有趣,拿了相机就跑去码头上拍。李夏跟在她身后充当翻译。镲儿塘人好客,见是李夏的外国朋友来,有几家船上的马上要萨米耶挑选自己喜欢的海货。萨米耶倒是被这样的热情吓到了,一劲儿说“NO”。

两人就这么穿梭在码头上,萨米耶拍照拍得不亦乐乎。李夏早已习惯这样的场面,有点无聊地东瞅西看,突然在一条船上她竟窥到了赵俊亮的身影。他怎么也上船了,不是应该在训练？不待李夏过去问,赵俊亮倒主动跳下船奔到她跟前。“这位就是你说的那个外国朋友西米露？”

“什么西米露,是萨米耶。”李夏瞪了他一眼,问,“你怎么没去训练？”

赵俊亮撇撇嘴,似乎嫌弃李夏低看了他。“姐姐,这出海打鱼可比打镲更锻炼体能,再说了,这飞镲原就是海上的玩意儿,不了解这片海怎么可能打得好？”

一番话简直是惊骇了李夏,赵俊亮最近仿佛被催熟了似的,一下子成熟了许多,再不是过去那个愣头愣脑的傻小子了。她忍不住给了他一拳。“好啊,你小子果然还藏着一手,不错嘛！”

“怎么着,你现在后悔了吧。”赵俊亮爽朗地笑起来,又露出他好看的一口白牙。

李夏没有接话。虽然心底滑过一丝失落,虽然她觉得赵俊亮脸上的光彩几乎快烧灼了她的眼，她仍不想承认对于自己的感情生活，她再一次做出了错误判断。更何况，他俩之间真有爱情存在吗？她对这件事一直存疑。

萨米耶拎着三只螃蟹跑过来，大惊小怪地喊着李夏的名字，将她的多愁善感都给吓跑了。萨米耶指着一艘船说："那个男人非要给我螃蟹，怎么办，这螃蟹贵不贵，我要付他多少钱？"

李夏一时拿不准这究竟是买是送，只好让赵俊亮去问。没一会儿，赵俊亮回来说："那是我家表叔，一点儿新鲜货而已，你们就拿着吧，他说他请客。"

按照计划，赵有余出现在飞镲会的武术训练课上，宣布训练课因为老师的变化，时间安排将进行调整。以后的训练课将在每晚六点和周六、日进行。飞镲会也将从即日起实行分班授课，将由陈贵大的孙女陈美美教授基础班，而陈贵大教授中级班，所有成员都要从基础班学起，没有固定课时，谁先通过考试随时都可以升班。

这话一出，队伍里就炸开了锅。"让个五年级的小学生教咱们练拳，这不是臊人吗！"江三两的小儿子江海涛第一个喊了起来，他经日跟着他爹操持红白喜事，啥场面没见过，这样的事还真是第一次遇见。要不是他爷爷非逼着他来练，他才懒得来应付差事。

"就是！真他妈不够揍！"

"兄弟们，咱不练了！"

"对，不练了！"

几个年轻小子见江海涛喊了话，也大胆起来，跟着嚷嚷。赵有余喊话让他们安静也没人听。江海涛甚至带着几个小子说话间就要离开训练场。还没走到门口，这几个人就和李夏三人撞个正着。李夏故作惊讶问："这是怎么了，今天练完了？我们来晚了吗？"

当然这是假话。今天会有这些尴尬的事发生可是她一手促成的，她们藏在外头没在一开始进训练场，李夏也有她的用意。

"这镲没法练了，村长这不是折腾人吗，竟然找个小孩来教拳。"李夏一直在这些小子面前扮白脸，所以几人跟她说话时态度软了许多。

“是吗？那你们是要退出飞镲会？”李夏故作无知状懊恼，“这太可惜了，我刚给咱们飞镲会争取到一个扬名国际的露脸机会，你们要不要再考虑一下？就这么离开太可惜了！”

几人一听“扬名国际”四个字，果然动了心。李夏见他们踟蹰，知道几人不好意思回头，便给他们搭了台阶说：“要不，你们先回去听听我要说的事，真没兴趣再走不迟。”

几个小子这才点点头转身回了训练场。训练场中的其他人不明所以，见几人突然又转回来，正觉得好奇，就见李夏和赵有余耳语。没一会儿，赵有余脸上见了笑意，说话也大声起来。

“飞镲会的小子们，你们出名的机会来啦。大家看见这位外国朋友了吗，这是一个大画家大设计师，她要把你们舞飞镲的模样印在衣服上卖到全世界去，到时候会有千千万万的人知道咱们飞镲会、知道你们。这件好事，咱们首先得感谢李夏的推荐，下面就请她给大家讲讲。”

“各位，请允许我先为大家介绍萨米耶小姐，她是一位国际知名的摄影家、画家，也是著名设计师。她现在正为国际潮牌服饰品牌 SNG 担任首席设计师，这是一个在欧美十分畅销的年轻人喜欢的品牌，这个品牌也刚刚进入中国。萨米耶小姐准备设计一系列中国风的作品，所以我邀请她到镲儿塘来看看。因为我觉得咱们的飞镲代表着一种独特的中国文化，我真心希望这种文化能够被更多人了解和喜欢。但是……这需要你们的帮助！”李夏稍稍停顿环视全场，见大伙都听得认真才又继续说，“要把最好的飞镲展示给全世界，但是，大伙觉得我们真的做好准备了吗？大家应该都知道，这次市里选队伍参加全国的比赛，我们飞镲会并没有选上。这是为什么？我不说自己的看法，就给大家转达一下专家的意见。他们认为咱们的新飞镲会还是一盘散沙，不但动作不整齐，力道也不够。咱们二十几岁的小伙子还没有六七十岁的老头子们打得有劲。如果新飞镲会一直是这种状况，就是有再多的好机会最后也轮不上你们。”

“陈美美年龄虽小但脚下功夫确实过硬,可以说她比你们任何一个都打得好。我知道你们都不服气……我也说过不让女孩进飞镲会,我作为村长都自打嘴巴了,我还不是为了你们,想你们都能有成绩都能成才!”赵有余跟李夏一唱一和。小子们原本怨愤的情绪渐渐缓和了下来,转而面露愧色。

训练场里,气氛着实低迷。

突地,陈美美径直上前几步,开口道:“在场的都是美美的哥哥,美美来不是给哥哥们当师傅,只是我爷爷年纪大了,还要赚钱养家,太辛苦了!美美想替爷爷分担一点儿工作。我爷爷常说,习武之人不看年龄大小,都是手底下见真招。今天我就给大家飞一段镲,哥哥们要是觉得美美功夫还行,咱们可以一起切磋武艺。”

陈美美从爷爷手里接过一对响铜镲。那镲在瘦小的陈美美手里格外显眼。她往前几步踏上空场,只见彩缨飞旋,陈美美腾空一跃,飞出一式插花盖顶。

李夏看在眼里,发现这孩子经过赵有余的点拨,果然进步神速。再观察场内众小子,都看得极其认真呢!有几个,已然露出惊讶表情。

美美飞完一番,又朝众人鞠了一躬,才退回爷爷身侧。赵有余开口道:“要是有人现在还想退出,我绝不阻拦,立马给我走人。”

这次,飞镲会的小子们都像被钉在了地上似的,纹丝不动。赵有余脸上终于露出了笑模样,他接着宣布——

“一个月后,飞镲会将再次进行选拔,通过考试的人将按级别发放演出费,演完就发。考核成绩前三名有机会角逐镲头的位子。镲头除带领大家祭祀神灵和祖先,还将负责组织大家到全国各地甚至全世界各地去参加比赛,宣传镲儿塘。如果谁不想好好练,尽早退出吧。”

放生祭

李夏是镲儿塘里第一个知道发生地震的人。下午茶时间,当她还沉湎于智斗飞镲会成功的小得意中不能自拔,翟隽突然打来电话。他听起来很喘。他说自己刚从三十层公司大厦徒步奔下楼。他说,刚刚大楼在摇摆的瞬间,他第一个念头就是给她打电话,如果这真是他人生中的最后一天,他想对她说"对不起"。

这是他们分手十年翟隽都未曾说过的话,李夏却只淡淡吐出两个字——"谢谢"。那天直至深夜,李夏都将自己关在房间里发呆。黑茫茫中,手机屏一闪一闪刺痛了她的双眼,泪水不停地顺着眼角往下滑,湿了大半枕巾。

一边骂自己,一边忍不住翻看短信。是翟隽发来的。他问:我打扰你了?李夏举着手机,好久才回复:我现在过得很好。

翟隽又把电话打了过来,这一次李夏选择了关机。她知道自己必须狠心,她不能允许自己回头想他,这个破坏了自己对爱情所有想象的男人,她不能让他十年后再破坏自己的生活。这十年,她再也无法相信爱，但她至少相信除了爱还可以拥有别的快乐，比如工作，而即便是这小小的角落也差点被他破坏了，她还对他期待什么？

第二天下午，当李夏终于被看不过眼的萨米耶拉下楼，她才从电视上知道四川发生了特大地震，滨海市也有明显震感。镲儿塘也在地震带上，因为大都是平房，所以大伙连地震这事都是看新闻才知道。可地震却似乎触动了所有镲儿塘人的敏感神经：赵有余带领村里几个青年开着一辆小卡车到市区去抢购了大批饼干、香肠、瓶装水和帐篷；马三姑一再叮嘱这些日子一定要把值钱东西都放在身上；李夏在村里走动，发现人们不是窝在家里看二十四小时直播，就是聚在小酒馆一边看新闻一边喝闷酒；尤其是平时并不爱看电视的螺姑，简直是寸步不离盯着新闻台。镲儿塘虽未受灾，却也似乎陷入了暗黑季。

只有孩子们还无忧无虑一下课就去找塘宝玩。李夏照例每天都要去看看塘宝，虽然她也关心灾区的情况，但仍觉得长时间关注直播早晚也得染上灾难症候群，倒不如想想如何做些力所能及的事。

正是上课时间，汪子边静得很。再往远眺，是望不见边的大海。今日无风，湛蓝的空中停着几朵棉花云。

陈贵大在汪子边补网。他是个极勤奋的人，自儿子遇了海祸离世、儿媳改嫁，他独自抚养着孙女，总怕自己哪天一蹬腿就没了，就想多给孙女赚点钱。

李夏过去跟他打招呼，陈贵大应了一声又低头补网。两人闲话着，没一会儿，胖婶也出现在汪子边上。胖婶是王五弟的媳妇，王五弟也是老飞镲会的人。她家养了船，以前陈贵大就是在他家船上干活，只是后来为了孙女，陈贵大不再出海。胖婶也是心疼这爷孙俩，又有老飞镲会的情谊，但凡她家船有什么修补的活都要找陈贵大干。

“胖婶，不用你跑，这网等弄完我给你送去。”不爱言语的陈贵大见是胖婶热情了几分。胖婶急忙摆手解释：“哎呀，我不是来催你的，甭着急，我就是让王五弟气着了，出来透透气。”

“咋的了？”陈贵大终于停了手里的活。

“别提了，我家那口子这两天长在小酒店了。”

“还在喝？”陈贵大惊讶，摇头叹道，“弟妹你得劝劝他，这天灾不比人祸，再说都这么多年了。”

“我知道，他是一看新闻就想爹娘了。”胖婶情绪也跟着低了些，唉声叹气地抹眼泪，“都过了三十多年了，我没想到他心底还是在意。”

“要不，我去劝劝？”陈贵大起身，却被胖婶拦下，“算了，就让他发泄发泄吧。”

远处有人喊胖婶。她转身离开。满心好奇的李夏这才有机会问最近大伙情绪这么不太对劲，究竟是怎么回事。陈贵大望了李夏一眼，又坐下开始补网。他手中的木梭子在网眼间走了几格突然停住。

“三十多年前唐山大地震，咱镲儿塘房子都塌了，惨呢！好多人都没了，所以大伙听不了这个，一说起来就难受。那年赵有余他兄弟还在，要不是为了救我儿子，人也没不了……哎，我欠赵家的恐怕这辈子都还不上了……”

李夏哑然，没想到随口一问竟惹出个大八卦。三十几年前啊，她知道那次地震，不过它发生的时候她还没出生呢，实在想象不出究竟有多可怕。怪不得村里的人如此消沉。李夏暗忖着，脑子里有些念头在闪动，还没想透，手机铃声就打断了她的思路。李夏一看显示，竟是马鸣打来的。

“李夏，你那边怎么样，忙吗？”

“什么事？”

“你要不要回市区待一段，这不是地震了嘛，最近好多慈善筹款的活动，是个机会。你要是能回来，我马上替咱工作室接几个活。”

马鸣的话立刻将李夏拉回了工作状态，这几天恍恍惚惚地她就觉得少了什么，原来是工作，镲儿塘的氛围真把她变得懒散了。

李夏斟酌了一下，仍没决定立即返城，只让马鸣先打听着。镲儿塘的工作虽然进行得顺利，但就这么撂下，她真不放心。

思忖着，又有电话进来了。这次显示的是赵俊亮的手机号码。

“你没在家？”

“在海边呢，看看塘宝。”

“都什么时候了，你还有这心思？我们准备走了，去灾区救人，你去不去？”

“什么？去灾区？”李夏惊叫。

“对，去四川。”

“你自己？”

“十几个呢，对了，袁天乐也去。”

“什么？”李夏再次惊叫，“等等……先别走，等我回去再说。”

李夏一路狂奔回小洋楼。袁天乐和赵俊亮已经打好行李正准备走，不过两人被萨米耶拦着，萨米耶正试图说服两人放弃此行。一见李夏，萨米耶忙拉着她说：“快劝劝他们，这是个疯狂的决定，专业的事就要交给专业的人去做。”

李夏挺同意萨米耶的话，她走过去对两人说：“我刚给四川的朋友打了电话，那边路都封了，你们去了也进不去灾区。”

“咱不能眼睁睁看着那些人受罪呀，总得做点儿什么吧。”赵俊亮不听劝，拿了背包就想走。倒是袁天乐还有些理智，伸手拉住他。“喂，没听见啊，路都封了。”

“反正先过去看看，能帮什么帮什么，你要不敢去就算了。”赵俊亮固执己见，袁天乐被讥讽，气得拿了背包倒先冲了出去。李夏和萨米耶拦不住，只能任他们出门。

追到村口，已经聚集了十几个小伙子，还有几个女孩，其中就有唐晓鸥和袁天乐。见赵有余也在村口，李夏才舒了口气。她刚刚和赵有余通过电话，她说了想在镲儿塘举办慈善捐款活动的想法，并希望他能够说服这些年轻人留下来帮忙。

“大伙静一静！”赵有余终于说话了，“你们有这个心想要帮助别人，作为长辈我非常高兴，作为村长我也为你们骄傲。但是，灾区还在余震,你们这一路可能困难重重。你们怕不怕？”

“不怕！”赵俊亮带头喊,其他人也跟着高喊。

“好！我老头子替你们看家,你们安心上路吧。”一辆卡车从村里开出来，那堆得半满的纸箱正是村长前些天购置回来的防灾物资,赵有余高声对着眼前的年轻人喊,“这些吃的用的,咱村用不上了,你们也给灾区人民带去。孩子们,好好干。”

“咱镲儿塘人,没说的。”

“村长,你就瞧好吧！”

“上车。”

一群年轻人迅速爬上小卡车,绝尘而去。李夏傻在村口,她原以为赵有余会劝阻这些人别去冒险，可怎么赵大村长就这么把她的属下和村里飞镲会的主力军们都送走了？

“究竟发生了什么事？”萨米耶不解发问,她看不懂,李夏也不懂。虽然这样热血澎湃的场面还挺令她感动的,但她还是得问:“村长……这人都走了……捐款活动怎么办？”

“你放心！你要办的活动,没有那些孩子也能办成！”李夏刚开口就被赵有余打断，他脸上竟现出许久未见的光彩,“镲儿塘人的本事大着呢,你就瞧好吧。”

这年头,大伙还能如此热心公益,真是出乎李夏的预料。或许是四川这一震,震醒了一劲儿钻着脑袋尖想法赚钱的中国人。就拿镲儿塘来讲，之前筹办飞镲会等一系列宣传镲儿塘的活动大都还是出自赵有余一相情愿，而这次李夏刚有筹办慈善活动的想法就获得了全村人的大力支持。每个人遇到李夏都问:“有啥干的你说话,出钱出人出力都没的说！”

袁天乐走后,陆军和萨米耶成了李夏的左膀右臂。马鸣说要帮忙,却不是自己来,而是送了一个李夏的旧下属到镲儿塘。高木是她那帮旧下属里年纪最大的,也是 80 后里难得的早婚一族,孩子刚满两岁,正因如此他拒绝了老板派他去灾区采访的要求而被炒了鱿鱼。据说是公司接了一个大集团内刊的外包活儿,而那个公司的大老板认为他们的刊物也不能少了来自灾区的一线报道。哎……典型的大头症。

高木带来马鸣的消息:滨海市接收了一批灾区孤儿,儿童基金会那边想做些活动帮助孩子们治疗心灵创伤。四人很快拿出一份活动企划案:在六一儿童节邀请灾区孤儿来镲儿塘参加江豚塘宝放生祈福会,并在当天举办慈善游乐会。

这想法得到了全村人的支持。没想到老范的报道一出,在全市都引起了强烈反响。很多人打电话到报社表示愿意到游乐会来当志愿者或捐献物品以供拍卖。以至于到最后,村里不得不专门平整出一大块空地以供游乐会摆放摊位。

袁天浩本来还存了心思要把江豚收购弄到绿会所去,听了李夏的活动策划案觉得对镲儿塘以及新会所的形象提升有帮助,就决定和赵俊辉一起负责邀请本市的政商名流一同来支持活动。

阴历四月十八是碧霞娘娘的生日。这天一大早,螺姑、赵有余和村里的十几位老人就坐着赵俊辉安排的大巴前往景忠山。他们这次去还带上了从赵家祠堂挖出的铜镲,希望能够重新得到娘娘的神力支持。

与此同时,从灾区返回的赵俊亮等人则开始了密集特训,在祈福会上新飞镲会要第一次在众人面前亮相。

这天,一个陌生男人出现在村里,还主动跟李夏搭讪问这问那的。李夏心情不错,以为又是个志愿者,就唠叨着无限畅想,说要是能把市长请来,再来个现场直播就完美了。没想到,两天后电视台真的联系基金会那边表示愿意直播,基金会负责人还说市长准备参加祈福会。

苍井先生主动打来电话,表示愿意带一些商界朋友共襄善举。连欧总也说,可以为活动免费提供人力和技术支持。

哦!上帝啊,玉皇大帝啊,海神娘娘啊!活动规模越来越大,事情超乎寻常的顺利,李夏本该高兴,可心里却越来越害怕。不光是她,活动策划组里的每个人都感觉到一种无形的压力,压得众人快透不过气来了。这原是件好事,但愿他们不会出错,把好事办砸了。

但愿！

他们必须相信群众的力量是无穷尽的。

六月一日。国际儿童节。

天色大好。

镲儿塘彩旗招展，锣鼓喧天。各色人等均已落位，只等着吉时一到，孩子们将亲手拉开闸门将塘宝放生。

市长还真来了，他身后跟着一串大小领导，其中有个人李夏看起来很眼熟，就是她前些天误以为是志愿者的那一个。她问赵有余那人是谁。赵有余说："那是市里刚派下来的许县长，年轻有为啊，也敢干，就是他让镲儿塘和鱼骨庙村打擂的，说谁能折腾就留谁。"

李夏沉思之际，放生祈福会已正式开始。前半段由村长赵有余主持，众人先为灾区同胞默哀三分钟；再由市县领导、村民代表和来自灾区的孩子一起将白酒洒入大海祭奠亡灵；最后上场的是祭祀司仪江三两，他站在码头边上高喊着——

"开镲！"

顷刻间，鼓乐镲音划破了码头上刚刚聚集的悲情。只见飞镲会六个高壮小伙飞起"敬香曲"。赵俊亮如愿拿下镲头之位舞在正中，其他人围拢一圈跟随他的镲音指引，腾跳飞跃。这六人均从灾区归来，虽然腿下功夫还不扎实，但浑身散发出的那股子对生命的热情，似乎在向所有人呼喊着——

活着真棒！

汪子里，塘宝也跃出水面，在空中旋身欢腾。码头上，一番"敬香曲"结束，九人阵又起，再一番后是十二人阵。这次的主角是陈美美。五彩镲缨怒放在空中犹如夏花般灿烂。镲声一阵高过一阵。

敬天地！

祭往生！

三番后，赵俊亮带领队员跳上舶在码头的渔船，这船，这镲声，将引领着塘宝回归大海的怀抱。江三两高喊——

"起船，鸣镲，开闸！"

瓮算

一场灾难和一次救赎，让很多人和事都发生了巨大的变化。镲儿塘名气更大了。以往这里只有连到天边的海岸线和水产养殖汪子，是为国家赚外汇和供给城里人美味海鲜的渔业生产基地，而现在这里出土了百年前的响铜镲、复建了历史遗迹镲神庙、恢复了传统非物质文化遗产飞镲会，挖掘出了一段又一段与渤海湾休戚相关的神话传说和历史故事，引来了一波又一波旅人和投资客……这里再不是一个可有可无的村庄，而是承载着一段中华民族海洋文化史的活见证，是一处已被世人所关注的古村落。因此，与拥有五百年建村史却无法提供任何历史证据的鱼骨庙村的存亡之战，镲儿塘完美胜出。

保住了村子，村长赵有余走路都更神气了几分。他踌躇满志想要村里有更大的变化。而赵俊亮和飞镲会的那帮小伙子，跑去灾区担当志愿者又在滨海市几次大型义演中现身，受到了媒体的关注和市长的表扬，也因此获得了市县两级文化机关的奖励和资助，市里还决定派他们去北京参加奥运展演。这下子不用别人催，一帮小子没白没夜地练镲，还主动讨好陈美美帮他们加强基础武术功底的训练。

按照合同要求，出色完成了对镲儿塘的宣传活动，网站也已架设好，李夏、袁天乐和高木开始进行在镲儿塘的最后一项工作——编撰那本名为《镲儿塘志》的图文民间故事集。萨米耶还友情赞助设计了封面。这天，编校工作全部结束，几人心情却忽然郁闷起来。一想到马上要离开镲儿塘，大家都有些心绪复杂。萨米耶提议办个告别派对，于是四人直杀到海边小酒店。

唐国翠听从李夏的建议在小酒店外靠码头一侧支起了几张小桌和矮凳，卖些茶水、饮料和小吃给游客，生意还不错。李夏几人占了一桌，边奢侈享受着午后的日光浴和徐徐海风，边喝着小酒随性聊天。

春日正好。

镲儿塘多了许多生面孔，有背包客也有旅行团。螺姑可美了，得了空就换上新衣坐在小酒店外晒太阳，有人搭话就讲故事，什么《为啥不叫小孩多吃鱼籽》、《鲶鱼为啥一年一死》、《鸡为什么不尿尿》，直把人唬得一愣一愣的。每到午后，码头上也总少不了傻顺的吼声，他似乎还无法习惯没有塘宝的日子，总是吼着——

云呦嘿呀嘿呀
海上跑
见着我的塘宝呦
捎个好
嘿呀嘿呀嘿唉嘿
顺子想它呦
泪汪汪……

酒过三巡，袁天乐第一个打破静默。自从四川灾区回来，她变得开朗了许多，不再被动消耗自己的人生。她突发奇想问："很多年后,我们再来镲儿塘,也会像董六一那样痛哭流涕吗?”

董六一是上山下乡年代来镲儿塘的知识青年,那时候村里人很照顾他,怕他干不了体力活就安排在村小教书。后来他出国发了大财,前几天通过一个朋友联系赵俊辉回村来,他本以为过了几十年再不会有人记得他,没想到他曾教过的学生都跑来给他敬酒。听赵俊辉说,那天多年滴酒不沾的他喝醉了,车还没开出村就失声痛哭起来。

“或许吧,虽然我来的时间并不长,但我回去一定会想念这里的人和事。”说这话的是高木,几杯酒下肚,他脸上已是一片红彤彤。

“我只希望六十年后镲儿塘还是一样的淳朴。”李夏说这话时心底却很不安,曾经她的工作她的梦想就是让镲儿塘被世人所知,但当这里真的游人如织,一切都会变吧,商品社会从来都是只讲利益不问人情。

萨米耶蓦地站起身,打断大伙的离情别绪。她面朝大海吼着:“我爱镲儿塘!我会再来!”

吼完,又鼓动着其他人跟她一起喊。于是四人借着酒劲,在海边站成一排大喊:“我爱镲儿塘!我会再来!”

一伙刚出海回来的游客也加入进来,瞬间“我爱镲儿塘!我会再来!”响彻了整个海岸。吼完,大伙一阵哄笑,才又慢慢散去。

四人又坐回桌前喝酒。才坐定,李夏就看见赵俊辉正带着一个男人走过来,她瞬间变了脸色。

赵俊辉恍若不知内情似的,故意跟众人介绍说:“这是翟隽翟总,他是董六一先生的投资代理人,负责董先生在镲儿塘的所有投资项目。”

穿过村西面新植的防风林,就能看见仅存的一小片芦苇地。这片野苇是镲儿塘难得的绿色,这些年没人管没人疼地就这么自由自在生长着,倒让村里人舍不得,宁愿向更远处开汪子,也不愿破坏了这盐碱地上最奢侈的风景。

螺姑带着几个外来的年轻人摘苇叶包粽子。她东看西看终于选定了一块苇子长得好的地，却并不急着采苇叶，而是慢条斯理地给身后的一群年轻人讲解。“要是以前啊，这些苇子早被割去卖钱了，现在还是富裕啦，没人要啦。这采苇叶也很讲究的，千万不能生拔硬砍伤了根，这片绿色在镲儿塘可是贵如油！螺姑我每年来采苇叶都跟它们商量，我就说苇子啊苇子，跟你们借两片外衣啊，天气热啦冻不着，外衣穿太多反而长不高。”

螺姑的话把众人惹笑，她却瞪了眼。“你们别以为它们听不懂，比你们还机灵着呢。”众人应和着，螺姑这才又展了笑脸，让大伙散去各自采摘苇叶。兴许是螺姑的话真入了心，又或许是为了好玩，袁天乐和萨米耶还真的跟芦苇说起来了悄悄话。萨米耶还问高木，芦苇能不能听懂英文。

李夏故意走到一处安静的苇地。一人高的芦苇将她包裹着，她才能稍稍放松假嗨的表情。她讨厌这样的自己，已经过了十年了，为什么，为什么每次见到翟隽她仍然不能平静以对呢？她应该拒绝赵俊辉的邀请，她应该远离那个在她心底植下心魔的男人，远远地逃开！而现在，她在做什么？留下来，与心魔面对面，真的就可以与过去做个了断？

或许……

只是高估自己的吧。

“苇叶啊苇叶，我是太高估自己了吗？”李夏跟苇叶说着悄悄话，眼睛却模糊了。

一张面纸盖上了她的脸。

“海风劲，要哭回家哭去，要不一会儿脸就皴了。”不用回头，李夏知道来人是谁。但他的出现更让李夏忍不住心底的烦乱，他啊他啊他啊，她李夏无论多难的工作都能摆平，但唯独感情这一课，她从来都只能拿到最低分。身后的大男孩不就是证明吗，证明自己再不相信爱再也无法去爱一个人，所以宁愿只要性，只要肉体关系来释放人类最基本的荷尔蒙需求。可……现在，就连这微小的关系她都控制不了了。一阵挫败感重重袭来。李夏捂着脸对赵俊亮低吼：

“你给我滚！滚开——”

赵俊亮没有被骂走，他从李夏身后紧紧环抱住她试图给她温暖。李夏挣了两下就不再动,她知道此刻的自己有多脆弱有多需要一个怀抱,她需要一个人拥着自己,告诉她有时候不需要太勇敢太坚强。比如此刻,她也可以哭。很多年了,无论多难,她总是告诉自己“李夏不要哭”,于是即便心都拧着疼了,眼眶里还是那么干涩。但她说不出口啊,在赵俊亮面前她提不出这样的要求。

蓦地,她转身将赵俊亮推倒在芦苇地里。她俯身吻上他的唇,赵俊亮却仿佛被烫着似的一把将她推开，低吼着:“你这是什么意思？”

“不懂吗？我在勾搭你。”李夏不依不饶地将他骑在身下威胁,“不许反抗,反抗来强的。”

这曾经常被李夏用来调情的词句，现下却让赵俊亮感到无比刺耳。他忽然失了力气,大字瘫在地上。李夏见他如此,也没了气势。她也大字瘫倒在一边。

两人都不说话。

四周围只有翠绿的苇子随风摇曳，不知是否在传递刚刚有对男女吵架的消息。远远的,螺姑喊人的声音传了过来。赵俊亮率先起身,也不催促李夏,只自己走,走了几步又回头。他问李夏:“我能跟你说句话吗？”

“什么？”

“我知道我帮不了你,但是我也有尊严。”

“什么尊严不尊严的,我们不就是那样的关系嘛！”赵俊亮刚刚那话令李夏抓狂起来。赵俊亮狠狠凝了她一眼,不再说话,转身离开。李夏威胁着朝赵俊亮吼,“今晚我等你来找我,你要不来咱俩就真玩儿完。”

赵俊亮远去的背影僵了一下,但终究没有停下来。李夏瘫软地跪坐在芦苇地里,她用苇叶将自己严严实实地包裹住。

或许温暖最终只有自己可以供给吧。

从苇地回来后，李夏借口自己不舒服就回了房间。一整夜，她都睁着眼，可赵俊亮没有来。天快亮的时候，她终于昏昏睡去，睡梦中有双臂膀一直将她紧紧拥着，她倚着那怀抱感觉好安全，幸福得她一辈子都不想再醒过来。

可生活终究还要继续。当萨米耶站在床头和她道别，李夏不得不睁开眼。“亲爱的，你真的不和我们一起走吗？”这已是二十四小时之内萨米耶第三次问起同样的问题，她比谁都清楚李夏之所以决定留下，大多是因为要和翟隽赌气。

李夏跳下床，从衣柜里特意选了一身嫩黄色的连身短裙穿上，还故意在萨米耶面前旋转了一圈。萨米耶露出不解神色，李夏才说：“黄色是我今年的幸运色，近水之地是我今年的幸运地点，所以不用担心，假如一切都能在这里结束，何尝不是我今年最大的幸运。”

“OK！这才是我认识的李夏！上帝会把幸运赐福给努力生活的人。”萨米耶听过李夏和翟隽的故事，见她有这样的想法，她不再劝。李夏走上前拥住她，没有语言可以形容此刻她内心的感动。萨米耶拍拍她的背，仿佛在安抚一个小女孩。好半晌，李夏才退开，调侃说：“我要去洗漱化妆了，恐怕今天要化个烟熏熊猫妆才遮得住丑。”

萨米耶哈哈大笑起来，她准备告辞去收拾行李，走到门口突然又想起什么似的，回身对李夏说：“今早，我在你房门口遇见一个人，我猜他也是你今年的幸运。”

李夏心思微动，难道……她强装镇定问：“谁啊？”

“也许他就是再次为你点亮爱的男人。”萨米耶故作神秘状说。李夏再想追问，她已径自开门离去。

李夏也跟着下楼。袁天乐已收拾好行李等在客厅，见李夏出现，袁天乐第一个冲到她面前，她脸上竟难得现出难色。她探问李夏：“要不……我留下来帮你？”

几个月的渔村生活和一趟灾区志愿行，将袁天乐这个原本只关注自己小世界的90后改变了许多，她不再漫无目的得过且过地生活,不再是个支支动动拨拨转转的人偶,她开始有了自己的梦想和追求。比如今天,她决定和萨米耶一起重返灾区担任志愿者为那些还生活在疼痛中的人们送去温暖,这么有意义的人生历程,李夏怎能为了一己之私阻止?李夏安慰袁天乐说:“你又不是一去不回,这里有高木帮我,没问题。”

几人正沉浸在离情别绪中,突然有人摔门进来。袁天浩骂骂咧咧地进了客厅,身后跟着一脸凝色的赵俊辉。

“他妈的,赵有余脑袋被门夹了吗,真以为来了个市长夸他两句就得了免死金牌?这是法制社会,一切都是按合同办事,他什么意思,是威胁咱们不扩建就甭想在镲儿塘立足?这是敲诈!”

大伙被突来的变故搞糊涂了,忙问怎么回事。袁天浩没好气地推给赵俊辉解释。众人目光都聚集在赵俊辉身上,他喝了口茶才颇无奈地说:“刚才我们去了村委会, 咱们伟大的赵有余村长又有了新指示,现在盖起来的镲神庙规模太小,他要扩建。看那意思是想盖个三殿六院,说是上面的人有想法,要在镲儿塘也整出个名人故里。”

“名人,谁啊?”李夏追问,她在镲儿塘搜集了那么多资料,还真没哪个叫得出名字的古人出现过。

“赵村长说,以前万历皇帝的母亲和皇后都是从这村子嫁进宫去的。”赵俊辉一脸无奈地解释。爷爷这些堂吉诃德似的畅想,实在让他哭笑不得。

“说白了,还不是让咱们掏钱嘛。”袁天浩接话,他最气的还不是这个, 而是赵有余竟然想把会所附近的那一片芦苇地承包给别人,他们明明在合同中规定了会所享有那片芦苇地的使用权。如果那里被开发成不符合会所风格的用途, 那么他的蓝会所很可能还未开业就被迫废弃。

“是你想得太美了,你以为乡下人就傻就好骗,他们是揣着明白装糊涂。我早就劝过你了,镲儿塘的事不能大意。”赵俊辉似乎早料到会有今天的局面, 这也是他一开始就不愿意在镲儿塘搞投资的原因。纵使他早就知道这块土地将大幅升值,但人情债不好还,商人逐利一旦掰不开人情必死无疑。

“那你说，现在怎么办吧？”袁天浩仍然没好气。赵俊辉倒了一杯茶亲手递到袁天浩手中，又拍拍他的肩膀劝说：“你真气昏头啦，你就是不甘心被涮，你那精明头脑再转转，在别处那一片芦苇地如果开发成度假村，盖庙那点儿钱你送礼都不够。”

袁天浩被戳穿心思，默默喝茶不再埋怨。众人不语，各怀心思。只有李夏小声和萨米耶咬耳朵，复述着刚刚发生的事。

“砰砰砰，砰砰砰……”这次不知又是谁来砸门，高木去开门，马三姑箭一般冲进屋嚷嚷着：“不好啦不好啦，小酒店打起来了，村长在不？你们谁赶快去拉拉架……”

一群人急忙奔向小酒店。到门口时，已经围了许多人在看。唐国翠和胖婶你来我往地叫骂着，用词都十分剽悍，赵俊亮和胖婶的丈夫在一旁拉着各家的人，可拦不住她们的嘴。

“操你妈的小贱货，×养的你啊，别以为我不知道你安的什么心，你以为你是谁，你是这村的人吗？别以为村长是你公公你就能平蹚，这世界还有王法吗……哎哟……这日子没法过了……老天爷呀你咋不收了这个狐狸精……”胖婶骂着骂着竟坐在地上大哭起来。

那边唐国翠则一脸委屈，声泪俱下地质问：“我怎么了，你今天必须给我说清楚，我怎么着你了，我不就是找王哥说说小酒店边上那块地的事吗，那块地是你家的吗？我好心跟你们商量，那是看在老邻居的面上，你今天来这闹，你存的什么心？”

…………

前后听了一阵，又问了围观的村人，众人才弄清这两人是因为小酒店扩建占地的事闹得不可开交。一群人知道自己这外来人没有立场劝架，便听了赵俊辉的话躲在人群后边，怕赵俊亮看见觉得失了脸面。

胖婶又是一迭声地继续叫骂，这次连原本站在唐国翠身边劝架的赵俊亮都听不下去了，他扬起手作势要打人，胖婶连忙躲到丈夫身后，王五弟想要还手，唐国翠见儿子要挨打，也冲上去撕扭起来。

李夏实在看不下去了,她推推赵俊辉。“你也是赵家人,你去劝劝。”

赵俊辉倒是神情若定,安抚说:“不用急,这场面还是交给咱们赵大村长去处理吧。”

赵俊辉话音才落,赵有余中气十足的吼声就响起来了:“都给我闪开,闹什么闹,这不是让客人看笑话吗,谁再敢闹,我赵有余亲自把他绑去派出所。”

这话果然管用,两边人都不再出声。赵有余穿过人群走到闹事者身边,又对围观的村民喊说:“都看热闹是不是,好看是不是,让游客看见镲儿塘人没文化才高兴是不是,你们要不要脸,我赵有余六十老汉了天天想着给咱村争脸面,你们不领情也就罢了,还给我在码头上整这么一出一出的,你们要是都不要脸面了,就继续闹,让客人们看看啥叫穷横!”

赵有余刚带着翟隽这位新来的“财神”四处考察,就听说码头上出了事,这令他十分恼火。生怕新财神觉得镲儿塘人难搞,财路就这么断了,因此话说得格外严厉。村民们似乎真上了脸,很快默默四散了去,就连李夏几人也被赵俊辉拉走了。

袁天浩帮萨米耶和妹妹把行李装上车就准备回城里去了。走之前,袁天浩还特意叮嘱赵俊辉先不要跟村长谈扩建的事,冷淡一阵,免得赵大村长真以为他可以为所欲为。

赵俊辉接到翟隽电话,要他去村委会见面。他走前,忽然又劝决定留下来筹办镲神庙开庙活动和蓝会所揭幕仪式的李夏回城去算了。他皱着眉头颇忧虑地跟李夏说:“镲儿塘的事,可能会变得很复杂,你要是只想快乐的筹办节庆派对还是走为上策。”

李夏终究没听他的话,她和高木一直送萨米耶她们到村口。看着车子扬尘而去,李夏问高木:“你留下来,是为了追求梦想还是逃避现实?如果是后者,我并不欢迎。”

李夏问这话,是因为她知道高木正被家里的婆媳大战弄得焦头烂额。她不希望他是为了逃离战场才留下来工作,毕竟这也不是长久之计。高木思忖半天才开口,却是反问李夏:“你还记得自己说过的话吗,将感情过度投入工作中是种灾难。”

一比一,两人无语。

好半晌。

李夏伸伸懒腰,意有所指说:“有时想太多才是种灾难吧,不如一路向前！向前！向前！”

北京传来消息，飞镲正式被批准为国家级非物质文化遗产项目了。赵有余、赵二海和赵俊亮也都成了飞镲传承人。虽然赵二海和他的飞镲队在全国大赛中失利,但赵有余并不在乎,他一门心思都放在新飞镲会和村里的环境改造上。他特意邀来一直支持镲儿塘搞发展的许县长参加现场会，为镲儿塘的未来发展谋取更多的支持。赵有余心里清楚得很,要发展镲儿塘光靠镲儿塘人自己折腾闹不出个大天来,只有让领导重视了才能获得更多的资金投入。乡里那帮头头喝了他那么多好酒,终于给他透了信息,说是市里要搞新渔村建设示范基地,给钱给政策扶持呢,这块肥肉很多人正盯得紧。

村里想要扩建对虾生态养殖基地，并在村西规划新建一批楼房和一所设备完善的社区医院作为村民的新生活小区；而翟隽有意收购村民旧居改建成原生态旅游度假村；袁天浩则想要依托芦苇地还原湿地景观打造高端温泉度假会所，几重计划经过李夏和高木的整合包装美化成一幅未来镲儿塘的美好画卷，并由赵有余汇报给许县长。

能够坚持渔业生产的同时大力发展第三产业，这当然是件好事,许县长立马拍板说:“咱建个直通车,以后镲儿塘有什么困难直接找我。”

镲儿塘自从许县长走的第二天就成了一个大工地。镲儿塘人已经许久未有过这样的建设热情，曾经他们深信紧闭大门吃肉才香,现下却恨不得把自己家整修得像个皇宫。露着砖面的外墙也被粉刷一新,还有村民主动美化村容,在房前屋后犄角旮旯的荒地上砌出了奇石异草。最有效率的当属田家富,他不知何时在村西防风林后的新小区宅基地附近种了几百棵树，还在芦苇地里变出了几大间瓦屋。

螺姑却突然变得烦躁。她老在村里溜达，见了谁就要拉着人问:“瓮算的故事,我跟你说过没？没啊,那你听听,不听？不听老人言吃亏在眼前……”

可是没人愿意多为她停留一阵，他们有更多可以赚钱的事要去忙。只有李夏入了心,她为此还特意去翻了博客里的发表记录,里面果真有这么一个故事——

题目《瓮算》

出处:镲儿塘民间故事

讲述者:螺姑

记录者:李夏

从前,有一个要饭的花子沿街要饭,每到一户,他敲着牛胯骨、数着顺口溜,直到人家送出剩饭,才转去另一户人家。天黑了,就提着盛饭的竹筒子,到一座关帝庙里藏身。

话说这天傍晚,他又回到庙里,发现关帝爷桌案上放着一只大瓦瓮。他用指头敲敲,听响声瓮没有裂儿。他闻到瓮口飘出一股酒香,伸着脖子往里看,竟然还有些酒底儿,便端起瓮来咕噜咕噜喝个精光。不解饱,又对着竹筒子将要来的稀粥喝掉,也算闹个酒足饭饱。

他两眼盯着空瓮琢磨,这大概是过路的客商扔下的,不会回来取了,我明天提着去卖个二十文钱,有了钱,可以买两只小鸭,用要来的饭喂它们,鸭子长大了可以下蛋,把蛋卖了可以换两只羊,羊长大就能换两只牛……他越想越高兴,便晃晃悠悠站起来,一边举着瓮一边借着酒劲手舞足蹈唱道:

瓦瓮大,瓦瓮高,
换完小鸭换羊羔。

羊角尖，牛尾长，
卖掉牛儿盖马房。
马蹄响，马鬃亮，
老子坐在金山上。

正舞得高兴，只听砰一声，瓦瓮碰到桌案角上，瓦瓮碎了一地，要饭的酒劲儿过了，好像做了一个梦。又跟往日一样，钻到桌案底下，蜷成一团睡觉去了。

元太的幸福就是鳗鱼饭

李夏的新工作还没开始运作,最近她只能当个闲看客。没承想的是这年头看客也不好当。某日，她房间里竟多出了一张烫金红包,摆在她那支离破碎的笔记本电脑旁,红包里有一张白卡纸,上书一个硕大的黑字——

滚!

真是洒狗血的剧情。她左思右想猜不透究竟自己做了什么事,挡别人财路了？抢人家老公了？难道是因为——

由于改造度假村和换购新房的细节问题还在谈判之中，翟隽打算先收购些旧渔船和渔具,在海边建一个风情旅馆。春夏是镲儿塘气候最宜人的季节,而随后将至的七夕情人节和北京奥运会,都是能拿来大做文章的旅游黄金季。他想先试试水,对于镲儿塘的发展潜力他还有些存疑，尤其最近这些亲身所见和董六一激情推荐的那个淳朴渔村简直大相径庭。

一周前，他派了下属去和几家船主谈收购旧渔船和旧渔具的事,可船主们串通一气打算狠赚一笔。翟隽那下属跟李夏也熟,李夏见她为难,就帮她私下里找了陈贵大,又通过陈贵大找到胖婶,最终以双方都能接受的价格做成了这笔生意。

李夏从来不是个爱管闲事的人,她琢磨着也许真该先离开镲儿塘一阵子。现下村里情势挺乱,镲神庙要扩建,蓝会所才刚打地基,无论是开庙活动或者蓝会所的包装企划一时半刻也不可能启动,就算是要马上入手,企划都装在脑子里了,回市区也可以操作。

尤其,她正在创作一组以镲儿塘为题的油画。萨米耶很看好这组创作,前几幅画已经拍了照发给她的经纪人,据说有国外画廊对她的作品十分感兴趣。

手机响,来电显示是翟隽。李夏迟了一下才接听,电话那头的声音有点气急败坏,他在找赵有余,他的工程队正和一大帮子村民在村口对峙,说是谈不拢赔偿款坚决不许施工,而村长此时竟然不知所踪。

李夏突然想起来,赵有余带着赵俊亮和飞镲会的那帮小伙子一起到乡中学做表演去了。于是赶紧拨了赵有余的手机,不通;又打赵俊亮的,好半晌终于接听。简单说了情况,李夏一劲儿催着他们快回。

说话间,她也出了门。

快中午了,高木还没从市区办事回来。李夏打电话催问,原来是被挡在了村外。她只好又找派出所的王所长帮忙,才将高木安全接回村内,并且拿到了热腾腾的日式蒲烧鳗鱼饭。那是她答应要买给陈美美尝鲜的,比起村口那些胃口大得想吞下天的大人们,此刻孩子的愿望是如此令人愉悦。

日本动画片《名侦探柯南》是李夏和陈美美共同的爱好。李夏是从网络与日本同步追看每周更新;而在网络宽带并不发达的镲儿塘,陈美美则每天追看电视台的动画时段。

元太又是谁呢?他是动画里主角柯南身边的大配角之一,小学一年级生,父母开鱼店,任何东西在他眼里都会被换算成N碗鳗鱼饭。于是日本的鳗鱼饭便在全球数以亿计的“柯南迷”心中生了根，陈美美也不能例外，她总爱问：“鳗鱼饭真那么好吃吗？元太为什么那么喜欢吃鳗鱼饭？”

可鳗鱼饭真那么好吃吗？李夏吃过，在高级日料店，从日本空运来的野生鳗鱼，挺好吃的，但也仅是美食的一种罢了。李夏从未对陈美美形容过鳗鱼饭的滋味，她总是承诺要带给她品尝，可惜她有点健忘。今早关于去留她有了些别的想法，才特意委托回市区办事的高木去指定的那家店买，这一盒鳗鱼饭的价钱大概抵得上陈美美一季度的零花钱。

陈美美拿到了用精美木漆盒盛装的鳗鱼饭，喜欢得几乎舍不得吃。李夏无暇催她享用，便拉着高木去村里最高的建筑顶楼看“风景”。村小学和村中学都设在那栋楼中，午休时间学生们回家了，只有零星几个人在操场上踢球。顶楼的视野果然开阔，尤其是村口的对峙，简直一目了然。人堆里，派出所的警察制服格外明显，他们只是在两方中间徘徊着，双方都无过激举动。

“这个位置只能看默剧，有什么好？”高木不懂李夏为什么要跑来顶楼看热闹。李夏不答，她拿出相机开始拍照。袁天乐不在了，她接手了镲儿塘变革影像记录者的工作。似乎明白了什么，高木只往远处又瞥了一眼，就找个地方坐下开始享用自己那份鳗鱼饭。

“默剧有什么不好？人在处于极端情绪时说的话，本来就当不得真。再说了……”李夏停下拍摄，转身问高木，“你觉得对于咱们这个职业，什么最难？”

高木偏头想着。好半晌，不明白李夏的意思只能摇头。李夏说：“我觉得是相信这个世界依然美好的人生态度，可实际上，每一次咱们在制造欢乐的时候，总会看到更多丑恶。你说，奇怪不奇怪？”

“这有什么奇怪的，如果世界真那么欢乐，那欢乐就不值钱了，咱们的买卖也做不下去了。”

高木说得在理，李夏不说话了，她又回身去拍摄村口的对峙。她看见赵有余和飞镲会的那帮小伙子回来了。翟隽走过去跟赵有余说着什么。赵有余闷声不吭，听完直奔到那一群堵路的村民那儿。唐大鹏主动上前跟赵有余说话,好似这群人的头头,赵有余却不怎么搭理他,他拿出手机打了一个电话,没一会儿田家富现身了。田家富最近十分热衷村里的事,举凡搬迁拆改的大事小情他都要插一嘴,俨然将自己扮成了和不法开发商作斗争的村民代表。

"听说马鸣在市区揽了个活儿。"高木突然出声。他觉得该和李夏谈谈了,他可是背着三十年供房贷款的小蜗牛,工作室的第一个镲儿塘策划案他半路介入却收获丰厚,这实在要感谢李夏的慷慨,但工作室第二个策划案到现在还迟迟无法落实,再在镲儿塘耽搁下去,他只能另谋高就。

"那你说,咱们是接好呢,还是接好呢,还是接好呢?"李夏放下相机,转身问他。高木被调侃,并不在意,他理直气壮地说:"和气生财,镲儿塘这么闹下去,早晚连凉水都喝不上。"

"那就走吧,谁也没拦着咱。"

李夏的转变令高木诧异,他不禁追问:"真要走?"

"我们是来工作的,没工作当然要走。"话说到这份儿上,高木心中倒生出些不舍。南辕北辙的事态变迁令他无法接受这个结果,他刚来的时候,镲儿塘人是那么热情那么友善那么淳朴……他原以为这会是他近几年人生中最愉快的一段时光。

李夏见他不语,说起自己的想法。"翟隽是商人,他可不是来报恩的。董六一为什么不自己来,而要找个代理人?赵俊辉自家开着房地产公司为什么不拿下镲儿塘的建设工程,而只是投资了一点点钱在袁天浩的温泉会所……昨天有人跟我说穷乡出刁民,我跟他说这里不穷,家家都有电器电话,打开柜门都能拿个几万块应急,可能比我的存款总数都多。也正因为如此,这些村民不好对付……"

"对付?又不是阶级敌人,至于吗?"高木一阵讪笑,又问,"听说那个翟隽做事很有一手,是不是真的?"

"哈哈,你这词儿用得……真是温和,是太温和了。"

"听说……他是你以前的男朋友?"高木忍不住八卦,李夏倒大方承认。"是初恋男友,虽然分开了很多年,但我知道他的性子,想讹诈他,那真要有不怕死的精神。”

下面传来吵闹声,两人立刻将视线再度投向村口,村民似乎越聚越多,有看热闹的也有跟着起哄的,翟隽丝毫没有撤走工程队的意思,两方仍在持续对峙。

李夏看见赵俊亮举着个电喇叭在人群中挤来挤去,终于挤到赵有余身边了,赵有余接过喇叭哑着嗓子喊起来:“别吵吵了,都给我闭嘴!咱们村要开发要建设,是我赵有余一个人做主的吗?我赵有余啥时候搞过一言堂,建度假村是村民大会通过的决定,可你们瞅瞅自己在干啥?这干的是人事吗?别说我赵有余不念情分,我可以告诉你们,这事把县长都给惊动了,一会儿警车就到。你们美了吧,高兴了吧!现在,马上,都给我散了!”

人群沉默了,但没人动。

赵有余还想再劝,说话间警笛声已越来越近。一排警车停在村外,许县长现身了,身后跟着一串领导,有县里的也有乡里的。不同于村民们脸上的惊诧,他倒是一脸平和,不急不缓地走到赵有余身边,接过他手上的高音喇叭说话。“乡亲们,我来镲儿塘好多次了,你们这阵势是欢迎我来啊还是不欢迎?”

人群里有了些骚动。突然有人出声喊:“谁对咱们好,咱们就欢迎谁?”

“那你们说,谁对镲儿塘好啊?”一句话问住了在场所有人,许县长故意停顿了一会儿,才接着说,“我看,我对镲儿塘就很好嘛!镲儿塘出问题一通电话就把我这个县长给揪来了,我说要给镲儿塘直通车的权利,说到做到,这就是诚信!我知道大伙担心什么,无非是害怕外来人占了镲儿塘的便宜。中国是个法制社会,咱镲儿塘也不例外,只要有证据能证明自己的权利没有受到保障,咱可以告他。更何况,我这里也会替你们把关,绝不会让人侵犯了咱镲儿塘人的权益。可话说回来,瞅瞅你们现在干的事,这是违法的,知道吗?乡亲们,你们要别人对你们好,可咱们也得将心比心不是?今天我就做个和事佬,我也不偏袒任何一方,咱们就拿事实说话,按照国家有关规定、故意压低评估价格损害权利人利益的行为和私搭乱建骗取补偿款的行为同属违法，县里将派专案组到村里监督整个开发工程。”

许县长话音才落，李夏突然发现翟隽不知何时竟抬了头，两人视线在空中交汇。翟隽嘴角微微上扬，李夏瞬时明白了什么，暗骂：“奶奶的，竟然被他算计了。”

李夏对鳗鱼饭无感，但喜欢《名侦探柯南》里元太的幻想精神，能把任何有价物换算成鳗鱼饭的价值，多简单的生活态度，要是人人都能如此真完美。

只可惜，老天从来不从人愿。许县长“无心”的一席话，逼得李夏再不能流连镲儿塘，因为只有她手中有村民、开发商和县政府都需要的影像资料，她和袁天乐拍摄的那些记录镲儿塘变迁的数码照片任何一张都能查到拍摄日期，从而证明谁家私搭乱建谁家可以获得赔偿。电脑的诚信度此时显然比人脑更高。

她必须离开镲儿塘了！赵俊亮说她必须走，村里已经有人打算来找她碴；翟隽说她必须走，交出照片后势必要遭人怨恨；赵俊辉说她必须走，因为他要负责她的安全；高木说她必须走，工作室需要开工赚钱。

想起这事，李夏就忍不住想骂人。她都已经躲到那么老远的房顶上了，怎么还会被波及？她甚至怀疑整个事件也许都被翟隽操纵着，从一开始的对峙便是场戏，否则老天对他也太厚待了，这无疑解决了镲儿塘开发案相关的一系列问题，并为此竖立了一根解决问题的标杆。

李夏打好行李就站在露台发呆，在镲儿塘住了四个多月，她真有点舍不得。高木敲门，进来问：“赵俊辉来了，咱们是等饺子还是现在走？”

螺姑和唐国翠知道李夏爱吃毛蚶白菜的蒸饺，一早就去小酒店忙活了。可李夏不想等饺子，那种离别的场面太煽情，她怕自己会忍不住掉眼泪。她要高木帮她把行李箱拎下去，自己则拎了一幅未干透的油画，那是她的最新创作：波涛翻滚的海上，红裙姑娘被巨大响铜镲托起，然而人和镲都被一张渔网网住了，渔夫正在岸边使劲扯着那张网，铜镲正在倾斜，红裙姑娘一脸惊慌。

出了小楼，却发现门口除了赵家兄弟和高木，还有几个瞧着很陌生的年轻人，这些人似乎是最近才出现在村里的，听说是在开发区工厂做工的村里人。其中只有一个熟面孔，是唐大鹏。他颇挑衅地正对挡在门口的赵俊辉兄弟说："好狗不挡道，叫那个女的把东西交出来，咱们也不为难她。"

"唐大鹏，你最近是中什么魔障了，咋犯浑犯没完啦？"赵俊亮忍不住脾气，他上前一步跟唐大鹏对冲。

"我咋犯浑了，我这是为村里人谋福利，村里谁不知道你们老赵家跟开发商都是一个鼻孔里出气的。"唐大鹏说完，身后那帮人也跟着起哄："对，他们都是一伙的，不能让他们走。"

赵俊亮还想说话，却被赵俊辉拦了下来，他警告这群人说："大家都别闹事，我已经通知派出所过来处理了。"

一听这话，唐大鹏一伙人有点儿畏缩。但总不能就这么撤了，唐大鹏忽然注意到李夏就站在两兄弟身后，他快步冲过去抢了她手里的画摔在地上，拉着她的胳膊威胁道："快，把照片都交出来，否则这就是你的下场。"

其他人很快将两人围住，将李夏和赵俊辉等人隔开。突来的变化让李夏有点错愕，但她很快冷静下来，反问唐大鹏："我的笔记本电脑和硬盘都被人砸了，这事我还想问问谁呢，也许你更清楚这是谁干的？"

"呸，别诬赖好人。要是知道硬盘给砸了，我们还来这里干啥？"唐大鹏立即否认，但脸上不自然的表情已然透露了些许真相。李夏深深瞥了眼唐大鹏，故意说："那可说不准，唐大鹏，你不是有好几个老板吗？今儿个你是代表谁来的？"

这话一出，跟他来抢硬盘的一伙人瞬时都将目光移到了唐大鹏身上。唐大鹏被那些怀疑的目光看慌了神，一回身就挥手朝李夏狠狠打了过去。李夏闪躲不及，一个不稳竟撞向窗边护栏。

"哎呀，不好，流血了……"

“你们这些人，好样的，竟然打女人！我今天不打人我就不姓赵！”

“警察！全都不许动！”

…………

李夏昏迷前只听到一串男人的声音在嚷嚷。不，恍惚中，她好像看见有人正望着自己无奈地叹息，那一身红，像火。

额头破了相，李夏坚持不缝针。怕落下个丑兮兮的疤还得去磨皮，怪麻烦的。她相信人这种生物自愈能力之强超乎想象，就算真的留了痕迹在额上，她也希望是个自然生长的纹路，那才叫独一无二。

在医院处理了伤口，拿了药，李夏坚持回家休养。医院这地方没病也能待出病来，更重要的是她现下不想见任何人。

回到家第一件事，李夏把移动硬盘里所有的资料都复刻了一份，决定高价卖给翟隽。许是有些愧疚之心，电话那头翟隽答应得十分爽快。但这种幼稚的报复并没给李夏带来多大的快乐，这笔收入就像一根鱼刺鲠在她的喉咙，不能出去血拼购物，李夏打开电脑登陆购物网站，结结实实购买了三大整页的商品。在镲儿塘，因为快递不能送达，这网购的乐趣她已隐忍了好几个月。

没有鸡打鸣，没有雀儿叫，没有阿黄乱吠，李夏一觉睡到日上三竿，直睡得头疼腰酸。

有点饿，她打算叫楼下的外卖。几个月不在家，快餐店换了老板，又因为奥运将至沿街店面全部重新装修，幸好厨子还在，盖浇饭仍然美味，只是跟海边小酒店的饭菜相比太过油腻。一想到这儿，李夏又失了叫外卖的兴趣。

煮上泡面，洗了几根青菜，还有小半袋羊肉片，这是她的早餐和午餐。有人敲门，李夏猜是赵俊亮。只有他被她坏脾气地赶了无数次还会厚脸皮地赖在她的生活里，大言不惭地说要照顾她。犹豫了好半天，李夏还是去开了门，门外却已空无一人。防盗门把手上挂着一个食品袋，李夏不用打开就知道那是她爱吃的咖喱鸡饭。

明明不想见,没见着心里又空落落的。关了门,李夏负气将手中的袋子整个丢进了垃圾桶。厨房里蹿出一股焦味,她急忙奔过去关掉天然气,泡面已煳掉了整个汤锅。

哎……

李夏觉得自己最近真不是一般的倒霉。发呆了一会儿,说服自己时光真的不可能倒流,她才起身打开屋里所有的窗。

此时,又有人敲门了。李夏眉头微拧,她想着若是赵俊亮回来,这受气包他是当定了。这一次,门外站的却是令李夏费解的组合。赵俊辉和翟隽认识,她并不奇怪,但他们何时关系好到可以结伴来看望她这个病人?

"翟隽说不放心你的情况,非要我带他来看看。"赵俊辉不等李夏问,自己主动为她解惑。李夏堵在门口应酬。"现在看见了,我很好,还死不了,多谢关心。"

"老大不小了,别耍孩子脾气,我可是专门给你送钱来的。"翟隽举了举手上的包,赵俊辉也帮他打圆场。"你们总要验验货数数钱嘛,进去说话吧。"

李夏恨不得直接将光盘丢给翟隽了事,可理智终究战胜了私人情绪,于公这两位都是她的客户,于私……硬生生扯掉自己烦乱的心绪,她侧了侧身,算是邀请。翟隽抢先一步进了门,赵俊辉刚迈了半步却又缩回去,借口手机忘在车上转身下了楼。李夏颇玩味赵俊辉的举动,如此知进退,难道他也和屋里那位有了什么协议不成?

屋里传来手机铃响,听得李夏心一颤。她立刻奔回屋内,翟隽正用自己的手机拨打她的号码。

"我的专属铃音,这么多年都没变过,还是分手前你设定的那一首。我该高兴吗?"李夏见他脸上动容,原本暴烈的脾气瞬时冻结。翟隽总是知道如何打到她的七寸,李夏愣愣站着,极力伪装着脸上的木然。

手机还在唱着歌——"谁还记得/是谁先说永远的爱我/以前的一句话/是我们以后的伤口/过了太久/没人记得当初那些温柔/

我和你手牵手说要一起走到最后/我们都忘了这条路走了多久/心中是清楚的有一天有一天都会停的/让时间说真话/虽然我也害怕……”

这不知哼唱了多少次的歌，这不知她期待多久却从未再响起的铃声,终于将李夏的理智全部击溃,她冲过去几乎扑在翟隽身上想把手机抢回来。翟隽反将她紧紧拥在胸口，低声在她耳边呢喃着:“我的小虾米,你还记得那些美好时光不是吗,你也怀念我们一起牵手的日子不是吗,为什么,现在我们可以在一起了,你却不愿意回来？”

李夏闭着眼在翟隽怀中搜索着熟悉的温暖,可是他的手太冷、拥抱太紧、香水味太浓。一把推开他,李夏退了几步,瞬时冷静下来。眼前的男人早已不是十年前的初恋男友，他现在是别人的丈夫,是个无利不起早的商人。

“到此为止吧,你真想把咱们曾有的情谊全都毁掉？还是——想把我从这个城市逼走？”李夏落了狠话,翟隽立马收敛,往后退了几步。她从抽屉里拿了光盘丢给他,冷声问,“需要验货吗？”

“你知道,如果这世界上还有一个我可以全心信任的人,那就是你。”翟隽将光盘收起,却不想就这么结束难得的独处机会,他心思微转问,“关于我和她的事,我从来没跟你解释过,这些年我一直后悔,当初我或许该告诉你实情。你想听吗？”

“那点儿破事,我都知道。”李夏淡淡甩下一句,就转身进厨房给自己拿了一罐啤酒。她不问翟隽的需要,赶人意味明显。只是才喝了一口,啤酒就被翟隽抢走。

“有伤的人还喝酒,你真想毁容是不是？”翟隽埋怨着,抢过啤酒自己喝起来,又径自在沙发上落座,看意思是打定主意要让李夏听故事。“你知道的故事,也许和我的版本不同,所以我恳请你再听一次。”

这哪是恳请啊,简直是胁迫。李夏心里不满却未多言,她想尽快结束这场会面,以她对眼前这男人的认知,顺着他,她的愿望才能得到满足。翟隽见她默许,灌了口啤酒,慢慢开始回忆——

“应该是你大学毕业的那一年，咱们曾说好等你一毕业就结婚。就在那年一开春，我家的工厂出了大事故，我爸死在事故中，厂里还死了好几个工人，我不得不辞掉喜欢的设计工作回去接手一切，可烂摊子到处都要钱，一下子我就成了百万负翁。是她出钱帮忙解决的债务，她只有一个条件，我必须和她结婚。你以为我愿意娶一个大我十岁的女人吗？如果光是那些债，我咬牙奋斗十年相信总能还上，可我妈受不了打击心脏病发，她躺在医院里等着钱救命，我已经失去了一个亲人，就算牺牲我自己，我也得救我妈。”

翟隽情绪有些激动，李夏点上一根烟递给他，翟隽接过去狠狠抽着。这动作李夏很熟练，曾经她常常帮这个男人点烟……他抽烟的姿势还是那么好看，她喜欢看他棱角分明的侧脸，只是……他才三十八岁不是吗，即使按民间传统算法虚上两岁计算，也才刚刚四十岁而已，他鬓角的黑发何时已被白发淹没？

“我不恨你，早就不恨了。”收回视线，李夏喃喃。说着，自己也点上一根烟。她在整理一段段回忆，既然翟隽非要挑开她放任了许多年都无法自愈的伤口，那就来吧，一次把烂伤疤挖透透。

“最初我是恨你的，因为我不知道为什么你回老家处理家事后突然就对我冷淡了，有朋友不停传来小道消息，说你傍上了富婆，我不相信，我主动打电话说要去帮你，你却跟我提了分手。那时候，我是真的恨呢，我愿意为他同甘共苦的男人怎么转眼就变成了攀附权贵的小白脸？五年后变成工作狂的我才彻底明白这就是一个见钱眼开的世界，你有钱别人就对你有笑脸，你什么都不是能得到的只有白眼，我也学会了用钱去衡量一个人的价值，换做是现在的我，也绝对不可能嫁给一个一穷二白的傻小子。所以，我们再次见面以前，我真的已经不恨你了。”

“再次见面以前？你指的是会所那次？”翟隽露出惊讶神情，转念一想，似乎有些明白了李夏的心思，“你学会用钱去衡量一个人的价值，那你是嫌我给的钱少？觉得我不重视你？”

李夏干笑两声，不答反问：“你真这么以为？还是在说冷笑话？”

“如果可以，我喜欢我的答案，但我知道那不是你，如果你真的见钱眼开，在我暗中要求下属把集团的活动策划案子都签给你时，你该明白我在等你来找我，可是你没来。”

“没错，我接下了你的案子，但我宁可赚辛苦钱。”李夏嘴角微弯嘲笑自己，“是我想得太单纯了吧，我以为你是觉得亏欠我，于是也就心安理得地接了那些活动。有阵子理解你的苦衷了，我偶尔会想起你的好，想起我们在一起时单纯美好的可能这辈子再没机会发生的小幸福，于是就傻傻觉得这样也好，偶尔听说你的消息也挺好的。只是再见面时你的表现，真令人伤心。”

满心的酸发酵着，李夏起身走向厨房给自己倒水，她不想让翟隽看见她伪装的坚强正在崩溃。偷偷擦掉眼角的泪，她开始忙活着煮咖啡。她记得翟隽喜欢在黑咖啡里只加奶不加糖。咖啡香才刚漫溢，身后就传来翟隽的声音。

“我现在只喝黑咖啡，自从我们分手后我就只喝黑咖啡了。”

李夏手上顿了一下，她倒了两杯黑咖啡，转身递了一杯给翟隽，自己也端了一杯回到沙发前坐下。她故意拿出一包黄糖倒在杯里，边搅拌边说：“真是可惜了，我现在很挑嘴，总喝一种咖啡很容易腻，所以学会了很多种配搭。”

“人总是会变的，口味也一样。”

“是啊，人是高级动物吗，牛反刍但人不会吃自己吐出来的东西，那太恶心了。”说罢，李夏又故意反驳自己，“也不对，那些肯做自己都觉得恶心的事的人才叫牛人，那样的人这些年我可没少见，崇拜呀！”

“你是在骂我。”

“没，在我眼里，商人都是牛人，想要赚钱首先就要对自己下狠手，这样才能狠得下心对别人出手吗。”

“她也是个可怜人，和我在一起不过是为了报复她的前夫，不到四十岁就被诊断得上了子宫瘤，恶性的，子宫整个都被摘了。”翟隽突然又把话题拉了回去，见李夏脸色未变，又继续说，“我答应要照顾她一辈子，所以那次见面我无法承诺和你结婚，她已经知道我又见到了你，她说她愿意离婚。”

原本盯着咖啡杯的双眸直直射向翟隽,李夏脸色复杂。她问:“什么条件?”

“你生的孩子要过继她一个。”翟隽直视李夏,他不想回避也不能回避,他了解他的小虾米,岁月已将她清澄的眸子磨得锐利,坦白比哄骗更能赢得她的心。李夏盯着他,似乎要把翟隽脸上每个毛孔都看清楚似的。

她突然笑了,问:“是离婚不离家吧。”

“她不会再婚了。”翟隽拿出两沓钱放在桌上,“这里一份是咱们谈好的光盘价钱,还有一份是她的心意,听说你受伤了,本想买点补品又怕你不喜欢。”

李夏靠在沙发上,冷眼看着翟隽忙活。若是十年前的她,应该会立刻跳起来把钱扔在翟隽脸上, 而现在……她还真考虑着和这个男人生子的可能性。她快奔三了,如果没可能结婚,她是否可以考虑未婚生子?不过那又是另一回事,若真要生,她不想要翟隽的精子,她会找个更帅更聪明更优质的陌生男人吧,那样孩子才能完全属于她。可是……如果她有个三长两短,孩子怎么办?这样想来,又觉得翟隽的提议颇有可能性,抛开一切感情因素,他没有孩子,且具有教养孩子的优厚实力,但……

李夏长久的沉默似乎惹躁了翟隽, 他忽地起身在客厅里来回踱步,噼里啪啦地抱怨起来:“你究竟想怎么着?我究竟要怎么做你才满意?你真当自己是抢手货?你觉得那个赵俊辉喜欢你是不是,你跟他表弟也有一腿是不是,你以为你真能玩转那两兄弟,你才是被赵家人耍着玩的那个,你知道他们之间有协议吗,镲儿塘的那些猫腻,你真知道多少……”

见眼前的男人突然发飙,李夏刚刚柔软起来的心事又被冻结,她冷着脸反问:“我是不知道,我也不想知道,我就是赚我应该赚的那份钱,关你什么事?说回来你倒是欠我一笔演出费,我要是不受伤,你们在镲儿塘的项目能像现在这么主动?”

“赚你应该赚的那份钱,呵,还不是赵俊辉那小子想近水楼台,你那份工作交给谁谁不能干?”

翟隽的轻蔑语气彻底惹恼了李夏，但她还是强忍住气，冷淡道："翟总，如果你质疑我的工作能力，以后咱们可以老死不相往来，不好意思，我要送客了。麻烦你下去的时候，帮我把赵总请上来。"

翟隽知道自己说错了话，但他已许多年没在女人面前如此吃瘪，现在哪个女人见了他不是上赶着，他真是吃错药了，非得跑来受气。翟隽深感今天的耐心配额都已用尽，连告辞都懒得，直冲冲出了门。

没一会儿，赵俊辉出现在门口。他果然如李夏所料，一直等在楼下。李夏颓废地窝在沙发里，看赵俊辉径自落座抽自己的凉烟，又嫌弃地掐掉换上他的万宝路。她琢磨不透，这家伙为什么要带翟隽来？这实在不像他的做事风格。

李夏毫不婉转地直接问出疑惑，赵俊辉却不急着回答，他讨要咖啡喝，直到李夏煮好端到他面前，才反问李夏："你和翟总谈得不愉快？我在楼下见他一脸郁闷。"

"甭来这套，赵俊辉，请认真回答我的提问！"李夏和眼前这男人认识不过两三年，兴许是赵俊辉爱逗的性格总能使李夏放松戒备，又或者两人总能对某件事达成共识，李夏一直以为自己是足够了解这男人的，可现在看来满不是那么回事。

"真想听实话？"

"不然呢？"

"假话比较好听。"

"再耍嘴皮子就给我滚出去。"见李夏落了狠话，赵俊辉收敛了玩笑表情，难得在李夏面前露出一副认真模样。"我是故意的，你应该知道我想干什么。"

"我不知道。"李夏步步紧逼。

"有些事当断则断，对谁都好，我只是替你累。"

"难道……你还要我谢谢你不成？"李夏皱眉，起身挡到他跟前直勾勾望着问，"赵俊辉，我突然觉得……其实我并不了解你。你和翟隽究竟是什么关系？你和赵俊亮又有什么协议？在镲儿塘的事儿上，你究竟是想给我个单挑的机会还是早就知道总要有个人在前线当炮灰？那天，我被打的时候，我看见你伸手拦了亮子。”

赵俊辉脸色微变，他急忙解释：“这肯定是误会，我绝对不可能看着你挨打，只是那天的情况变化太快，谁也没想到他们会真动手……”

李夏边摇头边后退，她退到墙边靠着，双手抱在胸前凝视眼前的男人继续质问：“赵俊辉，我现在真不知道该信什么了，从我开始，每个到镲儿塘瞎折腾的外乡人都是你引去的，袁天浩、董六一、翟隽……最近我听说就连赵俊亮都是你叫他回去的……你在计划什么，镲儿塘里住的都是活生生的人，任何一个都不是你的玩具！”

“你今天情绪不好，咱们改天再谈吧。”赵俊辉完全不回答李夏的疑问，起身就要走。李夏诧异失笑。大抵，所有的男人都是这样吧。她瞬间泄了气，跌坐回沙发里，冷声道别：“走时请别忘了替我关门，谢谢。”

赵俊辉默默走向门口，他走得很慢，又突然回头说：“你真想和赵俊亮有结果？这世界究竟谁是谁的玩具呢，大家不过就是刚好挤在一个生物链里，各取所需，仅仅如此而已。”

关门声很响，震得李夏心都颤了几下。

煳味已然散尽，只剩了闷热占领房间的每个角落。窗外，噪声扶摇直上，响彻云霄。李夏关了窗，开了空调让自己冷静些。打开电视，人为又制造了无数噪声。从垃圾桶里拎出那盒咖喱鸡饭，已经冷掉了，李夏不想加热，就这么数着米粒吃。

电视上，正演着什么，那些人为什么又哭又笑，李夏并没心思了解。桌上那两沓钱无比碍眼，可她移不开视线。

终于，一切都模糊了。

呀！

李夏惊讶地发现自己的泪腺原来依旧好使。

或许，这是今天唯一的惊喜。

秋祭

说实话，
实话实，
碌碡碾子石碰石。
刮风树枝动，
下雨必阴天，
天下苦黄连，
蜜糖包子甜。

——镲儿塘民谣

水果篮子

李夏十八岁奔向北京，像无数渴望在天子脚下扎根的人们一样打了鸡血般不眠不休努力奋斗了十年。读书、谋职、赚钱,从大学宿舍搬到小平房,再搬到合租楼房,然后有能力独自租住一室一厅直到买下一间六十平方米的二手老楼。凭着她的个人奋斗,真快熬成半个北京人了。可就在一年前,她决定离开北京。

她累了。

决定回家乡的那天晚上,她陪着老板和客户吃完晚饭,又赶去后海见一个朋友引荐的目标客户。这一酒局结束已近凌晨,朋友还不过瘾又约一起去消夜,她困得两眼直打架但碍于情面只能陪着。朋友喝多了,哭骂着刚娶了北京媳妇的前男友,好歹把她弄回家,她才打了车往家奔。

此时距离李夏第二天的上班时间还有六个小时,她估算着:回家车程需五十分钟,上班车程需一小时十分钟,自己回家大概只能洗个澡化妆换衣服了，如果省掉一些步骤至多能挤出两小时补个觉。要不早上请假算了,李夏想着,很快又忆起早上有个客户要来谈活动项目的修改方案。

出租车外的街景越来越暗淡，这种从璀璨绚丽移步换景至破败老旧的落差她早已习以为常。可这天,一切却显得格外刺眼。不知是朋友的伤心感染了自己还是夜色太荒芜，李夏突然觉得自己快活不下去了,她感觉好累、身体好重、好想睡！幸好时至此刻,车停了,到家了。

米夏提高警惕冲回房子里,生怕身后突然冒出个陌生人。给同事留言要请假后第一次关掉了二十四小时待机的手机,她厌恶着,想要和全世界失联。

这一觉,她整整睡了一天一夜,三餐以泡面为食,未曾踏出房间半步。之后,从来不请假的李夏又请了3天假。一个人在家看片子,电影太沉重,动漫竟也让人不得轻松。李夏看《水果篮子》看到崩溃大哭,卡通片里女主角小透说起童年的游戏,那个叫“水果篮子”的游戏,竟让李夏惊觉自己也并非篮子里的水果,而只是渴望被放入水果篮子的饭团。

饭团永远都是饭团,就算变成了水果饭团,也不可能属于水果类！执著于天子脚下的自己何尝不是如此,异乡客就是异乡客,客居之路她走了十年,还要多少个十年她才能反客为主?

一鼓作气,卖掉房子返回家乡。李夏用还清房贷后的剩款再次贷款购买了一套小平米的新房,又联络到曾经合作过的客户,自荐到他的策划公司任职。一切的变动都显得顺遂,李夏只是忘了问,家乡还是饭团的家乡吗,还是另一个水果篮子?

中国是个圈子社会。北京很大,有很多圈子,你不想加入某一个也总能和各种各样的圈子产生交集,这是一种松散的组合。家乡也是个圈子社会,因为城市小,所以每个圈子都被无限放大了般难以漠视,你只能融进去,在这里所有的陌生人都是潜在的好友或者小人。

安排好某大款的情人去参加一场以奥运为名组织的演出,李夏赶往高中同学聚会。这是个轻松的活儿,低价买进高价卖出新歌并提供演出机会,投入成本不高但获利丰厚。相较起来,李夏更怕参加同学会。这种联谊活动就是一场秀,秀幸福、秀经济实力、秀社会地位,也有些人和事会在这场秀上重新排列组合,或成为职场互助组,或成为偷情互助组。

好不容易挨到酒席结束,又有人提议去唱歌。小商人同学请客,于是呼啦啦去了一群。李夏单身,自是没有推辞的理由,只能跟着转战 KTV。包厢里烟雾弥漫,唱了自己的主打歌,李夏借着接电话的机会跑出去透气。是老妈打来的,一听说她从镲儿塘回到了市区就马上替她安排了相亲。李夏问都没问对方情况就答应赴约,爽快得令电话另一头的人直疑心。李夏哭笑不得。结婚生子如果是她必须经历的一个人生过程,她总要从了人民群众的愿,否则大伙都瞧着她不顺眼,何必呢!

“能借一根烟吗?”

身后突然冒出个声音,吓了李夏一跳。她转身立刻认出来人,是老同学童美。李夏递了烟盒要她自己拿,童美抽出一根不太熟练地点上。李夏望着高中同学,她对这个美女着实没什么印象,听说她已经结婚好几年,孩子都快上小学了。

“你对我不熟,但我对你可熟呢!上学的时候,学校有演出你总在台上,那时候我真羡慕你。”李夏惊讶,不明白她为何提起那些。童美见她一脸疑问,也不拐弯抹角,“最近,我对你的名字也挺熟,是因为我听说你跟赵俊辉处得挺热乎,他是我前夫。”

李夏恍然大悟,怪不得觉得童美这名字熟,原来是赵俊辉的前妻。那现在是什么状况,她要兴师问罪?

“我们离了,可我还要在同学们面前假装幸福,谢谢你没有拆穿我。”原来童美是误会了,其实她完全没意识到童美的这层身份,虽然刚刚有同学介绍她时说她是神龙集团的董事。那时候她还想,这家伙年纪轻轻的,定是倚着家里有背景,她依稀记得童美的爸爸是个层级不低的官员。

真相大白,倒也无趣。李夏想了想,觉得还是应该解释清楚。

“我和赵俊辉只是一个战壕里的战友，我从来没有站在你和他之间,我对于破坏别人家庭没兴趣。”

“我知道,在你出现之前我们已经冷战很久了。其实……我只是想问问你……”童美欲言又止,似乎在犹豫该怎样措辞,“俊辉他……你一定很了解他在想什么吧，我听说他总跟别人夸你,说你是个内心有激情的女人。你可以跟我说说吗,他究竟是个什么样的男人,为什么我老是猜不出他在想什么？”

“你这个问题还真难住我了。”李夏嘴角微弯,自嘲道,“要是一个月前,或许我还能尝试回答一下,可现在我真不明白,我也很想明白,你的丈夫我的朋友那个名叫赵俊辉的男人,他在想什么？”

童美不解，直勾勾望着她，李夏的埋怨似乎更激起了她的兴趣。

“知道镲儿塘吗？赵俊辉的老家。我们对那个案子的想法很有分歧……”李夏话说到一半忽觉得跟童美说太多可能不妥,于是转了口气,“或许商人就是这样吧,在商言商,也没什么错。”

李夏不再多言,转身返回包房。快走到门口时,李夏突然回头对童美说:“你才是曾经每天跟他一起生活的人，如果连你都不了解他,还有谁能指望呢？你猜,他是不是也这么想？”

这话令童美呆愣了许久,她一整晚都把视线胶着在李夏身上,瞧得李夏很不自在。有同学在唱陈奕迅的《十年》,一室老同学不胜唏嘘。

此刻，李夏心中又涌出那种念头——这世界再亲近的人也无法彼此理解吧，越亲近越孤独，几十年轮回最后还不是要一个人走。那结婚是不是只多绕了一个大弯子？

十点曲终人散。

跟北京的夜生活相比较,这简直太健康了。有点饿,李夏在自家楼下寻了个摊子点上一份砂锅豆腐和几个羊肉串。等餐的空,她四下张望,不得不承认十年中家乡已经大变了模样。中心区各种奇形怪状的高楼大厦拔地而起，殖民地时期留下的西洋建筑依旧挺立,使李夏常有种穿越的错觉。她又成了房奴,在市中心贷款买了套小房子,图着出行方便。唯一令她幸福的是,煎饼果子的味道一如往昔。

忽地,李夏注意到邻桌有一个熟悉的背影。

“唐晓鸥?”

李夏喊得迟疑,但那人一回身就验证了她的猜测。唐晓鸥几乎立刻奔到她这桌坐下,不待李夏问,就一迭声说明来意:“终于被我等到你了,给你打电话不接是不是,你有恒心我更有耐性!看咱俩谁厉害?可怜螺姑还那么惦记你,咬秋还让我给你送西瓜,这城里哪个不是白眼狼……”

唐晓鸥尖尖的声音在夏夜比蝉鸣还聒噪。李夏皱着眉头喊停,问:“你找我干什么?”

“要不是螺姑和唐婶非让我来,我才懒得来呢。”唐晓鸥撇撇嘴,起身将一个大西瓜踢到李夏脚边,“喏,这是螺姑让我带来的,让我告诉你咬秋一定要吃西瓜,消百病。真是老古董,这西瓜才值几个钱啊,求人也不知道要大方点儿。不过我唐婶说了,村长常念你的好,她说你回村里帮忙少不了好处。”

砂锅豆腐端上来了。李夏默默听着,边听边吃,不说话。她没想过镲儿塘会有人来叫她回去,她又不是村里的什么人,她们凭什么以为只要开了口就可以把事办成?现在可是个商品社会。

“算了,我知道你不会回去,我只是来完成我的任务。”唐晓鸥自顾自说完,也不听李夏的回答,她要老板把自己点的砂锅端到李夏这桌,她还有更重要的事要跟李夏说。“李夏姐,这次出来,我不打算回去了,上次我听高木说你们做广告公司都认识娱乐圈的人,给我介绍个工作呗?”

这话终于使李夏将视线投射在了唐晓鸥身上。她望了一眼又回去吃她的砂锅豆腐,心不在焉地问:“你想找工作,先说说吧,你会什么?”

“我会做菜。”

“你是来城里做菜的?”

“当然不是,我要当明星,赚大钱。李夏,我知道你有门路,你教教我！”

“门路？你知道什么叫门路吗？”

“潜规则呗，我明白。”

唐晓鸥这话简直让李夏哭笑不得。她玩笑问：“那你是准备好要被潜了？”

“只要能红，我啥都愿意。”

“我以为你喜欢赵俊亮？”李夏趁机问出心底的好奇，唐晓鸥也不避讳，直白道：“我是喜欢亮子哥，但喜欢也不能当饭吃啊，他又不喜欢我，我得给自己找出路。”

“娱乐圈有什么好，我给你找份别的工作，怎么样？”看在唐国翠的面子上，李夏决定帮唐晓鸥一把。

“不要，我要当明星。”唐晓鸥突然伸出手抓着李夏胳膊撒娇，“李夏姐，你就帮帮我吧，只要给我一个机会就成，我一定自己努力往上爬。”

李夏放下勺子，她吃不下去了。她偏过头望着眼前时刻准备着想被潜规则的唐晓鸥，镲儿塘刚刚绽放开的一朵村花，不胜唏嘘。90后啊，李夏还真挺羡慕她的，至少她很明白自己想要什么。而她呢，她李夏究竟想要什么？

欧总又来电话让她回公司上班，李夏这次并未立刻回绝，在镲儿塘折腾半年她只完成了一个案子，事事亲为确实没效率，更何况现在袁天乐走了，自己只剩了高木这一个不太忠诚的战友。他应该很快就找到另一份工作吧，毕竟他有养家的压力，可不像李夏一个人吃不饱还可以厚脸皮回家啃老。

李夏答应考虑，欧总给她一个月的缓冲期。最近北京奥运如火如荼地赛着，活动也少了许多，大家集体放假在家看比赛，吼吼，其实这老板还不错。

开着电视放比赛，李夏没怎么认真投入，顶多是升五星红旗的时候停一下，一阵热血沸腾。三分钟热度一过便又开始忙自己的事。她在整理几个箱子，那里面装着一些从父母家搬来的关于二十岁之前的回忆：八音盒、带锁的日记本、朋友的信、明信片、散发着糖果香的橡皮，还有小虎队、范晓萱的卡带以及张信哲、孙燕姿的CD。

一个带锁日记本的钥匙已经不见，李夏想着活到八十岁的时候再撬开它，又或者就这样陪她终老。二十岁以后的她几乎再没写过日记，后来常在博客上胡言乱语，再后来去博客的朋友多了，那里便也失去了说真话的功能。李夏找到一本手工扎制的牛皮纸日记本，里面只写了十多页纸，是她小时候自制的愿望清单——

1.希望写在这本子里的愿望都能实现。

2.希望家里的钢琴突然消失。

……

26.希望零用钱永远花不完。

……

43.希望高考前可以穿越时空，如果不能穿越，希望能够考取心仪的学校。

……

59.希望将来能够环游世界，画所有我觉得美丽的风景。

环游世界，像萨米耶一样！原来自己也曾经有过这么伟大的志向，究竟是从什么时候起这个梦想失落了？现在，已快奔三的她还可以去实现二十岁时的梦想吗？

视线，莫名停在沙发桌上。被挖了一半的西瓜，是螺姑送来的。薄皮脆瓤，吃起来很香甜。据说是某村的亲戚自己种的，纯绿色食品。

镲儿塘怎么办？

心里突然跳出这么一句，吓了李夏一跳。镲儿塘的事，再不济也有村长管着，跟她这个小虾米有什么干系？做活动策划人不就是这样嘛，认识一群人，制造一次狂欢，然后各奔前程。

但她必须承认，当唐晓鸥说是螺姑叫她来找自己时，心里着实有点高兴。这种高兴不仅仅来自于被别人需要的成就感，更掺杂着说不清的某种不含杂质的感动。这种感动在城市里无疑是奢侈品，甚至是限量版的奢侈品。她在镲儿塘遭遇的某些不快与之相比,简直微不足道。直来直去的坏,总好过一锅乱炖吧。城市里的善恶从来都是混沌不清的,单纯的好或坏就要时刻准备着被当成笑话,也可能一不小心就成了悲剧。

收回视线,不再看桌上那抹绿色。李夏计算着自己的生活,计算着再次逃跑的可能性。去环游世界还是干脆去相亲结婚生子,平凡地结束属于李夏的一生?

听唐晓鸥说,村里最近有很多新八卦:鱼骨庙村被拆净了,很多村民搬家前舍不得把狗送给打狗队, 于是镲儿塘多了一群流浪狗,领头的狗王和阿黄好上了,一个多月后阿黄就要当妈妈;别人都怕那群野狗,只有傻顺不怕,和那只领头的狗混得比拜把兄弟还亲,田家富干脆把他和那群狗给雇了,替自己看厂子;有人偷拉游客在禁渔期出海,被电视台曝光了,村长赵有余被县委抓去骂了个臭头,听说还立下个军令状,保证奥运期间不出事;之前策划的奥运狂欢季活动全部被取消,翟隽的度假村计划推进得不顺利,他已决定撤资;加工高端贝壳粉的项目也没通过评测,因为近海的贝壳早就受了污染, 只能生产饲料级的产品……镲儿塘现在可真是腹背受敌……

甩甩头,李夏想要抛掉脑中那些关于镲儿塘的事。镲儿塘生或死、好或坏都已经与她无关, 她现在该做的是决定自己的人生方向。

有人敲门。

李夏跑过去开门,还以为是送外卖的,没想到……她完全傻住了。

“不请我进去?”

螺姑穿着对襟短袖薄褂站在门外, 那爬满皱褶的脸上又显出李夏熟悉的得意表情。看来螺姑是故意要为她制造惊喜了,只是她李夏可不是个喜欢惊喜的人。李夏想着,突然起了脾气。

“你谁啊,抱歉,敲错门了。”

让一个近九十岁的老太太吃闭门羹,实在是件不礼貌的事,但李夏还是这样做了。螺姑也不啰唆,径自下了楼坐回赵俊辉的车里。晚饭前,才让赵俊辉给李夏打电话,告知她,他们还在楼下等。

李夏无奈,在狠心戏弄一个老人后,她已惭愧了一下午。现下,总不能虐待老人,不让她吃饭吧。李夏勉强答应陪二人去吃晚饭,螺姑仿佛早有了主意,李夏一坐上车就指挥说:"咱去绿会所吃饭。"

坐在副驾驶位的李夏和赵俊辉对看了一眼,不说话。赵俊辉犹豫了一下,回头问:"要不,咱找个别的地方?"

"怎么着,那是啥龙潭虎穴啊俺老婆子去不得?要不,你给那个在镲儿塘投资的袁小子打电话,问问他,老婆子能不能进?"

气氛有些尴尬。

"谁说去不得,只要有钱绿会所谁都能去,我来打电话预约,咱今天就带着螺姑去尝尝城里的高级自助餐。"李夏打着圆场,又催促赵俊辉开车。她拿起手机给袁天浩打电话,立马就拿到了好位子。袁天浩似乎并不清楚螺姑为什么突然进城,还问她这又是唱哪出戏?他又说起翟隽撤资的事,说改天大家真要一起坐坐。李夏虚应两句就挂了电话,翟隽撤资与她何干?

绿会所主楼提供餐饮、娱乐服务,一楼是中式包房和西式自助餐厅,二楼是KTV练歌房,三楼是演艺吧;隔上一排树挡,主楼背后还有一栋副楼,那里有温泉SPA、游泳池、带棋牌室的套房;再往后便是曲径通幽处,迷宫里藏着六栋独立木屋。其实整个绿会所的占地面积并不大,只是借助了南方园林设计的特点,移步换景,分寸感拿捏得十分到位。听说袁天浩当初专门请了知名园林设计师来做整体设计,耗资巨大,以至于很多人并不看好他能回收成本。没想到仅一年,袁天浩光收会费已实现盈利。这年头,有钱人果然更需要紧密团结在小圈子周围。

李夏定了西式自助餐厅的位子。赵俊辉椅子还没坐热,就借口要去找袁天浩谈事跑没了人影。只剩下螺姑和李夏大眼瞪小眼。其实只是李夏瞪着螺姑而已，自从螺姑知道这一顿饭每人要花掉二百六十八元，就一直在认真品尝盘中的每一道菜。李夏只拿了一盘水果沙拉，她实在没有螺姑的好胃口。螺姑吃了一阵，见李夏不太动筷，忽然从随身带着的布袋里拿出一个玻璃罐推到李夏跟前。

“馇八代，给你新做的。苦夏啊，吃点压口。”李夏瞪着玻璃罐，并没打开。螺姑见状，亲自拧开盖子，可李夏还是不伸筷。螺姑努努嘴劝着，“吃饭皇帝大，没啥事比这重要。快吃，你不吃我可不跟你说火烧云的事。”

“火烧云？”这个话头倒引起了李夏的注意，“难道是跟娘娘烧灯有关的那个火烧云？”

螺姑颇满意李夏的反应，她就知道眼前这孩子跟镲儿塘的缘分不一般。“对，前几天，娘娘烧灯啦。”

“然后呢？”

“然后？然后我就进城找你来了。”

“哦。”说到这个话题，李夏又沉默了。她不太想提起这事，唐晓鸥刚走螺姑就来了，她俩的来意能有什么不同？

“大辉说，你要答应回去，他就给说和说和。”

“说和什么？”

“那个姓翟的老板，大辉说你能跟他说上话。”李夏不答，拨弄着自己盘子里的水果沙拉，她听着螺姑的话就觉得赵俊辉肯定又在打什么坏主意。螺姑等了一会儿，见她不说话，又自顾自说，“娘娘一烧灯，村里的人都害怕了，这灯可从来都没乱烧过，这是娘娘生气了。”

“娘娘生气，跟我有什么关系？”

“生气好哇……”螺姑意味深长地叹道，李夏不解，瞪着她听下文。螺姑却不再说话，又低头吃起东西。李夏郁闷，心底又涌起那种不快感。螺姑她看不透呢，她做着与人打交道的工作，常常对某些人的行为能有天然的预感，但螺姑她猜不透。

“瓮算并不是镲儿塘的故事，元代韦居安的《梅磵诗话》中有记载：‘东坡诗注云，有一贫士家唯一瓮，夜则守之以寝。一夕，心自惟念,苟得富贵当以钱若干营田宅,蓄声妓,而高车大盖无不备置。往来于怀,不觉欢适起舞,遂踏破瓮。故今俗间指妄想者为瓮算。'我说这些您听得懂吗?"李夏故意刁难螺姑。

"懂,有啥不懂的,就是听着像戏词儿。"螺姑起身,又端起盘子,"这里真好呀,虽然东西贵,可真好吃。"

"如果镲儿塘也变成这样呢?也觉得好吗?"李夏逼问,螺姑端盘子的手顿了下,深深瞅了李夏一眼,不说话就离开了餐桌。有服务生迅速接过螺姑手中的盘子,服务她取餐。李夏望着前方佝偻的身影,又是一阵羞愧。她何苦逼迫一个行将就木的老婆婆呢,她就算不想要她的信任,也不需要羞辱一个善良的老人。

李夏眼睛酸酸的,她知道离开镲儿塘的自己又让那个冷血的魔上了身。如果还想舒舒服服地过日子,她必须视而不见那些偶遇的纯真。

螺姑被服务生搀扶着回到座位。她看起来挺享受这里的服务,服务生一走远,她又接了刚才的话:"这里有啥不好的,村里人要都能这么乖巧懂事,我老婆子天天为他们烧高香了。"

李夏凝视着螺姑,好半晌,不语。她不知道现在的螺姑是真单纯还是装糊涂。暗忖了一下,李夏觉得报个料:"您可能不知道,唐晓鸥现在就在这里工作。是我介绍她来的,我介绍她来一楼当餐厅服务员。但是,来这儿的女孩从没有甘于现状的,到了一楼站着端盘子就想还是在二楼跪着端盘子赚得多,到了二楼又想还是在三楼脱衣服跳舞赚得更容易,真到了三楼她们又开始钻破脑袋想怎么才能到后面的独栋木屋里去为更有钱的人提供全方位服务。"

李夏话里有话,螺姑虽不是听得特别明白,大概也猜出唐晓鸥干的不是太正当的活。她不再说话,低下头仔细吃起乳白色骨瓷餐盘里的各色水果。螺姑情绪低落了许多,李夏却忽然来了食欲。

娘娘烧灯

《娘娘烧灯》

出处:镲儿塘民间传说

讲述者:螺姑

记录者:李夏

娘娘烧灯的故事,村里人一辈辈传了三百年,有记载的也就发生过那么一回。据说那天乌泱泱的火烧云一直从海里烧到村里,整个海面都给烧滚了,人们的脸也烧得通红。村里年岁最大的老人都说没见过这阵势,不知是吉兆还是凶兆。

大伙站在海边瞅着红彤彤的海水犯愁, 这天景还要不要出海啊?有胆大的小伙跳上船,可怪了,无论他怎么划桨,船都只能在原地飘来飘去。太邪行了!还有几个想要上船的汉子,一看这情形立马上了岸。这时候,突然有人从镲神庙里跑出来,朝着村人们边跑边喊:“不好啦,神镲不见啦。”

这还了得!村里人一听立刻慌了神。长老下令挨家挨户搜查,可是连条镲缨子都没找见。就从这天开始,镲儿塘人出海几乎都空船来归。

究竟是怎么回事?村里人急坏了,可就是不明白。难道是他们做了什么事让娘娘不高兴?还是谁惹怒了镲神?为求娘娘解惑,飞镲会特地选拔了二十四名年轻小伙一路飞出“敬香十打”随村里长老奔赴景忠山。日夜兼程终于得到一签,道长仅以七字开示:“得饶人处且饶人”。

村里长老看了这签更糊涂了,倒是随行的飞镲会中走出一人,此人乃是赵家船队的船老大,他道:“我知道这事的缘由,真真是咱们做了坏事。”

坏事正发生在这年“谷雨”之日。渔家有俗话:“谷雨到,百鱼闹”。“谷雨”在镲儿塘可是个大日子,所有人出海前都要到镲神庙里祭拜,出海捕鱼归来时更要将最大最好的鱼货敬献给镲神以及供奉在镲神庙的各路神灵。

此时的镲神庙香火鼎盛,七里八庄的渔民都来烧香祭拜,香火旺得都快烧到天上了。邻村有个鱼骨庙,年久失修,香火渐渐就不行了。镲儿塘人越来越富,邻村渔民眼馋呢,就也效仿镲儿塘人每到出海前必来拜镲神,更人手一副响铜镲,并制了镲谱用于海上生产联络。

自己村里的大庙香火旺,镲儿塘人本来挺高兴。鱼骨庙村的渔民得了镲神的保佑,虽有抢海之嫌,众人心里不愿但也挑不出什么理。可渐渐镲儿塘人发现,这鱼骨庙村用的镲谱根本就是偷学了镲儿塘几家船队的谱子拼凑而成,偷学不打紧,邻村船队好几次在海上故意扰乱镲儿塘船队的信号,令船队大失了鱼货,影响了买卖,这下镲儿塘人可真气坏了。

这天,鱼骨庙村的船队一早就将一排大船停在了镲儿塘的码头,并故意挡住镲儿塘船队的去路。鱼骨庙村的船老大更当着镲儿塘人发了豪愿:“咱鱼骨庙村今年不但要抢上第一炷香,更要抢上头船,咱要为镲神献上第一条大鱼。”

镲儿塘船队吃了暗亏,心下不满,有年轻船员还和鱼骨庙村的船员起了争执,幸被其他村人拦下才没见了血光之灾。祭祀结束,所有船队都出海了。可未到半日,老天爷突然变了脸。海上先是起了大雾,别说船和船之间,就连一条船上,人与人隔上几步也几乎瞧不清楚。这时候以镲音辨位就显得格外重要了。话说自打鱼骨庙村的船队偷了镲儿塘的镲谱,镲儿塘几家船队就相互通了气,改了自家谱子。浓雾弥漫之际,赵家的船老大让船员打镲联系完自家的船,就听见老远处想起镲声,一听,这不是自家的旧镲谱嘛。知是鱼骨庙村的船在附近,一想起心头恨,船老大就故意让船员打出错误镲音,将他们的船引向别处。不久,他又听见别船在打旧谱,心知这是镲儿塘船队在一起逗弄仇人。

那日,镲儿塘几个船队都靠着镲音打出信号集合在同一片海域,等大雾退去才一起回家。可鱼骨庙村的整个船队却再没上岸。

赵家的船老大说完这段,飞镲会里又走出几人,都是各家的船老大。他们立刻跪在殿前表示愿意为此事担当,领受娘娘的惩罚,只求不要连累村人。长老又求一签,道长却摇摇头,令众人下山。

一行人垂头丧气地夜宿小村,心里正难受不知回去如何跟全村父老交代,忽有一年轻人求见。他道:“俺娘病重,明日大寿怕是最后一场,可家里穷,实在没钱筹办,俺娘最爱看飞镲,各位师傅能否帮忙飞一番?”众人本没心思打镲,可赵家船老大劝说:“咱们害了人命,理当多做善事,更何况这青年一片孝心,咱不能不出力。”

大伙觉得有理,第二日不仅好好地飞了一番,还捐了些钱粮给这对母子。回镲儿塘这一路,飞镲会为沿路村庄的百姓打了几十番。临回镲儿塘的最后一晚,他们露宿海边。众人昏昏欲睡时,忽然有人喊:“芦花——”

众人惊醒,就见芦花正从海中走来,她手里依旧提着灯笼,可惜烛火已经熄灭。她道:“镲儿塘犯了大错,我已被碧霞娘娘召回座下修行,临走前来见见大伙。谁人无过,过而能改,善莫大焉!芦花只盼早日能再为乡亲们掌灯。你们一路善举,娘娘已看在眼里,百件善事后定有神迹。”

匪夷所思。《镲儿塘志》拿在手里，《娘娘烧灯》的故事翻看了几遍，李夏还是猜不透螺姑的心思。

那天在绿会所，螺姑趁她去拿水果的空，竟然一个人偷跑了出去，结果被服务人员拦在三楼。李夏将她送回赵俊辉的车上时，螺姑好像霜打的茄子没有了刚来时的淡定，也不提要领走唐晓鸥的事。只到临分手时又显出些神秘样小声撺掇李夏说："镲儿塘变成什么样，谁说话算数？李夏你不来，又怎么知道你的话不能算数？你一定记着你就是芦花。"

李夏承认，螺姑的话确实搞得她有点大头症。这已经不是第一次了，螺姑总是爱把"芦花"和"李夏"两个名字搞混。可"芦花"这名字再恶俗，它所代表的神圣意义依旧是李夏高攀不起的。她有那样执著的牺牲精神吗？李夏所受的现在社会教育只教会她——凡事要先顾好自己。

昨晚，李夏又放了温暖可爱的动画片《水果篮子》给自己看，她一遍遍重复播放女主人公小透的那一番话："人不是生下来就懂得温柔的，人出生时只知道食欲、物欲等欲望，换句话说，只是求生的本能，温柔是随着人身体的成长在每个人心中发育，也就是所谓的良心。所以每个人的良心也会随着人的不同而有不同的形状；所以温柔是每个人亲手打造的；所以小透觉得人的良心是有形状，我就常常在与人面对面的时候想，他的良心是什么形状？"

李夏也常常在与人相处时用力猜测，对方的良心是什么形状。她如此浪费脑细胞，无非是怕对方的那一颗心上长满钩刺，会刮伤了自己。与螺姑相处时，李夏也曾猜测她良心的形状，并且始终相信她的那颗心纵使已操劳九十载，仍然粉红、平滑、柔润。

李夏惊讶于螺姑对她的庞大信心，但她还是决定拒绝她的邀请。难得有机会如此平和地思考自己的人生，李夏这只"饭团"不甘心就这么浸润到满是咸腥味的馇物里，她还想保持从首都那些光艳鲜美的进口水果篮沾染的馨香。就当她肤浅好了，她渴望被摆在高级餐厅，而不是沦为地摊上的一种盒饭。

把《镲儿塘志》扔在一边，李夏搬了椅子到画架前，准备继续未完的油画。她在重新画那副被唐大鹏摔烂的画。只是,这一次,红衣女孩的眼睛不再是黑色。她想给她一双金色的眼。

画笔拿了又放,李夏点上一根烟,她停不下脑中不断流动的画面:傻顺亲吻塘宝,他们笑得多开心;小白和点点这一对海鸥恋人,还爱在码头左侧的滩涂上放肆玩乐吗;赵俊亮骑了四十分钟摩托车从城区快递来的微温肯德基,竟有点怀念那经过他创新加工的味道……镲儿塘最镇定的一张脸现在想来竟是永远懒洋洋的阿黄,还有小酒店老板娘那排山倒海的笑……

嘴角微弯,一种幸福感在李夏心中流动着。人生能留存这些回忆,李夏知道这一趟镲儿塘之行自己绝对没有白白耗费时光。而下一站,她亦渴望着,如此美好。

兴之所至,李夏立刻跑去翻箱倒柜找自己的护照,幸好它还在,有效期也还有一年多。昨晚刚收到萨米耶的电邮,说她那组以镲儿塘为题的油画反响不错,她经纪人决定帮她办个画展。

敲门声打断了李夏的畅想,她收好护照才去开门。门外竟是翟隽。她以为上次吃瘪后这个骄傲的男人再不会见她,呵呵,显然她低估了他的耐受性。

"翟大款,发生什么大事了,劳动您亲自前来?"李夏又是一副带刺模样横在门口,丝毫没有要请他进门小坐的意思。

"怕你无聊,带你去吃好吃的,就算是为我上次的失控赔不是。"门外的男人一脸宠溺笑容令李夏撒不下冷话。酷爱美食绝对是李夏的软肋,翟隽下手神准。她脸色温和许多,低了眼皮故意不看他问:"什么美食啊,我现在嘴可刁着呢?"

"记得吗,你曾说过,如果我能找到一种美味,你吃完可以感到无比幸福,一定非我不嫁。"

这是十年前的老话了,李夏不想回应。那时候,他们常常一起穿梭在城市的犄角旮旯寻找饕餮美食。那时候的她,现在想来每天都是无比幸福的。而这话的来历,是对未来的试探和许诺。当时的他没有给她任何回应,而轮回至今,她却不想回应。

"如果只是一顿饭,我还可以考虑,你扣下这么个大帽子,这饭我可吃不下去。”李夏迅速在两人面前划下一条不可逾越的安全距离。

“好，好，好，当我说错话，行了吧。”今天的翟隽格外配合，他伸出手邀请，“李夏小姐，我可以请你用个工作餐吗，或许我们可以讨论一下合作的问题。”

“合作？”

“镲儿塘的事，你熟，我想听听你的想法。”

李夏嘴唇动了动，她很想说镲儿塘的事她再不想插手，但螺姑那满是皱褶的脸瞬间在她脑中旋转，越旋越快，终是令她的理智全部眩晕。

这年头还想成为“神”的人，基本就是“傻帽儿”一枚。连自己都度不了，何谈普度众生？李夏头脑发热的状况，一进到绿会所的独栋木屋就瞬间被冷冻到了极点。瞅瞅眼前这些人，袁天浩、赵俊辉、赵俊亮、田家富、唐大鹏，这些日子在镲儿塘折腾的一干人等可真是都到齐了。

见李夏进门，众人移至餐厅就位。翟隽坐了主位，看来他是今天负责结账的人。李夏被邀坐在主位旁边，她的另一侧则坐了赵家兄弟和袁天浩。田家富和唐大鹏落座在翟隽另一侧。

“这形势，难道要开始分赃了不成？”李夏趁乱小声探问一旁的赵俊辉，他只给她一个少安毋躁的眼神。见一桌人都已陆续坐定安静，李夏无奈噤了口。

桌上已走了凉菜。服务生给一桌人都倒上了白酒，唯独到李夏这儿，翟隽要求服务生给她换上红酒。开场白自然也是翟隽的活。与私下里偶露的焦躁不同，在这种场合翟隽一贯如鱼得水的模样。

“今天我做东给诸位搭个桥，这年头赚钱不容易，咱们与其各自为战不如通力合作，这滨海市在渤海湾要做的文章可大着呢，镲儿塘也就是整个度假区规划图上的一个小黑点，我看这块大蛋糕咱们一人一块都得吃撑着。”翟隽说着一阵朗笑，一番话自是说到了在场众人的心事，袁天浩、赵俊辉倒还沉得住气，田家富已首先起身举了杯。此番宾主尽欢的场景中只有李夏显得格格不入,她连杯子都懒得端起来应酬。翟隽倒是没忘了她,举起的酒杯又放在桌上,他话锋一转说,“不过……各位先等等,这酒真不能就这么喝完了事。”

众人都知道翟隽要说什么,桌上的气氛顿时沉闷了几分。

“冤家宜解不宜结,咱们要开始新的合作,这老事嘛,咱也得先了一了。今天我请李夏来,也是卖田老板的面子。昨天通电话时,田老板表态了,说唐大鹏下手没轻重,一定要亲自给你赔个不是。”

翟隽声音刚落,田家富就举着杯起身朝李夏走过来。李夏心底执拗了一下,烂熟于心的社交礼仪还是令她不得不起身应酬。面对田家富一再地告罪,李夏唇边裂开一道不太真诚的笑,故意不举杯,刁难道:“田老板的诚心我是看见了,可这始作俑者怎么都没什么表示啊,我可从来没把您田老板当仇人。”

田家富碰了软钉子,脸色微变了下,忙喊着坐在位子上的唐大鹏过来赔罪。唐大鹏不情不愿地挪到两人身边,虽然明知道是自己打女人不对,可叫他在这么多人面前承认错误,他还是觉得失了面子。他闷声道:“对不住了,我自罚三杯。”

唐大鹏的艮劲发酵了涌在李夏胸口的怒气。她阻止唐大鹏喝酒,叫服务生拿来三个硕大红酒杯,全部倒满白酒,然后二话不说就坐在椅子上等着看唐大鹏表演。若是平日,她绝不会也绝不敢如此叫酒,今天既然翟隽安排了这一幕洒狗血的戏码,她就替他把戏演足。

唐大鹏盯着三大杯白酒,脸色越来越白。田家富刚想替他求情就被赵俊辉拦下,他坏心忽悠说:“这就对了嘛,是爷们儿就爽快点儿,这可是李夏亲手倒的酒,不喝完咱今天这饭可就吃不下去了。”

赵俊辉撂了话,田家富也不好再说什么,他想着今天要谈的生意还得继续谈下去,于是也忽悠起唐大鹏:“他奶奶的,伸头一刀缩头也是一刀,大鹏你就爽快点,别让人家看了笑话。”

唐大鹏见再没后路,只得闭眼咕咚咕咚灌下三大杯白酒。他绝望地灌酒时,李夏的视线却连一眼都没有顾及他,她环顾酒桌上的众人,不同于翟隽、赵俊辉和袁天浩看好戏的神情,赵俊亮微冷的脸上藏着一丝惊恐。这对他是很好的一课吧,在这个等级森严的社会里,谁是什么角色自己一定要先看得清楚,否则永远只能是玩物般被戏弄的命运。

唐大鹏一脸惨白地坐回自己的位置,李夏连理都没理他,直接转过去对田家富说:“田老板太客气了,我当然知道这是个意外,不过姑娘家的脸上破了相可真是件麻烦事,我想着实在不行就去韩国整容了,要不……您把机票和手术费先给我报一报?”

“这是应该的,应该的。”田家富边赔笑边从包里掏出一个信封,还故意请翟隽替他转交给李夏。“一点儿小意思,要是不够,李小姐你尽管说。”

“那我就不客气了。”李夏径自将钱装进包里便不再说话。桌上众人干了几回酒,她就那么入耳不入心地听着,李夏越发打定主意,镲儿塘的浑水她要速速远离。这些个豺狼虎豹,显然是想要榨干镲儿塘的油水。

唯一令李夏感到陌生的话题是——赵俊辉打算帮助赵俊亮参加村长选举,而田家富愿意合作。

原来这些人正在合力谋划一个更大的局。这个局不仅要将镲儿塘的经济结构重新整合,更谋划着要将镲儿塘的政治体系来个大清洗。

为了选村长,赵俊亮早就在赵俊辉的安排下将户口迁回了镲儿塘,就连预备党员都当上了。而原本属意自己出来选村长的田家富,见赵家人一副势在必得的架势,也软了态度,表态坚决支持赵俊亮参加选举。赵俊辉也不傻,为了回报田家富的支持,他表示愿意卖翟隽的面子,帮忙运作田家富直接获得村党支部书记的任命。

李夏躲进卫生间抽烟。她不太想看眼前这些男人的脸。这些和她独处时颇是另一番模样的男人们,为了钱所释放出的另一种人生面貌,她不想去理解。终究她身上还是艺术家的气质多一些吧,也或许是因为这并非攸关她的名利场,李夏就想简单一些。不去想螺姑的执著，不去想赵有余的忧村忧民，不去想这些都市新贵拿镲儿塘当玩具屋似的变态兴趣，也不去想赵俊亮脸上一览无遗的权力欲。

翟隽太聪明了。他代理的董六一的投资是定向镲儿塘的，与田家富合作，无疑可以利用他地头蛇的身份，让许多麻烦事半功倍。从另一层面讲，他似乎并不愿意直接与赵俊辉合作，利用田家富，无疑可以达到某种制衡。

最令李夏费解的人，还是赵俊辉。他究竟对镲儿塘这个他出生的地方抱有怎样的态度？他真想把它变得更好吗，还是想要亲手将它摧毁？

有人急促敲着卫生间的门。李夏皱起眉头，将燃着的烟蒂冲进马桶，才打开门。唐大鹏箭一般冲到洗手池猛吐，李夏轻轻将卫生间的门帮他带上，又吩咐管家准备矿泉水和消毒水。

回到餐厅，一众人极热情地唤她尝鲜。尤其田家富，那颗圆圆的脑袋红成了一颗石榴，嚷嚷着："李夏，这可是我遵照翟老板的意思，特意为你寻来的野味，这可是国家二级保护动物，也就我田家富敢为了朋友干这种违法乱纪的事。"

这话倒引起了李夏的兴趣，她快步回到座位，见一个硕大盆中漂满红油，红油下浸有类似鱼块的东西。她夹了一块放进嘴里细品，肉很鲜嫩，是她喜欢的口味。今晚，她第一次有了主动问询的兴趣："这是什么鱼？"

"水煮江豚，怎么样，喜欢吗？"

翟隽话音刚落，李夏筷子上的鱼块就跌落回食盘中。

"江豚？"

李夏几乎惊叫。

"是啊，江豚，怎么了？"翟隽并不知道塘宝的故事，但其他人可都是知道那些来龙去脉的。李夏环视，众人脸上竟都十分平静。

"放心，不是你的塘宝。"袁天浩似乎想要安慰李夏的惊恐，见效果不佳，又解释说，"这只江豚是雄性的。"

"怎么了，难道这里面还有我不知道的故事？"翟隽似乎听出些什么,见李夏吃到美食竟然没半丝高兴神情,急忙追问。没等田家富解释,赵俊辉倒添油加醋地说了塘宝的故事。

李夏扔了筷子,冷声道:"神猪你们也敢吃,不怕报应?"

真是偷鸡不成蚀把米。见翟隽脸上现了尴尬,田家富立刻改了口气:"这江豚是自己撞进网里的,回码头时已经不行了,我这不是想反正也活不成了,不如让大伙饱饱口福嘛。李小姐别生气,还有一只活的,你愿意要,我送给你放生,权当替你做功德。"

"那只在哪?"

"就在楼上的浴缸里……"

李夏丢了筷子,立刻冲到楼上,按摩浴缸里果然有一只江豚,它微弱地蹄躇着,头上的颜色已接近漆黑。李夏颤抖着手翻看它的肚皮,她的塘宝身上有一个独一无二的胎记。

身后传来脚步声。李夏问:"赵俊辉,今天这些戏码你看得高兴吗?"

"塘宝还活着,不是挺好的。"李夏无话可说了。赵俊辉手机响,他接听。"什么?镲神庙起火了?爷爷送医院?"

今晚,李夏第一次有个大笑的冲动。怀里抱着奄奄一息的塘宝,她大笑着,她觉得塘宝也在笑了。

笑这些痴人。

李夏回到镲儿塘时,整个村子都浸在淅淅沥沥的雨中。躁动了大半年的村子,在这场水和火的洗礼中着实沉静了许多。村人脸上不再因暴富幻想而涨红,黑白分明的眸子也不再瞪得溜圆。李夏遇到几个年轻人,竟也低眉顺眼地主动跟她打招呼。

镲神庙的朱红大门被熏黑了小半边,李夏推开半掩的门,才能将大火后的狼藉看得清楚。听村里人说这把火莫名其妙地从镲神庙后院烧起来,直烧到庙的正门口,然后老天爷就突然降下了一瓢及时雨,阻断了火蛇的前路。

庙前那棵名为"金刚"的参天古树在经历过海啸、战火、盐碱的反复洗礼后,又一次逃过劫难。"金刚"枝繁叶茂仿佛天做的大伞,即使此刻细雨绵绵，螺姑坐在树下竟未淋到半点儿。

李夏叹着大自然的巧夺天工，收起伞，在螺姑身边也找了个拱出地面的老树根坐下。螺姑仿佛完全陷入了自己的心绪，不搭理李夏。李夏便也不说话，就这么坐着发呆，一任脑中关于镲儿塘的故事再一次重演。

两个人就这么安静着。雨帘在视线不远处倚着蔚蓝色的天幕荡漾，冲淡了海边村庄特有的咸腥味，偶来的风夹裹着些许木焦香。淡淡的余灰味道似乎有种镇定心神的魔力，“金刚”也散发出醉人的木香，李夏忍不住深呼吸，整整持续了一个多月的阴阳怪气竟瞬间消弭。

她想着刚刚听来的八卦，也许真如镲儿塘人所说，这棵百年古树对新起的镲神庙不认可，才生发了这场大火，否则它怎能如此独善其身？

“有余爷爷心脏病犯了，需要做手术装个人工起搏器，不过这种手术现在成功率很高，您不用担心，两个儿媳妇都在身边照顾呢。”李夏怕自己忘了赵俊辉的交代，先说了赵有余的情况。螺姑只是默默听着，似乎对儿子的病情并不特别关心。李夏以为她可能不懂那些术语，便又主动说，“您要有什么想问的，尽管问，我稍微懂些可以替您讲解。”

“人各有命，他有那些好孩子顾着，我放心。”螺姑坐累了，她起身在原地活动着筋骨，又往“金刚”树伞外伸了伸手，她仰起头望向顶上的树冠，若有所思的喃喃，“金刚要伸懒腰了。”

李夏还没明白这话的意思，就感觉滴滴答答的雨点子突然砸在身上。她惊叫着跳起来，惹得螺姑一阵笑。见螺姑恢复了平时的模样，李夏终于问出好奇：“螺姑，村里人都在传说呢，是建庙时坏了老规矩，才有了这场火？那火烧云又是什么意思，这把火难道真是娘娘丢下的那盏灯点着的？”

螺姑又笑了，那双仿佛浸润世事的眸子透出清亮的光。她道：“在老以前，村里有种说法。那时候男人都打镲，打得好的才能上船，有些个废铜仔一敲镲就碎，这些人就只能在陆上找活干，你知道为啥？”

李夏摇摇头，倾听。

“光靠力气在船上是禁不住折腾的，好海狼靠的是心，有心才能成大事。就像这镲，那些废铜仔就是没心没肺，才不知轻重一打就碎，甭以为这就是两片破铜烂铁，它们都是生灵，有自己的想法。”

李夏默默听着，不解螺姑话中意味。螺姑也不想给她琢磨的机会，又继续说：“这响铜镲啊，得拿它当自己的亲人待啊，别看一开始都是乌涂涂的，越敲越亮，越敲越响，这不是本事，是心，心诚则灵，就跟这庙一样。”

有点明白螺姑的埋怨，李夏却不知道该如何回答。螺姑眼睛却突然发凝，她背着手，在李夏身边绕了一圈，神神秘秘地说：“这些天别乱跑，鬼门开了，那些个海鬼在寻替身呢。”

李夏嗤笑反问：“我又没做什么亏心事，怕什么鬼叫门？”

螺姑并没反驳，她又坐回“金刚”树下，然后朝李夏招招手说：“李夏你来，我再跟你说个故事。”

整个阴历七月，都是老辈子人口中的“鬼月”。而七月十五的中元节是这一个月中要举行大祭祀的日子。

镲儿塘文化中有很多偏于道教的传统习俗。道教不同于其他宗教，不讲求神人合一。传教的目的也很明确，道教传播者是人，所以道教传播道德伦理会“因材施教”。对智慧高的人，就明示《道德经》的道理，对那些智慧不够或者没有多少时间去深入反省自身道德伦理建设的人，就采取编写故事去说明道理，“寓教于乐”就是来源于中国道教的传教方法。

“中元节”就是道教传播道德伦理的重要节日。道教倡导人们在这天注重修德，有思想和有时间的人要集中在一起共同学习老子的《道德经》，且要互相交流和沉思反省自身。而对于一般教众，道教则创造了一些故事。比如，有个叫做陈子祷的人与龙王女儿结婚，分别在正月十五、七月十五、十月十五这三天生下了“天官、地官、水官”三个孩子，这“三官”主管人间的赐福、赦罪、解厄三个任务，他们法力无边，分别要在这三天到人间巡游，检察人们的道德品质是好还是坏，对于那些道德品质好的人，他们就赐福，否则就要降罪。在道教教义中，“中元节”主要是个“赦罪节”，一年中有罪过的人可以在这天通过各种仪礼去检讨自己和请求天地人的宽恕。

当然在民间，这些深层的教义已不再为人们所知。一般老百姓代代相传的习俗，只剩下在鬼门开的日子给已逝的祖先们烧烧纸，以使他们不会在另一个世界挨饿受冻。

在镲儿塘，中元节这天晚上倒有个特别的习俗：凡是家里有跑船的人都要去海边为护海娘娘送灯。往年，都是由螺姑领着村里老小们举行送灯仪式。可今晚，甭管村里人怎么劝，螺姑就是不肯离开那棵叫“金刚”的古树，连晚饭都没吃，就那么一个人呆坐着。

赵俊亮被迫首次主持起赵家的祭祖仪式。唐国翠去了医院照顾赵有余，赵俊辉母子也在市区候着，他成了赵家祭祖的唯一一个。仪式十分简单，他在赵家祠堂的院子里弄了几个火盆，对着祖先三拜九叩，然后就点着一捆捆的纸钱。李夏本想帮他护着火，却被夺去了手里的木棍。赵俊亮挑衅说：“这活，只有赵家的媳妇才能干。”

李夏自讨没趣，没二话转身离开了赵家祠堂。沿着海堤往码头走，一会儿那边将举行一个简单的放灯仪式。虽然螺姑警告她不要去海边，她却是“明知有海鬼，偏向海边行”。不是有那么句古话嘛：“好人不长命，祸害遗千年”。她虽未害过某某某，却也真觉得自己算不上什么好人。

赵有余是书记和村长一肩挑，底下几个男村委都是老实人，能说会道又有大款儿子撑腰的村委办公室主任谭玉凤现下无疑是主持村里工作的最佳人选。她宣布：今年就让飞镲会的小伙子们主持放灯仪式。

堤上没走多远，李夏就看见有一人在堤坝上烧纸。近前一看，又是陆军。她猜着，这纸钱定是烧给他弟弟。李夏走过去打招呼。

"如果我是你弟弟,一定非常高兴能有你这样一个好哥哥。"

陆军的脸被火苗映得通红,他嘴角牵强一笑,说:"我要真是个好哥哥,今天就不会在这儿替他烧纸了。"

"生死这事儿,咱们可做不了主,你还是看开点儿吧。"李夏应酬着,她不想在这耽误太多时间,又不好意思马上扭头就走。

陆军将手里所有的纸钱都扔进火堆了, 又拿小木棍挑高纸堆让火烧得更旺。他突然问李夏说:"你有兄弟姐妹吗?"

李夏显出无奈表情,说:"我可是 80 后,孤独的一代。"

"哼,蜜罐里长大的吧。"

"倒真没受过什么苦。"

"我弟弟比你小五岁,可他这辈子没享过一天福。"

这个话题好沉重,李夏不想继续,便借口要赶去码头看放灯,告别了陆军。没一会儿,陆军也追过来要求一起去。两人到码头时,飞镲会已飞出七星八卦阵。

李夏仔细端详着飞镲会的进度: 白色绸布衫反射着岸边渔船上大开的灯火,阵势启动后,小伙们动作凌厉,镲声整齐,渐渐飞成一道闪电盘旋在天与海之间。

"敬香曲"结束,有人捧出了大朵的莲花灯,也有人点燃了小纸船上的蜡烛。李夏看见马三姑捧了一艘纸做的大船,那船上还坐着一个小纸人。

"马三姑不是信基督吗,还能拜娘娘?"李夏不解地问陆军。身边传来沉重一叹, 陆军低声答:"马三姑是个苦命人, 丈夫死在海上,儿子也被龙王收走了。她是信娘娘信伤心了才改信了基督。"

"那还来拜娘娘?"李夏不能理解这种行为,马三姑背叛了一种宗教,现在难道又要背叛另一种?这般不虔诚,哪个神还想保护她呢?

"海边有说法,海鬼拉了替身才能重新投胎去,马三姑老是害怕她儿子找不上替身,她说她儿子太善良,舍不得害死街坊四邻……"

"惨淡的人生……"李夏忍不住替马三姑慨叹了一下,抛开越发沉重的话题,她决定将两人心思拉回现实事件中,她问“陆军,村长病倒究竟是怎么回事？真是因为庙给烧了？”

陆军踟蹰了一下,才说:“这事,村里人知道的不多,我说了你可千万别瞎传。”

“我是这么多嘴的人吗,你要是信不过我,可以不说。”李夏故意激他,作势要走。陆军急忙拉住李夏,小声说:“前两天我跟村长刚去了旁边的工地。渔港那边填海占了村里的海域,乡里答应给村长一个交代,但是一直没下文,村长就带我去找施工方谈判。谁承想,村长无意间一句话竟给说中了。”

“什么话？”

“村长说,不是海边人就别乱动海眼,小心有报应。结果没几天,那边就真死人了。据说有几个民工不知道潮汛给溺死了。”

“这跟村长有什么关系？”

“那些人怀疑是镲儿塘的人使坏, 前几天公安局的人都来了,找村长谈了好久。村长这几天一直心情不好,村里人不理解他,乡里的领导也埋怨他不合作,再加上镲神庙失火的事,而且庙里的老镲也丢了……”

“镲丢了？”

一连串的新闻李夏还来不及消化, 堤上突然爆出凄烈的哭号声。两人往人群里凑了凑,就看见马三姑疯了似的往海里奔,几个女人死命拉住她,竟给挣脱了。又过去几个男人,终于把马三姑扯回堤上。马三姑在堤上打着滚哭闹,大伙都围着看,可没人敢上前劝说。

李夏心里一阵酸楚,这场面在她人生中真没出现过几回。究竟是怎样的疼痛才能让一个女人如此不顾脸面的当众撒泼？想着过往的情分,她想上去劝劝,才一动就被陆军拉住。

“村里的事,咱们外人别插手。”说这话时,陆军显得颇真心。李夏想想,也觉得自己去劝不合适,她叹道:“这种事,要是有余村长在就好了。”

“这不,最合适的人来了。”李夏顺着陆军的指引望去,螺姑正穿过众人走到马三姑身边。她要村人接过她手里的树条子抽打马三姑。地上的女人终于不闹了,她爬起来边骂街边嚷嚷着:"你们凭什么打人,凭什么打人?"

"他们打的不是你,他们是在打鬼。"螺姑一句话给这场闹剧画下了终点。马三姑蔫了脾气,跌跌撞撞地往村里跑。众人见没戏可看,也渐渐散去。

李夏走过去想要搀扶螺姑,却被她制止。李夏学螺姑背着手笑问:"想通了?那这晚饭还吃不吃?"

螺姑瞥了她一眼,故作生气状问:"不是说给我做了鱼籽豆腐?难道是骗我老婆子不成?"

"早做好了,给您留着呢。"李夏听螺姑主动要求吃饭,立马来了精神,她还真怕螺姑一直不思茶饭,那她这临时保姆可没法向赵家人交代。李夏笑着挽起螺姑的胳膊,催促说,"走,我也饿了,咱回家吃消夜去。"

这夜,李夏一直翻来覆去睡不踏实。螺姑临睡前说的那个故事和吃消夜时说的那些话,云山雾罩地笼在她心头。

她说:"吃鱼籽好哇,女孩就是要多吃鱼籽,李夏你也要多吃,太聪明了那是老天爷给你受苦的命。"

她说:"唐晓鸥也是朵芦花的命, 这盐碱地要是没有芦花开枝散叶怎么行,李夏你得帮帮她,叫那孩子回来。"

她说:"李夏你是好孩子,你相信娘娘,娘娘才救得了你。"

她说:"镲儿塘注定要改朝换代了,你帮我劝劝他们,别把老祖宗的好玩意儿都给扔了。"

…………

螺姑说了好多好多好多的话,多到李夏开始疑心,螺姑是不是有什么其他打算?天边刚露了白,李夏就从床上跳起来,去了螺姑居住的那栋小洋楼。李夏把赵俊亮闹醒,才知道昨夜螺姑回了老宅子住。两人又奔去老宅,门没锁,屋里空无一人,连阿黄也不在。

赵俊亮说要去祠堂看看,李夏心里却想着另一个去处。

两人于是分头行动。

李夏气喘吁吁地奔到镲神庙门口时，一眼就看见“金刚”树下，螺姑穿着那件藏青色右衽大襟袄恍若老僧入定。

阿黄趴在一边，静静地望着自己的主人。

阿黄眼里湿漉漉的。

飞喜丧

螺姑去世了。

赵有余还在住院,刚刚完成了心脏搭桥手术。赵家人一致决定先隐瞒螺姑的消息,并由唐国翠留守医院照顾病人。赵二海现下本该是赵家的主心骨,他却没什么主意,最后还是由大儿媳王庆荣主了事。她刻意没用自己公司的人操持丧事,而是请谭玉凤和赵家的表亲长辈组成治丧委员会负责处理螺姑的后事,并特意要求在报丧时一定说明赵家丧事遵螺姑遗嘱不大办不收礼。

螺姑究竟是几点没的,谁也说不清楚。要按村里的旧俗怎么也要停个七天,赵家表亲也提过这意见,可赵家人觉得螺姑生前就不爱麻烦人,再加上家里有病人,赵有余又是村干部,还是遵遗嘱简办丧事为好。为了多留她在阳间待一天,治丧委员会最后决定按照“大三天”的规格办丧事。

灵棚搭在赵家老宅,棚内两边的屏风选了八仙过海的图案。螺姑一辈子都喜欢花花草草,赵俊辉特意从市区订来一千朵百合和野菊做的鲜花圈鲜花篮。许是不收礼的缘故,吊唁的人送花篮的也很多。一天工夫,花篮在灵棚外已植出了一条长长的治丧花径。治丧委员会为此不得不专设了一人负责统计这事，另一人则负责开车去城里代购。

因为是喜丧,还依例请来了在十里八村都很有名的民间戏班,在吊唁的间隙唱些螺姑最爱听的评剧、梆子。这倒符合螺姑的性子,她是最不喜见人哭丧着脸的。

“春季里风吹万物生,花红叶绿草青青,桃花艳梨花浓杏花茂盛,扑人面的杨花飞满城……夏季里端阳五月天,火红的石榴白玉簪,爱它一阵黄啊黄昏雨,出水的荷花亭亭玉立在晚风前……”

这是螺姑生前最爱听的一段戏，唱戏的姑娘被要求每个时段的演出都要唱一遍。一到演出时间,灵棚外就围满了街坊四邻。这种现场表演在村里很难得，毕竟要请整个戏班来村里演出少有人肯花这大价钱。

李夏躲在最外层听了一阵,心里酸得发疼。突地,一个老太太扑进了灵棚号啕大哭。赵家表亲忙上去扶住老太太,他们没有马上劝住来者,任她抑扬顿挫地扑在冷棺上哭号念词了一阵。李夏猜,肯定是赵家的近亲。近亲女眷每入灵棚必大哭,好像只有如此才能向人们展示自己的悲痛,据说这是风俗。

赵俊亮跪在地上还了礼,其他人才搀着老太太离开。他起身从灵案上捻了三炷新香续上,又跪回去。

李夏望着螺姑的遗像,照片里她的幸福感几乎满溢。那张身着藏青色右衽大襟袄的照片还是上次神镲出土时她给拍的。据说相框都是螺姑自己裱好的，和她早就给自己备下的装裹放在同一个包袱皮里。

有点闷热,李夏快喘不过气来了。她转身离开。

镲神庙已无人问津。

李夏走到“金刚”古树下,坐回那天和螺姑排排坐的原位。一个人呆愣了好半晌,她才轻轻吐出一句:“螺姑,对不起。”

风,又送来些混杂了木香的咸腥味。但没人应答了,这次真的只剩了风声。愣怔着,李夏竟还有些活在昨日的错觉,她多么希望此刻螺姑依然坐在她身边,眉飞色舞地跟她说着那些神鬼人事。

"想哭就哭吧,别这么压抑。"李夏抬起头,就看见赵俊亮不知何时已站在自己眼前。他朝李夏伸出手。李夏犹豫着,恍惚中手伸了出去,又觉得哪里不对,刚想收手,赵俊亮突然一个用力将她拉入怀中。李夏再度挣扎,却被拥得更紧,"螺姑不会怪你,没有人怪你,李夏,不是你的错,不是任何人的错,螺姑只是到时候该离开镲儿塘了。"

一番话,说得李夏不再挣扎。心里乱成一团的情绪被赵俊亮发酵了,再也压抑不住。

泪水,喷涌而出。

李夏紧紧地回抱住眼前的人, 仿佛抓到了一根救命稻草般一股脑儿地将所有情绪都扔了出来。有多久了,自从上一次离开这个不合时宜的怀抱,她再没有感受到同样的温暖。

如果可以一直抱下去,也是件很幸福的事吧。李夏心里突地冒出这个想法,把她自己吓了一跳。

咳。

一阵咳嗽声打破了刚刚在两人周围蔓延开去的暧昧。李夏偏过头就见童美带着孩子已快走到两人跟前。李夏脸上立刻多了些许不自在。

"我把赵阳带过来了,明天不上课,让他给老祖宗磕头吧。"童美仿佛什么都没看见似的,十分平静地讲述来意。

"我带你们过去吧。"赵俊亮对童美说完,又回身叮嘱李夏,"别再难过了,能帮我一个忙吗?"

"什么?"

"我想在追悼会上飞一番。"赵俊亮说完便领着童美母子离开。李夏却琢磨着,这事儿有点不好办。赵二海的飞镲队就有飞喜丧的买卖,但这项买卖一直是赵有余最反对的。虽说现在赵有余躺在医院里……可丧礼是要全程录像的。赵有余一直想把赵俊亮培养成赵氏飞镲的正根，去跟赵二海学那套“打死人”的镲谱，赵有余会不会再被气出个好歹？再说了，按习俗，追悼会上赵俊亮应该是跪在灵棚里答谢亲朋的。

可站在李夏的立场，她觉得赵俊亮这想法极好，与时俱进、兼收并蓄，赵俊亮才能更知道自己飞镲的路子要坚持什么抛弃什么。思虑再三，李夏决定去找一个人。

这一夜，赵二海没怎么睡，他亲自指导儿子练那套“飞喜丧”的镲谱。这似乎是两父子近年来最亲近的一夜。

追悼会由江三两主持。村里每有这样的日子，一定是不会缺了江三两的。他总能将平凡人温吞如白开水般的一生演说得波澜壮阔。但对于螺姑的一生，这篇万用祭文却显得单薄。李夏站在人群中，她暗暗发誓一定要为螺姑专门写一篇文章，一篇真正属于螺姑的镲儿塘传奇故事。

赵家嫡亲都披麻戴孝跪在灵案边陪祭。这一场属于螺姑的告别式，吊祭过程却与别家稍有不同。辈分不能坏，还是先由本家长辈祭拜。那个扑棚痛哭的老太太，李夏后来从赵家人口中得知她是螺姑的亲妹妹，名叫江银满，年轻时就嫁去了鱼骨庙村。这也是她第一次知道螺姑的真姓名叫江金满。

长辈依次拜祭完毕，便由赵俊亮上场。他双手执镲先独自打了一番“草籽”。然后按赵二海所教，一番又一番打出高难度祭拜镲式：第一拜是一个高难度的鹞子翻身后停在棚前行跪拜大礼；第二拜则打出苏秦背剑，直背着一对铜镲跪地祭拜，颇有些负荆请罪的意味；第三拜，赵俊亮打了一串花样后飞出大鹏展翅，他几乎是跃至灵前，硬生生跪在地上，膝盖与土地敲击的声响连站在人群后排的李夏都听得清楚。拜完，他复又起身。他朝李夏望了一眼，双镲一抖飞起“敬香曲”。

李夏本还担心她的提议会惹来旁人闲话，认为螺姑担不起这一曲“敬香”，谁知一众人不但无话，飞过一番后竟还连连叫好。

家祭完成，客祭开始。

客祭鞠躬即可,却有很多人选择了跪拜。据说在镲儿塘有个习俗,如果逝去的人在生前帮过自己,是一定要在丧礼上行三拜九叩大礼的。一个半小时之后,李夏真觉得自己没有看错镲儿塘这块灵地。没有人埋怨时间太久,客祭众人一个挨一个地跪在灵前行着大礼。轮到李夏时,她犹豫了一下,终也选择了跪拜礼,三拜三叩。她这辈子没跪过什么人,但这一次她跪得十分真诚。螺姑也是帮了她的,她给了她太多人生启迪,多到李夏担心自己不能全部消化。

祭拜仪式还在继续。童美虽然不再是赵家媳妇,也还是跪拜了螺姑。苍井优一姗姗来迟,他亦入乡随俗。

"大家都记得螺姑的好呢,她应该可以安心上路了。"李夏小声对拜祭结束退至自己身侧的童美说。童美微倾了些身子,更靠近李夏的耳朵说:"我嫉妒你了,赵家人看起来都很喜欢你。"

"这恭维我倒愿意接受。"李夏的不客气令童美皱了眉头,她忽然有些同情起眼前这个患了"公主病"的女人,于是忍不住道出些真话,"你是不是觉得因为你家里没有权势了,赵俊辉才敢那么肆无忌惮地在外边玩,就等着你先提离婚?螺姑常说,人心都是肉长的,谁对谁好老天都看着呢,这是做不了假的。你想想你们结婚后,你除了怨他,又为他做过什么呢?"

童美沉思不语。见赵阳跑过来,李夏不再继续刚刚的话题,转而与苍井优一寒暄了几句。对于贝壳粉项目投资失败,他仍然感到遗憾。

又过了半小时,追悼会终于结束。赵家亲人们在灵棚里继续着一些其他的仪式,村人们并没散去,似乎都等着要给螺姑送路。

好半晌。

哭声终于从灵棚中爆炸开,撕裂了镲儿塘静寂的夜。江三两站在灵棚前高喊着:"送路!"

鞭炮声穿透星空,穿越大海。李夏觉得或许芦花娘娘也会听见,她也会来吧,接引螺姑去往她想去的任何地方。

一起送路吧。

虽然只是绕着村子打转转,但这已是螺姑在人间的最后一程。

七天后。

李夏选了给螺姑过“头七”的日子放生塘宝。她拒绝了村里人大搞放生仪式的请求,作为塘宝的新主人,她不想饱受人类摧残的塘宝还要担负什么救赎人类罪恶的责任。

如果有那么一点点可以祈求的福禄, 她只想留给螺姑以及陪伴她永登极乐的阿黄。阿黄在螺姑离世的隔天生下了四只小狗,自己却不吃不喝,在螺姑出殡的那天早上终于追随螺姑离开了人世。

出殡的那天早晨,傻顺和狗王领着一群野狗在堤岸上哀鸣,不知是为了送别螺姑,还是送别阿黄。李夏不懂,为什么傻顺不喊号子了,他嘶吼着,用人类不能理解的语言嘶吼。那嘶吼声在李夏脑中久久挥之不去, 她心底有一片黑糊糊的荒芜之地因这嘶吼更觉凄凉了。

李夏让赵俊亮帮自己选了一片离村庄稍远的野海, 她还叫了陆军来帮忙放生。赵俊亮初见陆军时还有些诧异他的出现,但他忍住没问,他知道李夏做事向来有她的用意。

果然,放生塘宝后,李夏说:“赵俊亮,如果你真决定当个好村长,我给你推荐一个军师。”

冬记

进了腊月盼过年，
一盼盼到二十三。
二十三，糖瓜粘
二十四，做豆腐，
二十五，扫尘土，
二十六，炖大肉，
二十七，杀了公鸡留母鸡，
二十八，把面发，
二十九，贴倒有，
三十儿夜里闹一宿。
——盼年歌

但是又奈何

从镲儿塘回到市区,李夏没有急着给工作室找活。见了一次高木，在他的践行宴上，新加入的公司外派他到三线城市去开拓市场,这一去可能要两三年才回来。李夏终于忍住没再问那个关于逃跑还是开拓人生的话题,他这个年轻的丈夫、新上任的爸爸,显然不愿被拴在老婆“一丈之内”。

经过了镲儿塘的许多事,她越来越感觉人生的不可控。正如赵俊亮问她,赵有余为什么会对填海的事如此担心时,李夏只轻描淡写说:“其实很多年前镲儿塘也是退海之地。”

这世道,已不适合讲什么“生于忧患死于安乐”,或许倒过来讲更容易些。“生于安乐死于忧患”,笑能让人更长寿,这是科学家已经证明了的。

萨米耶离开了中国,回去筹备将要在法国举办的新画展。她的策展人也通过萨米耶联系了李夏，愿意为她在法国也筹办一次画展。李夏为此把自己关在房子里专心创作，有几幅画还只是半成品,她要在画展开幕之前完成。

袁天乐也从四川回来了。那张总是缺乏表情的脸生动了许多,还难得地跟李夏吐露了心事。她说她这人原本只爱当个生活的旁观者,反正衣食无忧也没什么需要她操心的事,可是李夏带她认识了一个完全不同的现实世界,各式各样的人和故事都是她以前从未想过应该关注的,而现在她也开始反思怎样才能让自己的生命更有意义。下一步该如何走,袁天乐还没主意,听说李夏要去法国办画展,她主动要求担当助理,帮李夏处理签证、订机票、酒店以及搜集旅游目的地等相关信息。两人准备画展结束后,顺便来个法国深度游。

期待梦想成真的日子总是特别美好。李夏变得平和了许多。不忙的时候,她可以和童美坐在咖啡馆喝下午茶,可以和赵俊辉去看话剧,可以陪赵俊亮逛街为这未来的村长买行头,也可以和翟隽一起钻进胡同旮旯寻找道地美食。甚至,周末回家努力做个乖女儿。

她将所有的情绪都转换在了画布上,那些莫可名状的愤怒、哀愁、憎恨、希冀,变成了蔚蓝、赭红、赤金、蟹壳青、鱼肚白……变成了飘摇的渔船、飞旋的响铜镲、提灯的红衣少女……

关于镲儿塘的种种,仍然像流水一样不断淌进她的耳朵:老村长赵有余出院回村后才被家人告知螺姑去世的消息,他变得沉默寡言也不太管村里的大小事。谭玉凤趁机掌了村里的大权,常常拉了儿子田家富参与村事,明眼人都看出来他们这是为了村长改选造声势。

在黄金周到来之前,为怕野狗再次伤人影响旅游收入,谭玉凤要求村里人全部参与打狗行动。赵俊亮和陆军站出来反对以暴制暴,可没人应和。镲儿塘人或许太需要一个释放压力的出口,打狗不偿命,于是人们把两眼都打红了。只可怜了傻顺,为了保护狗王,竟也被当成野狗差点死于乱棍之中。

好事不出门恶事行千里。有游客偷拍了打狗的视频上传到网络,镲儿塘人顿时成了恶魔代言人,有好事者还搜索出放生塘宝的视频与打狗视频做对比,卫道士们浮想联翩,伪善的镲儿塘人在他们的笔下立刻又成了中国底层人民邪恶劣根性的又一范例。

也说不清是金融危机还是打狗事件闹的，原本应该能赚得盆满钵满的黄金周生意惨淡。村民没得到实惠，对谭玉凤心生埋怨，原是支持打狗行动的乡里领导也批评谭玉凤办事方法太生硬，砸了镲儿塘好不容易树起的口碑。

镲儿塘迎来了最寒冷的一个冬天。开发商走了，游客也不来，村民们基本上都猫在家里歇冬，有闲不住的干脆跑去附近的开发区找活。

赵有余就只关心一件事了。飞镲会的小子们一日不落地被他揪着不是练镲就是练拳，个个进步神速。说也奇怪，出去比赛表演了几次后，这些小子再不用人撵着学。年前，赵有余主动联系李夏想揽些商演，他想赚点钱带着飞镲会去趟山西参加全国民间武林大会。一山还比一山高，他想要这些小子们开开眼。飞镲会不负众望拿了金奖，赵俊亮还拿下了武状元，陈美美也得了少年组的第一名。这算是今冬镲儿塘唯一的喜事。

冬去春来。镲儿塘第一件大事就是村干部选举。几路人马相继亮相：谭玉凤本来心气挺高，但经过打狗事件，不想折腾了。田家富只好亲自上阵，他答应过要和赵家利益均分，没想到半路杀出个陆军要和他竞争村党支部书记一职；赵俊亮的出场最令村民惊艳，他一向人缘不错，在外边小有名气不说，最重要的他是赵家人，村里人都猜测他参选一定是受了赵氏家族的支持。

县乡两级领导都颇重视镲儿塘这次的直选工作。作为旅游区重点打造对象的镲儿塘，一个更有朝气更有活力更有新闻爆点的领导班子，显然更符合时代发展要求。在他们心目中，养殖大户田家富担任村支书、大学生村官陆军担任副支书、具有新闻话题性的赵俊亮担任村长，这样的组合最恰当。

然而，就在村民投票前两天，田家富突然被警察带走了。不知是谁爆料他私自捕杀贩卖国家二级保护动物江豚。这可是犯法的大事，幸亏警察没查到什么实际证据，又有赵俊辉私下帮忙疏通关系，田家富很快就被放了出来。

然而这场变故却在镲儿塘村民心中发酵了，人们私下里议论纷纷，莫不是他们的“神猪”真被田家富害了，镲儿塘才突然这么多灾多难？上边的领导也怕再搞出什么丑闻，最终的选举结果出炉后，排位出现了些微调整：赵俊亮高票当选村长，大学生村官陆军以微弱优势赢过田家富当选了村党支部书记，田家富任党支部副书记一职。

此时，李夏也完成了最后一幅作品：那是一张深邃而灿烂的笑脸，属于螺姑。李夏将画打包时，特意标明这是非卖品。

好事多磨。直到六月，李夏和袁天乐才终于搞定所有行程。袁天浩应李夏要求在自家会所开了一个KTV包间为她们践行，据说KTV这东西在欧洲可是不流行的，于是李夏和袁天乐决定今天要把一个月的份额都要唱够。

连晚餐都是点好从西餐厅送过来，赵俊辉作为陪客还带来了李夏最爱吃的馇八代。袁天乐连点六首歌，李夏便用这段时间来吃美食。吃着吃着，她突然偏头问赵俊辉：“你家小赵村长的表现怎么样，你还满意吗？”

赵俊辉不太喜欢这个煞风景的问话，本不想回答，见李夏瞪了眼，才敷衍说：“还不错。”

见他不配合，李夏啃着蜜汁鸡翅不再说话。她有点儿怨自己多嘴，她不是已经下决心再不掺和镲儿塘的事了吗，干什么还要八卦。赵俊辉见李夏不语，以为她是生气自己敷衍，又出声解释：“小赵村长确实干得不错，他虽然年轻，但是挺有想法，重要是他肯努力……不过……”

“不过什么？”见赵俊辉语迟，李夏追问。

“他不适合当老公。”

这话差点让李夏把嘴里的鸡肉都喷出来，掩饰掉尴尬，她故意假怒道：“大叔，能不能正经点儿，枉费我这么忧国忧民。”

赵俊辉一阵坏笑，调侃她：“我可是非常正经地在建议某人，都三十岁的老女人了，别老想着不切实际的事。”

李夏实在不想谈这个话题，干脆借口上卫生间洗手出了包房。躲进卫生间的小格子，李夏坐在马桶上抽烟，她有预感今天赵俊辉要对她说什么，而她还没有准备好任何适合的说辞。李夏明白在世俗标准里赵俊辉无疑是最适合当老公的，但她现在都还不确定自己的未来在哪，又何谈感情归属？还有翟隽，他不再提结婚的事了，他们倒相处得越来越融洽……其实李夏仍然忘不了，在"金刚"树下的那个温暖怀抱……

有人推门进了卫生间，一男一女在争吵。李夏被打断思绪，掐掉烟偷听，这对男女的声音听起来很耳熟。

"你说过你会帮我，你不能反悔！"

"我是信守承诺的人，但是你答应我的做到了吗？我告诉过你什么，我说过我可以给你钱，但是我也说过你绝对不能在外边说咱俩有任何关系。"

"我说什么了，你还算是男人吗，上了就上了，说了就说了，我又不是故意的。"

"如果你听话，我会一直照顾你。"

"好，好，好，我听你的话，那你会帮我吧，我想离开这儿，我想去参加美人鱼小姐的选美，我知道你肯定认识那些评委，你不认识李夏也应该认识，她可以帮我们……"

"我警告你，不许跟李夏说你认识我。听到没有，你的事让我再想想。"

一串急促的脚步声后，卫生间的门开了又合。李夏躲在小格子间里，忍住内心大笑的冲动，等待另一个人也离开。这是命运的安排吗，命运之神是不是也太眷顾她了，刚刚还在犹豫要不要给翟隽机会，现在连一点点挣扎都不需要了。男人呢男人，都是什么东西！

不耐烦了，李夏按了抽水，走出格子间。唐晓鸥一身二楼包厢的贴身制服，正靠着洗手台抽烟。她见到李夏讶异了一下，但很快佯装镇定。她故意抬高下颚问："我们刚说的话你都听到了？"

"听到了。"

"他不想让你知道，他和我有关系。"

“没关系,我没看见你和谁说话。”

听到这,唐晓鸥笑了,笑容里却不再纯真。她露出一副认真的表情问李夏:“你会瞧不起我吗?”

“不会,只要你自己觉得问心无愧就好。”

“我连他的情人都不是。”唐晓鸥自嘲地笑笑,又狠狠抽了一口烟,“没关系,我不在乎,哪怕是享受一日富贵,吃过见过也总比守着一个穷人过一辈子好。”

李夏不想说什么,这是她早就预料到的,甚至在她推荐唐晓鸥来会所之前,她就已经有所察觉了,这个女孩的心太野欲望太重。只是……唐晓鸥真的知道她选择了怎样的生活吗?真的知道这种生活要付出怎样的代价吗?

“唐晓鸥,我只跟你说一句,无论你选择什么样的路往前走,一时半刻都是停不下来的,这些都是单行道,非要调头付出的代价可能更惨烈。”李夏的话唐晓鸥似懂非懂,但她不想示弱,故意强硬表态说:“没关系,是我的选择我就不后悔。”

李夏朝她笑笑,转身准备离开卫生间,忽又想起一些事来。她回头跟唐晓鸥说:“螺姑生前,让我替她传个话,她说你是芦花,早晚要回镲儿塘开枝散叶。”

回到包房,发现翟隽也在,她故作惊讶问他的来意,翟隽说是刚刚在一楼吃饭碰巧遇到袁天浩才知道他们也在这里,还责怪他们办告别派对也不叫上他。

李夏自己罚了酒,她想喝酒了,她许久未曾这样想醉。

真的要醉吗?

若能醉到开心,也挺好的。

闹到凌晨才回家,洗了澡,倒在床上睡了两个多小时,又莫名其妙地醒过来。睡不着,李夏登录博客,写博文。她还没有和一个人告别呢,她想了一整天还是觉得以这种方式告别最好。

标题:给水手的信

亲爱的水手,我没有告诉你我要出航了。你已在你的镲儿塘号上掌舵前行,我也将飞向我梦想的应许之地。分别,对你我来说,是早晚的事,也是一路走来我们常常需要面对的事。所以,我们不要告别了,告别是为了再见,而我们是不是相见不如怀念呢?

三更半夜的,为什么要给你写这封信?这封所有人都可以看到的信,你会不会希望收信人只是你自己?呵呵,别这么小气,这信的好处许久之后你会明白的。

不。我不是想要跟你说教。

呃……

一点点建议,你还是会听的吧。好吧,其实我只想跟你说一句话:加油!

再唱首歌好吗?

这个特别的夜晚,我想起你就突然想起了那首歌,一首你可能从未听过的歌,我希望等我回来的时候,如果还能再见,你能唱给我听——

"年少的我喜欢一个人在海边/卷起裤管光着脚丫踩在沙滩上/总是幻想海洋的尽头有另一个世界/总是以为勇敢的水手是真正的男儿/总是一副弱不禁风孬种的样子/在受人欺负的时候总是听见水手说/他说风雨中这点痛算什么/擦干泪不要怕/至少我们还有梦/他说风雨中这点痛算什么/擦干泪不要问/为什么……

…………

"寻寻觅觅寻不到/活着的证据/都市的柏油路太硬/踩不出足迹/骄傲无知的现代人/不知道珍惜/那一片被文明糟蹋过的海洋和天地/只有远离人群才能找回我自己/在带着咸味的空气中自由的呼吸/耳畔又传来汽笛声和水手的笑语/永远在内心的最深处听见水手说/他说风雨中这点痛算什么/擦干泪不要怕/至少我们还有梦/他说风雨中这点痛算什么/擦干泪不要问/为什么……"

我亲爱的水手,请努力做大声唱歌的人。

我走了。

赵俊亮看到李夏那篇博客的时候,她已经在地球的另一端了。

他发了小纸条留言，说等她回来一定唱给她听。李夏没有回复，只是在画展结束后打包将那幅叫做“海螺姑娘”的非卖品寄往镲儿塘。

画展十分成功，至少展出的画全都找到了买家，甚至还有人预订她的新作品。外国人总是对来自东方的神秘文化兴趣盎然，那些国人看来乡土气息浓厚的俗气画作，出乎李夏意料地在地球另一端共鸣强烈。这种共鸣绝不是审丑带来的心理愉悦，而是对另一种神圣而陌生的生存体验的崇敬和向往。

画展一结束，李夏和袁天乐就直奔了普罗旺斯。两人投宿在萨米耶的朋友莫拉开办在山区里的民宿，他是个热情的法国乡村小伙，带着两人去薰衣草花田撒欢，在树林里野餐，连周边的泉城、古堡、酒窖都来了个走透透。余下的时间，两人就慵懒地躺在民宿里或者某片花田的一角，把大把时光耗费在发呆这项活动上，不发呆的时候就跟着莫拉学做法棍和茴香酒。李夏还跟莫拉学了一首关于《薰衣草》的民谣——

薰衣草呀，遍地开放。
蓝花绿叶，清香满怀。
我为国王，你是王后。
抛下硬币，许个心愿。
爱你一生，此情不渝。

李夏奇怪的是，这首民谣竟不是出自以浪漫闻名的法国，而是来自十七世纪的英国。莫拉要求李夏也教他一首中国的爱情民谣，李夏从泱泱五千年中国历史文化中选了最朴实的一首——

小小子，
坐门墩，
哭着喊着要媳妇。
要媳妇干啥？

做裤做褂，
做鞋做袜，
点灯说话，
睡觉甭怕。

在中国，新官上任总要烧个三把火。这第一把火，赵俊亮和陆军商量着，决定要求飞镲会的小伙子们都上船出海去，拿海水涮透了才能真正成为“海狼”，有了海狼的精神气这飞镲才能真正接了海魂。与此同时，飞镲会除了商演，还志愿担当起县乡中小学的义务民俗文化宣传员，定期去各个学校教课。

第一把火看似不好烧，赵俊亮却用了最原始的办法。他设了擂台，让全村老少来做评委，只要比他飞镲打得好，就可以不用上船，他还会把“镲头”的位子拱手相让。一帮小子不服气，却没一个挑战成功，只得乖乖登了船。

第二把火，陆军把翟隽、赵俊辉、袁天浩等人都请回了镲儿塘，共谋村子的发展未来。以翟隽为首的投资人提出以蓝会所为界，在未开发的村西侧荒地兴建温泉度假酒店和观海别墅群，他们将在村庄靠近内陆的一侧选址建设一个由六栋砖混高楼组成的新社区，以换购村民现在所居住的平房老宅，全部收购完成后村东老宅所在区域将被改造成度假民宿、海鲜街、酒吧、茶馆和购物中心。

可村民们的想法却各有不同：有些家庭条件差的自然希望换购楼房；有些条件好的不想放弃老宅，就想直接拿钱买楼房；还有些人家已经在经营渔家乐或小酒店，生意正红火，哪肯撒手给别人赚钱。但有一个道理大家还是都明白的，那就是镲儿塘必须变，外边的世界都变了，镲儿塘怎能不变？

陆军当上村支书后简直像变了个人。他拉着赵俊亮挨家挨户都走访了一遍，听取村民们的想法，又上网找资料学习其他村子发展的经验。就镲儿塘的现状来讲，只有海产养殖业已初具规模，也大多是靠天吃饭，抗风险能力差；旅游业一年里只有几个月是旺季，即使这样家里养着小马力机帆船的渔民也是宁愿等客而不愿出海捕捞,海太空了,有时候出去捕一圈鱼货回来还顶不上油钱;还有一些网厂、冷冻厂、育苗厂,大都是私人开的;村里真正有钱胡吃海塞的超不过十户,大多数人都还得掰着瓣地仔细算计着花钱过日子,对于这些人来说,镲儿塘假如能够被合理开发,就业机会增多,收入的增加亦可预期。但是投资商们的开发计划中,显然并没有包括村民获利的可行性方案。

地给了他们,将来赚钱的也是他们,村民们的增收计划该怎么保障?没人拿得出合理化方案来,于是谈判又一次陷入僵局。许县长到镲儿塘开了一次现场会,他提议村民拿土地换股权,参与整个镲儿塘改造计划。双方却都不满意。村里人恨不得要钱要股份又要房子,投资商则不得不考虑成本控制问题。这第二把火怎么烧也烧不旺,一切仿佛又回到了原点。

赵俊亮这当村长的正不知该如何是好,陆军提醒说不如再学上次 PK 鱼骨庙之前的法子,带着这帮人出去开开眼。

两人说干就干。雇了几辆大轿子车,并通知各家派代表去外边参观。一连数天,他和陆军带着一车人走了好几个地方:有村企业干得红火的工业村,一水的小二楼,村民广场修得漂亮不说,村民福利也是好得令人咋舌;也有旅游发展得有特色的农业村,人家大力发展的还是高科技农业,高级农产品卖成了大品牌,村子自然也随之名扬四海,旅游是锦上添花的副产品,人家是坐等来客;他们还"顺道"去了新鱼骨庙社区,这坐落在城市边上的大型社区住的大都是拆迁后进城的渔民,他们用拆迁款买楼房买汽车却买不来好工作,很多年轻人就开个车到处玩,倒是中年人跑出去天天找活,但是和外来的年轻打工者相比他们根本没有竞争优势。

转了这么一大圈,镲儿塘的人头脑果然清醒了许多。再好的海狼离开了海边也就是个秋后的蚂蚱,尤其是那些举棋不定的中年人,一下子就塌了心,打算好好在镲儿塘谋点事。

村委会趁机提出了新的镲儿塘发展方案:镲儿塘以土地入股的方式与开发商在村西侧荒地联合开发度假酒店和度假别墅,股份归全体村民所有,需优先任用本村村民提供旅游服务;苍井优一所捐款项及村委会另筹资金将用于改造旧村居民区内基础设施、改善村内及周边旅游环境;成立反季养殖项目科技小组,扩大对虾及鱼类生态养殖基地的养殖规模;建立旅游公司,开发具有品牌发展潜力的旅游商品;鼓励全体村民利用家中剩余房间开办渔家乐,可由村委会担保申请小额贷款;将为全体村民落实养老、失业、医疗、生育等一系列保险。

方案被一条一条列排打印，贴在村里新建的带玻璃柜门的布告栏。同时出现在布告栏的还有李夏所画的那幅《海螺姑娘》:镲神庙大殿中,神灯从天而降,一身火红的螺姑银发飞舞昂头仰视,烈焰蹿出神灯劈入她胸口,点燃了脚下的铜镲镲缨,火焰顺着镲缨子攀向四角,顷刻间大殿尽燃。

这一次,村民大会终于投票通过了镲儿塘发展方案。

从法国玩到意大利,回国才休整了一阵,李夏又陪萨米耶到西藏去采风了几个月。还好萨米耶雇佣了李夏担任自己的设计助理,否则她真要花光自己的嫁妆本了。西藏确实是个接近神灵的好地方,萨米耶找到了她想要的灵感,李夏也在那里完成了她对于镲儿塘的第二波狂想。李夏许久未有这样的冲动了,螺姑讲述的那些神话和故事在她脑中到处乱窜；她觉得自己必须给它们安排一些归处。

圣诞节之前,萨米耶终于回国,李夏也回到了滨海市。她睡了好几天才醒过神来,然后开始忙着分发礼物,约朋友吃饭,扮演圣诞老人。谁会不爱这样的朋友呢?幸好李夏只是偶尔沉迷扮演这样的角色,至少收到信用卡出账单的日子,她都格外清醒。

赵俊辉邀请李夏去了一家新开的餐厅，特别之处是每次只招待一桌客人。听说老板兼主厨很有钱,可惜老婆孩子都送出了国,在家压根没机会做饭给别人吃，他的身份也不许他轻易做饭给别人吃,于是热爱烹饪的他开了这家叫“一桌饭”的小馆。也不是每天营业,想来吃饭必须提前预约。

一坐定,李夏就从包里拿出装有天珠的礼物盒递给赵俊辉,有趣的是对面的男人也递了一个包装精美的袋子到李夏眼前。李夏故意调侃问:“不会是钻戒吧？没有一克拉以上我可没兴趣。”

赵俊辉嘴上一点不含糊,立刻接话道:“要那个还不简单,一会儿带你去,随便挑,这些可比钻戒更稀罕。”

这话引得李夏好奇,她从袋子里拿出一个漂亮盒子,这盒子她很眼熟,是萨米耶去镲儿塘时送她的法国巧克力的包装盒,她记得这盒巧克力她转送了螺姑。纸盒保存得很仔细,犹如新品一般。打开盒盖,巧克力香扑鼻而来,放置巧克力的隔板被拿掉了,空荡荡的盒子里躺着一枝已然干枯的芦花和一封信, 信封上写着李夏的名字。李夏拿起信封,抽出里面的信纸,却是一张空白页。李夏彻底糊涂了,不明白眼前这是啥状况,她望向对面的男人求解。

赵俊辉解释说:“我们在收拾螺姑的遗物时发现了这个盒子,我想它该是属于你的。”

举着一张白纸,李夏心里莫可名状。螺姑这唱的哪一出呀,赵俊辉又想利用这个做什么文章？李夏真不知道此刻的自己该说些什么才恰当。

幸好,服务员开始上菜了。

今天看起来要吃西餐,头盘沙拉的样子挺漂亮。李夏默默收起信纸,盖好巧克力盒,再将盒子小心翼翼放回精美纸袋中。赵俊辉知趣,主动转了话题问:“这大半年玩美了吧,下一步有什么打算？还想出国吗？”

“萨米耶给我介绍了一个工作机会,她设计的那个潮牌选用了我的一些作品,但是我觉得我还是适合留在国内,毕竟他们要的那些设计元素只有老祖宗的文化遗产才能补给我。”李夏止住话音,她犹豫了一下,没想好要不要将自己的计划和盘托出,斟酌再三还是决定先让对面的男人知道,毕竟于公于私这事都与他有关。李夏喝了点红酒,才说,“我决定再去镲儿塘住一段时间,完成我的镲儿塘印象第二季作品。”

这个答案十分出乎赵俊辉的预料, 他微皱了眉头说:“村里现在就是个大工地,可没什么活动要筹办。”

“我打算接受陆军书记和赵俊亮村长的邀请担任镲儿塘民俗村改造工程的文化顾问。”李夏此话一出,赵俊辉眉头皱得更紧了。赵俊亮没能帮他拿下村西地块的事已经很让他气恼,现下又要抢他的生意不成?他佯装不在意,淡漠探问:“哦?我还不知道呢,他们又给镲儿塘搞了什么新定位?”

“我听说现在形势变了,周边都在大搞建设,环海沿线在建的各种大型的旅游度假区,镲儿塘跟人家拼硬件肯定是拼不过,我觉得唯一的出路就是发展特色民俗文化生态游,毕竟这海边的村子没剩几个了,或许再过一段时间镲儿塘将成为这大旅游度假区中最后的原始村落。当然,这正是镲儿塘存在的价值。”

“我本来想找你去策划度假村的项目,看来是被他们抢先了一步。”赵俊辉酸溜溜地问,“莫不是……你还对小男生兴趣盎然?”

李夏嗤笑,故意挑衅说:“我只对自信的男人兴趣盎然。”

“哈哈,这是下战书吗?”赵俊辉的自尊心可不许他在此时退缩,纵使他也搞不清自己对李夏这女人究竟抱着一种怎样的感情,但在这场竞争中他不想认输。

“亲爱的赵俊辉同志,你知道对于一个三十岁往上数的未婚女人来讲,生活意味着什么吗?”李夏停下话音询问,见赵俊辉露出不解神色,无奈笑着继续解释,“我已经没有多少青春可以挥霍了,没老公没孩子,我只想让自己的人生过得更有意义,与此同时若能找到一个志趣相投的伴侣一起终老,那是我的福分,但我不强求。对于现在的我来说,一纸聘书一份合同更实在。”

“我以为——我们还算志趣相投。”

“是吗?”

“不是吗?”

“那为什么我会收到两份入职邀约?你和陆军、赵俊亮忙的不是同一件事吗,难道你真要建另一个村子?”

这次换赵俊辉不说话了。这个犀利的问题,他真要好好地想一想。李夏不理他,开始认真享用晚餐。这已然渗入了中国特色的西餐,虽美味却不纯粹,正像坐在自己对面的男人,经历过中西两种文化的洗礼后，李夏真不确定他还明白故乡之于他的意义，而女人之于他的意义他又明白多少？

手机响，有短信进来，是翟隽发来的。回到滨海市后，李夏还没和他见过面，她倒是听说唐晓鸥得了选美亚军，还在本市电视台制作的情景喜剧里演了个疯狂追星的小保姆。不想回短信，李夏干脆调成静音，果然吃完晚餐再看手机时已有十七个未接电话。

吃完饭，李夏请赵俊辉看电影。赵俊辉说何必麻烦，他家就有影音室。李夏直接拿眼白望他，鄙视说："赵大款，偶尔你也得深入民间体察一下人民群众的幸福生活。"

于是，两个大龄无聊单身男女夹杂在一群稚气恋爱男女中，捧着爆米花和可爱看了一场巨二无比的国产电影。李夏承认，她只是不想太早回家。她猜翟隽一定等在她家门口，他这人最受不了别人拒绝，送上门的倒是从来不上心。

故意让赵俊辉开车送自己到楼下，李夏甚至在分手时送上一吻，这突破性的举动吓得赵俊辉直往后躲，不明白李夏犯了什么神经。

与赵俊辉告别，李夏没有马上上楼。她往外探了几步，果然看见翟隽的奔驰停在一个露天车位上。她主动走过去，径自坐上副驾驶位。"见了我也不下车打招呼，不会是想等我上楼再敲门吧？"

"还是李大小姐最了解我，不过看来是不想给面子了。"翟隽冷声笑了一下，质问着。李夏娇笑如花，偏着头故意伪装出一副单纯模样："我这不是怕您累着嘛，再说您可是日理万机的大人物，我不得紧着您点儿……"

"行了，别跟我扯淡。"翟隽明白李夏这是故意气他，他不想浪费时间，干脆直入主题追问，"为什么不接我电话？"

"中华人民共和国哪条法律规定我必须接你电话了。"李夏见他较真，便也掉了脸，冷声回答不再伪装。她转过身子不再看翟隽，又从包里拿出根烟点上，慢慢抽着不说话。

"老大不小了，性子就不能定一定，没完没了的晴转多云，我看你这辈子真嫁不出去了。"

“不劳您费心,这事有我妈操心就够了。”

“李夏,你有个正邪没,你究竟想怎么着,打定主意游戏人间了?你不声不吭就出去跑了一年,我有说什么吗,和赵俊辉出去约会还不接我电话,是谁说回来第一时间联系我?”

掐掉烟屁股,李夏扑哧一笑。这么一副痴情模样的翟隽她还真是陌生得很，要不是忘不了出国前在绿会所偶尔听到的那一段八卦,她还以为这初恋情人真是爱她爱入骨了。

可惜啊!

“干吗阴阳怪气的,我就等你一句话,你要说老死不相往来,我就再也不来烦你。”

“我看行,就这么办吧。”

李夏冷声答完,就推开车门下车。翟隽一把将她拽回来,将她压在椅背上,一副无可奈何表情又恨恨地问:“我的小虾米,你究竟要我拿你怎么办?”

闪神了一秒,李夏差一点就被眼前这男人深情的目光骗倒了。她直视眼前的男人,告诉自己此时他俩拼的就是谁够狠。于是李夏软了身子,嘴角勾起暧昧笑纹,问翟隽:“还记得吗,那年你终于买了车带着我到处瞎遛达,车膜都贴不起好的,咱俩就不管不顾地玩车震……”

“你总嫌弃夏利空间太小,撞了好几次头。”李夏的话显然勾起了翟隽的美好回忆,他的手探进李夏腰际,轻抚着她成熟的臀线,感叹着,“十年了,我的小虾米终于长成小蜜桃了,要不要在奔驰车里来一次?”

“不会你车里也备着保险套吧。”

“咱俩不需要那个。”翟隽轻吻着李夏的脖颈,又娴熟地将副驾驶位调低。李夏靠在椅背上突地伸出双手抵在翟隽胸前,她笑着推开身上的男人,奚落道:“奔驰挺好,但是人不对。不好意思,我不想给你的孩子当妈。我看唐晓鸥挺好的,你让她生一个吧。”

李夏说完,趁着翟隽发愣立刻开了中控锁,打开车门走出去。翟隽愣了一会儿才追下车，他气急败坏地拉住李夏问:“那小丫头片子跟你说什么了？”

李夏轻轻拨开他的手。“不要怪她，她什么都没说过，只怪老天爷偏要让我看见某男闯进女厕，我也没办法假装自己什么都听不见。”

翟隽一时想不起自己什么时候闯过女厕，只好急躁解释：“她什么都不是，我就是一时好心帮她的忙。”

“我不在乎你们之间有什么，真的，我只是发现其实我们的关系早就结束了，不可能重来一回。”李夏将他俩的问题拉入重点。

“为什么？”

“你不再是那个你了，我也不再是那个小虾米，就像我已经记不住在夏利车上不太愉快的车震经验，我只记得我挺喜欢别克和那车上的男人。”

李夏说完，故意扬起一阵坏笑，道了声“晚安”就径自上楼。

这一次翟隽没有追上来。

李夏心里五味掺杂，有些什么终于腾空了。

春祭

东风不过晌，过晌嗡嗡响；
东风一来唱，三天有雨忙。
东风偏了南，提网去上船；
东风上了北，刮得不见鬼。
——东风歌

盼年谣

《灶王爷和灶王奶奶》

出处:镲儿塘民间故事

讲述者:满婆

记录者:李夏

传说玉皇大帝的小女儿爱上了凡间一个给人烧火帮灶的穷小伙子,玉皇大帝得知后十分恼怒,就把小女儿打入凡间跟那穷小子受罪。王母娘娘疼爱女儿,再三求情,玉帝才勉强同意给那"穷烧火的"封了个灶王职位。灶王爷和灶王奶奶就是这么来的。

这灶王奶奶善良贤惠,知道凡间穷人过得辛苦,就常常借着回娘家的机会从天庭带些好吃好喝的回来分给穷人。小气的玉帝本来就嫌弃女婿穷,知道这事后更生气了,只准灶王奶奶每年年底回家一次。在凡间这寒冬腊月是最难熬的季节,穷人家连锅盖都揭不开了,哪还有心思过年。灶王奶奶看在眼里很是心疼,就决定在腊月二十三这天回娘家,给穷百姓要点吃的。但灶王奶奶自己家也没吃的,连路上的干粮都没有,最后还是穷人们拿出自家的口粮给灶王奶奶烙了几张饼,带了几块糖瓜想给玉帝甜甜嘴。

灶王奶奶回到天上,向玉帝讲人间苦情,玉帝不但不同情,反而嫌女儿带回一身穷灰,要她当晚就回去。灶王奶奶气得转身就要走,可又一想自己两手空空地回去怎么向乡亲们交代?再说也不能就这样便宜了父亲。正好王母娘娘过来说情,灶王奶奶便顺势说:“不走了,明天我要扎把扫帚带回去扫穷灰!”腊月二十四,灶王奶奶正在扎扫帚,玉帝催她回去,她说:“催啥,就要过年了,家里还没有豆腐,明日我要做豆腐!”腊月二十五,灶王奶奶正在做豆腐,玉帝来催,她说:“催啥,家里没肉,明天我要炖点儿肉!”腊月二十六,灶王奶奶刚刚炖完肉,玉帝来催,她说:“催啥,家里穷得连只鸡也养不起,明天我要杀只鸡!”腊月二十七,灶王奶奶正在杀鸡,玉帝来催,她说:“催啥,路上要带点干粮,明天我要发面蒸馍!”腊月二十八,灶王奶奶正在发面,玉帝来催,她说:“催啥,过年要喝点喜酒,明天我去灌酒!”腊月二十九,灶王奶奶刚灌罢酒,玉帝来催,她说:“催啥,咱们一年到头连顿饺子也没吃过,明天我要包饺子!”大年三十儿,灶王奶奶正在包饺子,玉帝雷霆大怒赶她回去,灶王奶奶见东西都准备得差不多了,不再多话,只是舍不得离开王母娘娘,一直待到天黑才离开天庭。

凡间的穷人们一看灶王奶奶回来了,还带回好多过年的好东西,都高兴地点起香火、纸码、鞭炮迎接灶王奶奶。这时候,正是除夕夜的五更天。后来人们为了纪念灶王奶奶,不忘她的恩德,每到腊月二十三就要祭灶,三十儿夜里不睡觉,叫做“守岁”。人们还编了一首歌谣给后人传唱,提醒后人们不能忘本——

进了腊月盼过年,
一盼盼到二十三。
二十三,糖瓜粘,
二十四,扫尘土,

二十五,做豆腐,
二十六,炖大肉,
二十七,杀了公鸡留母鸡,
二十八,把面发,
二十九,贴倒有,
三十儿夜里闹一宿。

螺姑的妹妖江银满原本住在鱼骨庙村，村子被整体搬迁后她住进了城里干净整洁的楼房,却怎么都不舒坦。于是来给螺姑奔丧时,她就跟赵家人提说想搬到镲儿塘来。这事儿小辈做不了主。赵有余病好些了,唐国翠就跟他提江银满的意思,赵有余二话不说亲自去城里把江银满和她的后老伴“狗爷”接了来。

江银满不似螺姑干瘦干瘦的,她长得富态,个性比螺姑爽朗,倒和螺姑一样不喜欢被称呼奶奶,于是大伙就叫她满婆。

满婆也是个故事篓子,李夏就是听了她的故事,决定做一回孝顺女儿将父母接到镲儿塘来过个传统新年。“新年祭”的灵感也是由《盼年谣》引发的,这是李夏回来后为镲儿塘策划的第一个活动,也是镲儿塘“旅游合作社”社员培训课程的一部分。

镲儿塘正告别个人单打独斗的发展阶段进入新的“合作社”发展时代。由村支书陆军牵头的“渔业合作社”负责协调村内捕捞船的生产、销售和旅游船的出海安排,统一管理,统一调配,避免恶性竞争;副支书田家富则牵头管理“水产养殖合作社”,作为养殖大户的他将管理科技养殖研究小组，并将对加入合作社的养殖户实行统一虾苗供应、饲料供应,统一生产规程、统一购销,降低生产成本,发展深加工,增强市场抗风险能力,发展反季养殖产业;村长赵俊亮负责“旅游发展合作社”,帮助村内饭馆、渔家乐、旅游船联系旅行社发展团队游线路,协调散客旅游事宜,为村民提供旅游专业相关培训,开发旅游产品等。

如果说过去的镲儿塘是一盘散沙，现在沙子不但被装进了一个大盘子,这盘子还具有分格收纳的功能,令人观来一目了然。制度的好处，在镲儿塘就是可以避免很多不必要的纠纷，谁家挡了谁家的生意，村领导能不能一碗水端平，这些曾经十分困扰镲儿塘的家长里短显得微不足道了。现在大家伙是自愿选择站在一起，那么就必须拧成一股绳同使一股劲。

才不过半年，镲儿塘变化如此之大真是出乎李夏的意料。一起喝酒时，她曾问陆军三人哪来这么大干劲，陆军还转些什么实现个人价值的屁话，只有赵俊亮实在，撂了实话："这是上头的意思，靠咱们自己哪来的政策资金，许县长说了镲儿塘的事特事特办，要是办不好咱们三个全都得剃光头。"田家富唠叨着就数他最倒霉，落了一身麻烦事，还耽误自己赚钱。陆军故意戗他："要不，把你那个优秀农民企业家的牌子还了去？"田家富被噎了下，也不反驳，仍旧嬉笑着闹酒。

李夏现在的职务是镲儿塘旅游开发有限公司的策划顾问，这份工作的收入并不算最优厚，但是这职位可进可退。镲儿塘究竟变成了什么样，李夏并没真正见识过，她是"一颗红心，两手准备"，要是形势再度混乱，她立马走人。

再回镲儿塘，她是存了很多私心的。冠冕堂皇的理由是为了寻找更多创作灵感，完成镲儿塘系列油画；更重要的，她想回到这里厘清自己的心。

她想搞明白，她李夏究竟想要一个怎样的人生，一份怎样的感情，搞清楚她身边的男人都在想什么？曾经她以为赵俊亮是追着她回到镲儿塘，他也一定会继续追寻着她的脚步；曾经她以为翟隽是拥有了财富后饥渴真爱，她以为时光真可以倒流；曾经她也以为她可以不要爱，只要是个志趣相投的赵俊辉就可以相守终生。可是她发现她错了，她不了解自己，更不了解男人，她甚至不了解现下所处的这个时代！

85后都在忙着当官了，90后已然当了三儿。都说"长江后浪推前浪，前浪死在沙滩上"，她不甘心就这么死去呢，也不想像很多老同学那样不死不活地熬着。说白了，李夏知道自己还是跨不过中国传统文化给女人设置的种种门禁，她讨厌传统，又对传统寄予太多期望;她想成为萨米耶,却没办法把中国式情感全部格式化。

年前年后本是渔民歇冬的日子，可现在从县乡到村里都喊着“与日俱进”,谁敢歇?李夏刚回村时,陆军正给“旅游合作社”的村民上英语培训课,大伙学得不认真,赵俊亮这年轻村长一气之下要求合作社的村民出门必须用英语交谈不许说中国话，说了就要罚钱,搞得村里人见面只能打手语,闹出不少乐子。

这拔苗助长的学习法当然一下就被李夏这个策划顾问否决掉,学习这事没法硬来,还是循序渐进的好。再者游客来镲儿塘要看的玩的就是原汁原味,满嘴遛英语的村民,并不在他们的惊艳范畴。更令李夏觉得揪心的是,才短短不过一年,她发现海边小酒店的老板娘唐国翠已经不会像从前那样肆无忌惮地笑了。

据说村委会专门派出录像小分队偷拍村内不文明现象，人人都怕被曝光,于是都紧绷着根弦装出个文明样。就算在家里还是一样的野劣,出了家门便一定模仿着城里人做出某种姿态。这种姿态神色疏离、目光拘谨、动作僵硬,常常令李夏觉得自己又回到了某条城市大街。

知耻而不野。

是进步吗?

文明,有时候或许只代表我们要给自己套上更多的枷锁!而这显然与镲儿塘要提供给旅游者的消费产品背道而驰。那些远道而来的客人,包括李夏,来镲儿塘这片未被太多文明污染的堤岸,要寻找的不就是城市里那一座座活死人墓已然失去的精神气吗?海狼们劈风斩浪的无知无畏,渔家妹子的火辣淳朴,亲如一家的三姑六婆,满街溜达的小鸡小鸭大狼狗……而现在,这些镲儿塘最珍贵的资源正在流失。

李夏设计了“新年祭”推荐给旅游合作社试行。制度并不能改变一个人的内在气质，但是人与人之间的交流碰撞一定可以开阔眼界。参加“新年祭”的客人都是李夏精挑细选出来的,包括记者、大学教授、民俗文化专家、国际线导游等,活动全程免费,而客人需要做的就是拣选镲儿塘的优缺点，并记录发表自己在镲儿塘的行记见闻。在接待客人的前一晚，参与此次接待任务的个人都被叫到村委会开会。李夏只提了一个建议，她说：为了让客人们给出最真实的建议，她希望每个人都做回自己。

由于不是纯商业的旅游团，有些渔家乐的经营户并不愿意参与这次“新年祭”活动。李夏也不勉强，在愿意参与活动的经营户里她也是挑选了不同类型的渔家乐供客人选择：有服务已经很专业的渔家乐大户，也有像马三姑一样收拾了家里空房试营业的小散户。

按行程安排，客人入住后先是自由活动，直到晚饭时间才需要再度集合，第一顿小年夜的晚饭被安排在海边小酒店。村委会补贴了一半饭费，唐国翠算是半卖半送。她早听李夏说来的都是城里的文化人，她也想听听他们对她的小酒店有啥看法，给她出点儿好主意。唐国翠这招绝对是赔本赚吆喝，一群文化人酒过三巡嘴巴立刻没了把门的，一个接一个给她的小酒店提建议，有几个笔杆子还承诺要为小酒店写文章做推介，乐得唐国翠嘴巴都快合不上了。

李夏和村委会的人饭局快结束才到小酒店，这是故意安排的，怕村领导一陪吃陪喝客人们反倒拘束。李夏自己来也是为了发通知：晚上八点村里有祭灶的仪式，先在各家举行家祭，再一起送灶王爷上天。有些客人已经定了就在渔家乐的老板家看祭灶，李夏则约了记者老范和民俗学教授魏大光去满婆家。

据说因为灶王爷长得好看，怕有男女之嫌才留下男人主祭灶的风俗。满婆却说：“渔家男人一年也不上回灶，这灶王爷天天被女人瞧着，要想有事早就有了。海边的男人主祭，无非是讨个念想，告诉灶王爷咱家男人风里浪里又过了一年不容易，上个天庭一定要给咱多美言。”

狗爷是满婆的后老伴，今年鱼骨庙村拆迁后才领的证。据说小上满婆十岁的狗爷原是满婆的小叔子，被哥嫂一路供着读书有了出息，终于脱离小渔村在县城当上了一名历史教师。哥哥壮年早逝，他多次表示要娶嫂子却被拒绝。满婆二十九岁守寡就没再想着嫁人,她照顾丈夫一家老小,将独生子养大成人,为公公婆婆养老送终,只有这狗爷她管不了,为他说了多少门亲就是不成。直到两人都已是古稀之年,她终于不再固执。

追求了满婆几十年终得修成正果，心满意足的狗爷天天绽着个幸福脸,令人艳羡。因为狗爷是上门婿,所以江家的祭灶还是由满婆来主持。

满婆现下住在赵家老宅。众人到满婆家时灶房里已经摆上了祭桌,上面摆着一碟糖瓜、一盘年糕和一碗清水。墙上的灶王爷像卷着黄边蒙了不少灰尘,去年春节是螺姑去世后的第一个新年,遵习俗,老宅没有扫尘贴对,灶王爷的画像也没换过。

满婆和狗爷从里屋走出来，狗爷一手还抱着一只半人高的竹篾纸马。满婆噙着笑和李夏几人打招呼。魏大光教授不待李夏引荐,就忙凑过去看那对纸马,狗爷解释说:“这是一会儿村祭时要烧给灶王爷和灶王奶奶的天马。”

魏教授解了惑,李夏才得空介绍:“这是城里来的专家,想看看您家那块印灶王爷像的年画刻板。”

那是一块非常具有渔家民俗特色的年画刻板,李夏见过一次,印有三层神像:第一层是财神,第二层是灶王爷和灶王奶奶,第三层印着龙王像;边边角角还印着海浪花。据说是狗爷家传下来的老古董,当初他家老祖还是专门从杨柳青学来的手艺。

满婆边往灶房走边答说:“行，随便看，先祭灶吧，别误了吉时。”才撂话,外边就传来鞭炮声,这是催着大伙开始家祭了,各家家祭之后,村祭也要赶着吉时。

满婆点着蜡烛和线香，用一双镶了铁嘴的木头筷子夹了一块糖瓜在炉火上烤,糖瓜没一会儿就变黏糊了,满婆趁热往灶王嘴上抹,嘴里还念念有词——

糖瓜甜,您美言,
年年给咱报平安,
说得玉帝嘴不拢,

来年金银装满船。
您慢走啊，
记得多说好话……

外边，又响起新一轮鞭炮声了，这是招呼大伙送灶王爷和灶王奶奶出门。狗爷上前摘下灶王像，卷起递给满婆，自己又抱起两只天马。老范想帮忙，却被拒绝。

大伙跟着出门，家家都在往外走，一路聚集到码头。村委会已经围出了一块地放了火盆，大伙就把各家的灶王像都放在盆里。狗爷将天马递给赵有余，他是被村民选出负责送灶王爷升天的人，这个人选一般都是由村里德高望重的长辈担任。赵有余双手举着天马放入火盆，又接过赵俊亮手中的火把，边点着天马边大声喝着："上天言好事，下界保平安。送灶王爷、灶王奶奶升天！"

燃烧的天马引燃盆里的灶王像，火盆嘭的一声蹿起一人高的火焰。一旁伺候的小辈们依次排列圈起了码头边，他们同时点燃八挂千响鞭。炮声震耳欲聋，众人都在往后退，只有飞镲会的小伙子们冲进火光之中。

"嚓嚓，嚓嚓，嚓嚓嚓……"

先是围着火盆擦镲挪步，待鞭炮响一结束，鼓声大震，小伙子们手中的响铜镲顿时于胸前对击，拜送灶神。在鼓点的指引下，他们围着火盆又拜上三次，然后飞出"敬香曲"。

李夏对小伙子们今晚的表现很是满意，"送灶神"的村祭活动在镲儿塘已经停办了二十多年，能恢复成这样李夏觉得很不错。有人拉她衣服，李夏回过神看那人，原来是自己老妈。李夏知道自己逃不过了，只好主动要求陪老妈回住处。

这一路上，李夏妈嘴就没停，一直重复着老段子："我跟你说李夏，你别不当回事，我这可是最后通牒；明年你再不找个人结婚，就必须听你妈我的安排。女孩子家不结婚搞什么事业啊，你就是赚个千八百万，我和你爸也不舒心……哎哟，你这孩子就不能让我们省省心吗，想着你就头疼……我跟你说，你现在已经是败犬的年纪了……甭给我当什么败犬女王,败犬女王也是败犬!”

“妈,《败犬女王》好看吧?”李夏突然插进来这么一句,她知道她老妈最近都在追着看这部偶像剧。李夏妈瞪了她一眼,又是一阵唉声叹气。“再好看那也是电视剧,是假的,你就不能生个真的宝贝给你妈我老有所为?”

“那我也向败犬女王看齐吧,给你找个小帅哥女婿。怎么样?”李夏有心试探,李夏妈立刻露出惊愕表情,提了声音说:“千万别,你真嫌你妈我活得太长了是不是,哎,你这孩子就不能让我省心点……我跟你说,年纪大的才知道疼人,你这孩子别老想着不切实际的事……”

李夏听着母亲的唠叨不发一声。她抬头望天,镲儿塘的夜幕上挂满了明亮的星星,这在城里可是稀罕物,不过恐怕她老妈今晚是没心情去欣赏了。

小年夜阴差阳错忘了看年画刻板,老范和魏教授第二天一早又催着李夏带他们去鉴宝。还没走到赵家老宅,就见满婆和狗爷正拿着抹布在擦大门。

李夏忙上去问:“没人通知你们二老吗,村里中小学安排了师生帮助孤老户做卫生,您两位别忙活了,小心伤筋动骨。”

“咱一辈子风里来雨里去的,哪那么金贵啊。再说了,这扫尘的活满婆从来不假他人手,人在做天在看呢!”狗爷应和完,望向满婆,她立刻在一边笑说:“对,咱可不给三尸神搬弄是非的机会。”

“什么是三尸神?”老范露出不解神色问李夏,她也只能摇摇头,把求救的目光投给魏教授。魏教授倒是来了兴趣,说:“看来镲儿塘受道教的影响还挺多的,道教认为三尸神是在人体内作祟的神。《太上三尸中经》中记载‘上尸名彭倨,在人头中;中尸名彭质,在人腹中;下尸名彭矫,在人足中。据说每逢庚申那天他们便上天去向玉帝陈说人的罪恶;但只要人们在这天晚上通宵不眠便可避免,‘守庚申’就是这么来的。”

“那这扫尘跟三尸神有什么关系?”老范还是半知半解。

“这里有个典故：三尸神在玉帝面前造谣把人间说得丑陋不堪，还密报玉帝说凡人打算谋反，玉帝大怒，令他迅速查明人间犯乱之事，凡有怨忿诸神、亵渎神灵的人家，必将其罪行书于屋檐下，再让蜘蛛张网遮掩以作记号。玉帝又命亡灵官于除夕夜下界，凡遇作有记号的人家满门斩杀。三尸神见此计得逞，便飞下凡界不管青红皂白在每户人家的屋檐墙角都做上了记号，好让亡灵官来个斩尽杀绝。”

魏教授的故事引人入胜，听得满婆连连点头。魏教授刚停下来歇个口，老范就追问。“快说，结果呢？”

“呵呵，别急嘛。”魏教授不继续讲故事，倒向满婆发出邀请说：“要不，您讲讲后半段，让我也听听这民间的段子。”

满婆倒不客气，接了话茬继续讲：“这三尸神作恶，灶王爷当然看不下去了，他想出一个办法，告诉人们他腊月二十三上天庭后，各家各户都必须把房屋打扫干净，不能有尘土蛛网，不然他除夕夜回来不进宅。大家遵照灶王爷的话把家里打扫得干干净净。这亡灵官下界一看，家家窗明几净，户户团聚欢乐，根本找不到标记罪行的记号。他赶回天庭把实情一一汇报，玉帝这才知道自己上了三尸神的当，把他们治罪关进了天牢。”

老范和李夏脸上终于露出了然神色，魏教授更显兴奋，赞道：“和满婆你比，看来我这民俗专家还差着行市呢。您老还有多少故事啊，你要愿意都跟我说说。”

“那没问题，今天就在家里吃，让你听个够。”狗爷爽快，替满婆应和，赶快迎客人进屋。

老范和魏教授倒是真不见外，刻板研究了一个多小时还没有离开的意思，又坐在炕头听起了故事。见两人真要留下吃饭，李夏只好先告辞去安排“新年祭”其他的活动。

出门没一会儿，李夏就看见一个熟悉的小背影拎了个大扫帚在村路上跌跌撞撞地疾走。李夏好奇，小心翼翼地跟了上去。沿路遇到马三姑家的狗，才叫了两声就被横扫过去的大扫帚吓得往回窜。李夏本还当笑话看，可跟到镲神庙外那棵名叫“金刚”的古树下，见赵俊辉家的“小皇帝”赵阳对着古树一番拳打脚踢，还不解气地抡着手中的大扫帚直往树干上砍，她笑不出来了，他那一副凶狠的样子让李夏简直不敢相信眼前的孩子只有八九岁。

“嘿，拿金刚撒气小心树神一会儿跑出把你吃掉。”李夏忍不住出声阻止。赵阳似乎被突然出现的人声吓着了，但回头一看是李夏，扫帚轮空一甩又吼她：“你才是妖怪呢！”

赵阳说完，不待李夏反应，扔了扫帚转身跑掉。李夏走过去捡起扫帚，又拍拍“金刚”粗壮干涩的枝干，自言自语道：“嘿，别怪他，现在的小孩都这样。”

甩甩头，李夏觉得自己特别可笑。许是有那段螺姑从这里升天的经历，她总觉得这树不一般。螺姑也说过不是吗，这棵树的寿命许是比村子还要长的。她原是不信这些……不对！至少在她像赵阳那般大的时候，她还是十分敬畏自然的，长辈说刺猬狐狸是大仙不能招惹，她遇见它们可总是礼让三分呢。

咳嗽声打破了李夏的沉思，她转身就见赵有余已从村路上晃过来，手里也拿着把扫帚。李夏主动打招呼，赵有余只是微笑点了一下头，就拎着扫帚进了镲神庙。李夏扒着门缝偷瞧，见他先是朝原来摆着神镲的地方拜了拜，然后就抡起扫帚开始打扫满屋的灰尘。

神镲被盗案过了一年多还没破，也不见赵有余着急，这老头性子真是怪。李夏正暗忖着，后背突然被敲了一记，她刚想骂就想起镲神庙内的赵有余，于是闷声回头瞪向来人。赵俊亮见李夏露出不悦，倒是露出一脸得意。

如果说这村子里所有人都在为备年而欢乐忙碌，那么他俩定能算是最煞风景的一对。这样说也不准确，按照李夏的要求，这过年前后她爸妈住在村里的日子，赵俊亮和她最好是老死不相往来。为啥？当然是因为她老妈那双毒眼了。这次回到镲儿塘，赵俊亮变了，他毫不吝啬在人前表达对她的喜欢，那股子黏糊劲真是前所未见，曾经他们保持最亲密关系的那一段日子他都不曾这般热络。但显然这不是她老妈所期待的独生女的美好归宿，要是被老妈知道她正跟一个小自己九岁的男孩纠缠不清，她非得把李夏打包带回家不可。

“保持安全距离，懂不懂？别犯规。”李夏边警告赵俊亮边探头往四周望了望。赵俊亮忍不住给了她一个大白眼，嘟囔着：“我现在可是你的领导，谈工作怎么了，工作关系还不够单纯吗，李同志。”

“别得瑟，我问你点儿正事。”李夏不想继续这个话题，转而问说，“你爷爷最近怎么样啊，那个神镲还是没下落？”

“没听说，那件事之后我爷爷从没提过。”赵俊亮收敛嬉笑认真回想着，略沉了一下，才说，“倒是去年过年时，我爷爷就一个人来扫过庙，他是想我太奶了吧。”

两人唏嘘。李夏又伸头偷看赵有余，见他没扫两下就停下来喘着，看来身体真是大不如前了。她怂恿赵俊亮：“你不进去帮帮忙？”

“那合适吗？”赵俊亮有点犹豫，虽说也觉得爷爷那副样子挺可怜，但他那么好强的一个人，也许并不愿意让人看见自己的老态。赵俊亮正踟蹰着，一把被李夏推进了庙门。

赵有余见孙子进来，并没什么特别表情，他二话不说把扫帚递给赵俊亮示意他继续扫地，自己则坐在门槛上点了根烟。赵俊亮不知该说什么，只好埋头苦干。李夏躲在庙外，真替这祖孙俩着急，可又觉得自己没有立场现身。

“亮子，我琢磨着，这庙该修了。”赵有余终于开口说话。赵俊亮停下手里的活，望向赵有余，他不明白，他以为爷爷已经下定决心不再管村里的事。

“你知道螺姑为啥烧庙？”

赵有余突然提起这似乎已在村里变成禁忌话题的老事，李夏心底咯噔一下。赵俊亮猜不透爷爷想听什么，只好摇头作答。

赵有余抽了口烟，才缓缓开口道：“我想了一年，想我赵有余究竟是哪里做错了，犯了众怒。想我赵有余为啥一心想着重建镲神庙，可偏偏自己老娘亲手又把它点着了。我想啊想，想啊想，就想起螺姑说的话，她说镲神庙是娘娘给的，不是建的，娘娘为啥给咱村镲神庙不给别人呢，那是因为镲儿塘的人虔诚，这庙是人心做砖香火做瓦,所以才灵验呢!”

“爷,咱们大伙还不都是为了镲儿塘好……”赵俊亮才说半句又被赵有余挥挥手拦下话,他语气忽然强硬了些,跟赵俊亮说:“我跟村里的长辈们商量了,这庙咱得按老例自己盖,过完年你村委会贴个告示,看村里谁愿意参加建庙,出工出钱都行,全部自愿。”

“行,回头我就去办。”赵俊亮毫不犹豫地答道,他给不出其他答案。赵有余得到了满意的答复,起身掐掉手里的烟就往庙外走。赵俊亮扶着扫帚,一直望着爷爷的背影。他不敢相信自己的眼睛,有生之年,他第一次看见倔强的爷爷转了泪花。

赵有余走到大门口,忽又回身,叫了赵俊亮的全名。赵俊亮的全部注意力都被叫醒了,爷爷很少这样叫他,依稀记得的两次都是气他惹是生非。

“你比爷爷强,赵家得你济了,好好干!”赵有余凝视了孙子好一会儿才说出这句话。说完,他没给赵俊亮再开口的机会,背着手,消失在庙门外那片耀眼的光芒中。

日光依然毫不吝啬地倾泻在镲神庙。

半掩的焦黑庙门, 挡不住一道红色光芒直射中赵俊亮的双眼。他视线模糊了。赵俊亮有生以来第一次对于“爷爷”这身份有了跨越式的理解,这理解令他胸口激荡起一股浓烈的情感,这情感他甚至在与自己最亲密的母亲身上都未曾获得过,这获得让他想笑……更想哭。

“需要面巾纸吗?大冬天的,脸会皴掉。”李夏不知何时进了庙,话才出口,整个人就立刻被赵俊亮紧紧抱住。

面巾纸掉在了地上。

李夏没有推开他,她感觉到他在颤抖,呜咽的哭声像个孩子。这才像她认识的那个少年呀,李夏无声轻叹,她好羡慕,如果她还会这样哭该有多好。

马三姑的卤水豆腐做得极好, 这是她给袁天乐做保姆时就竖了招牌的,所以腊月二十五她当仁不让被安排领着客人们做豆腐。

说白了就是弄几台石磨、泡几盆黄豆，陪着一群脑力工作者干点体力活。

点卤是最难的，老范不信邪偏要自己上手，只弄出了一锅豆腐脑。为了能试吃到辛苦劳动的成果，其他人还是一致决定由马三姑亲自上手。晚饭简直就是一席豆腐宴，小虾米拌豆腐、一锅出、海鲜八宝豆腐、银鱼豆腐汤……客人们吃得不亦乐乎，直嚷着转天继续磨豆腐。

腊月二十六，李夏却安排客人们跟随赵俊亮和村里人一起去邻县赶集。买肉、炖鸡、蒸馒头。这些在自家都不太抄手干活的人，在村里却跟着忙活得有来倒趣。刚开始村里人还不好意思让客人插手帮忙，马三姑甚至偷偷问李夏她家住着的客人买回活鸡但她信教不杀生怎么办，李夏只笑着回她一句，那就让他们自己杀去。

时间一溜就到了二十九，这天对镲儿塘的人来说特别重要。为啥重要？这天有两样东西是各家各户必须完成的：一是对子、吊钱贴到够；一是必须备下足够多的庆新年的酒。尤其是对子，镲儿塘的人特别喜欢贴对子，属于贴渔家人自己的对子。这样的对子很难批量生产，也正因为此才保留了最原汁原味的风俗。

去年，村里写毛笔字写得最好的彭老三去世了。李夏自告奋勇替村里人执笔，陈美美主动要求替她打下手。赵阳被赵俊辉拎来观摩，他六岁开始拜名师习字，小小年纪已经写得一手好字。来村委会求对子的人多，李夏灵机一动干脆分了些任务给赵阳。这次，别扭的小少年竟十分配合，许是乡亲们的赞美令他心花怒放，几乎是来者不拒有求必应。

忙活完已经快中午了，李夏请两位小助手去海边小酒店吃饭，路上就见家家户户门里门外已是一片红火。上了码头，船只也被装点得红彤彤，定睛瞅了一眼：飘扬在船顶的是五星红旗；驾驶室外四面见福，正脸的“福”字被一对好联拥簇着，上写“金船冲破千层浪，银网捕获万担鱼”，“福”字往上有一横批“一帆风顺”；舱后背脸的“福”字也被一双吉联拥簇着，上写“鱼虾丰收发大财，人船平安全家福”，“福”字往上亦有一横批“海水生金”；桅杆上贴了“大将军八面来风”;船头贴了“龙头生金角,虎口喷银牙”;连备用轮胎都贴了一副对联,上写“九曲三江水,一网两舱鱼”。

老范正举着相机左拍右拍上拍下拍,见李夏三人过来,忙问这船主是谁。李夏摇摇头表示不知,陈美美报了个名字她也不熟,倒是老范感慨地说:“不管船主是谁,倒真是个热情生活的人,真让我羡慕。”

李夏笑而不语,这几天她老是听客人们说羡慕,要怎么回答呢,她自己也还是一个正处于羡慕状态中的人,只是……

“你们再羡慕镲儿塘的人,也不会抛弃城市生活来这儿隐居吧。”她问着老范,也像在问自己。

老范思考了一阵,才颇郑重地回答:“这不就是镲儿塘存在的意义吗?我们心向往之,却只能稍作停留。”

直到午饭结束,李夏仍在思索着老范的话。以至于赵阳被陈美美拐出去玩,她都未曾察觉。还是赵俊辉打电话找她要人,她才醒过闷儿来跑出去找人。

好玩的是,竟被她窥见了历史性的一幕:赵阳学着陈美美在打镲,终于笑得像个孩子。

盼年真是人生里很美好的一种状态!离家的人念想着家里那桌年夜饭,无论归途多么艰难哪怕徒步也要往家赶;在家的人则一心筹备着团圆饭,仿佛啥烦心事都因为过年而显得无关紧要。魏教授说:其实新年是一年之中最难熬的日子,所以从古代才留下这样的传统,每到最艰难的寒冬一家人必要聚在一起为迎春祈福,祈祷春暖花开时能抛却厄运迎来重生。

大年夜,李夏终于放下所有工作,和父母围炉迎新。村里安排了一套带小院的空置平房给她住,她最近还养起了宠物——阿黄仅留在人间的独苗,之前一直由赵俊亮养着,名字还是她给起的,因为它头上有个美人尖,于是就叫了“桃子”。

虽说换了地点庆新年,可家里的新年作息却一点都没变,还是延续着老传统:李夏爸认真观赏着中央台的春节联欢晚会;李夏坐在炕上几乎不抬头,一边忙着发贺年短信,一边用短信和赵俊亮吵嘴。一小时后,忙里忙外准备饺子馅的李夏妈终于忍不住开了金口。“我说,炕上那个李姑奶奶,你就不能消停会儿,陪你爸妈说说话,帮你爹娘干点活儿?”

“这年头饺子可以不吃,人情债得紧着还,老妈乖,别捣乱。”李夏嘴里敷衍着,连头都没抬一下。李夏妈不乐意了,凑上去就想夺她的手机,李夏吓得连忙闪躲。老妈扑了空,更生气了,干脆脱鞋上炕。“你这孩子,真是……我就不信我治不了你。”

“爸,你看我妈又来了……”李夏搬救兵,可李夏爸一如既往充耳不闻,专心致志看小品。李夏左闪右躲,和老妈玩起躲猫猫。眼看就要被老妈制住,院外忽然传来敲门声。

李夏跑出去开门,原来是狗爷奉了满婆之命来邀请李夏一家去包大年夜的饺子。李夏妈正觉得一个人忙活没劲,连连说好,走时还不忘带上自己准备的那盆饺子馅。

市区的年俗老例里除夕夜的饺子必须吃素。虽说是素馅,馅料却极丰富,白菜、豆芽菜、粉丝、红粉皮、香干、果子、木耳、香菇、香菜、豆腐干、黄花菜一样一样都要切得很碎,而且不能用刀剁,全部要看切功。而镲儿塘的饺子则是三鲜馅,韭菜、虾仁、鸡蛋,种类不多却是鲜味十足,鸡蛋一定要先用油炒过,虾仁不能全剁碎,要保证煮完的饺子里各个都要包着元宝形状的虾仁。

人多力量大,还不到十一点饺子就包好了。满婆洗干净手摘了围裙又戴上红绒“聚宝盆”,白天时她一直戴着呢,这亦是滨海的老例,上岁数的老太太都要戴,寓意大概就是祈福祈寿。满婆还拿出两朵石榴花,李夏妈一头短发不好戴,李夏扭不过劝干脆将长卷发绾成高髻再将丝绢石榴花插在发间。满婆颇满意李夏的配合,赞说:“这多好看,石榴花好,来年李夏你定能多财多福。”

李夏妈立马拿着老腔提点李夏:“我不指望别的,我看最好能祈祷老天保佑,明年你的婚事能开花结果。”

“不用急,这孩子有大福。”满婆倒是替李夏说话。

距离交子之时还有大半个钟头,李夏干脆躲出了门,她想着或许该去渔家乐看看客人们玩得如何。他们这趟镲儿塘之行感觉还不错，好多人本来只是抹不过面子准备待个两天就走，结果不但自己留下过年还叫来亲朋好友到镲儿塘一起迎新。

路过村委会，李夏看见村长室的灯还亮着。扒头望了一眼，里面却没有人。甩掉失望的心绪，她猜赵俊亮这时候应该正忙着准备一会儿的祭船对镲仪式。

这仪式也已经很多年没办过了，据说在民国时最为兴盛。交子之时，各家船主完成家祭后都要亲手端着刚煮好的饺子上船，寓意要和家船"有福同享有难同当"。船工要高举用芦苇扎成的火把点燃整个码头，船主则要于船头点香祭拜，叩谢海神。之后，飞镲会的小子们登船在船头飞上一整支"敬香曲"，俗称"对镲"。这镲音是"对"给护海娘娘听的，好让娘娘清楚这是镲儿塘的船，一定要多多保佑。

不小心站在了风口，李夏头上的石榴花突然被风摘走。她转身急忙去捡，却差点撞上身后的人。赵俊亮捡起石榴花，仔细端详了一下，才露出个讶异的表情问："你也信这个？"

李夏抽回石榴花装进羽绒服口袋，又忍不住解释："满婆给的，老人家的好意不能拒绝。"

"嚯，啥时候你变得这么善解人意了？"赵俊亮这话说得酸，李夏白他一眼为自己辩解："我一直都很善解人意，是某人不知道而已。"

"是，是，是，是我二，那啥时候你也对我善解人意一回？"赵俊亮意有所指，李夏当然明白，但她现下不想说这个。尤其是今晚，快到交子之时了，她可不想把自己混沌不清的感情搞成新年里发生的第一件事。这听起来实在不吉利。她于是转了话题问："开镲仪式准备得怎么样了，我正想去叫老范他们过来。"

赵俊亮见她又逃避正题，冷哼了一声，也不回话就径自往村长室走。李夏望了眼他的背影，正想着要不要追过去，手机铃声就替她解了围。是老范来的电话，跟她确定一会儿的仪式时间，又告诉她不用急着赶过去找他们，至少陪父母吃个饺子。老范刚挂电话，李夏妈的电话就打进来了。李夏不等老妈开口就连忙说:“我知道,我已经往回走了,马上就到家,不会误了零点敲钟。”

极幸运的,李夏还真在敲钟的那一刻进了门。两种馅料的饺子都很好吃。不过她还没吃完,满婆和狗爷已经在忙着在小院里祭祖迎神了。狗爷听了魏教授的建议用珍藏的刻板自己印了灶王像,还真是不错,送了邻里乡亲大家也都喜欢得紧,尤其是村里的老人们。李夏爸难得开口却是催她快吃,好去码头看祭船开镲仪式。李夏本来还着急,可接了个电话后,干脆让父母先走。

那是个邀约电话,但李夏并没急着赴约。她一个人坐在桌前吃饺子吃得心满意足,才放下碗筷出门。她去的不是码头方向,还在路上遇见了许久未见的唐晓鸥。

唐晓鸥穿着本季非常流行的机车皮衣,手上提着LV的经典款手袋,耳上那一对镶满水钻的大耳环即使在黑夜里也十分闪眼。只是……再美的妆也遮不住她脸上的疲惫,当然作为一个在城市里生活的外来客这种疲惫的姿态也可以理解成吸金有术,因此才会忙得没时间睡觉。李夏不想细究唐晓鸥是哪一种,她只对她缠着白纱布的手腕充满好奇。

“可能是太累了,工作时不小心伤着了。”不等李夏问,唐晓鸥就自己解答起来。这倒更让李夏起疑,她忽然想起那次和翟隽不甚愉快的见面,连忙问:“这段日子翟隽没找你麻烦吧?”

“怎么这么问?”唐晓鸥的神色隐在黑夜里令李夏识不清,但她听得出唐晓鸥的声音里带着点紧张。唐晓鸥见李夏不语,又顺着李夏的话题问,“你们见面时,说什么了?”

“也没什么,就是告知他,你们的事我有所而为。”

“哦,怪不得……怪不得……有天他对我发了好大的脾气……可他没说他见你了,算了,我是谁啊,我跟他的关系真不是你想的那样,翟隽为了你,和他老婆连离婚都办完了。”

唐晓鸥这话并未打动李夏,她嗤笑一声,淡淡说:“干我何事?他指不定为了谁呢。”

“你真不想嫁他?”唐晓鸥不能理解李夏的心思,放着这么个有钱人死追,为什么还不牢牢抓住。

“你知道翟隽现在在哪吗?”李夏不答反问。唐晓鸥摇摇头说:“听说是出国了。”

“和谁呢?”

“和谁?”

“此时此刻,他应该正和前妻在夏威夷沙滩上一边端着美酒一边跳着草裙舞。”

“你怎么知道,他也许只是去谈生意。”唐晓鸥这傻话说得醋味十足,倒是把李夏逗笑了。唐晓鸥似乎有些羞恼,反问道,“难道你雇了私家侦探不成?”

“呵呵呵,真是傻孩子,不过如果是十年前的我也有可能这么犯傻。”

“你这话什么意思?”

“如果我跟你说,这些事都是翟隽自己交代的,你会惊讶吗?”唐晓鸥不说话了。李夏已知晓她的答案,“晓鸥,再过十年,你会想嫁给这样的男人吗?十年后如果你还想过现在的生活,我倒是要对你说声佩服。”

“你这话是什么意思?”唐晓鸥这次真的有些恼了,她觉得李夏是在讽刺她为了赚钱出名不择手段。李夏笑着走过去忽然给她一个大大的拥抱,又停在她耳边说:“人这一辈子就是要不断做选择,你选择得到一样就会失去另一样,选择本身并没有错,只要你自己不后悔。加油吧,年轻人!”

李夏趁着唐晓鸥发愣,越过她继续赶路,前方还有一个人在等着她呢。走了一阵,她突然觉得自己好恶心。

太装了!

她明明不认同唐晓鸥选择的生存之道,为什么不能说点儿难听的刺激她一下?唐晓鸥脸上的不自在已然能证明她还没有完全迷失在那个欲望城市,或许她应该劝说她留在镲儿堆。

用青春和肉体换来的成功和快乐都是极其短暂的,更何况这世上从来没有不劳而获这件奇事,要得多付出自然也多。不过……

如果十年前有人跟她说不要去北京寻那不知所谓的梦，她也不会听的吧。

算了,算了!

这就是人生啊,自己的路还得自己走。

在城市里人们常常感叹，中国人怎么那么多呀，除了自己家里,几乎找不到一个可以独自发呆的角落。但其实出了城中心,要不了多远还是可以看见大片的静寂之地。

没有高楼林立、灯火霓虹、汽车噪音；

没有人；

也没有化不开的爱恨情仇,抑或是欲望或罪恶。

赵俊辉开车行在沿海公路，这里一年多前还是鱼骨庙村的一部分,现在灯火的密集程度已远胜于那时,可这里仍是一片静寂之地,黑暗仿佛随时都可以吞没所有。

赵俊辉把车停在一处堤坝上，李夏才发现他是开车绕了个大圈子又从另一条路回到了镲儿塘。他们所在的位置正处于待开发的村西荒地,从这里可以清楚地望见码头上发生的一切,于是李夏奔下车更贴近观望——

祭船开镲的仪式正如火如荼地进行着，芦苇火把仿佛将整个码头都点着了，一片火红中只能听见响铜镲和着鼓点激荡在整个海岸线，似乎要叫醒所有生灵一起来把开年的重要时刻全部奉献给希冀和快乐。

“打得够久的,每条船都要上去打吗？”赵俊辉站到李夏身边问,最近他到村里来的少,好多事都不太清楚。李夏解释说:“飞镲会接到船主邀请,才上去,但基本上没有一家不邀。”

赵俊辉只往码头方向瞧了几眼就将视线投向了另一侧。那里有一大片空无一物的土地:一侧是翟隽、赵俊辉、袁天浩共同投资的地产公司与镲儿塘村联合开发的那块荒地，现在已完成基础设施建设，只待进行地面建设；一侧是正在挂牌出售的鱼骨庙村地块。赵俊辉最近正犹豫着,要不要把那块熟地也拿下。

李夏见赵俊辉没了声音,回头寻他。这一侧几乎是一片黑暗,她不懂赵俊辉究竟在看什么。望了一阵儿,她干脆直接问:“这三更半夜的,你不在家守岁,把我弄这儿来受冻干吗?”

“就想找你陪我说说话,行吗?”赵俊辉今晚显得特别稳重,他难得那么认真望着李夏问询她的意见,她只好认命回复:“行行行,这是朋友该尽的义务,想说话,你就尽情说吧,我都听着。”

赵俊辉获得认可终于笑开, 像个孩子似的指着东边荒地说:“这块荒地,在我小时候还是一大片芦苇地呢,我和村里的孩子经常在这儿玩捉迷藏。后来我去了寄宿学校读书,还经常想着这块芦苇地,可惜再回来时这里全荒了。”

“然后呢?”

“然后我就出国了。”

“然后呢?”

“哪有那么多然后?”

“然后咱俩大半夜的就站在这儿回忆你的童年?”李夏声音里多了些哀怨。她原地跳了几下试图驱走寒意,心里却暗骂自己干吗这么配合,深更半夜的,就该在家睡美容觉。

“咱们还是回车上说话吧,里边比较暖和。”李夏爽快地坐回车里,赵俊辉也跟着坐回驾驶位,殷勤地打开了暖风。

赵俊辉仿佛陷入了回忆般啰啰嗦嗦地讲着童年往事, 兴许是车里太暖和了,李夏眼皮越来越重干脆闭目养神。迷迷糊糊也不知道睡了多久,李夏终于被冻醒。许久才回过神,看看手机上的时间显示,竟然已经快早上七点了。

车里有点冷,驾驶位上是空的。

李夏急忙下车寻人。赵俊辉一个人站在堤坝上,正出神地望着天边泛起的鱼肚白。李夏裹紧羽绒服, 凑过去没好气地问:“赵大款, 太不够意思了, 我陪你熬夜, 你连车里暖风都舍不得给我开着。”

“被冻醒了?”赵俊辉听这话倒被逗笑,李夏皱皱鼻子表示不满,他急忙解释道,“不好意思,半夜没油了,只是委屈你继续睡车里。”

李夏无可奈何地摇摇头，算是接受了两人所面临的窘境，如果她醒着，她也一定会等天亮再行动，毕竟这附近也没有人可以求助。她也不问赵俊辉昨晚的事，她其实还挺期待经过一夜的思考他已然完成自我消化程序。不过，赵俊辉似乎并不想放过李夏，非要把昨天未完成的真情告白继续下去。

“离开镲儿塘后，我几乎没再看过日出。你相信吗？”赵俊辉并不真问李夏答案，他继续说着，“前几天我在这遇见一个人，一个哭得稀里哗啦的中年男人。我问他为什么哭？他说他以前是鱼骨庙村的人，跑去南方打工的时候下了决心不混出样子绝不回来，谁知今年终于衣锦还乡却发现整个村子都不见了，他接受不了，他觉得心里空落落的，生活都没奔头了。说实话，我到现在仍然很不理解他为什么哭？但是，这几天那男人痛哭的模样一直在我眼前晃来晃去。”

“所以你才找我出来？”

“我想听听你怎么说。”

“那我问你一个问题。”

“什么？”

“你知道自己为什么回镲儿塘吗？”

“我是商人，哪里有机会我就去哪。当然，镲儿塘的事儿，更多是我母亲的意思，她希望我来，而且不允许我拒绝。”

“我开始也是这么以为的，我觉得你、翟隽或者袁天浩愿意来镲儿塘投资是因为开发区建设的大项目对于本土小公司来说并不容易上手，而从镲儿塘介入整个环渤海度假区的开发显然是个捷径。但是……看到后来我又有了新的想法。”

“什么想法？”

“赵俊辉，你知道为什么我们认识这么久，我从来没对你的告白当回事吗？”李夏这个问题倒令赵俊辉颇感惊讶。李夏当然知道这问题他回答不了，径自继续说，“我常常有种感觉，你，赵俊辉，虽然你在自己的事业上很有想法，但有时候你并不太知道自己究竟想要什么，或许是因为你可以拥有的东西太多，反而不知道什么该握在手里什么该适时丢掉。”

赵俊辉仍是一副疑惑的神情望着李夏，她只好继续剖析：“你总觉得很多事都能用钱解决，没错你对我很好，但你的好永远充满了目的性，你觉得你需要一个可以聊得来的老婆，但是这只是欲望不是爱。女人要什么呢？我并不需要你的钱，我需要的是安全感。而这，正是你最稀缺的资源。”

“缺乏安全感吗？”赵俊辉边沉思边喃喃自语，“或许吧，我从来没说自己是一个自信的人，虽然我总是表现得极其自信。”

“有时候，我觉得我们两个真的挺像。”不知道是不是海上那轮正渐渐跃出水面的红日作祟，李夏心痒痒地也不停道出心事，“刚来镲儿塘时，我绝对是为了赚钱来的，并且很瞧不起这里的人，觉得他们过着这样一种缺乏品质的生活真无聊。我记录螺姑讲的故事，拍摄村里的生活照片，都是为了能够以最捷径的方式完成工作，我从未想过我要真正去理解镲儿塘人。但是，最后却恰恰是他们帮我找回了已经丢失许久的……灵性，那些质朴的、诡异的、无私的、爽直的、天然的情感多美好，我们有什么理由瞧不起人家，或许我们这些自私自利还觉得痛不欲生的人，才是最愚蠢的一群。”

“你的意思是，我瞧不起镲儿塘的人，瞧不起自己生长的地方，所以才会对改造镲儿塘的事表现得不够热情？”

“不，恰恰相反，我觉得在你心中，有块地方始终为镲儿塘保留着，就像你说的那样，离开镲儿塘你再没看过日出，或许就是因为你觉得只有镲儿塘的日出是最美的，所以才不愿花时间去看别的。”

李夏的一番话令赵俊辉沉默了。李夏猜测这次可能真的刺到了赵俊辉的痛处，就不想催他。这是他的坎，过得去过不去，都得他自己来承受。好半晌，他才又开口。“其实，我不看日出是因为在寄宿学校时，我写了一篇关于镲儿塘日出的作文却被同学们嘲笑，还给我起了外号叫烤鱼。”

“烤鱼，多可爱的名字，至于有那么大心理压力吗？我上学的时候还一直被叫地球仪呢，因为太胖一直被嘲笑，结果这倒成了我减肥的动力。”

“你那是因祸得福，我这是因福得祸。或许真如你所说，因为我有个很好的物质条件，所以这些年我反而错过了很多风景。”

赵俊辉说这话时，脸上的表情轻松了许多。他望着天边，初生的朝阳已完全跃出水面高挂在海天相接处，毫不吝啬地将金辉洒在海面和堤岸上，就连他们的身体也被温暖了。

“新年快乐！”

赵俊辉的脸上绽开明朗的笑，李夏第一次觉得眼前的男人如此迷人，心里一热，脱口而出：“想不想来个新年礼物？”

“法式热吻吗？”赵俊辉又露出平日里那副不正经模样，李夏白了他一眼，怨怼道：“我决定收回刚刚的提议。”

“好吧，我认真听，什么礼物？”

“送你一个故事。”

“可以换别的吗？”

“你想知道我为什么叫父母来镲儿塘过年吗？”

“为什么？”

“因为满婆送了我这个故事。”

《找活佛》

出处：镲儿塘民间故事

讲述者：满婆

记录者：李夏

从前有母子俩，儿子虐待他娘，轻是骂，重是打。但是他却吃斋念佛，一遍一遍地读佛经。这一年，他不怕山高路远上路了，要找到活佛。他每到一个地方，见庙就烧香，见寺就下拜，祈祷佛祖保佑他将来能享受荣华富贵。但他走遍了所有的寺庙，也没有找到活佛。日子一天一天过去了，他的身体一天一天变瘦，走路都费劲了。

一天，这后生挣扎着来到一座寺庙，烧完香磕完头，哭诉敬佛心意。这时，走出来一个僧人，见这后生面黄肌瘦，顿起怜悯之心。他问：“这位施主，难得你一片敬佛心意，不过你身体多病，以后不必进香了。”这后生一听，急了，道：“只要有一口气，我就要找到活佛。”僧人说：“不必了，你要找的活佛，天下没有，活佛就在你家。”后生一听，苦笑道：“老僧取笑我了，我家哪有活佛？”僧人说：“僧无戏言。”说着，从袈裟里拿出一张折好的纸，把他交给后生并交代：“把它带好，到家里再看，记住，当你叫门的时候，有一个穿着一只鞋的人，那就是你要找的活佛。”僧人说完，拂袖而去。

后生听了僧人的话，半信半疑。来到家，见门插着，走上前去敲门，高声嚷道：“开门来。”屋内他娘正在炕上给儿子补鞋，听儿子回来，吓得不知如何是好，只穿了一只鞋就来开门。后生等得不耐烦，门开后伸手就要打，一看他娘正穿着一只鞋，莫非她就是活佛？后生从口袋里掏出僧人给他的纸条，上边写道：“在家敬父母，不必远烧香。”这后生平生第一次跪倒在娘跟前，说：“娘啊，饶恕我吧！”

从此以后，后生早起晚归，下地劳动，非常勤快，对母亲也孝顺起来。

归·去·来

中国人对于宗族文化的崇拜是经过千百年淬炼渗入骨血的，即便是研究西方文化支持全盘西化的李夏爸也不得不承认新年围炉的重要性。正月十五吃过元宵后两老才动身返城，李夏爸甚至已经在计划下一个除夕，不出去旅游了，他要带着妻女回自己的老家过年。临走时，李夏爸还极难得地称赞了李夏，他说："一直觉得你这孩子不务正业，现在看来你终于找到自己想做的事，这些事很有意义，加油吧。"

老爸的鼓励像是一针兴奋剂，使李夏更有信心投入修复镲儿塘传统文化细节的工作。而赵俊辉被李夏刺激了那一通，终于下决心和几个股东重新谈及了镲儿塘地块的使用规划变更问题和鱼骨庙村地块的拍卖竞争。李夏不知道他是否已厘清镲儿塘对他的意义，但看过他的新镲儿塘规划，她忍不住竖起大拇指来赞他。

这才是复兴镲儿塘的大胸怀！在赵俊辉的新畅想里，新镲儿塘将由东塘、蓝塘、绿塘、古塘、西塘五个主题区块组成——

东塘包括现下渔民所居住生活的区域，还包括村委会、学校、卫生院、派出所和一些经营性的修船厂、冷冻厂、渔网厂以及水产养殖基地。东塘将在保护原始渔村生活风貌的基础上建设风情渔村，发展渔家乐，提供原生态参与式居住服务；现有酒家饭馆一律按镲儿塘海鲜料理菜谱经营，不允许私自改良；入夜后不提供休闲娱乐服务。

蓝塘以基本建成的蓝会所为中心发展温泉旅游项目，除了已建成的十二套VIP温泉度假屋，还将扩建温泉会议中心、特色婚礼会所、SPA水疗馆等。

绿塘与蓝塘相接，原有的芦苇地将扩大种植面积，并在其中挖建与渤海相通的迷宫河道。游客可以租条小舢板寻块只有自己的水域垂钓、读书、发呆；也可以约上一些朋友乘船打一场CS真人芦苇荡野战。

古塘将建在联合开发的村西地块，是商业街也是民俗手工作坊的聚集地，将延续镲儿塘一贯的明清建筑风格修建。建筑一层是商铺；二层可做手工教学，也可以办公或自住；每栋建筑都附带一个小院，天气好的时候可以边晒太阳边进行手工劳动，现下已决定筹建织网坊、手工制盐坊、雕贝坊、酿酒坊、三姑豆腐坊、船木匠作坊、海鲜制酱坊、铜器作坊等，使旅游者由被动式消费变为主动参与，让人们在手工劳作中感受简单淳朴生活所带来的幸福感。

西塘将坐落在正处于拍卖中的鱼骨庙村地块，与古塘相连，依旧是一个明清民居建筑群。为注重隐私的旅游客户提供小四合院整体出租，全部配套现代化的卫浴设备、电器等，有部分房间将设置传统暖炕，厨房配备烧柴灶和电磁炉；也有客栈可供入住，同样配备现代化的卫浴设备。西塘还兼具娱乐功能，配套风情酒吧、咖啡馆、西餐馆、书店、超市等。

赵俊辉尤其在规划书中特别强调：镲儿塘必须提供"慢生活"的度假理念，吸引周边过烦了"快生活"的都市人来此放松身心，让每个人都有机会沉浸在简单的生活中度过完美的一天。

参与"新年祭"的客人们留下的那些建议书恰恰契合了赵俊辉

的规划，他又请文化、旅游、民俗专家组成论证组，终于拿出了一个可行性方案。这方案不仅通过了镲儿塘村民大会的表决支持，还获得了县里的大力肯定，更为他拿下鱼骨庙村地块起到了决定性的作用。

赵俊辉邀请李夏担任投资公司的招商主管，专门负责古塘店铺的招商事宜，力求她能为准入把关。李夏一听，这工程已经成了县里的重点项目，并要在十月一日之前开街迎客，立马摇头拒绝。她不想让自己那么累，再者如果真是为了手工作坊的准入把关，她觉得一个和利益完全无关的身份会更适合。

李夏向赵俊辉推荐了高木。为了挽回婚姻，他放弃了刚刚开拓出成绩的外地市场。只可惜，老婆、工作却都在半年之内成了过去式。前几天，高木主动打电话给李夏，他听马鸣说镲儿塘现下搞得红火，便想问问这边需不需要人。

高木其实是个人才，会说三国外语，也肯在职场上努力奋斗。他唯一的缺点就是脑子不够活泛，但他丰富的工作经验完全可以弥补。

东塘的改建目标主要是旧民居建筑加固、改造上下水和地暖入户管道铺设工程，改造程度由各家自主决定，工程改造款的补贴认定工作由村委会负责。苍井优一捐赠的那笔款项全部用在了村里的绿化工程和厕所改建上，钱都花完了，效果也很显著。尤其是干净敞亮的新厕所，不但被游客赞了又赞，就是村里人自己也用得十分舒心。

只是，这些变革显然并不能满足这个狂躁年代年轻渔民对生活的全部渴望。临近的小神村又在搞拆迁了，这是周边除了镲儿塘仅剩的渔村了，据说拆迁补偿款又比鱼骨庙村高了许多，听着那些数字就连李夏都恨不得自己有个渔村户口。

于是，当赵有余领着一帮村里的中老年开始重修镲神庙，另一群中青年人也开始坚持不懈地跑去县政府上访，要求拆迁镲儿塘。

刚开始，赵俊亮还曾带人追去想拦下带头上访的唐大鹏一伙，却被赵有余喝止。赵有余难得拿出老村长的范儿,对正要离村上访的众人发了话:“土地是祖宗给的,政府要拿走那是为国家作贡献,你们要拿地换钱就要先摸摸自己的良心,这是绝户事,绝了子子孙孙的道,你们自己觉得心安吗?觉得心安就成,但镲儿塘还是大伙的镲儿塘,出去了你们就是镲儿塘的脸面,都给我记着,干啥也不能干给镲儿塘丢脸的事。”

一番话,镇住了两方人马。之后,镲儿塘村里更出现了极为神奇的和谐景象。修庙的和上访的,各安其事不说,有些村民甚至两班倒,时而跑来修庙,时而跑去上访,忙得不亦乐乎。

“这是怎样的一种神经病啊!”再次造访镲儿塘的袁天乐对于村民们的矛盾行为十分不解,其实她也不明白自己为什么一被召唤就跑来,兴许真是因为萨米耶和莫拉的缘故,她要招待朋友嘛,给李夏当助手只是捎带脚的客情。

萨米耶听说镲儿塘要按古法建庙,就立刻定了飞中国的航班。这次她还带来了莫拉,这个在普罗旺斯招待过李夏和袁天乐的民宿老板同时也是一个知名摄影家,他在萨米耶的镲儿塘印象摄影作品中发现了他一直在追逐拍摄的濒危候鸟——遗鸥,当得知萨米耶要再访镲儿塘,他强烈要求跟随前往。

连镲儿塘的人都不知道这片渤海湾海岸线飞着这样的稀罕物呢。李夏上网搜索,才知道遗鸥是一种世界濒危物种,属于国家一级保护动物,人称“天下第一鸥”。人类认识它的历史只有短短四十年,更因被发现最迟而得名,全世界现今也就仅存万余只。遗鸥在中国的繁殖地主要在内蒙古和陕北地区,但越冬地及其迁徙路线对学术界一直是个谜,直到近两年才在镲儿塘附近的渤海湾发现了大量越冬个体,最多时一年就有近八千只。同样稀罕的还有黑嘴鸥,它被誉为“世界上最稀有的鸥禽”。

李夏第一次认真地去了解飞翔在镲儿塘海边的鸟儿们,才知道它们都有着各式各样的故事,赵俊亮告诉她:“红嘴鸥是有名的钓鱼郎,黑翅长脚鹬是长腿娘子,黑尾鸥是黑色披肩达人;爱发笛声的是反嘴鹬,慢声细气的是尖尾滨鹬,爱吹口哨的是青脚鹬,爱装怨妇的是弯嘴滨鹬,老是哑着嗓子的是须浮鸥……”

遗鸥的发现和对镲儿塘鸟类现状的文字分析报告令赵俊辉非常兴奋,他立刻提议建设“鸥塘”发展鸟类观光旅游项目。莫拉倒是很反对,他认为保持现状更能吸引遗鸥每年将此选为越冬地。赵俊亮也提出了自己的反对意见:“哪里有鱼,哪里就有鸥鸟,船在哪里撒网捕鱼,这些鬼精灵就会跑去光顾,何必又要花大钱建什么人工岛?”

赵俊亮说的那种情景正是人与自然和谐相处的最佳范本,无人鸟岛说回来倒是退而求其次的安排。赵俊辉琢磨再三,又叫秘书撤回了正往许县长办公室送的鸟岛建设规划。

镲神庙的修复工程如火如荼地进行着。按照古法只有本村人可以参与建庙工程,又有萨米耶尽职尽责担当着摄影记录者的角色,李夏得了轻松却备感失落,觉得自己怎么也要掺和掺和建庙的事,于是又花心思在博客和镲儿塘网站上连载推出《镲儿塘圣徒记》。

正午,太阳老大,人们都在家歇着。李夏却跑去镲神庙外那棵“金刚”树下找灵感。她最近很迷恋这棵名叫“金刚”的老树,没事就喜欢坐在它发达的老根上胡思乱想。将笔记本电脑放在膝上,李夏开始在文档中更新博文。在她的动议下,村里开通了无线网络。古村落和先进科技并不需要相互排斥,镲儿塘的生活本来就是这样自由自在的。

标题:镲儿塘圣徒记之又见龙抬头

金梭银梭还是不如时光飞梭厉害呀,距离第一次来镲儿塘,这已是第三个“龙抬头”。还记得:第一个“龙抬头”镲儿塘飞镲舞进了城,快闪领龙好不风光;第二个“龙抬头”我远离了镲儿塘,可闷头在家却仍在画那幅飞镲降龙阵;这第三个“龙抬头”嘛,更是有趣,镲神庙迎来了又一件神物。

众位还记得与镲儿塘 PK 生存权的鱼骨庙村吗?鱼骨庙村因庙得名,这庙里最珍贵的就是那些有着六百年历史的大鱼骨头。话说当年,大鲸蒙村人所救,待村人落难时便决定舍肉身救百姓,人们为了感恩修起鱼骨庙,以硕长鱼骨为梁,期盼大鲸多受香火早列神位。只可惜,鱼骨庙毁于战火,大鱼骨头也都不知所踪。

而今日,一块受了六百年香火的梁上"龙骨"将再现人世。这是鱼骨庙村拆迁前所有人都在疯狂寻觅的那块"龙骨",谁也没想到它被深埋地下近百年,而满婆和狗爷夫妇正是这块"龙骨"的看守人。从鱼骨庙村移居镲儿塘的满婆夫妇决定向镲神庙捐赠此物,并要求"龙骨"上梁再受香火。有人问满婆:"拆迁前为什么不拿出此物?"满婆答:"这是一辈辈传下来的古训:庙在龙骨盛,庙亡入深土。"

庙不在大,有神则灵。满婆认可了镲神庙,是因为这一次镲儿塘人是那么专注地在修葺自己的虔诚之地。无论男女老幼,无论干多干寡,一砖一瓦,一草一木,他们都雕琢得那般用心。他们是否都在期待着镲神庙的修复可以荡涤掉镲儿塘所有的灾难和波折?期待着受众神庇佑的镲儿塘能够从此真正走向兴旺繁盛?

无论未来镲儿塘能否续写下个百年史,这个"龙抬头"注定要在镲儿塘历史中留下灿烂的一笔。曾遭火焚的镲神庙将卸"黑梁"上"龙骨",来看看今天的时间表吧——

午时,大潮已开,鸿运滚滚;

未时,"龙骨"上梁,永葆其昌;

申时,全村老小,大宴海席;

酉时,飞镲开声,礼花逐浪。

有人过来准备一会儿的上梁仪式了。李夏收拾起笔记本电脑过去帮忙,还没搭手就被马三姑拦下,说端着的大盆里都是一会儿供抢的发糕,没洗手可不能碰。

李夏嫌弃手里的笔记本电脑碍事,干脆先去邻近的村委会寄存。走到门口就窥到来参加上梁仪式的许县长已经在村长室里。陆军、赵俊亮、田家富三人站成一排,怎么看都像在挨训。赵俊亮眼尖瞧见了窗户外的李夏,赶紧趁许县长不注意打了个求救的讯号,李夏瞪了他一眼,转身就走,她才不想蹚这浑水。要她说,这三个老大不小的男人真该训。

陆军这村支书对开发镲儿塘的热情那是百分百，可但凡有关村民之间的矛盾他都不过问,他总是卸不下外乡人的身份,就怕帮了一群惹了一伙。就拿上访的事说,他连问都不问就全权交给赵俊亮去处理。赵俊亮才多大,还不是仗着老村长和赵家表亲们的支持才能一直干得平顺,现在多少有点"大头症"。其实最有能力处理上访事件的非田家富莫属,毕竟唐大鹏是在他手底下做事。他倒好,身为副书记却在严打期间请县干部去城里夜总会玩乐，还撞枪口上给媒体曝了光。

李夏边往家里走,边想着这些事。她最猜不透的是赵有余的想法,他当了那么多年村长,肯定知道上访这事会令赵俊亮挨批,怎么还叫孙子别拦着?

走到家门口,李夏一眼就瞧见翟隽的奔驰。手机铃声突响,一看屏幕却不是翟隽的来电。李夏接听:"童美，怎么，决定过来了吗?"

"我们已经到了,就在你家门口。"

"啊?你不会是坐翟大款的车来的吧?"李夏的惊叫立刻引来童美一阵笑,还没挂断电话,童美已经下了车朝她招手。李夏掩饰掉心底的疑惑,也伸手打招呼。

其实,童美会跑来确在李夏意料当中。自从李夏突发奇想将赵俊辉的博客地址发给童美,这位前妻就一直缠着她汇报读博心得。那是童美完全不了解的一个赵俊辉，甚至也是李夏不太了解的一个赵俊辉,写博的他时而彷徨时而内省,现实中的他却鲜少透露内心世界,他更乐于在人前扮演成熟稳重的老板、少言寡语的父亲、潇洒不羁的朋友、油嘴滑舌的情人。

自从被李夏"推"入修庙大军,赵俊辉不但皮肤被晒黑了,内心里那些关于童年和镲儿塘的回忆也都炙烤着他。兴许是无处发泄,所以只能写博。他真的写了很多篇关于镲儿塘的博文,李夏觉得他就快在这种煎熬中找到自己需要的东西了。而从童美的阅读心得中，她也能强烈感觉到她对于前夫的期许。李夏说不清那算不算爱，但似乎童美很想再续前缘。

翟隽并没跟下车，不知是不是为了两人说话方便。李夏趁机赶快叮嘱童美："博客的事，你可千万别让赵俊辉知道。"

"我明白，绝对不会出卖你的。"童美半玩笑地应和，她的笑容比年前见面时更饱满了些，不知是不是因为心情好的缘故。她捋捋被风吹乱的长直发，说明来意，"这次来，我并不想打扰他，我准备偷偷看一下，就搭翟隽的车回去。"

"你跟翟大款也熟？"李夏还是忍不住问出了疑惑。

"在天浩的会所见过。"童美说完，突然捂着嘴巴偷笑，又故意说，"别误会，我就是因为路不熟所以搭个便车。"

李夏无奈地笑着摇摇头，显然童美误会了她的意思，但她并不想解释，她和翟隽那段烂事说三年也说不清楚。童美想要自己去看看，李夏指给她镲神庙的方向，说一直走到头就行。

童美一离开，李夏就径自往家门口走，她不太想搭理车上的男人。她才开了家门，翟隽已然跟在身后讨好。"喂，这么冷淡？我给你带了法颂家的抹茶红豆面包，还有焦糖布丁、巧克力蛋糕……"

李夏进屋放了电脑，才转身笑着从翟隽手里接过法颂家的提袋，往桌上一撂又急着要出门。翟隽耐不住李夏的冷淡，拉住她非要说个清楚，倒被李夏嗤笑反问："说清楚？我们之间有什么说不清楚的？"

翟隽被这话噎住了。其实他俩还真没什么说不清楚的，他们的问题就是双方都太清楚彼此的一切，不隐瞒的结果是彼此的荷尔蒙再不会为了对方而极尽亢奋。现下，两人的纠结之处就在于，翟隽太想圆满自己缺失的人生部分，而李夏更乐意观赏他的痛苦。

"我的小虾米，你究竟想要什么呀？"翟隽颓丧地搂住她问，他搂得很用力。李夏拍拍他的背，仿佛在安抚一个孩子，声音却清淡："当女人决定爱一个男人，她可以为他下地狱；可当女人决定不爱一个男人，她也可以亲手把他送入地狱。"

"难道……你现在就是送我入地狱的心情？"翟隽惊叫着扶住

李夏的胳膊,与她对视。李夏淡笑着拨开他的手,答说:“比起入戏,我更愿意看西洋景。”

“是啊,看景不累,入戏太累。但现在不是过去了,你什么都不用做,你想要的我都能给你。”

“你能让我回到十八岁吗?”

“我能让你重温十八岁。”

“狡辩。”李夏笑骂,又催促翟隽一起赶去参加上梁仪式。翟隽望着眼前的人,突然觉得李夏和以前不一样了。这个每见他必显阴郁的初恋情人,此时脸上的笑却是那么清爽。这个发现令翟隽很不舒服,他第一次打心底觉得李夏再不可能回头与他重温旧情。

“翟大款,你让童美搭车,不会又在动什么歪脑筋吧?”李夏见翟隽不语,意有所指问。翟隽倒不隐瞒,立刻解惑道:“赵俊辉能复婚,我不是还能少个竞争对手嘛。”

“哈哈哈……你误会了,不好意思,他从来都不是你的竞争对手。”李夏忍不住伸手捏翟隽的脸颊,这个奔四的男人有时候真是可爱得紧。翟隽握住李夏的手,侵略着。

十指被迫纠缠。

手上熟悉的温暖渐渐浸入,李夏甩掉心中的微漾甩掉他的手,故意问:“唐晓鸥听说混得不错了?”

翟隽对这个话题显然没什么兴趣,只敷衍答话。“最近没怎么见,据说有几个小导演挺喜欢她的。”

“不会是你引荐的吧。”

“你是骂我拉皮条吗?这种事你情我愿,她得到了她想要的,有什么不好。”在欲望都市里,像唐晓鸥这样的女孩翟隽见得多了,他对自己所做的一切问心无愧,好歹他还不像有些人只占便宜不办实事。

“她只有十八岁。”

“然后呢?”

“算了,没有然后了。”

唐晓鸥的话题果然将暧昧的情绪消弭殆尽。翟隽的手机铃声急响。是童美打来的,说有急事要马上回城区。临走前,翟隽眉头紧蹙,拉着李夏欲言又止。

李夏赶去镲神庙时,全村老小都在挤着抢发糕。那情形真是吓人,里三层外三层全部围满了人,李夏想挤进去简直是天方夜谭。灵机一动,她决定走后门。今天为了方便出入,镲神庙的后门肯定是大开着。

走到后门处,李夏刚想推门,就听见里面有人说话。两个人的声音都很熟悉,一个是赵有余,另一个是赵二海。李夏暗忖着,这两父子能凑到一起说话真是个稀罕事,自从赵有余不让儿子掺和飞镲会的事,赵二海几乎都不沾村了。

"比赛咋样,听说你们飞镲队又去广州了?"问话的是赵有余。

"不是已经知道结果了。"

"不如人家就好好练,山外有山,人外有人,别输不起。"

"我哪输不起了,就是您不认可我,我出去也是镲儿塘的脸面,绝不给手里的镲丢份儿。"

"那你说说,咱们飞镲为啥不如人?"

"这次辅导咱们的陈老师很有名,但他是搞舞蹈的,咱飞镲这胳膊腿都是硬的,他非要咱们软趴趴地打镲,这不是难为人吗?这一趟,我俩没少争执。"

听到这儿,李夏大概知道是怎么回事了。飞镲申请成为国家级非物质文化遗产后,好多人都跑来镲儿塘挖掘"非遗"遗产,这陈老师就是其中一个。他是滨海市有名的舞蹈教授,忽悠说要把飞镲编到舞蹈中,带去参加全国的舞蹈大赛。赵有余当然是绝不可能同意使用飞镲会的人,李夏就给他推荐了赵二海的飞镲队。他们前些日子刚比赛回来,听说赵二海和陈老师意见不合差点翻脸,最后只拿了个优秀奖,投资的上级单位很不高兴。

"我早跟你说了,武术是根,得练功练拳,你们倒好,练起舞蹈来了。响铜镲最小一个也得三斤多,两手六七斤,没点功夫耍都耍不起来。"

“对，得练功，我这次回来就是想跟您商量练功的事。”赵二海这般低声下气的样子，李夏还真没见过。她继续听声，赵有余沉默不语，但她猜这老头早就心里乐开花了。赵俊亮的声音突然插了进来，喊着两人到前边去给许县长送行。李夏等了一会儿，才推门进庙，却和一个背影撞个正着，定睛一看竟是赵俊亮。

正在墙角忙活的赵俊亮看见李夏也不回避，急忙叫她帮自己看顾发糕，只说了句“是留给工作人员的，一个都不能少”就又被陆军拉走。

李夏明白他的想法，工作人员忙着各司其职，哪有机会去抢发糕？就是真有机会也不好意思争前。可谁不想讨个喜气啊！李夏越来越发现这小子不简单了，难怪周围的人都那么喜欢他。想着，李夏突然觉得赵俊亮也许真是个当村官的料，即便是有家族亲戚们帮衬着，要没有三两三，这村长之位他哪能做得稳？这村子里鸡头碎脑的邻里纠纷，他都应付不完呢。可镲儿塘的三姑六婆都快成他的后援团了，有啥事还没递到他这里，就有人出头帮着息事宁人。

怪哉。

难道村官也流行偶像派？

凭良心讲，赵俊亮其实长得真挺不错。他不是花样美男，也不是酷哥，却是个道地的阳光小子，总爱露着一口白牙傻笑，小麦色的皮肤让李夏常常想起她最爱的热巧克力。

萨米耶和莫拉从大殿出来，显得垂头丧气，萨米耶更抢着跟李夏抱怨：“太恐怖了，好多人，发糕都抢碎了。”

“那么重要的东西，没吃到很可惜耶，怎么也要沾沾喜气。”李夏见两人一脸遗憾表情，故意坏心逗弄问，“那……想不想吃？”

萨米耶和莫拉一听有的吃，立刻如捣蒜般点头。李夏见四下无人立刻从赵俊亮私藏的面盆中偷了三个。老大不小的三人，仿佛做了坏事般兴奋，一边偷笑一边吃发糕。

响铜不二家

村委会三人那天究竟被许县长批评了什么，李夏屡次想套赵俊亮的话都没得逞。也或许那些话并没入了三人的心，各个都还是各行其是。

镲神庙的修缮工作还在继续，神镲殿换了新梁也粉刷一新，又有村里长辈提议应该再扩建个二层后殿。镲儿塘向来都是拜众神的，龙王要拜菩萨娘娘更要拜，还有财神、药王，这一层殿哪够用啊。再者，要复建古庙就该依着原来的模样，地震以前的镲神庙原本就有两层殿，比起现下的规模大得多。兴许是干出了精神头，全村老小无一反对，可就是出力的多出钱的少。村里老人拿了主意，说让赵俊亮以镲儿塘村委会的名义写封信，让各家寄给在外奋斗的镲儿塘子孙，混好混不好的都拿点出来意思意思，也算给家乡作贡献。这招真挺好使，还发掘出好多个镲儿塘籍的小名人。

扩建工程就这么顺利继续了下去。令李夏这些外乡人稀罕的是，先前去县政府上访要求拆村的那帮子人，渐渐地县政府去得少了,更多的时候都在镲神庙的工地,且成了最卖力的一群。李夏曾问赵有余这是怎么个究竟,他却只笑不答,最后耐不住纠缠才撂了句:“这就是镲儿塘,没什么稀奇。”

“那为什么大伙都只专心建庙啊，庙建得再好不也得有镲吗？没有神物压阵,等于没有噱头,难道这镲神庙真要改名叫鱼骨庙了不成？”她又问老镲的事,这次赵有余连答都不答,岔开话题说:“碧霞元君圣诞的日子快到了,李夏,我准备带飞镲会的小子们去景忠山的大庙会见见世面。”

赵有余那里说不通,李夏又去找赵俊亮询问找老镲的事。这家伙更气人,连听都不听,只缠着李夏要查看以前的采访资料,说爷爷无意中透露了一件事,镲儿塘的响铜镲曾经名噪一方,就连城里大乐器厂的师傅都专门来拜师学艺过,铜匠老七没子嗣,就这么将好手艺带进了坟地。李夏半玩笑问:“打听这些想干吗,难道还想自己打一对不成？”

被李夏说中心事,赵俊亮戗她道:“怎么,小瞧我呀,我还真想自己打一对。”李夏拗不过他,只得带他到住处,将所有资料都翻看了一遍,还真有这样的记载,村里几个老人和螺姑都曾经说过,村里有古训:飞镲会用镲必须由执镲人自己来“一锤定音”。也就是说,每个拥有飞镲的飞镲会执镲人,都要亲手制镲,唯有如此才能将自己独一无二的精气神也打进响铜镲里，这是和娘娘沟通的神器,你有几分虔诚这镲音一响娘娘便可一清二楚。

赵俊亮得了证据,更全心想着要去亲手打制自己的响铜镲。如果是他亲手打制的镲又会发出怎样的声响？拥有自己独一无二的镲,这是多么令人期待的事啊!

赵有余一知道孙子的心思,恨不得举双手双脚支持。他爹赵平安就有自己的响铜镲,只可惜到了他这辈儿给断了,要是能把这传统给拾回来,他也算对得起祖宗。

而关于丢失的神镲,李夏还是很在意。她不明白镲儿塘人的想法,难道得了新镲就可以不要老镲了？这是个什么道理？但这块螺姑留下的硬伤实在是镲儿塘人心中不能逾越的忌讳，寻找老镲的事推进不下去，李夏只好答应先帮赵俊亮去寻找当初曾来镲儿塘学过制镲手艺的老师傅。

准备去找人的前一天晚上，李夏去小酒店吃饭，无意间又跟唐国翠抱怨起神镲的事。她倒安慰说："咱们就这么等着吧，老天爷自有他的安排，等庙好了，早晚这神镲自己会飞回来。"

李夏当下甚是无语。

或许吧，几百年了，神镲之所以"神"，不是正因了它的神出鬼没？可失火那事，李夏明明知道是人祸嘛，并非天灾，即便这样也要等？

李夏不爱开车，她总认为私家汽车是谋杀人生美好意外的罪魁祸首。在城市里，人们常常被塞进一个又一个"箱子"中，何必自己非要再谋一个。

说起来，她和赵俊亮还真就是因为一个偶然的人生意外相识的。那天早上，熬了整晚在工作的李夏打车赶去公司和大客户开会，才下车就因疲劳过度眼前一黑摔在人行道上。她全身发着冷汗，穿着高跟鞋的脚也给扭伤了，可周围赶着上班的路人没一个肯停下来帮忙。就在她濒临绝望时，赵俊亮朝她走了过来，问她需不需要叫救护车。李夏连忙摇头，只说希望他能扶着自己去路口对面的大厦。可才起身，李夏就发现扭伤的脚根本沾不了地。赵俊亮二话不说就贡献了自己的后背，一直将她背到公司会议室才离开。那天，李夏签下了一个大单，而赵俊亮也从此成为了李夏公司的御用快递员。如果事情只发展到这里，那这个人生意外只能算是一件好人好事。只是后来……他们怎么就成了彼此慰藉漫漫长夜的伙伴？

坐在赵俊亮从田家富厂里借来的夏利车上，李夏无聊地胡思乱想着。一早他们就从镲儿塘跑回市区寻找曾经到访镲儿塘的乐器厂师傅，却没想到才进了外环就堵车，典型的起个大早赶了晚集，着实令人不爽。

但有什么法呢，堵车就是城市病之绝症，路修得再多也没用，不堵了，城市人立马就成倍地买了车再把路都堵上。这也是没辙的事,在这个巨大的城市母体中,想要出行自由些,只要收入允许,买车仍是必需品。

挨过出行高峰,又东寻西找的,快中午两人才找到老乐器厂。门卫师傅很热情,帮忙挂电话问了厂里办公室的人,得到的回复却说现在厂里的定音师都很年轻,早已没了这么个人。更重要的是,他俩连对方姓甚名谁都不知道,想让人家给查个档案也无从查起。李夏脑筋动得快,又问厂里还有没有别的师傅研究手工制镲。门卫笑话说:"早就都上机器了,人哪有机器手快啊,那是赔本的买卖,早不干了。"

出了乐器厂,赵俊亮见李夏心情不畅快,就说最近难得进城想去吃个好料。赵俊亮说了几个贵的地方问李夏的意思,她都摇头,最后想了想说:"市里的海鲜哪有镲儿塘的好, 我坐车难受不想吃油腻的,不然咱们去吃砂锅烤串吧,我想吃醋椒豆腐了。"

赵俊亮知道李夏说的那家二华砂锅店, 以前有阵子他们腻一起时总去吃,通常都是大半夜,基本款是老四样:啤酒、羊肉串、砂锅醋椒豆腐、现熬的鸽子粥,要吃其他的也行,但基本款是必点的。

赵俊亮以前真的不懂美食,对食物的要求就是干净不难吃。和李夏认识后,才开始学着去品味每道菜里的多层次味觉,比如一道醋椒豆腐,李夏就带着他去试吃过不下十种,当然最好吃的还是这家店,香醋的酸和胡椒的辣配比得刚刚好,绝不互相抢戏,即使凉掉也是一样的好喝。

一年多没来,砂锅店已经重新装修过。只是鸽子粥要等四十分钟的规定没变,或许正因如此,粥还是一如既往的新鲜味美。

"哎呀,忘了说正经事,你一会儿不是要开车,不应该让你喝酒。"李夏酒足饭饱才想起赵俊亮现在的司机身份,赵俊亮倒跟没听见似的,又叫服务员再给开一瓶。李夏赶紧阻止,嗔骂他,"喂,一说你还来劲了,别喝了。喝点粥醒醒酒吧。"

李夏伸手替赵俊亮盛了碗粥,放到他跟前。赵俊亮却还是握着酒杯不撒手,他干了杯中酒,突然开口:"我想跟你提个事。"

“什么事啊。”李夏心不在焉地应着,盘算着赵俊亮定是喝多了,一会儿不能马上回去,恐怕要找个地方先歇歇。

“咱俩的事……还有可能吗?”

“这是什么话?”

“人话。”赵俊亮戗声道,“我就想问你,咱俩这究竟是什么关系,你要是逗着我玩,咱也别耍这哩个楞了,我现在没这心气儿。”

“哼,那你现在什么心气儿?”

“我的心气儿,我的心气儿就是娶你当老婆,以后在村里大大方方地处,别老跟地下党似的,咱们有什么见不得光的呀。”

李夏见赵俊亮认了真,就猜他早有准备,她心里又想退缩了。李夏最怕赵俊亮正经说这个,心底唏嘘着,到了儿,这一步他们还是跨不过去啊。不是她不想说清楚,而是她自己都还想不清楚。他们之间相差得太多了,做情人这些都不重要,但要做可以走向婚姻的男女朋友,还差得很远呢。她知道,就这样悬着关系,是她自私,太贪恋被爱的温暖,就如同她贪恋翟隽的宠溺和赵俊辉的心意相通。

“你是不是着急了,还是怕谁误会?咱俩不是一直就这么着,我倒是听说村里有不少姑娘喜欢你,你不是也去相过几个?”李夏不肯相让,故意拿了赵俊亮的问话刁难。

“那都是我妈整的事儿,跟我没关系。你就明说算了,你不就是嫌我穷嘛。我穷怎么了,我是没有赵俊辉有钱,但是这两年我为了你一直在努力。”赵俊亮突然起身,从口袋里掏出钱包拍在桌上。钱包鼓鼓的,从缝隙中就能窥见里面放了厚厚一沓百元钞票。

“赵俊亮,坐下好好说。”李夏见众人都看他们,赶紧叫他。赵俊亮不快地落座,继续怨怼道:“我有钱,我请得起你吃大餐,我也知道你为什么叫我来吃砂锅。”

“我说来吃砂锅,真的只是因为想吃,绝对不是为了替你省钱。”李夏解释着,这确实也是实话,要真想吃贵的,她就会拉着赵俊亮去吃,当然最后付账她会自己去结。“你觉得我是那种会委屈自己的人吗?”

赵俊亮不说话,李夏确实不是那种会委屈自己的女人。可是,只能发展地下情,他实在难受!他今天也是趁着酒劲才说出了一直说不出口的话。他甚至开始有点怨恨自己,怎么就没法学着像李夏这么洒脱。

“好吧,我来回答你的问题。”李夏见赵俊亮沉默,想了一下,觉得趁这机会说清楚也好,“首先,我要明确地告诉你,这两年你确实是我唯一的情人。我不是那种脚踩几只船的浪荡女人,但是我也不否认我和别人确有些小暧昧。比如我和赵俊辉无话不谈,我和翟隽……你知道他是这辈子伤我最深的人,也是我曾经最爱的一个,我有太多太多最快乐和最痛苦的事都与他有关,直到现在他留给我的那些回忆还影响着我的生活。而你……赵俊亮,你太年轻了,我喜欢你的无知无畏,喜欢你肆无忌惮的笑,喜欢你结实的身体,但是这些并不足够支撑我们度过一生。你才初入社会这个大染缸啊,你还只懂得以权力人物马首是瞻,再十年或许我喜欢的那个你早已被现实折磨得面目可憎。”

“你的意思就是说我是赵俊辉的傀儡呗?”

“如果你是他的傀儡,那我为什么不选择嫁给控制傀儡的人呢?”

“说回来,你还是嫌贫爱富。”

“你要非这样认为,我也无话可说.”李夏冷了脸起身,拿起手袋准备离开,又忍不住叮咛,“别闹脾气,醒了酒再开车,我要回家一趟,甭等我了,明天我自己回村子去。”

出了二华砂锅店,李夏在路上胡乱溜达了好一阵儿,才打电话回家。她想,这一忙起来又一个月不曾回过家了,偶尔也得关心关心父母。电话拨过去,李夏妈又是连珠炮似的撂了一通话,大意就是警告李夏别净找些不三不四的对象,太大或太小的都不行,最好也别找二婚的,就她这性子绝对不是当后妈的料,最后的结束语当然又落在相亲的事上,说最近某位大婶又给介绍了一个,她觉得条件不错,要李夏最近抽个空见面。

李夏赶紧借口要去开会结束通话,正心烦意乱的她立马决定不回家了。时间还早,那就去商场“洗刷刷”吧。

不知是哪位仙人发明了“购物”这件人生大事。购物之于女人,有时候真是堪比性高潮,甚至更让女人陶醉至极。

李夏可以没有男人,但是谁也不能剥夺她血拼的权利。幸好,她的购物狂躁症只是隔几个月才爆发一回,不然她早就破产了;也幸好,她还没成了卡奴也没有循环债,否则她真会认真考虑下嫁给翟隽这个人肉自动提款机。

呵呵呵……

李夏逛累了,在星巴克刚点了一杯咖啡,翟隽就打来电话问:“听说你回了市区,一起吃饭?”

李夏蹙眉,疑心问:“难道你在镲儿塘安了眼线吗,怎么我有点儿动静你都知道?”手机那边哈哈大笑,只问清李夏在何处就结束了通话。

二十分钟后碰了头。

李夏说想喝小米酒,于是二人去了一家新开的贵州菜馆。小米酒确实一等一的好喝,几道特色菜也算有板有眼称得上美味。李夏虽吃得尽兴,脸上还是不见笑容。

“这是怎么了,难得见你这副模样,难道是赵俊辉给你气受了?不能吧……”翟隽试探着,自从上次两人不欢而散,他还以为李夏再不搭理自己了,今日这么爽快应约,还真让他有点摸不着头脑。这丫头片子,是玩欲擒故纵的把戏,还是……

“我算什么东西啊,谁给我气受我不都得挨着嘛。”李夏不咸不淡地答话,点上一根烟郁闷地抽着。

“这话说的,虚伪了吧,据我所知那村子的人,就差拿你当菩萨似的供着了。”李夏被翟隽夸张的形容逗笑,却又啐他:“瞎说什么啊,我哪受得起那些,难道你是盼我早死早超生不成?”

“没那事儿,祸害遗千年,你这就想走,早着呢!还是陪我在这人间受苦吧。”翟隽意有所指,李夏不接应,转了话题问:“最近都不见你去镲儿塘走动,投资公司不也有你一份?”

“那地儿，我最感兴趣的就是你，你都不搭理我了，我还去讨什么嫌？”

“呸，说正经的。”

“真的，我现在特正经。”翟隽见李夏撇嘴，只好道了实情，“我在运作西塘其他的投资项目，现在还处于保密阶段，只有赵俊辉和袁天浩知道，你可别跟镲儿塘村的人透露。”

“都是你们这些大老板的游戏，与我这小老百姓何干。”李夏一边品着小米酒，一边应和。

“你想有关就有关。”

“我就想快快乐乐过自己的日子。”

“那容易，你要什么我都能给。”

“是吗？”

“当然。”

“不，你不能。”李夏驳得干脆，翟隽脸上显出恼色，嘟囔着：“怎么这么说？”

“你来找我，不就是来找你的快乐吗？你自己都没有的东西怎么给我？”李夏戳破翟隽的心思，两人都不说话了。

草草结束了晚饭，李夏也不让翟隽送，一个人拎着一堆购物袋在街上游荡。她不想回家，也不想见熟人，许是小米酒后劲太足，她茫茫地走着，没有目的地，也不想有。

帆布鞋很好走，李夏似乎走了很久才觉得累。袋子丢在地上，她席地坐在便道牙子上。

天已经大黑了，行人依旧匆匆，车灯不停在她眼前忽闪着飞去前路。是啊，这样多好，在城市里从不会像镲儿塘那样，你随便坐坐也会有人过来问你“怎么了”。在城市里，陌生人只在网络里关注他人的情绪种种。

只是，抬起头，这里几乎看不见什么星星了。也没几个人关注星星吧。在城市生活的时候，李夏经年也不曾抬头看一回星星。那些有星星出现的时候，她都在干些什么？喝酒应酬、写策划案、上网八卦、听小众音乐演出、筹备旅行、约会男人……或者和赵俊亮小弟弟去吃砂锅……

脚疼。

好想打电话，像从前一样任性地叫那个傻孩子来背自己回家。但她怎么有脸打电话过去呢，她的自尊、她的理智都叫嚣着，不允许她丧失最后的理智。赵俊亮终究不是个适合结婚的人吧，她该听她老妈的，找一个门当户对的安稳过一生。

眼睛有点酸。

酝酿了好半天，眼泪却没能滑出眼眶，只有内心的荒芜感正无限蔓延开去。有点冷，李夏伸出手环抱住自己，不想让别人窥见太多。她知道翟隽的奔驰就在不远处，这拒绝的姿态，他懂。

如果不能解决痛苦，那么就先漠视它。这是李夏一贯的做法。回自己的房子住了一宿，又赶上些杂事需要处理，李夏晚了几天才动身回镲儿塘。这一次，她还从家里带上了螺姑留给她的巧克力盒，里面的白纸和干芦花，她到现在还不解其意。她想着，会不会……这是螺姑留下的谜语，可循着找到老镲？

难得坐了公交车，李夏边观察着沿街的风景边思忖着一定要做一张镲儿塘周边地图。这条路她走了几百回，近两年沿街风景可以说是日新月异，但普通游人想要直达镲儿塘还是很困难。公交车站离村里甚远，要想直达村口，就必须到邻近的县城去倒车。即使是在直线距离最近的岔路口下车，也要走上半个多小时东绕西绕地才能找到村子。话说曲径通幽未尝不是好事，镲儿塘就是因着远离尘世才保留了最原始的渔村味道，但这对游客而言还是不方便，至少沿路得弄些指路牌，以防止自由行的客人们走错了路。

李夏在岔路口下了车，沿路画了一张示意图，边走边画倒也打发了无聊，没多久就到了村口。才进村子，就听人说赵俊亮果真带回了一位制镲的师傅，现下正在村委会。李夏假装不知道似的往自己住的小院奔，偏又在门口碰见了赵俊亮和一个白头老翁。

“爷爷？你怎么会在这儿？”李夏几乎是惊叫出声，倒把赵俊亮和白头老翁吓了一跳。

"她真是你爷爷？"赵俊亮呆愣了一下才回身询问，他不看李夏却看自己请来的制镲师傅。那师傅摸着光溜溜的脑袋大笑起来，声如洪钟点头应答："看吧，小子，我没骗你，我孙女真是叫李夏。"

"爷爷，您不是在广州大姨家住着吗，什么时候回来的？"李夏一迭声问着，惹得李夏爷爷哈哈大笑："真是人生何处不相逢啊，小夏，咱爷儿俩就是亲呢！"

李夏可没爷爷这么淡定，她又追问："我爸妈知道您回来了吗？"

李夏爷爷点点头："我跟你爸通电话了，我跟他说在外边玩几天，不用他们费心。"

李夏稍稍安心，才想起追问另一个疑惑："你们俩怎么认识的？"

见赵俊亮不说话，性格爽朗的李夏爷爷解释起两人的相遇。"呵呵呵……我和这小子有缘，大街上认识的。"

"大街上？"

"这小子在街边花园给一群老太太指导飞镲，我就跑过去给他说，小伙子，你把式不错但是这镲不行。"

"老太太？"

赵俊亮尴尬，本不想搭理李夏的他不得不开口解释："是你让我先醒酒再回村的，我就在二华砂锅店附近的小花园找了个凉快地儿休息，然后就听见城里的小镲队在那里训练，她们拿镲的姿势不对，所以出来的声音不好听，我不想自己耳朵受罪才过去跟她们说。"

"这小子是个热心肠，所以他一说在找乐器厂的制镲师傅，想要学过去的制镲手艺，我就乐了，这小子就是在找我嘛，真没想到，这年头还有人为了制镲寻我。不说别的，为了这孩子的心性，我就觉得我得来。"

李夏大概明白了来龙去脉，但是还是不解爷爷什么时候会制镲了，他不是当老师教画画的吗？她犹豫了一下，怕爷爷这老顽童的性子又在胡闹，便试探再问："您当真会制镲，怎么从没听爷爷说过啊？可别耽误了人家的正事，算着日子等着用呢。"

"没问题，没问题，不信你问你爸，以前你爷爷我可是乐器厂有名的定音师。"

李夏爷爷就这么在镲儿塘住了下来。和李夏住一个小院,自李夏成年后,他们似乎从未有机会住得如此亲近。

如果不是爷爷讲起响铜镲那么津津乐道,李夏真不相信自己的爷爷还会这么一手绝活。还好赵俊亮找了他来,爷爷的这门手艺算是可以传下去了。李夏问起当初怎么会跑来镲儿塘学制镲,爷爷颇得意地讲起当年事。

那时候十六岁的他刚到乐器厂学徒,可怎么都干不上手。有一次他在大街上瞧见了镲儿塘的飞镲队,他们去城里参加文艺会演,一高兴就在街上给大家飞了一段。他可喜欢看他们打飞镲了,那镲声真好听呀,就好像有浪花翻飞在空中、有鱼鹰飞鸟和着跳舞。他急忙跑过去问了镲儿塘的人,这镲是谁制的,有人答说就是镲儿塘人自己打制的。他说想学,带头的立马答应了,邀请他赶明亲自到镲儿塘走一遭。

那时的人多淳朴啊,真真是知无不言言无不尽。李夏爷爷一个人颠颠跑来镲儿塘,村人不但管吃管住,还极耐心地教他怎么配比怎么一锤定音。

细说起来,这老镲儿塘自制的响铜镲十分讲究:这种镲俗称水镲,外观与钹十分相像,中部碗小顶圆,镲面较平,厚度又比钹稍薄、铙略厚;通常面径 12 厘米—20 厘米,碗径为面径的 2/5,碗高 1.5 厘米—2.5 厘米;重量最少 3 斤,现下最大有 4 斤 12 两,古时则有 7—8 斤;且是 100%响铜制。镲儿塘飞镲特别讲究手腕动作,所以碗顶钻孔后必以三寸牛皮系绸布,一米多长镲缨子以方形大红布折成对角;响铜镲两面为一副。

镲儿塘制的响铜镲较别处铜镲镲肚子要大一点,镲边要薄一点,这样可以打得更响亮。除飞镲会个人用镲,镲儿塘连给飞镲会伴奏的鼓、铙、大镲都极讲究。那时候爷爷就见过一王姓鼓手自己制的鼓,亲自买来牛皮缦鼓,鼓墙就有一米高。小肚大铙和大肚大镲则各要两副,虽然声音传得远,但据说因为太沉,一般过一个大街抬鼓的人就要换两次。

那时候，对爷爷知无不言的镲儿塘人就是赵俊亮的太爷爷赵平安。他还亲手教李夏爷爷如何在最后关头一锤定音。每个飞镲会的人都有自己的定音绝技,赵平安把自己的“最后一手”传给了旁不相干的外人,连他自己也没想到吧,几十年后他的绝技又传回了赵家子孙。

李夏爷爷对现下的制镲工艺十分不满，说现下的年轻人缺乏钻研精神。见赵俊亮有心学手艺,他答应教他。可在村里转了一大圈,也没找到个适合制镲的地儿。最后,他决定带着赵俊亮去老工友开的乐器厂制镲。

临走前一天晚上，李夏亲自安排了一桌爷爷喜欢吃的海鲜大餐。这就是住海边的好处,最新鲜的皮皮虾弄了一大盆,八珍豆腐里的主料也绝对是一水的鲜亮,再配上姜汁蛏子、老醋蛰头等几个凉拌小菜和一小碟八大馇杂样,正经的酒菜呢。

爷爷只吃公的皮皮虾，李夏从唐国翠那儿学到了辨识公母的好眼力,于是就只挑公的给爷爷剥。偶尔,也故意捡几个母的剥了,她自己爱吃。听爷爷说了些老爸小时候做的蠢事,爷儿俩聊着聊着就又说回了响铜镲和镲儿塘的那些旧事。

“您见过赵俊亮的太爷赵平安，您觉得他是个怎样的人呢,听说以前很是个风流人物。”李夏一边给爷爷倒酒一边问。赵平安,这个让螺姑牵挂了一辈子的人，那个离开人世还引发了那么多后来故事的人,李夏对他好奇很久了。

“小伙子特精神,跟亮小子一样爱笑,看着他笑,就觉得这世上有再大的难事也过得去。”李夏爷爷喝了口酒,又突然想起什么似的,回忆说,“对了,那时候他跟我说过一句话,他说:甭管年景好坏,镲儿塘这镲是一定要打的,坏年景就把喜气打出来,好年景更要把喜气打得欢。”

李夏暗暗牢记了这话,心想:就凭着这股子韧劲,赵平安真不是一般人！怪不得螺姑那般喜欢。

李夏爷爷见孙女听得认真，又得意卖弄问:“你知道这镲声是什么声吗？”

“什么声？不就是镲声吗？”

“佛家有云：世间一切生灵只要修行积德、皈依佛门，就可修成正果、立地成佛。这镲声就是一切修成正果的飞禽在飞动时双翅发出的声音。”

“还有这等典故？”

爷爷突然正了神色说：“夏丫头，你爷爷我是生不逢时。为了你爸有口饭吃把最爱的手艺丢了。你既然做了这件事，就有责任让镲儿塘的镲声走出去，让更多的人听见。这镲儿塘的镲声自海上来，不一般呢！”

李夏向来对“责任”二字采取漠视态度，这两个字太让人有压力了。不理会赵俊亮临走时下的最后通牒，李夏在这春暖花开的日子只想到处去寻宝。

那枝晒干的芦花是否代表着芦苇地？端午的时候螺姑曾带他们去摘过苇叶，她会把老镲埋在那里吗？

又或者，那张白纸才是关键所在。从哪里来回哪里去，螺姑会不会将老镲埋回祠堂小院的那棵桃树下？

趁着五一旅游小高峰到来前，李夏找了袁天乐一起去寻宝，结果却是一无所获。见李夏心情低落，唐国翠特意选了个阳光明媚的日子替她在海边小酒店门口摆了小桌吃酒。袁天乐、萨米耶一经落座，真让李夏有种重回两年前的错觉。

只是，螺姑不在了。满婆倒是和她们坐在一处闹酒。莫拉只专注拍他的鸟儿，就差没在码头上打滚。

今天是早潮，海水已渐渐褪去露出了泥滩黑黝黝的真面目。鸟儿们一点儿都不怕黑泥裹脚，兴许是玩累了，都停在岸边歇息。袁天乐故意丢了小虾想要惊扰它们，没承想鸟儿们倒比她还镇定。满婆怂恿几人下泥滩去玩乐，莫拉第一个脱了鞋子挽起裤腿，萨米耶也来了兴致，非要拉着李夏和袁天乐下滩。

李夏有点嫌麻烦，这时候下去玩，回头肯定是一身的泥巴。正这时，她听见不远处传来陈美美念诗的声音，她被学校老师推荐要去参加朗诵比赛,这首诗还是李夏给她选的——

从明天起做个幸福的人,
喂马劈柴周游世界
从明天起关心粮食和蔬菜
我有一所房子
面朝大海春暖花开
……

李夏听得入神,迷迷糊糊就被萨米耶和袁天乐拉下了堤岸。萨米耶替莫拉赶鸟,自己却重心不稳晃晃悠悠,李夏想扶住袁天乐稳一下自己,却是脚下一滑如多米诺骨牌绊倒了一群。

莫拉终于拍到了万鸟起飞的美景,李夏、袁天乐和萨米耶却滚成了泥人。满婆和唐国翠在岸上望着几人爆出爽朗的笑声。

李夏干脆放松了自己,第一次躺在泥滩里看千万鸥鸟云朵般缀在湛蓝天空中。这真是人世间最明亮的颜色!

干脆来个海泥浴吧!还有傻顺的号子相伴,一直闷声不吭跟着修庙的傻顺,又开始喊号子了——

嘿——嘿——
外上外呀,
面朝大海呦,春暖花开,
嘿呦,嘿嘿呦,
春暖花开。
嘿——嘿——
外上外呀,
幸福的人儿呦,在镲儿塘,
嘿呦,嘿呦嘿,
在镲儿塘。
……

夏记

海水发腥池子冒泡，
燕子钻天蛇过道，
蚂蚁搬家泥鳅跳，
小鸡发愁老牛叫，
雀云飞，东风到，
龙王喷嚏小不了。
黑云带红头似桥，
冷风刮来下冰雹。
——节气谣

镲儿斗

阴历庚寅木年,四月小,二十日。

宜:祈福、祭祀、结亲、开市、交易。

这日一早,两辆大轿子车就从镲儿塘出发,直奔河北迁西景忠山。去朝圣的正日子本该是阴历四月十八娘娘的圣诞日。可今年封海的日子定在了六月一日,很多渔船想着能在封海前多打个几网,转天是儿童节,带着孩子来玩的又多,于是庙会之行一直拖到封海转天。

景忠山的庙会一年有两次,一次正日子在农历四月十八,一次正日子在农历十月十五, 每次会期一个月, 即在正日子前后各半月。对镲儿塘人来说,十月十五元君元斋那次的庙会更为重要,这次去主要是赵有余的动议,为了练练飞镲会的那帮小子。

还有一些求愿还愿的村民也跟着一起去。令李夏惊讶的是,田家富也开了自己的车,带着谭玉凤打算一路跟随大车去景忠山。还没出发,谭玉凤就嫌弃小车容易头晕非要换到大车坐,可大车人多实在坐不开,村里其他人又不愿意去坐田家富的宝马车,李夏只好拉着萨米耶、莫拉和袁天乐上了小车。

田家富似乎也瞧出村里的人对他颇多微词，一开车就不停地抱怨。说什么要不是他母亲要死要活地逼他去请个平安符,他绝对不走这一遭,好多年不信这些了,日子不也一样地过,更何况他自觉现下过得还挺不错。

李夏坐在副驾驶位，跟他玩笑着搭话:“我也觉得你该求个平安符,像你这样严打期间还敢带着县干部出去玩,也忒胆大了。”

“我还不是为了办村里的事,那些个天天跑去县政府门口上访的,不是给许县长上眼药吗,不找人照应照应,真闹起来大家脸面上都过不去。”

难得有人主动说起上访的事,李夏故意探问:“我问你句实话,唐大鹏那些人真不是你派去的？”

田家富冷哼一声，像是嘲笑她的问题。他开着车沉默了好半晌,李夏正猜测他是不是生了气,他才又开了口道:“李夏啊,你敢这么问,我也敢跟你说实话,唐大鹏跟我说要领着人去上访要求拆村,我当时就跟他说,这件事我不支持也不反对。为啥呢,这村子拆了我是能得一大笔钱,没准还能成个千万富翁啥的,可那些钱真放手里我也烫得慌,再说了现在钱这么毛,我舍不得我那些地,这地价一年年可是打着滚地翻番呢,干什么买卖能赚得这么轻松？”

袁天乐在后座突然出声问:“那为什么不干脆拦下他们？何必让他们给县长上眼药去？”

这一问引得田家富一阵坏笑,笑得其他人都糊涂了,他却极得意地调侃:“要不说你们这些城里来的看着精明，时不时地也冒傻气呢。”

“行了,知道你聪明,说重点行不？”见李夏不耐烦地催问,田家富才解释说:“真不懂？酒香也怕巷子深,这个懂吧,同样的道理,下边这么多地方,领导哪都顾得过来呀,还不是会哭的孩子有奶吃！知道新渔村建设补偿款的事吧？”

李夏点点头,听说县里给了一笔钱帮助村里搞改造。陆军今天没跟着去景忠山就是在弄这个事,要给县里报一个用款细则。

“要是往常申请这事儿不得求爷爷告奶奶的,现在许县长是下定决心要拿镲儿塘当典型竖着,这么一闹,钱马上到位了。”

“说起来,扂大鹏他们还有功劳了?”李夏十分怀疑这种说法,怎么听都不太说得通呢,难道县里还怕了这些上访的不成?

“哎哟,话不能这么说。”

“那要怎么说?”

“闹是真有人诚心想闹,想拆迁。可人们见有好处,自己也闹不出个大天,也就散了呗。”

李夏“嗯”了一声就不再说话,慢慢消化着田家富透露的这些内幕。她本还想问赵俊辉在西塘的投资他有没有参与,想了想终是没问出口。有些事还是少知道的好,知道多了也是瞎操心。

赵俊亮为制出最喜欢的镲片,出发的前一晚才回到村里。他一直想问李夏的決定,李夏却故意躲着他。直到众人在景忠山山门下稍事休息,赵俊亮才得了机会凑到李夏身边。话还未出口,李夏就半开玩笑警告说:“佛门净地,不可妄语。”

赵俊亮嗤笑她迷信,李夏瞪他一眼,笑着威胁道:“听说以前有个人不信邪,明明有禁例说上山前三天不许亲热,还非在临去前亲了老婆一口,你猜怎么着,在半路上突然发了疯,见着啥活物都亲一口,一会儿亲小驴一会儿亲臭猪的,你可别学这个,现在驴啊猪的是见不着了,要是刚上到半山腰你就开始亲男人,万一你要是扑了个老和尚,我可不许任何人上去拉你。”

“靠,你这女人心也太狠了吧。”这番话说得赵俊亮不知道怎么回,只好羞恼地冒了一句,听得李夏扑哧笑出声。李夏四下张望,本是怕有人窥探她和赵俊亮说话,却注意到山门处有一个老和尚在与赵有余聊天。于是便问赵俊亮:“你爷爷在这里也有熟人?”

赵俊亮也往山门那边望了望,才说:“听说镲儿塘有个人打小就在这里出家当和尚……”他还想说其他的话,就见爷爷朝自己招手,李夏赶快催他过去。她见三人说了一阵,那和尚就招呼一个工作人员带赵俊亮去了购票口，她猜应该是和尚给说了好话，商请买团体票和飞镲表演的事。

趁还未入山，李夏赶紧拿出相机拍了山门的照片，打算回去做博文用。满婆拉了狗爷叫她帮忙拍照留念，狗爷唠叨说："年年都来，拍的还不都是一样的景？"

满婆一边替狗爷拉平衣角，一边回说："年年都要虚长些，去年你还是黑头发呢，现今可是白头翁了。"

李夏惊讶两人的虔诚，年年都来祭拜可不容易。像她这种懒人，纵使是生活在一个城市里的朋友有些一年也未必能见上一次。

"李夏你是第一次来吧，要是愿意听，让狗爷给你讲讲这座山的故事，这儿的事狗爷可能比那小和尚还清楚。"满婆突来的提议引起了李夏的兴趣，她催着狗爷讲古。狗爷起先还有些不好意思，被满婆嗔骂了两句就不再推辞。

"这座山呢，从明朝开始就在咱们那块有大名气了。听说最早是从宋代开始建庙，后来历代修建，最兴盛时要属清初，景忠山被御封为皇室家庙，顺治、康熙两位皇帝来了六次，不仅兴修庙宇御赐良田，还供奉了一尊金娘娘及四千五百多卷《大藏经》作为镇山之宝。据说这两位皇帝对景忠山格外看重，每议要政都来景忠山礼佛问卜。顺治皇帝立康熙皇帝为太子时，据说就是在这求神问卜后才决定的。"

"你再给这孩子讲讲山门的讲究。"不待李夏发问，满婆倒是帮了忙，言语间满是骄傲的口气，像是怕李夏不爱听，又特别补充，"你狗爷以前也是做学问的人呢！"

狗爷抱怨满婆多话，脸上却显出快乐神采。李夏觉得这对老人特别可爱，于是极配合地催问，狗爷这才继续讲："这座山门牌楼建于明崇祯十五年，知道它为什么建在这儿吗，可不光是一个入山的道口，它和山脚下三屯营古城的景忠门南北对称，可见当初古人设计时就考虑到了山城一体的格局。这牌楼是砖石木结构，黄色琉璃瓦顶，旋子彩画，墙体铁红，平铺方砖，边衬青石。清朝时把这种建筑称为'三门四柱七楼式'，是典型的明代佛教建筑风格。"

“三门四柱七楼式，这里面有什么讲究？”

“佛教教义中，三门象征‘三解脱门’，即空门、无相门、无作门，分别表示观人法两空，观诸法无相，观生死可厌，也称涅槃之门；而四个突出的方形石柱则象征‘四无量’，即一尊、二悲、三喜、四舍，喻示远离红尘中情欲的困扰；你再看那七个以大居中、东西对称的门楼，象征的则是‘七佛、七众’……”

这番讲解还未听完，那边买好团体票的赵俊亮已开始召集大伙集合。李夏只好止了问话，可心底还在叹服古人的讲究，即便是一座牌楼也不是随意而建呢，每个细节都源出佛典，好不精心。进了牌楼，狗爷又叫她看山门背面的匾额，那是康熙皇帝亲题的“天下名山”。

李夏曾听赵有余讲景忠山共设有三道茶棚。按老会的标准，每道茶棚飞镲会都要打一场。其实虽称其为茶棚，今日亲眼见了，才知道也是寺庙。

李夏追着狗爷，终于问明白其中缘故：原来过去帝王将相、达官显贵来朝山进香时都会在一些地方搭建席棚，休息品茶，观赏风景；而寺庙的僧人道士也会向香客信士施舍一些茶水，从山下至山顶，共设了茶棚三道，后来逐渐才发展成三组不同风格的寺庙建筑群。因为最初是供应茶水的席棚，人们也就习惯将它俗称为茶棚了。

这第一道茶棚始建于明朝末年，是一组四合院式的建筑，北有山门，南矗大殿，东西两侧为禅房。正殿为三间悬山式建筑，殿内供奉着观音、文殊、普贤三大菩萨。

要拜菩萨，先打镲。飞镲会的小子们稍喘了口气，便拿出家伙摆上了第一道飞镲阵——“浪打潮音阵”。

打今年起，尤其是打从赵有余和赵二海恳谈后，赵有余不再坚持让飞镲会只练那套“敬香三钹”。他开始听取赵二海的意见，在基本步法和打法的基础上，编排新的阵势。毕竟时代不同了，人们的口味和欣赏水平提高了，飞镲会也得与时俱进，老是一套花样自己打着没劲别人瞧着也烦。但他仍很坚持要这帮小子们练基本功,这飞镲能不能“飞”,最终见真章的还是腿脚上的功夫。

“浪打潮音阵”就是飞镲会专为这第一道茶棚设计的。十人蹚泥步出场,先打上一个分水行舟,布下渔网形阵势:一人居中、三人环内圈、六人围外圈,内圈外圈以交错方向环绕打镲。居中镲头赵俊亮高举手中飞镲,一会儿好似拉起一张渔网,一会儿又好似在与海浪搏击。整个镲阵鼓点激昂,镲声清脆,仿佛向对景忠山上各路神明报备,这来拜神的一拨不是别人,正是镲儿塘的英勇海狼们。

今日仍在庙会期间,香客众多。飞镲会打了一番,颇多人围着叫好,嚷着再打一番。飞镲会的小子们见这么多人捧场,兴奋地想要再露一手,却被赵有余拦住。他抱拳向一众围观香客致歉:“对不住各位,这帮小子头回露脸不知深浅,咱二道茶棚还有镲要打,若有缘一会儿再见吧。”说完,便带着飞镲会径直进了大殿跪拜。

跟随来拜娘娘的镲儿塘乡亲,待飞镲会出了大殿,才一一进去拜菩萨。李夏发现在观音菩萨坐像前,还供奉着一尊金娘娘。又问了狗爷才知道,这便是康熙皇帝为其祖母和母亲供奉的金身。此殿也由此得名“御佛寺”。据说,这尊金娘娘一直被山上僧人精心保管了三百多年,但最终还是难逃劫难,在上世纪三十年代被蒙面大盗掠走,终未找回。现今这个是1993年按原样复制的,但也是纯金打造。

等齐了人,镲儿塘一众人开始往二道茶棚进发。于是,竟有好事者一路跟随至二道茶棚。

这第二道茶棚始建于明朝中叶,是一座道教宫观。建在山腰之中的平缓地带,三间正殿为硬山式建筑,坐北朝南;东侧三间卷棚顶建筑为丹房,是古时道士起居静修之所;西侧梁柱式建筑为游廊做赏景之用。正殿供奉的是在道教中赫赫有名的天界尊神——真武大帝。

萨米耶等人见李夏这一路都缠着狗爷当导游, 也都跟着一知半解地听。狗爷倒也不嫌烦,说起这景忠山的众神更是如数家珍。

李夏自是不知这真武大帝的厉害，狗爷便又介绍了一通："据《道经》记叙，真武大帝司掌北方之水，也是掌管生殖之神，同时掌管北方司命。由于真武大帝神通广大，所以在民间影响很大，是香客信士们十分崇信的一位道教重神。"

萨米耶和莫拉对真武大帝兴趣不大，倒是对茶棚中两处人文景观颇感兴趣。一处是在这大殿后山突出的岩石上，生有两棵二百年以上的古松，岩石边缘筑了铁柱并用铁链串联，原为保护游客安全，后有人在此结锁立愿，倒兴起了一处风俗。据说可结九种锁：执子之手、与子偕老的姻缘锁；山盟海誓、心心相印的同心锁；高山流水、志同道合的知音锁；同舟共济、肝胆相照的真情锁；前程似锦、一帆风顺的事业锁；富贵无边、财源广进的富贵锁；无灾无难、吉祥如意的平安锁；天涯无尽、相聚有期的团圆锁；天长地久、益寿延年的长寿锁，俗称"九锁缘"。萨米耶觉得这事特浪漫，立马拉着李夏、莫拉和袁天乐结了一个知音锁。

莫拉则更喜欢一个石雕的龙缸，据说是康熙皇帝御赐的圣物。白色大理石龙缸上雕着二龙戏珠图案，缸底雕有鲤鱼一条，石鲤拧身摆尾，张口朝天，俗称"鲤鱼吞钱"，应和着民间"鲤鱼吞钱，富贵无边"的传说。几人到处翻找硬币，各投了几次却仅有袁天乐投中一枚。萨米耶不认命，还要再投，殿前忽然响起锣鼓声。

李夏知道这是飞镲会等齐了人，准备飞第二道镲了，随即叫了几人往殿前去瞧热闹。可走到殿前，鼓点突然又歇了。只见中间空场多了一批拿镲的人，却不是镲儿塘的熟面孔。李夏忙问狗爷那些人是谁，狗爷脸上突然显得不自在。满婆也在一边露出忧虑之色，小声问着狗爷："我瞧着他们来者不善呢，别不是为了那东西？"

李夏听着，更好奇了，还想再问，就见狗爷拉着满婆径直往中间空场走。李夏干脆跟了过去，走近了就听见其中一人正粗声嚷嚷着："我就说嘛，这镲儿塘的人从来就不懂个先来后到，要不偷了别人的东西还能这么硬气？真是鱼坑里的臭水，流哪哪腥。"

大伙听出话里有话，飞镲会的小伙子有脾气暴躁的立马跳出来骂，还有的要上手，赵有余板了脸叫飞镲会不要生事。几个年长些的，随即看住身边的年轻人。

赵有余已认出这是原来鱼骨庙村飞镲队的那帮人，要说这鱼骨庙村的飞镲队与镲儿塘飞镲会的孽缘，都纠缠了上百年了，只是一般两方人马都互相敬着，不故意砸场，这是规矩。

可今天这是怎么了，难道是因为那块龙骨？想到这儿，赵有余朝狗爷使了个眼色，关于龙骨的事，鱼骨庙村的人有抱怨，最近他已经听说了许多回。

“金生，龙骨的事跟镲儿塘的飞镲会没关系，你别坏了规矩，让人家好好打镲。”见赵有余为难，狗爷说话了。鱼骨庙村飞镲会的头头唐金生却不买狗爷的账，狠狠“呸”了一口，故意高声质问：“是谁坏了规矩，你们要是不怕羞，咱拎出来让大伙评评理？”

“行，你们那些黑心事，老婆子我可清楚，要不咱们就让大伙给拎一拎，真武大帝眼面前咱可不能说假话，要是大伙觉得是我老婆子错，龙骨我亲自从梁上拆下来给你。”满婆说话了，李夏第一次见她如此严肃。

许是满婆表现得太过威严吓住了唐金生一伙，他突然口拙了起来，支吾了一下才故意找碴儿说：“行，那些是家务事，咱今天不说。既然今天撞在了一起，咱们就来比镲。你们敢不敢？”

“有什么不敢的，镲儿塘人都是属螃蟹的，对上哪就夹哪，从不含糊。”赵有余来不及拦，赵俊亮就脱口回了话。飞镲会都是一帮年轻气盛的小伙子，哪受得了调唆，纷纷嚷着要比试。赵有余心想肯定是拦不住了，便干脆主动设下赛局，心想练练这帮小子也好。

“行！今儿咱不说别的，只来比镲，从这第二道茶棚到元君殿前还有三番会可打，咱就取三局两胜。”赵有余定下规矩，又高声叮嘱，“友好比赛，切勿伤人，都听清楚了吗？”

镲儿塘的人自然是高声附和，唐金生不知飞镲会深浅本想只比一场，见事已至此却也不想示弱，只好继续问：“既然是比赛，如何算输赢？”

赵有余见周围人越聚越多，拱手向四周邀请说：“哪队飞得好，就请各位多给点掌声。”有爱看热闹的香客立刻附声叫好。

唐金生知道镲儿塘飞镲会不过才练了一两年，应该不会有什么惊人之举，而各镲队打的动作都差不多，飞镲出会第几个出场亮相很重要，便要求自己的队伍先上场。

鱼骨庙村飞镲队打了一套传统的“草籽”。李夏观察这队里基本都是四五十岁上下的中年男人，体力自是没有年轻的小伙们好，但腿上基本功都很扎实，弹跳飞跃也把一套传统打法飞得虎虎生风。一场打完，围观的香客游人果然不吝掌声。

唐金生带队友抱拳谢过众人，便走到场边休息。镲儿塘飞镲会的小子们心里憋着气就想更露脸，立马抄家伙摆上阵。

镲儿塘这第二道飞镲自是因应此殿所敬拜之道教神灵设计的“九宫八卦阵”。八人分立坎北、离南、震东、兑西四正宫和西北乾、西南坤、东南巽、东北艮四维宫，镲头一人居中宫。此阵设计九人于阵中蹚拉步按八卦步法走宫位，每换一宫便要击镲打出鹞子翻身，九人需动作齐整，顺时针走满九宫后再逆时针返走九宫。

这套阵法步法多变，动作如闪，因此十分讲究九人的配合协作，镲头的作用较之第一阵“浪打潮音”也更显重要。九人全凭镲头的镲点指引，移步换形，打到最精彩处观者仿佛只见一人于阵内翻飞如影；反之，如有一人慢拍则全盘皆输。

这套阵法是由陈贵大教飞镲会小子们练形意拳时用过的那套八卦步法加花变形而来，算是飞镲会练得最久的一套新阵法。今日这九人又诚心想要露脸，于是更是齐心协作。

第一番正走九宫，九人慢速开镲，返走九宫时才渐渐加快步法；二番飞起时则动作越来越快，只见九人身形恍若鹞子穿林般轻灵腾跃，一时间只闻镲声不能见人。

还未打完，周围观众已是掌声雷动，叹为观止。

不用多说，唐金生已知自己的镲队输了这第一局。他脸上不太好看，直到飞镲会众人收镲，才颇显大度地鼓了鼓掌，又请镲儿塘一众人先进庙拜神。李夏对佛教更为倾心，于是倒把更多注意集中在了唐金生的脸上。她瞧着他和自己镲队的人正在小声嘀咕什么，不一会儿，他脸上又扬起了笑，似乎对下一局已胸有成竹。

第三道茶棚始建于明朝末年，又是一座佛教寺院，殿内供奉千手千眼观音菩萨，菩萨两侧侍立善财和龙女。在这座寺院的中央，矗立着一座七层六角宝塔，上边系着很多祈福红色丝带，很是引人注目。

李夏和萨米耶等人走得较快，都拜完了菩萨，才见镲儿塘和鱼骨庙村两方人员差不多齐整。

赵有余问唐金生："这第二局谁先打？"

唐金生问："我们要打敬香，你们要如何打？"

赵有余答："这第三道茶棚要围着宝塔打一番八仙过海。"

唐金生颇挑衅道："不如一起打，如何？"

赵有余迟疑了一下，说："这大点儿地方，可能装不下那么多人同时抄家伙。"

"我们可以在院外头打。"唐金生脸上笑开，不给赵有余拒绝的机会，又说，"您老内行，这镲飞得好坏靠的不是花样，是不是真本事一起打马上就能见真章……"

这话还未说完，那边一直未吭声的赵俊亮可待不住了，喊了小子们就要开打。赵有余见拦不住，只好反复叮嘱："小子们，都把自己的耳朵打开，给我好生听音。"

虽说只有一墙之隔，但两套锣鼓飞镲同时打起来，那声音还真是震人心魄。镲儿塘飞镲会这套"八仙过海阵"，强调的是阵中八人"各显神通"，虽有镲头担当总调度，却更注重每个执镲人各自的表现，也就是说，阵中每人都有独立表演时段。若练到最佳时，八人合在一起能打成一气，而各自分开被观者围住时也能打成一气。因此，这套打法十分要求耳力，阵中八人一定要时时听着镲头的指示。

飞镲会小伙子们可算是尚能控制此阵，但从未在如此嘈杂环境中打镲。萨米耶和莫拉将这比拼看得兴奋，李夏却很担心，同样的忧虑也写在赵有余的脸上。控制力还是技术问题，可刚刚赢了第一局，李夏觉得这些个毛头小子有点轻敌。

第一番围塔飞镲，节奏打在一处，八人飞得还算精彩。一番后，八人以大鹏展翅之姿后退一步，在同样的镲点中打出不同的动作，这也是真正考验的开始。

围墙那头，鱼骨庙村这套镲点以慢三拍开始渐渐加速成快三拍，此时又忽快忽慢，镲点层次十分错综复杂。

这显然影响到了镲儿塘飞镲会阵中八人的表现。前几个镲点打得还算整齐，而后突然阵中有一人错了拍子，顿时引起一迭声的乱拍，虽有赵俊亮大吼一声使阵中几人都找回镲点，但此时两队高下已分。

输了第二局，虽然赵有余一劲儿安慰年轻小子们，可一众人还是委靡了许多。拜祭时也大多垂头丧气。直到赵有余发了火，威胁说再这样没志气不如现在就下山，他们才拾起些精神。

下一局，就是决胜局了。飞镲会要打最传统的“敬香三钹”，还是最不花哨的阵势，他们赢得过吗？赵俊亮建议加些花样，赵有余听了却发脾气骂他不长进。

至碧霞元君大殿前，两队人马都已显出疲态。唐金生并不问怎么比，他直接提了要求：“咱们这队今天来的人少，年纪又都不小，现在大伙都累了，最后一场比赛，要么单打要么和局。”

“和什么局，不管单打双打怎么打，咱镲儿塘的都奉陪到底。”赵俊亮刚刚输了一局又被爷爷骂正不爽，见唐金生挑衅，头脑发热就夺了赵有余的话。赵有余拉他胳膊也不管，就想着要把输去的面子赢回来。

“好，爽快！”唐金生胸有成竹一笑，似乎就在等赵俊亮这话，他下场走到院子中央，拱手朝赵俊亮下了战帖，“小子，就让我这老镲头领教领教你这小镲头的厉害，怎么样？”

赵俊亮拿了自己的响铜镲就要下场，却被李夏拦住，她小声叮嘱：“走八卦步困着他打，千万不要意气用事。”

“瞧好吧。”赵俊亮志气满满地回了话，便下到场内。李夏退到赵有余身边，忧心问：“您看这阵势，不会出事吧？”

赵有余叹笑着摇摇头。“大事是没什么,唐金生再不济也懂得分寸。不过亮小子兴许会受些挫折。”

李夏点点头,轻叹一声附和:“是啊,这就是一场游戏,他把输赢看得太重了。”

说话间,场内两人已经开镲。先是各自对着香客们飞了一番,然后面对面过招。赵俊亮果然听了李夏的安排,并不正面接招,而是走八卦步将唐金生困在阵内,自己却如鹞子旋身飞镲,他越走越快,仿佛一道旋影。这番打法果然乱了唐金生的镲点,也博得了香客们的掌声。

被困阵中的唐金生舞不开手中飞镲,干脆收了大动作只擦镲挪步。他并没就此放弃比赛,而是闭起双眼细听风声。

赵俊亮飞得正得意,突地,唐金生大鹏展翅般旋出手中飞镲,顿时一米多长的镲缨子仿佛皮鞭一般抽向赵俊亮,他没有防备立马乱了脚下步伐,急急退了几步才站稳,那边又袭来一记扫堂腿,赵俊亮再想后撤已来不及,整个人失了平衡摔倒在地。

唐金生立刻收镲,脸上显出满意笑容。他走过去主动将赵俊亮扶起来,又朝赵有余拱手说:“承让了,改天去镲儿塘取龙骨。”

不待镲儿塘的人反应,他已叫了自己人,在香客们的掌声中进大殿拜元君,拜完出来还故意大方地请镲儿塘人进殿拜娘娘。

有飞镲会小子看不过眼又要发脾气,全都被赵有余拦住。赵有余喊了飞镲会的小子们集合,说:“自己学艺不精怨不得别人,在娘娘殿前丢一次脸怕什么,难道你们还想再把我这老脸都舍了。都给我打起精神来,还有一番敬香没打呢。”

赵俊亮闷着脸坐在大殿外台阶上不说话。赵有余也不叫他,而是派了江海涛担任镲头。一番传统“敬香三钹”,场上那帮小子不能说打得不好,但是人人脸上不见笑模样,这番飞镲打得有些悲壮。

按规矩,是飞镲会先拜,这一村跟来的其他人才可以拜。李夏见场内还飞着镲,就凑过去想安慰下自己可怜的小情人。她在赵俊亮身边坐下问:“二道茶棚有同心锁,一会儿咱俩去结一个?”

赵俊亮不抬脸,嘟囔说:“你不用同情我,我不需要虚情假意。”

“哎……我怎么就虚情假意了，制镲回来听结果，可是你自己定的约。”李夏假意恼怒，赵俊亮却并不像平时那样哄她。李夏正担心他真被这意气之争乱了心绪，赵俊亮却突然起身朝大殿门口奔去，原来是飞镲会要进殿上香祈福。

看来这家伙抗打击能力还挺强的。李夏暗忖着，又不放心追到大殿门口偷看。就见飞镲会众人执香拜完，赵俊亮便拿出自己亲自打造的那对响铜镲放在供桌上，拈了三炷香点燃，双手举过头顶拜了三拜，才将手中香栽于香炉。然后跪于碧霞元君像前，双手合十，闭目默祷并行三拜九叩大礼。

飞镲会众人出了大殿，李夏等人也进去跪拜。莫拉问：“这个神能不能听懂法语？”李夏语塞，只能含糊地说：“神力无边，有可能吧。”

田家富往功德箱里塞了不少百元大钞，袁天乐嘲笑他一定是坏事做多了求安慰。田家富想了想竟真又从包里掏出几张百元钞票捐了功德。

这一殿拜完就是自由活动时间了。李夏本想去找赵俊亮，却被满婆拦着，非要带她去什么狐仙洞求桃花，说是李夏妈特别嘱咐的，她家女儿再嫁不出去就该要她的命了，请满婆一定带她去求个姻缘。自己的私事也不好和满婆说究竟，李夏只好被拉去。本想叫萨米耶等人一起，那三人却取笑她一番后跑去钟亭敲钟。

说是狐仙洞，其实就是一个深不见底的黑洞。虽然半信半疑，李夏还是跟狐仙求了个心愿，希望从此身边只剩些好桃花，因为她可不想再为爱伤神了。

下山时，只有满婆、狗爷与李夏一起走，倒得了空可以问些旧事。比如鱼骨庙村的人为什么突然冒出来要龙骨？当初拆迁时满婆为什么没拿出来？而这两个临近村庄的飞镲会又有着怎么错综复杂的百年纠葛。

窝头与元宝

登陆博客,发帖。

标题:镲儿塘圣徒记之百年镲斗前传

时间:2010 年 6 月 2 日 20 点 18 分

上一篇博文，我已详述了今日镲儿塘飞镲会在景忠山与鱼骨庙村飞镲队斗镲的经过,有跟帖猜测这两队人马定是早有恩怨,确实如此。且听我慢慢讲来这百年镲斗的因果轮回。

谁能猜到这两个村子竟是同出一脉？鱼骨庙村建村六百多年,镲儿塘建村三百多年,也就是说,在鱼骨庙村建村三百多年后,有一部分村民从旧村迁出,在老村边上的盐碱地上建起了镲儿塘。

据说镲儿塘最早的大家族田姓就是由鱼骨庙村迁出，搬迁的因由是田家父子兄弟反目，庶出的小儿子有志不得伸反遭大房长子虐待，便立下誓言要靠自己双手造出一片天。这小儿子确实能干,不过几年光景已将晒滩的买卖干得极为红火,富甲一方不说,还得其所愿娶了自己心爱的唐姓姑娘。唐氏一族也因此多有从鱼骨庙村移居镲儿塘者。后又有外省赵姓、江姓人士或投亲或避祸而来,使镲儿塘越发兴盛。

两村田家后代结怨百年,后来鱼骨庙村田姓家族逐渐衰落,两村又常因地界与海域划分争斗不休。至百年前,为争一重要捕鱼海域,两村渔民竟纠集百余船于海上展开海战,酿成四死十六伤惨剧。幸有两村德高望重之老者于其中牵线,改武斗为文斗,定下两村规矩:若以后再有任何争执,均由两村飞镲会打擂比试定输赢。

更新完博客,李夏拿起手机查看。之前,她打电话给赵俊亮,那家伙竟然不肯接听。他一回来就跑不见人影,晚饭都没吃,李夏还真有点担心。于是又发了一条短信,可他还是没回复。

李夏才将手机放桌上,它就响了。拿起来查看,却不是赵俊亮打来的。收拾起心底的小失落,李夏按了接听键。“赵大老板,多日不见近来可好?”

手机那头传来一阵笑声,好半晌才止住。“怎么,想我了啊?”

“呸!我知道了,某人这些日子不见是给脸皮增厚去了。”

“有可能,我看你得亲自鉴定鉴定。在你家门口呢,出来吧。”

“干吗去?我今天爬了一天山,现在两只脚都不想沾地了。”

“重要八卦,你不来听,我就撤了。”

一句话,好似在李夏脚上安了一对风火轮,她迅速冲出家门,赵俊辉却卖了关子,说要去了一个地方才肯说。

上次看日出的地方,才过几月已显出大不同。古塘那侧,一水的明清风格二层小楼已拔地而起,青砖铺地、青瓦封顶,大量原木回廊顶柱的使用果然效果极佳,不枉赵俊辉当机立断否决了最初雕梁画栋的设计。“慢生活”要的不是富丽堂皇,而是回归自然的一切。更别说这县里本就有一批海韵木刻艺术大师,李夏为赵俊辉引荐后,他决定商请这些师傅在那些原木回廊和顶柱上自由创作与海有关的雕刻作品。而西塘靠近古塘一侧的一期开发工程也似乎进展顺利,只是李夏还未听说余下的土地投资公司要拿来何用。

赵俊辉今天开了辆路虎,他把车直接停到古塘靠堤岸一侧新建的点兵场。点兵场其实就是一个多功能广场，与全部用实木铺地的亲水平台相接，再往外就是一段被防浪堤半圈出的海域，防浪堤再往外才是渤海。

赵俊辉打开后备厢，叫李夏帮忙拿酒，他自己也拎了一个仿古食盒。二人下到水边，寻了个公用长椅落座。赵俊辉打开食盒，将几碟海鲜小菜摆在长椅上，又给两人倒上酒。李夏静静欣赏着赵俊辉一系列的举动，等着他为自己解惑。

"这长椅是刚刚安装好的，你是第一个享用它的人。"赵俊辉举杯，李夏却不回应，好笑反问："别跟我说，我们真要为了长椅干一杯？"

"不行吗，我觉得这长椅很不错。"赵俊辉靠在椅背上径自喝酒，他望着风平浪静的海面，突然颇感慨道，"春暖花开，面朝大海，干白配海味，正经的美好生活，这可是你教我的。"

李夏扑哧笑出声，故意反驳道："我可没教过你半夜撒癔症。"李夏虽然嘴上这么说，但却没有离开的意思。她也端起杯子喝了口酒。这酒应该是附近葡萄庄园自酿的原汁，口感极好，不甜不涩但后劲挺猛，李夏第一次喝时就曾经被撂倒过。

赵俊辉忽然一声长叹。李夏好奇，终是忍不住问："你今儿究竟是怎么了？"

"也没怎么，就是听了某人的话，看开了一些事，做了一些自己觉得还挺对的决策，然后就想着……某人怎么也不表扬表扬我？"

李夏嘴里的酒差点喷出来，她啪地一掌拍向赵俊辉的胳膊，笑骂道："喂，你多大了，今年三岁半吗？"

"三十五岁半就不能受到表扬了吗？这是谁定的规矩？"赵俊辉说着，自己的嘴角也咧开了，一声叹息后又自己感慨道，"没办法，到我这种年纪还能听到表扬不容易呀，身边那些人不是拍马屁的，就是需要我拍马屁的。"

"哦，明白了，原来你是说我不会拍马屁。"李夏忍住笑故意挑剔，她心里也明白，赵俊辉之所以待她比别人好，不是她真有国色天香，而是她够真实，对朋友她从来不说谎。

"嗯,听出来了,不容易。"赵俊辉继续玩笑,果然又挨了一掌。李夏突然极认真地望向身旁的男人问:"你真希望我夸两句?"

"算了吧,我都还没说正题呢。"

"那就……直入主题吧,我边吃边听。"李夏说完,还真抓了毛豆开始剥起来。赵俊辉则不紧不慢地将这些日子的心情娓娓道来。

"上次咱们谈完,我回去认真反思了下。我承认我想投资镲儿塘是想走捷径,但另一方面我心底也还是对这片盐碱地有期望吧,至少……说实话,我真不想眼瞅着它从滨海市地图上消失,毕竟这里有很多关于我童年的回忆。"

"我小时候常常被老师派去参加演讲比赛,爱家乡这类主题我讲过很多次,都讲烦了,可那时的我并不明白家乡对于一个人的意义。"李夏停下手里的动作,也突然有感而发,"你知道吗,我第一次想通家乡真的很重要就是因为你。当我看见你的彷徨,再反思自己,才发现原来我从北京回来并不只是想要逃离首都的巨大城市生活压力,而是在寻找一种心灵的归属。这种归属感物质欲望满足不了,或许只有故乡和家人能给。"

"我出国读书,拿了绿卡又回来,大概也是在寻找你说的这种归属感吧。没有离开过家的人,不会明白这种感情。"

"那现在是彻底想清楚了,决定回报家乡?"

"别说得那么肉麻行吗,谈回报是不能提钱的,我能做的也就是尽力把镲儿塘的明天打造得更舒服更美好更适合人类居住。"

"这想法挺好,给你一朵小红花。"李夏主动向赵俊辉举起杯,赵俊辉急忙道谢举杯,两人相视一阵大笑。

今晚只有半弦月,可也把这黑海岸照耀得波光闪闪。李夏和赵俊辉都不说话了,就这么靠在长椅上喝酒赏月。好半晌,李夏才突然问:"镲儿塘的夜真安静呢!你说,这里为什么没有灯塔呢?"

"因为这里的渔民自古就是按照自然潮汐规律日出而作日落而息吧。怎么了?"赵俊辉不明白她怎么突然有此一问。

"没什么。"李夏摇摇头,解释,"只是觉得镲儿塘的人很可爱,性格很坚韧,却又有种很容易满足的天性,这大概就是这片海给予他们的吧。”

“好么,之前头被撞破的时候,你可不是这么想的吧。”赵俊辉毫不留情地吐槽她,“那时候,你难道不觉得这里的人都很野蛮?”

“确实蛮得傻气,但还远比不上城市里洪水猛兽多。”赵俊辉笑她老气横秋,李夏自己也笑了。她现在时常会有一种冲动,如果人的大脑里可放块任意使用的橡皮擦,那该多好,她想忘记很多事。

“高木干得不错,你最近在计划什么,听说老不见在村里晃悠。”赵俊辉关心探问。李夏也不隐瞒,和赵俊辉分享了自己的最新计划:“我为镲儿塘设计的壁画草图刚刚获得了村委会的认可,我准备在镲神庙的墙上画一组关于镲儿塘神话传说的壁画。”

“你可千万别乱涂乱画,小心又挨打。”赵俊辉半玩笑着警告,李夏瞪他一眼,故意气他说:“你放心,我会把你当作反面人物画进去的。”

“哈哈哈……”赵俊辉大声笑开,好半晌才止住,突然偏过身凝视着李夏,深情道,“我相信你的实力,加油!”

李夏被看得尴尬,于是边喝酒边呆呆望向高挂在天边的半弦月。只是半弦月呢,怎么也能如此明亮?

“喂,咱俩是不是真的没戏?”赵俊辉的语气听起来有点认真,李夏见他仍想继续感情话题,干脆反问他:“你觉得咱俩要真变成了夫妻,还能像现在这样说话吗?”

“也许可以吧?”

“看吧,你也觉得那是不可能的事。”李夏朝着赵俊辉举起手中杯子,坚定地为两人的关系设定角色,“还是让我们做彼此可以说真话的好朋友吧,我们也许一辈子会爱很多人,但这样的朋友一生中能有几个?”

赵俊辉专注地凝望着李夏,此刻素面朝天的她笑得比半弦月还要剔透晶莹,他不能否认自己想要得到她,但他也明白李夏的话中深意:这世界上可以说真话的人必定是没有任何利害关系的,一旦对对方有了要求,必然会老想着讨人欢心。

还是谈谈他们一起打造的古塘手工乐园吧。赵俊辉邀请李夏去参观仍在连夜赶工的古塘建筑群,七月这里就将试开业。

临海的店铺面积较小，于是高木就将卖吃食的手工作坊安排在了这里;而需要更大院落摆放手工工具的项目,则被安排在靠后的位置。古塘建设之中,已定下租用合同的商铺主人就参与了自己院落的设计,比如李夏爷爷开的手工镲作坊和贝瓷手工作坊,在建造之时已经预留了建造窖炉等专用设备的位置。

赵俊辉还跟她提起一人。他说他聘请了马鸣担任镲儿塘旅游投资公司的公关策划部经理，专门负责对外包装宣传和策划旅游专题活动。马鸣肯跳槽,倒是出乎李夏的预料。看来这新镲儿塘真的变成了香饽饽。

李夏借着酒劲,于是也跟赵俊辉提起一人。她说:“童美上你博客了,是我给的地址。”赵俊辉如李夏预料,发了好大脾气。

李夏走回自己住的小院已是凌晨，不知是红酒上了头还是怎样,李夏不想睡。今天萨米耶和袁天乐去蓝会所泡温泉了,准备留在那边享受一下有钱人的 VIP 度假服务。

房子里只有她一个，反正随她怎么折腾。打开电脑放喜欢的歌,将《乐园》设置成重复模式。她喜欢这歌,尤其心情不好的时候很爱听——

人人寻找快乐园,无拘无束的乐园
不需慌张,忘了所有的烦恼
人人向往快乐园,制造美梦的乐园
没有悲伤只有满眼的芳香
偶尔喝了醉了闹一闹,来点小小刺激也挺好
管他纷纷扰扰有多少,只想开开心心活到老
……

李夏翻出十几瓶指甲油，挑三拣四地在每个指甲上都涂上不同的颜色。然后站起身,微醺地张开双臂随着《乐园》舞动——

啦……啦……啦……
偶尔喝了醉了闹一闹,来点小小刺激也挺好
管他纷纷扰扰有多少,只想开开心心活到老
来点小小刺激也挺好,偶尔喝了醉了闹一闹
管他纷纷扰扰有多少,只想开开心心活到老
偶尔喝了醉了闹一闹,来点小小刺激也挺好
管他纷纷扰扰有多少,只想开开心心活到老
……

李夏其实也不清楚自己今晚为什么闹了坏心情?是因为这一整天在人前绽放了太多笑脸,还是今晚和赵俊辉的见面莫名地让她伤感了?是后者吧。还是二者皆非?

难道……她又开始想念那个最不该想念的人?还是她害怕了,害怕围绕在自己身边的男人们终究都会离她而去?

是啊,是啊,就连赵俊辉都像个孩子一样渴望赞美,她李夏难道就非得做一个无敌女超人吗?她也想要安慰呢,可不带任何附加条件的安慰,谁又能给?

突地,音乐消失了。

李夏睁开眼,她寻了半日的赵俊亮不知何时竟出现在她的房中。李夏微皱了眉,埋怨:"干吗关了音乐,大晚上的还不让人消停。"

"我接到短信就来这里等你了,是你出去跟别的男人厮混吧。"

赵俊亮指责的问话立刻引得李夏不快。她讽笑说:"长见识了啊,还会用'厮混'这词了,我如果真去厮混了,今晚你还能见着我人吗?"

"你敢说你不是和赵俊辉去喝酒了?"

"他还跟我求婚了呢,怎么样?你能怎么样?"葡萄原汁的后劲直撞李夏的头,她几乎快控制不住自己的坏脾气,可她今晚不想吵,于是她朝赵俊亮走过去,一直把他推到床上。

今晚微醺的李夏格外显得迷人,她骑坐在赵俊亮身上,如彩虹般瑰丽的指尖滑过赵俊亮赤裸的胸膛,攀上他的唇。即使房间里灯光昏暗,赵俊亮还是被她妖冶的笑勾住了魂魄,他忘记了他们为什么要争吵,此刻他只想在这牛奶一般雪白的皮肤上烙下自己的痕迹。

顷刻间,两人颠倒了位置。

酒醉后的迷幻乐园固然美好,若能在现实中亲手打造人间快乐园,却也是一大乐事。李夏开始进行镲神庙壁画的绘制工作,并为此特地选购了一批由细柳枝烧制而成的炭笔和色彩瑰丽厚重的矿物颜料,并召集了一些受过专业美术训练的画家同好,包括萨米耶也来帮忙。

李夏筛选了镲儿塘流传下来的与神镲、护海娘娘有关的神话传说故事,创作了两组壁画:一层殿供奉的是神镲,壁画内容选取了螺姑烧庙和现代渔民修复镲神庙的场景;二层殿较宽敞,则用连环画的形式讲述芦花请镲、娘娘点灯、海上神迹、娘娘烧灯、娘娘二点灯等一系列故事。

因为有朋友们帮忙,壁画绘制进度神速。这天不知不觉又画了两个小时,李夏实在口渴才拉着萨米耶去买冰镇可乐。

两人从小超市回来后,就坐在“金刚”树下休息。萨米耶突然说:“李夏,我可以问你一个问题吗?”

“什么问题?”

“我不懂你为什么对这个地方有这么大的兴趣,我一直认为你是城市动物,是那种一离开城市就会死掉的现代人。”

“有这么夸张吗?”李夏听见萨米耶如此形容自己,哈哈大笑起来,笑了好一阵儿才收敛,用英语解释道,“你知道我的名字是什么意思吗?这个夏字寄托了我父母对我的全部期望,一辈子都要生活得如夏花般灿烂,这意境很美妙吧?”

萨米耶点点头,表示赞同。李夏却露出无奈神色说:“你肯定比我清楚,灿烂的人生是需要付出代价去换取的,而我一直都缺乏面对真实生活的勇气。”

“那么你所谓的真实生活是什么？”萨米耶没听懂李夏的话。这问题也把李夏卡住了，想了一会儿，她才不太确定地试答：“可能就是同龄人都在过的那种吧，我的同学们现在孩子都快上小学了，下班从幼儿园接孩子回家做饭，晚上看看肥皂剧……那样的生活也挺不错。”

萨米耶认真听着，似乎也在思考那种生活的美好之处。想了一会儿，她摇摇头问李夏：“你看过《绝望的主妇》吗？”

李夏点点头，她知道那是一部描写美国中产阶级女性婚姻生活的连续剧，那里面的女人也是按部就班地过着看起来很完美的生活，可看似平静的生活之下却潜藏着种种危机。萨米耶见李夏不语，又继续解释着自己的想法：“生活方式不只一种，我们并不能真知道那些看起来幸福的人是否过得好。我们能做的，也只是过好自己现在的生活。”

“如果真让我比较，你的生活和我同学的生活，我更想要你这种。”李夏终于道出自己的心声，“萨米耶，要不是你的督促，我这个城市动物不会到镲儿塘来，也不会发现我的人生中也可以有另一番风景。”

“你的风景？是说那个阳光男孩吗？”萨米耶叫不惯中国名字，每次见了赵俊亮都直接喊他“阳光男孩”。

李夏又不说话了。她不想对萨米耶说谎，但是对于赵俊亮，她还是无法定位他在自己人生中担任的角色，以前他可以是随时被拿掉的小配角，可现在……她认真了，她最近总在想他们的未来。

“萨米耶，你觉得我和阳光男孩真能有未来吗？我们相差九岁呢。”萨米耶难得从李夏脸上窥见如此纠结的表情，她一直是个做什么事都能当机立断的女人。萨米耶想了想，虽然她无法替李夏做决定，但还是想给她一点儿鼓励。“阳光男孩是个热爱生活、聪明上进的人，是个不错的选择。”

李夏牵强微笑。昨天赵俊亮来找她借《孙子兵法》，或许有一日他终会长成她所喜欢的睿智男人，但那还要多久？十年，二十年？李夏对萨米耶感慨道:“中国有句古话,大概能形容我现在的心情。”

“什么话?”

“君生我未生,我生君已老。”

“是说年纪差太多吗?”

“当然!”李夏又深入解读自己的心事,“我们之间存在的年龄差距是解决不了的一个问题,但它代表的不仅是生理问题,还代表着我们在很多方面并不能顺畅地沟通。”

“他爱你,不是吗?”萨米耶还是坚持这问话。

“爱重要吗?”

“生活中还有什么比爱重要的?”

“生活中还有很多比爱重要的东西。”见李夏固执反驳,萨米耶无奈摇头,她沉默了一会儿,忽然提起另一个人。“还记得杰森吗?”

“你的第一个男朋友?”

“没错,第一个把我从女孩变成女人的男人。”

“我以为你们早就没联络了?”

“去年,我在美国见过他一次,这次见面让我们两人都觉得我们可以携手度过余生。”萨米耶突然拉住李夏的手,整个人变得有些激动,“你知道吗,人生是如此难以预料,别看此刻我们好好地坐在这里聊天,也许下一刻金刚就会突然折断把我们两个就此终结。”

“呃……杰森现在在哪?”

“他跟我求婚的那天,我告诉他关于结婚的事我还要考虑一下,没想到……上帝再也没给我回应他的机会,我们在咖啡店刚分手他就遭遇了车祸。”萨米耶说不下去了,她拍拍李夏的肩膀,一个人走远收拾情绪。李夏并没追过去安慰,她熟悉的萨米耶最不愿让人看见她的脆弱。

李夏坐在“金刚”树下,抬起头望着枝杈间乍泄进来的金色光芒。

深呼吸。

就是这么回事吧,中国人杞人忧天的毛病,在她这儿已然被完美贯彻了。但她可以不再忧虑吗？

这个问题该问上帝还是娘娘呢？

2010年7月2日星期五。阴历庚寅木年，五月大，二十一日。

宜：经营、交易、求官、纳畜、动土。

古塘今日举行开街仪式。仪式重要，但其实也不过是个由头，许县长升官要当滨海市的副市长了，交接前赵俊辉一干人等把他请来，无非是想再给自己吃颗定心丸。

许县长似乎十分明了大伙的心思，他这次不仅带来了即将接替自己职务的陈县长，还带来了合乡并镇后统管沿海几个农渔村的小宋乡长。陈县长是从市局外调来的业务型干部，据说招商引资很有一套；而小宋乡长和陆军同届被派遣到村一级单位担任大学生村官，他毕业于旅游管理相关专业，由于工作表现突出被许县长从基层提拔上来，又在乡长岗位竞聘中得了第一名，和凡事不管的老乡长不同，他铆足了劲想要运用所学搞出一番成绩。

这场合当然少不了记者的参与，马鸣能干，把滨海市所有媒体和一些中央台的媒体都忽悠了来，剪彩现场长枪短炮围了一排，光气势就够唬人的。

陆军见昔日的同侪变成了上级，多少有点酸葡萄心理，见有赵家表兄弟和田家富在领导身边陪着，自己干脆躲在工作人员这边跟着忙活。他又跟李夏推敲了仪式结束后的行程：在五点半海席开席之前，要先带着许副市长参观新镲儿塘。

两人正说话，陆军突然被一个电话匆忙叫走，不一会儿又来了电话说鱼骨庙村的人正聚在镲神庙门口闹事。李夏知道前因后果，让他赶快请赵有余或者狗爷夫妻去压阵，陆军又再三叮嘱她一会儿千万别把领导们往镲神庙那边领。

点兵场上，领导们已经为开街仪式剪了彩。赵俊亮趁大领导们说话，立刻跑到李夏身边问陆军哪去了，他最怕应酬领导，恨不得把差事扔给陆军好自己先撤。李夏一想，解铃还许系铃人，便跟他说了唐金生的事，赵俊亮一听急忙借口筹备海席先回了东塘。

赵俊辉见支书和村长都不见了人影，似乎嗅到了些许异样也跑来询问究竟。李夏只好简单说了来龙去脉，并要赵俊辉尽量拖延许副市长在西塘的参观时间，古塘这边她让高木再多安排几个店铺参观。

许副市长由赵俊辉等陪着去了西塘，李夏见古塘这边已安排好，就想去镲神庙那边瞧瞧究竟。可还没回到东塘就又接到赵俊辉电话。他说许副市长点名要见她，想和她谈谈那本《镲儿塘志》。李夏只好又原路返回古塘。

半小时后，去参观西塘的一行人又浩浩荡荡地回来了。李夏和高木先是把众人安排在亲水平台上设置的露天茶座休息，又送上茶水。许副市长显得兴奋，叫李夏一起落座，他不但对一些《镲儿塘志》里的传说故事发表了自己的看法，还提出了一些不足。

李夏一一回应完，仍忍不住惊讶赞叹："没想到还真有人这么仔细地读这本书，许副市长，您太让我有成就感了。"

"是你为这村子为我们的子孙后代做了件大好事，你编写得很用心，我该代表大伙谢谢你。"许副市长的话引起了新县长的好奇，他接话道，"究竟是什么书啊，这么好，看来我上任的第一件事就是拜读此书了。"

许副市长热情推介说："对，小陈啊，你一定要好好看一看，虽然讲的都是些民俗故事传说，但细品起来总能让我获益良多。我记得里面有一个《窝头与元宝》的故事，这些日子每到我有决定不下来的大事，我就拿出来看看。"

"是个什么样的故事？讲来听听？"陈县长催问李夏。不待李夏说话，许副市长倒毛遂自荐讲了起来。

《窝头与元宝》

出处：镲儿塘民间故事

讲述者：螺姑

记录者：李夏

从前有个财主，方圆百八十里都知道他家大业大，他家的元宝数也数不清。他爱财如命,欺压穷人,穷人借他一点钱都不行。

话说这一年夏天,天不住地下雨,一下就是半个多月。一天中午发了大水,腿快的跑到了山上,腿慢的来不及就爬上了大树。老财主赶忙裹了一包袱元宝爬上了大树。水还在涨着。他抬头一看,和自己在一棵树上的,还有一个张老头。两人互相看了看,也没说话。第二天早上,老财主打开了手中的包袱,看着被阳光照得发亮的元宝,心中说不出的美。张老头则用双手搂紧了半口袋窝头,抬头看了看四下的水势,心说,这水三五天不能下去,我这口袋窝头够吃了。日过晌午,两个人的肚子都叫起来了,张老头一伸手从口袋里掏出一个窝头,捧了捧水喝,马上就精神了。老财主呢,想吃窝头没有,饿了就只好捧一捧水喝。一天两天三天,咬着牙强打精神算是过去了,到了第四天就现了原形,头耷拉下来了,话也说不出来了,只好用手指指包袱里的元宝,再指指张老头的口袋,意思是想用元宝换窝头。张老头摇摇头说:"我的窝头没有你的元宝值钱,我不能占你便宜。"说完伸手又拿出窝头吃。七天以后,洪水退下去了,人们渐渐回了家,唯独老财主抱着元宝饿死在了树上。

故事讲完,许副市长又道:"知道我为什么常读这故事吗?说出来不怕大家笑话,有时候我自己也怕呢,咱们这地方近几年发展速度太快了,有发展固然是好事,但老话说得好慢工出细活,我就怕咱们这一快一不仔细, 就把那些咱们以为是窝头其实是元宝的好东西都给扔了,到时候虽是富了一代两代,可真就对不起子子孙孙了。"

气氛忽然变得有些凝重。众人都不接话,只循着许副市长的目光将视线投向亲水平台外的渤海湾。对于许副市长的这番话,在场众人似乎都有自己的理解,他们都是这场变革的参与者,而这场变革终究会在何处高潮何处落幕,大家都是摸着石头过河,只能走一步看一步。

好半晌儿。

还是许副市长打破了静默,催着大伙去参观古塘的手工作坊。

李夏向许副市长介绍了高木,古塘的作坊由他负责介绍。

一众人先去了晒虾坊。为了晚上的海席,今天参加减肥夏令营的孩子们就负责制作晾晒晚上要入席的一道菜——晒虾干。养虾汪子里溅出的小虾鲜嫩无比,加盐煮过后,晾晒大半天虾肉已有嚼劲,正好食用。

这些孩子一早就开始忙着这项工作了，每人分配了一块管理区域,从头到尾专人负责,孩子们边玩边干都觉得有趣。一行人进小院时,孩子们正忙着收虾,大人们想要帮忙却被断然拒绝,那一副好像被侵犯了领地的模样着实有趣。

一行人再往前走到海鲜酱作坊，商铺里摆着真空包装的各种海鲜酱。进到后院,却是只见酱缸不见人。高木喊了老板,田青妈才从一间厢房里出来,说正在那屋接待一批游客。田青妈喊了帮手去招呼游客,自己则领着领导们进了另一屋。八仙桌上已经摆好了七碗八碟,里面装的都是各种不同口味的海鲜酱。田青妈给领导们介绍做酱的方法,还一人发了一个小勺,请大家亲自品尝。

“这种细酱是用从海边泥滩里抠出来的小螃蟹制的,要用石磨加粗盐和高粱酒慢慢碾，一遍不行得碾好几遍才能流出膏酱……这种你们看得见螃蟹抓的酱，我们叫螃蟹酥。海下人爱吃这种粗酱,就一层层放大缸里碾碎,碾一层放一层盐,碾完整缸之后就封好缸口放到阴凉处去……”

李夏留在屋外打电话,想要跟进镲神庙那边的进度,可是房间里田青妈都快介绍完了,那边还是无人接听。李夏正想着要让高木再多安排几个参观店铺,许副市长便指名要去响铜镲作坊,并说去完作坊,他想去东塘看看,尤其要去看看镲神庙修得怎么样了。

李夏爷爷提前得到了李夏的特殊指令，要他详细介绍一下镲儿塘响铜镲的与众不同,最好再让许副市长来个亲身体验“一槌定音”。可再怎么拖延,参观也总有结束的时候,可陆军和赵俊亮那边李夏一直没联络上,最后只好硬着头皮带一众人去了镲神庙。

镲神庙外出乎李夏预料的平静。唐金生坐在金刚树下凉快,似乎也没带些帮手来,陆军在树下陪他坐着,两人也无话。

许副市长见此情景竟然并没太惊讶，他只走过去笑着调侃："我说陆军这么负责任的村支书怎么没见人呢,原来是被你这货给缠住了。让我猜猜,你唐金生跑来镲儿塘,不会是来切磋镲技吧？"

唐金生一副跟许副市长很熟稔的样子,他缓缓起身拍拍土,才走近说话。"你个许书呆,瞅你这架势,当了大官就是不一样啊。你念了那么多书,我为啥到镲儿塘来你会猜不着？"

其他人都不敢说话,只是听着,似乎都很惊讶唐金生的无礼。许副市长倒不介意，搂了唐金生的肩膀跟众人介绍说:"这是原来鱼骨庙村的镲头唐金生,我的发小,打得一手好飞镲,听说前几天还赢了镲儿塘的飞镲会。"

唐金生不领他的情,拨开他搂着自己的胳膊埋怨说:"得得得,这年月发小不发小的有啥用啊,这鱼骨庙村也没少出败家的货,我看你就是其中一位。"

"哦,我知道,你一定是为了龙骨而来,怪不得这么生气。"许副市长一副了然模样,忽又收敛了些玩笑神色,严肃道,"我看,这龙骨最后落在这镲神庙很适合嘛，咱老祖宗也没说过村子没了龙骨还要留着的话，既然有人要，又是延续了老祖宗的念想，有啥不好？"

"哼!"唐金生冷哼一声责问,"都变成别人家的了,有啥好的？"

"那要像你这样讲，现在老鱼骨庙村都变成人家镲儿塘的了,人家有龙骨比你还名正言顺,你来争什么？"这话噎住了唐金生,他闷头不说话了。

许副市长干脆拉着他往庙里走，边走边说:"我猜你这耿性子一定没去看过新庙,今天我就带你去见识见识。"

唐金生半推半就进了庙。其他人也跟在后面进去。李夏忙问："赵俊亮跑哪去了,怎么打电话也不接？"

陆军说:"一开始确实动了手,我的手机都摔坏了。幸好满婆和狗爷来得及时,劝住了鱼骨庙村的老人们,不知道他们都说了些什么,反正满婆说完那些老人们都不吱声了。还有些年轻人,见老人们不说话了,也不敢再闹事,还说想去看看古塘啥样子。有余老村长和狗爷夫妇就带他们去参观了。只剩这个唐金生，一直在这儿‘坐地泡’。赵俊亮倒真来了一回，我怕他跟唐金生起冲突，就叫他去筹备海席的事了。”

东塘旧貌换新颜。最可爱的是，赵有余前些年带着大家种下的那些树，和当初为了获得赔偿款而栽下的树木花草也都长得正旺。在村子进行了全新规划后，都被移植到了最适合的地方，曾经是不毛之地的镲儿塘现在竟也郁郁葱葱、鸟语花香。

蓝会所入住了一批企业高管开行业会议，东塘的渔家乐则接收了一团小胖子，再加上古塘今日开街，于是镲儿塘人决定来开个海席。

据说镲儿塘建村以来，海席并没真正开过几回。村里真要有天大的喜事，所有村民才会全部动员起来，家家将桌椅摆到码头上，一对一整齐接连好，直连到入海口。这阵势从码头入口看去煞是壮观，仿佛海席真的开到大海里去了，颇有与龙王、娘娘、飞仙、众生灵同乐的意境。

开海席的讲究是一家出一个菜，多寡不究，好坏不论，就是图个热闹。酒水是村委会准备的，一桌两瓶白酒两瓶饮料，只许喝好不许喝多。

陆军带着许副市长、陈县长等人上码头时，其他人已陆续就位，好吃好喝也都摆满了桌。瞅着这阵仗，许副市长又忍不住调侃被他硬拉来的唐金生："你瞧瞧这阵势，人家是真下本儿了，当初两村 PK，我可没偏没向，完全靠实力说话。现下人家干好了，你们又来吃醋，这是送上门给人家看笑话呀。"

这话把唐金生说得脸红，几个同来的老村人也入了席，他起身想过去拉人走立刻被赵有余拦下。"哪能就让你们这么走了，既然赶上了开席，怎么也要喝上几杯。你放心，今儿你喝多了，我给你安排住处。"

许副市长也抢人，说是发小难得见面，非要唐金生过去和他一起坐。他还特别叫了陆军、赵家兄弟和田家富等人与他们几个外来的领导坐在一处。

从小酒店里搬出来的老式卡拉 OK 声音挺响，但还是不如赵俊亮手里的飞镲响亮。飞镲一响，海席上的主人们和客人们都立刻安静了。陆军作为主持人开场白道：“在座的各位，咱们镲儿塘的海席就要开席了！今天的海席一为庆祝西塘开建，二为迎接八方来客，三为欢送飞镲会走出国门走向世界……”

陆军话还未完就被赵俊亮抢了话筒喊：“乡亲们，咱们飞镲会要去外国露脸了，你们高不高兴？”

他这么一嚷嚷，飞镲会的人立马都站起来。又是尖叫，又是口哨，把气氛一时炒得煞是火暴。陆军正经话也说下去了，干脆讲了几句祝福语就下去吃席。只剩了赵俊亮和李夏鼓弄音响。

赵俊亮问：“放什么曲？”

李夏笑而不答，在电脑曲库里点选了一番，国民喜歌《好日子》顷刻间便响彻整片海岸线——

哎……
开心的锣鼓敲出年年的喜庆
好看的舞蹈送来天天的欢腾
阳光的油彩涂红了今天的日子哟
生活的花朵是我们的笑容
哎……
今天是个好日子
心想的事儿都能成
今天是个好日子
打开了家门咱迎春风
……

一群飞鸟掠过码头，李夏抬头望望这般飞鸟翔集的景象，很想问问它们是不是也愿意凑凑这人间的热闹。

鸟儿们不理她。只用那洁白无瑕抑或轻灰淡抹的翅膀飞旋着，合着欢乐的音乐，打着旋跳舞，时不时地还要穿越码头席桌，仿佛恨不得也来品一品人间美味。

莫拉奔跑在码头上狂拍着鸟群；萨米耶和飞镲会的小子们一处拼酒；袁天乐被袁天浩拉去领导席，只坐了一会儿干脆逃跑到李夏这儿，主动接替音响控制工作；李夏得了空，便拉着赵俊亮去主桌敬酒。这毛头小子不懂这个礼数，甚至连主桌都不愿坐扎实，她得给他现场教学。

走近了主桌，就听见许副市长正跟陆军和唐金生说话。“我听说镲儿塘正缺人手，还听说鱼骨庙村的人好多进城住不惯，一技之长得不到发挥，你们两村何不来个强强联手，我看这才是一等一要庆祝的好事。”

陈县长立刻拍手附和：“这真是好主意，有什么难处你们两家尽管说，许副市长给你们建立的直通车到我这儿一样有效。”

许副市长马上拦了他的话：“哎……不是一样有效，是功效增倍了。我这主管旅游文化的副市长，直通车以后还会一直为你们通着。”

陆军等一众人激动地立刻起身敬酒。待众人坐定，李夏才独自敬许副市长，为了《镲儿塘志》。许副市长举杯对她说：“螺姑是个让人敬佩的老人，她为留存这片土地的传统文化下了心思，咱镲儿塘包括已经不在的鱼骨庙村都还有许多这样的历史文化故事可以挖掘，李夏你的工作还得继续干呢，《镲儿塘志》要出续集，要有现代篇。”

“好，冲您这话，我也要把《镲儿塘志》修订得更完美。”李夏笑容一转，露出讨糖的表情道，“这书要想做得好、宣传得好，将来一定少不了您的大力支持。”

许副市长了然大笑，说：“我算明白了，怪不得这镲儿塘人要百般挽留你这丫头，他们这些赶海人呢，十个心眼子也没你一个多。”

李夏顽皮地眨眨眼，故意问：“我相信这话的意思是……许副市长也想给我发红包啦？”

“发红包，没问题，我呀，不光要给你发红包，我还要给更多愿意到镲儿塘来发展的文化人才发红包。”见大伙一副不明就里的模样，许副市长又继续说，“我听说了，咱们村正在招募传统手工艺人落户古塘，国家级高新文化创意中心的项目也已花落西塘，将来这里了不得呀，年轻人脑子活，咱们滨海市有意将这片海岸线打造成艺术之堤，将不惜重金招募来自全世界的艺术创新人才。”

“为了艺术，为了所有的艺术创作者，我一定要再敬您一杯！”李夏主动干了杯中酒，许副市长也干得爽快。

周围人一迭声地叫好。李夏趁热络忙推了赵俊亮去敬酒。赵俊亮不咸不淡地敬了领导，又去敬唐金生。唐金生似乎颇诧异他的举动，本来只是虚应着，但赵俊亮的一番话令他动容了：“唐师傅，咱飞镲会技不如人还得再练，您要愿意，我代表飞镲会请您当师傅好好操练这帮小子，绝对不委屈您，有什么条件您尽管开！”

唐金生眼圈红了，硬是憋着不讲话，周围人跟着唱起《好日子》碾他答应——

哎……
今天都是好日子
千金的光阴不能等
明天又是好日子
赶上了盛世咱享太平
……

海席开到大半夜，领导们退了，老人们撤了，孩子们睡了，这帮子年轻人才喝得渐入佳境。又唱又跳又喝又闹地，有人醉得霸着麦克风狂吼，有人瘫在码头上起不来，有人边喝边骂娘，还有人……犯了超级花痴。

这夜为镲儿塘新鲜出炉了两大八卦：其一是李夏酒后抱着赵俊亮一顿狂亲，还主动拉着他回家；其二是田家富被飞镲会的田青暴打，田青媳妇在田家富的养殖场里做会计，田家富老婆孩子都在城里，两人一来二去就有了暧昧。田青早就看田家富不顺眼，只是抓不着证据，谁承想田家富这么大胆，趁送完领导而飞镲会这帮人又还在码头喝酒的机会，就叫了田青媳妇去厂里找他。没承想，两人正亲热就被田青堵在了厂长办公室。

田家富的丑闻闹得大，自然是盖过了李夏狂亲赵俊亮的八卦。不论谁来闹她，李夏就是死咬着说自己酒后失忆。连着几天，李夏都觉得唐国翠看自己的眼神不对劲，可两人又没有个由头说这事，就一直尴尬着。赵有余更是奇怪，每次见着李夏都露出一种诡异的笑，笑得李夏心里都发瘆了。

送飞镲会去机场的那天，飞镲会的小子们一直闹着要李夏和赵俊亮来个吻别，李夏冷了脸假装不高兴，其他人才略微收敛。

这次飞镲会能去法国表演，多亏莫拉给提供了征演信息，袁天乐是随行翻译，赵有余担任领队。因为对方只提供到地接待，李夏绞尽脑汁替飞镲会开源节流，还跟赵俊辉说这是宣传镲儿塘旅游的好机会，才得到投资公司的友情赞助。李夏很想让他们出去见见大狂欢节的场面，把全身肆意快乐的细胞都打开，这是飞镲会现下最需要完成的升级任务。再者，有了国外表演的经验，再回到国内表演也定会身价倍增。

莫拉也要同机回国了，他和李夏依依惜别时还不忘让她给自己在古塘留个工作室，只要有机会，他很想再回来。萨米耶则暂缓了回国的想法，她要留下来帮李夏一起完成镲神庙的壁画创作。

再次叮嘱第一次担当重任的袁天乐，一定要看好了这帮小子别整出什么事来。袁天乐听得直翻白眼，反问她："你还不了解这帮子人，在家像条龙，出外像条虫。"

袁天乐形容得倒真贴切，把神经紧绷的李夏也逗笑了，但她还是忍不住纠正："这叫集体主义精神，你也得学着点儿，有什么不懂的难办的就找老村长，这帮小子都听他的。"

袁天乐环抱了一下李夏让她宽心，又再次问："你真不叫赵俊亮过来告别一下，这场面看起来反倒不自然了？"

李夏摇摇头，只从背包里拿出个袋子请袁天乐趁没人时转交赵俊亮，那是上次去景忠山时她求的护身符。

一直将这一行人送过安检口，李夏才和萨米耶一起出了机场。见时间还早，李夏就让大车司机拉着小车司机先回村去，自己则借了村委会新购置的小轿车打算带萨米耶去市区采购些零食和贴身小物，这些东西在镲儿塘现下仍是难得一见的供应品。

在城市里，偶然相遇的几率非常小，但也有另一种可能，比如在高端商场的进口商品百货超市，遇到熟人的几率就高得多。

可……眼前的唐晓鸥着实出乎李夏的意料。她穿了一件碎花娃娃裙，脚踩一双平底鞋，脸上也没什么彩妆，略显苍白的脸上还带着点浮肿，完全不若每次遇见时的妖冶婀娜。唐晓鸥可不是爱走清纯范的好孩子，她喜欢展露自己姣好的曲线。李夏忍不住八卦，上前主动打了招呼。

唐晓鸥看见李夏就跟撞了鬼似的，拉了购物推车想走，轮子却刚好被卡住。没办法，只好又扬起笑脸主动应酬。"李夏姐，这么巧，你们也来采购啊？"

"是啊，镲儿塘的纯天然美食虽好，姐姐们偶尔也想吃点垃圾食品。"李夏边说边望向唐晓鸥的推车，里面摆了很多高热量的甜品，于是得了话题问，"姐姐们不上镜所以也不怕胖，你怎么也这么自暴自弃，这些个下肚，你得跑多少圈才能消耗掉？"

"没关系，反正最近也没什么工作，我也想休息一阵子。"唐晓鸥似乎不太喜欢这个话题，轻描淡写地转了话题问，"听说最近村里发展得很不错，赵俊亮他们还出国表演去了？"

"是啊，今天才送他们上飞机。"

"哦……那我不打扰你们购物了，我还有事先走了。"唐晓鸥不想继续聊，她推着车转身就走，李夏怎么想都觉得这丫头不对劲，于是叫住她说："赵俊亮他们虽然不在，要是有什么事，你可以跟我说，能帮我肯定帮一把。"

唐晓鸥露出感激眼神，可终究只字未提，转身走去收银台。李夏甩甩头，不再想这突来的偶遇，开始和萨米耶狂扫美食。这世道，各人有各人的追求。她连自己的生活都无法判断好坏，又能帮别人什么呢？

奇怪的是，当李夏和萨米耶走出超市，却发现唐晓鸥仍然拎着购物袋站在出口，似乎在想事又似乎在等人。见到李夏和萨米耶，她竟主动走过来说："李夏姐，我怀孕了。"

对于唐晓鸥突来的直白，李夏诧异了好一会儿才回过神来。她暗示萨米耶时间还早可以去逛逛商场。萨米耶似乎也瞧出了端倪，于是自己一个人离开。

李夏带着唐晓鸥去了附近的咖啡馆小坐。两人坐定后，李夏先开了口。"方便的话，可以说吗，谁是孩子的父亲？"

"是翟隽……翟老板的。"唐晓鸥见李夏听到这名字眉头紧蹙了一下，她知道李夏和翟隽感情不一般，于是立刻解释道，"我们之间并不是你想的那种关系，他只是偶尔找我。"

"你真的确定孩子是他的？"李夏这话问得冷酷，因为据她从翟隽口中得到的信息，他这个皮条客可没少替唐晓鸥拉生意。

"真的，这次真的是他的。"唐晓鸥应该是被问过同样的问题了，显得很焦虑，又急着辩解说，"上个月我月事来过后，我只跟他做过，没别人了，只能是他的。"

关乎翟隽的话题，总是令李夏不冷静。她将一杯抹茶沙冰喝了大半，才又开始问话："你跟他说过了吗？"

唐晓鸥点点头。

"他怎么回你的话？"李夏问完，还没等唐晓鸥开口，就自问自答说，"他一定是叫你把孩子打掉吧。"

唐晓鸥脸上现出愤色，她握着手中的杯子，紧紧地握着，杯子里的果汁都快被洒掉大半。但她并没马上回答李夏的问题。

李夏干脆继续替她回答："他是不是这样说的，这孩子是不是我的先放一边，就算真是我的，我也不能要，因为你不配做我孩子的母亲。但我可以给你一笔钱，你去把孩子打掉吧。我猜得对不对？"

唐晓鸥突然放开杯子，红着眼圈，紧紧抓住李夏的手哀求说："李夏姐，你帮帮我吧，你让翟老板认了这个孩子吧，我去医院检查了，我的身体很干净，但是医生说我要再打掉这个孩子，以后很可能就怀不上了。”

“再打掉？”李夏抓到一个关键词，她有种不祥的预感，“你打掉几个了？”

“这是第三次怀了，我真怕以后再想要自己的孩子可真的怀不上了。”唐晓鸥抹着眼泪哀求，“李夏姐，你去和翟老板说说吧，你和他说他肯定听，我只要他认孩子就行，只要他愿意管孩子的事就行，我不要他的钱。”

李夏抽回手，从包里掏出纸巾递给唐晓鸥。她琢磨了好半天，才说：“我先问你几个问题，你认真回答我。”

唐晓鸥一边擦眼泪，一边乖顺地点点头。

“第一个问题，你现在住的是谁的房子？”

“是我自己租住的。”

“第二个问题，你和翟隽谈过孩子的事后，已经拿了他的钱吗？”唐晓鸥点点头，又急忙解释，“那时候我还没去医院，不知道情况这么糟！”

“第三个问题，如果翟隽坚持不要这个孩子，你愿意自己养活他吗？你觉得你有能力自己养活他吗？你还很年轻，尤其你很想当明星，你要知道在这条不归路上，孩子将是个巨大的负担和阻碍，而如果你真要生下这个孩子，你可能需要重新选择自己的人生道路，单亲妈妈可不好当，你有这个心理准备吗？”

唐晓鸥沉默不语，李夏知道她内心里一定有太多挣扎。她想先听听她的心里话，再来决定如何帮她。等了好半天，唐晓鸥仍然是一语不发。

李夏见时间不早，只好叫了服务员结账。临走前只留下一句话：“在城里花钱的地方多，如果坚持不下去就回村里吧。想清楚了，就给我电话。”

秋记

一斗穷，二斗富，
三斗四斗开当铺，
五斗六斗拴大车，
七斗八斗大绝户，
九斗做大官儿，
十斗会享福。

——《看斗歌》

寻爱巴士

《为啥不叫小孩多吃鱼籽》

出处:镲儿塘民间故事

讲述者:螺姑

记录者:李夏

镲儿塘呀有个民风,鱼籽吃起来香,就是小孩不能吃,吃多了据说长大不识数。为什么这样说呢?这里面有个传说。

大海里,鱼虾蟹龟众水族都在龙王手下称臣。其中最数大灵龟聪明,它为龙王管钱粮,最数鱼受欺负,尤其是鲶鱼,它产的籽又小又香,每到产籽季节,众水族就集合到鲶鱼窝门外,等它产完籽就一拥而上抢个精光,只剩下一点点孵化,所以鲶鱼总是兴旺不起来。

这年又到了鲶鱼产卵季节,大灵龟和众水族早早就来了,等鲶鱼产完籽,大灵龟对众水族说:“今天咱们吃鱼籽要记数,看谁吃得多,数不能记错。”它话音还没落,虾、蟹、螺、蛤就一哄而上,大吃大嚼起来，谁还顾得上数数。大灵龟一见急了，大声喝道："都别吃了，你们只知道吃，不知道记数还行！"众水族被镇住了，大灵龟用小绿豆眼扫了一下众水族，说道："看我的！"它一口吞五粒，吞一口数一次："一五，二五一十，三五一十五……"它一口气吞了三千五百粒。众水族仿它那样，把鲙鱼籽都吃光了。

鲙鱼见自己的籽全都吃光了，没了后代怎么办？它伤心难过，跑到龙王爷跟前告状。龙王爷听了震怒。转天，他把众水族叫来，怒气冲冲地说："你们这些贪吃的家伙，把鲙鱼的籽都吃光了，这不是叫鲙鱼断子绝孙吗？大灵龟，念你掌管钱粮有功，不治你的罪，但你的后代绝不能再吃鱼籽了，违抗命令的话，你的后代就不识数。"为了让鲙鱼家族兴旺，龙王又下令，鲙鱼一年产籽两次，春天产一回，秋天产一回。打那以后，众水族不但不敢明目张胆吃鲙鱼籽，别的鱼籽也不敢吃了。

这事传到人间，人也害了怕，嘱咐小孩千万不能吃鱼籽。

减肥团的孩子们除了每天参加不同的手工劳动和飞镲基础训练，还利用晚上的时间把一个个镲儿塘神话故事排演成儿童剧。这种寓教于乐的方式，显然很受孩子们的欢迎，一开始还喊累，后来叫他们回去休息都还恋恋不舍。高强度的运动和训练锻炼了小胖子们的线条，而每天来看孩子们排练的乡亲、游客，则以最真诚的鼓励帮助他们重建了自信。

甚至，蓝会所里来度假的几位客人还亲手替孩子们制作了演出道具和服装。据说，其中有对夫妻还因此找回了最初创业时的激情，并挽回了他们因欲望太多而濒临破碎的婚姻。

老范有天来村里采访，看了表演很有兴趣，回去发了稿子，一帮孩子上了晚报不说，还有少年宫的老师联系村里想要这个节目参加市里少儿艺术节的展演。孩子们和家长们都高兴坏了，这次活动自然又为镲儿塘创造了好口碑。

这真是个奇异的作用力和反作用力！所幸，这一切都在往李夏、赵俊辉、赵俊亮、陆军等这一群年轻人预想过的那条路上走：他们一直有种奢望，希望为迷惘的灵魂们打造一个可以为生活做减法的归属地，让常常感到无所适从的现代人像我们的祖先一样从事一点儿简单劳作，比如在豆腐坊磨豆腐，在海鲜酱坊做酱，跟着木匠学造一条小船，又或者去古盐坊制盐……希望人们能从其中寻找到自己繁复欲望的出口。

这也是一条真正的可持续发展的生态旅游之路吧。如果镲儿塘成为纾解压力的理想地，这定能为镲儿塘迎来稳定的回头客流。那些被城市牢笼挤压着的人们，当他们厌倦了觥筹交错的派对、乌烟瘴气的 KTV 包厢、永远烦不完的工作压力，他们可以随时逃离城市，只要不到一小时路程，就可以来过点儿简单生活。

为自己，亲手磨一碗古早豆腐；

为亲人，亲手做一罐海鲜酱料；

为爱人，亲手制一件手工信物；

又或者……一个人坐在茫茫无际的大海边发呆，换个身份，不需应酬谁，只当陌生人。

只可惜呀！

梦想很美好，现实却有诸多无奈。要建现实版的“桃花源”，镲儿塘竟不得不先加强了安保措施。

自从镲儿塘向社会公开招聘旅游管理人才和民俗手工艺人，村子就被求职的、应聘的、推销的、诈骗的种种人物围了门。村委会不得不重新制定了安全保卫计划，并成立安保部门，专门来负责镲儿塘的安全保障工作。

镲儿塘被围起来了。

除了村外那些养殖汪子可以充当天然屏障，其他可以通达村内的出入口全部设置了岗楼门卫，并安装了电子监控设备。管理严格总是好事，借此契机，镲儿塘也顺便推行了低碳计划：所有车辆只能停在停车场，除一条专用货道，村内道路全部禁行汽车，只有电瓶车和自行车可以上路。为了方便游客，镲儿塘还专设了一个免费自行车租赁处。

一起吃午饭时，袁天乐唏嘘夜不闭户的神话大概在二十一世纪不可能重现，李夏反问她："你知道桃花源为什么可以夜不闭户？"

见袁天乐摇头,李夏解释说:"其一,那里是绝境,足够偏僻,坏人想去都找不到路;其二,基本实现了共同富裕,你家有的我家也有,还有什么可偷的？"

李夏说这话时，赵俊亮和陆军也在一边听着。陆军思索了许久,忽然发问:"如果我们真把镲儿塘建成绝境之内的桃花源,是否就可以实现夜不闭户路不拾遗？"

"那你得先在村子里实现共产主义。"李夏嘲笑他,复又认真回答,"说实话,我还真去过类似的小康村,人家一个村的年产值就好几亿,家家户户小别墅,六十岁以上的老人村里每月发补贴,子女愿意和老人住的还给发奖金。你相信吗,光这尊老的奖励金就比你村支书的月工资还要高上一些。"

"那有啥不信的,他们能,早晚咱们也能！"说这种狂妄话的自然是赵俊亮。李夏皱眉反问,"人家生产的是钢铁,镲儿塘不管是发展旅游业还是渔业生产都还是靠天吃饭，拿什么保证一直有吃有喝？"

一群人沉默了。

这是他们一直不敢承认的发展盲点,在这条改革的路上,所有人都坚信变革是镲儿塘唯一的出路，但谁又能保证旅游业一定会为镲儿塘带来富足的明天？

"你们应该对田家富好点儿。"轻易不发言的袁天乐说话了,听得陆军和赵俊亮直瞪眼，袁天乐不理会继续说,"田家富虽然人品不咋样,但他既懂养殖技术又会做生意,你俩不该虚心学习吗,别老排挤人家,真没意思。"

袁天乐发表完意见,帅气地离开座位走出海边小酒店。李夏望着目瞪口呆的两人,忍不住哈哈大笑。

"你也觉得她说得对？"

"我们哪有排挤他？"

两人一迭声抱怨。李夏放下碗筷,她拍拍两人肩膀,鼓励说:

"革命尚未成功,同志们继续努力吧。"

出了包间，李夏就瞧见唐金生站在小酒店的柜台前和唐国翠说话。唐国翠是从鱼骨庙村嫁过来的，和唐金生家还有点沾亲带故。令李夏没想到的是,唐金生这么自傲的人竟真答应到镲儿塘来给飞镲会传授镲技。见唐金生离开,李夏凑到柜台边去搭话。"翠姨,你跟这位爷真是亲戚呀？"

"只是一点儿远亲,没那么熟。"唐国翠见李夏一副欲言又止的模样,反被勾起了好奇,就问,"怎么了,他又生事了？他这人不坏,就是脾气差。"

"倒没什么大事,就是听满婆说他曾经想拿龙骨去卖钱,不明白他现在又跑来镲儿塘干什么，按道理他是支持拆迁进城的那伙子人。"

"他支持拆迁进城，还不是为了小孙子能上城里的好学校,可是哪那么容易啊,没有门路哪都一样。要不,就得拿钱,赵俊辉家的小赵阳读的是国际学校,谁都知道好,可那是用钱堆出来的,一年好几万呢！"唐国翠叹了口气,忍不住又替唐金生辩解,"我也劝过他,城里生活不容易,机会多竞争也多,他以为他是能人,可还有别人比他更能耐。可惜了,他可是修船的好手。"

原来其中还有这等缘故,李夏满足了好奇,便跟唐国翠告辞,出了小酒店。

镲儿塘旅游管理委员会正式挂牌了。村委会和投资公司各派了人加入,希望能协调几个功能区块的活动,别还没怎样就自己人伤了自己人。一众人仍在挖掘镲儿塘的历史文化,越挖掘越发现可利用的传说轶事很多,可那些早已灰飞烟灭的古迹,现下想展现给游人,只能是重建。

修复传统文化,过犹不及吧？

重建……

真的需要吗？

这些复制的古迹会不会变成了假的历史,会不会若干年后,这些为开发镲儿塘而绞尽脑汁的人们反倒成了历史的罪人？

李夏表达自己的忧虑，却被马鸣嘲笑。他说这些不过都是噱头，为了吸引游客有何不可？再者即使不是真的历史遗迹，再过了百年，现在的一切不也就成了真的历史。

马鸣这话倒也没错，李夏再度迷惘了。于是，她登录博客发问，想听听那些关注镲儿塘的网友的意见。

登录，发博文。

标题：马蹄井有前世可需今生

一晃，竟又是立秋了。好吃的鲅鱼饺子刚刚下肚，真真贴了一个大秋膘。最近镲儿塘值得说道的八卦，除了《镲儿塘渔家美食秘笈》的整理完成，就属马蹄井的开凿异议了。

据传说：唐太宗远征高丽时曾从此地经过，海水太咸不能饮用，众人正为饥渴发愁时，忽就见唐太宗的坐骑神驹踏地出泉，官兵们顺着泉眼挖掘，竟凿出一井。唐王大喜，赐名“马蹄井”。说也奇怪，这井每次只能打一担水，却经年不息，哪怕是大旱之年，河水浅处尽皆干涸，而此泉依然如故。

说到这儿，大伙是不是有点儿明白了。对头，镲儿塘要重建唐王坐骑神驹踏地而出的“马蹄井”，但问题的关键是，这古井几百年前就已经不复存在。那么，我们现下凿出一个水井，并把它命名为“马蹄井”的意义又是什么呢？是不是只为了把镲儿塘的人居存世时限推至一千三百多年前？

我不曾反对过镲儿塘古炮台、点兵场、瞭望塔的整修重建，因为即便是在清代县志中也有过史料记载，镲儿塘作为渤海湾沿海军事防线上的一员，它的军事历史地位虽不重要，也未发生过重大战事，但它的海防功能确实存在。

我们不是要建一个古村落，不需要一个给游人观赏的假景点，如果必须有一眼泉，我宁愿它的名字叫——螺姑泉。

至少，这纪念了一位平凡而伟大的女性和一段矢志不渝的爱情。

隔天一觉醒来,李夏忽然觉得自己这么较真其实有点傻,她想上博客修改博文,却发现留言已跟了几十楼,大都支持她的观点,认为螺姑泉的存在意义或许大于马蹄井。

心情才刚大好,李夏就接到唐晓鸥的电话。她决定回村里来养胎了,今天赵俊亮会去帮她拿行李。李夏答应替她找翟隽谈判,对方姑且同意让她先把孩子生下来,验过DNA再做其他打算。

这算是一个好结果吧?可是,李夏扪心自问时也不敢答得爽快。在城市里,陌生人不太会关心别人的隐私,除非是名人。但在镲儿塘这样的小地方,指甲屑大小的八卦都能扒得热火朝天。

唐晓鸥过得了这一关吗?之前,她并没太看重这个问题,只是唐国翠一早就来找她说话,希望她劝劝唐晓鸥别回村里来受罪,她甚至希望唐晓鸥能把孩子打掉。李夏最初和唐国翠说这件事时,可不是这样期待的,她原以为唐国翠最能成为侄女的心理依靠。

显然,她又想错了。

也许唐国翠的话才是对的吧。她李夏没准哪天就拍拍屁股走人了,唐晓鸥未婚先孕的名声可是一辈子就这么落下了。

还是专心画壁画去吧。人情世故永远是令李夏头疼不已的事。所以,她才更愿意和萨米耶这些志趣相投的朋友们一起去完成一项快乐的挑战,比如:他们已经完成了一层殿的全部绘画工作,二层殿也只剩两块墙面的填色。

李夏心里甚至又有了别的"小九九",她最近常有种想法:等壁画完成,或许就是她该离开镲儿塘的时候了。

为什么会有这样的想法呢?画累了,李夏跑去"金刚"树下抽烟时,又问自己怎么突然有了想走的念头。

她一路参与镲儿塘的变革,眼瞧着它与日俱进朝着梦想中的快乐园变革着,她该留下来享受奋斗的成果,可是……她要的奋斗成果究竟是什么?一个实现自我的梦,还是做一个小村长的大龄老婆?

这不能怪赵俊亮,只是倘若他们不能在近期之内谈婚论嫁,李夏相信他父母很快会帮他安排好一个门当户对的小媳妇。实际上，李夏也知道唐国翠一直在为赵俊亮安排相亲，赵俊亮还被迫见了几个。李夏猜，关于她和赵俊亮的事，唐国翠肯定是跟赵俊亮表过态了，也或许是打击了他，至少最近一段时间赵俊亮不再闹着非要高调公开他们的恋爱关系。

掐掉手里的烟，李夏伸开双臂轻轻地拥住“金刚”古树。雀儿们在枝头唧唧喳喳，合着蝉鸣。她有点烦躁，有点想念螺姑，有点渴望寻个树洞诉说心事。可此刻拥着“金刚”，她竟又什么都说不出了。

“李姐姐，你干什么呢？”声音从身后传来，李夏偏过头就见陈美美和小赵阳拎着铜镲齐齐望着自己，她起了坏心故意说：“姐姐没有粉丝跟班呀，只能抱着金刚偷偷哭诉了。”

赵阳听了这话立刻皱起小鼻子朝李夏冷哼一声。这一来一往可把陈美美逗笑了。李夏故意无视赵阳，朝陈美美招招手：“过来，一起听金刚说话。”

陈美美面露讶色，半信半疑地走到树前，侧耳贴在树上倾听。不一会儿，她笑了。“真的呀，金刚在说话。”

李夏又朝赵阳招招手，那小子却不理他，直到陈美美开口叫他，才走到“金刚”树前倾听。

李夏嘴角偷偷掀起一丝得逞的笑，童美最近一直为了赵阳的坏脾气发愁，她本想带孩子去看心理医生，李夏好不容易才劝动她把人带到镲儿塘来。依她看，这小子最大的问题就是缺少伙伴。这不，一到镲儿塘来放风，有了小朋友一起玩，他立马变了很多。赵阳很喜欢陈美美，喜欢跟她学飞镲，自己也练得有板有眼。原本李夏还以为这蜜罐里泡大的赵阳肯定吃不得辛苦，昨天她去看了少年镲队的训练，赵阳竟是一群孩子里最刻苦的一个。

“金刚在说什么？”好半晌，听得认真的赵阳忍不住开口问。李夏只笑不答，陈美美抢着说：“他跟我说了很多很多呢，螺姑讲过，金刚跟每个人说的话都不一样，而且都是秘密哦，不许说给别人知道。”

“那他为什么不跟我说话？”赵阳又皱起了小鼻子怨怼问。陈美美答不出，她望向李夏求救。李夏故作思考状，偏头想了好一会儿才夸张说："我猜，金刚还在生你的气呢。"

"哼！你瞎说，他为什么生我的气？"赵阳鼓着小脸瞪她，李夏望着他只笑不语，赵阳被看得心虚了，干脆转身一个人跑掉。

陈美美不明白这里面的缘故，想去追赵阳却被李夏拦住。李夏说要带她回家，去品尝她自制的纯天然绿豆牛奶雪糕。最近她老是肺火旺，煮了绿豆汤清毒败火，却剩了许多的绿豆沙不知该如何处理。于是满婆教她用绿豆沙和着玉米粉、鲜牛奶做成雪糕，别提多好吃了，完全的古早味。

伏鱼季开始后，陆军一直在为安排旅游船出海的事发愁。加入"合作社"的养船户僧多粥少，只能是大伙"排排坐，分果果"。但总免不了人情压力，有时客人少大船不愿接，那些常跟他套近乎的小船主自然就在关键时刻被他找来救急。

偶尔为之，也没人说得出什么。但时间久了，"合作社"里就有了分配不公的怨言。尤其是那些大船的船主，恨不得一船装下几船的客人，总之就是这种某人从某人嘴里抢饭吃的闲话，最终在七夕节旅游旺季到来之前酿成了冲突。陆军被打破了头，两个纠集人员闹事的船主也被吊销了出船资格。

陆军因为工作徇私，被暂时停职反省，田家富临时代理了村支书的工作。李夏出事转天才得空去探望陆军这负了伤还被停职的倒霉病人，没承想，一进到陆军家的小院竟听见屋里传来田家富的高声质问。

"陆军啊陆军，我真是小看你了，你以为踢腾别人就能保自己升官发财吗？这世界没有不透风的墙，我田家富从看守所出来就给自己下了誓的，谁想搞臭我，我就要他一辈子也翻不了身。我当时就琢磨着知道那事儿的没几个人，真没想到竟然是你告的密。"

田家富停下来喘着粗气。李夏迅速在脑子里搜寻着田家富所提何事，难道是非法捕捞贩卖江豚的官司？身后传来脚步声，唐晓鸥正走进来，李夏立即示意她噤声。唐晓鸥不明所以，只好轻手轻脚走到李夏身边跟着偷听。

陆军未发一言。田家富突然拍了桌子，问："这好端端的，我是怎么的你了，难道就是为了村支书的竞选，你就这么给我下狠手？"

陆军仍不说话，田家富当他默认了，冷笑两声发了狠话："好，好小子，咱们走着瞧。听说你找了乡长想往上奔奔，哼，甭做美梦了！我偏要把你留在镲儿塘，看我慢慢收拾你。"

李夏怕被田家富撞见，急忙拉了唐晓鸥躲去旁边的厢房。唐晓鸥没白历练，一进门就主动拉上了窗帘。院子里响起了急匆匆的脚步声，应该是田家富走人了。李夏怕陆军尴尬，便决定先和唐晓鸥说说话，一会儿再出去。

唐晓鸥胖了许多，俨然是个小媳妇的模样。她手里还拎着保温瓶，似乎是来给陆军送吃的。唐晓鸥见李夏的视线集中在她手上，突然红了脸，结结巴巴地解释道："回村后，陆军一直对我很照顾，现在就数我最闲，换我照顾他也是应该的。"

李夏连忙点头称是。"宁拆一座庙，不拆一桩婚"，要是唐晓鸥肯留下安心和陆军过日子，也未尝不是一件喜事。两人又说了一会儿，李夏觉得时间差不多了，便叫唐晓鸥先去正房和陆军说话，自己再进屋打招呼。陆军情绪低落，李夏见他无心说话，只坐了一会儿就告辞出门。唐晓鸥送她到门口时，突然拉住她说："李夏姐，我最近一直在想个事。"

"什么事？"

"这孩子，如果我想自己留着，还可能吗？"

李夏望着唐晓鸥不说话。唐晓鸥脸上虽然透露出小心翼翼的神情，瞧起来挺可怜，但李夏还是有点不高兴。

"你知道陆军为什么会被打吗？因为大家都不想按规矩办事，都只想着自己好就行，结果只能是一团糟。"李夏暗示唐晓鸥最好按规矩来，可唐晓鸥直直望着李夏，似乎不懂她话中意图。

"你和翟隽之间有合同，是具有法律效力的，你已经收了钱就得把事情办漂亮。"李夏只好说得更明白，但又觉得这样处理实在冷酷，便又安慰她说，"你若真想要这孩子，也不是完全没可能，至于用什么办法,我先替你想想吧。”

唐晓鸥脸上绽开希冀,一劲儿说谢。李夏转身离开,心里不胜唏嘘。她说谎了,依着翟隽的性子,他打定主意想要的就绝对不会撒手。而唐晓鸥为自己年少轻狂埋下的单,还不知是否能一次性把账还完。

李夏甩甩头,不再想这些烦心事。下一站,她要去趟镲神庙看看壁画,有个细节她想修改一下。才转弯上了镲神庙前的小路,她就见有个小小身影正抱着“金刚”说话。“我都跟你说了对不起了,还不行吗?臭金刚,你就跟我说说话呗。”

说完,赵阳又趴在树上听了好一阵子,可终于还是垂头丧气地退开。他转身想走,李夏立刻走过去叫住他。她明知故问道:“赵阳,你一个人在这里干啥呢?不会又是在虐待金刚吧。”

赵阳鼓了小脸,立即反驳:“才不是,我是来跟他说对不起的,可是金刚一点儿都不好,老师说知错能改就是好孩子,可它根本不搭理我。”

李夏拉着赵阳坐在“金刚”树下,才慢慢跟他说:“小呆阳,你知道金刚为什么不搭理你吗?”

“为什么?”

“因为他没有看到你的诚意,金刚啊和你老祖宗螺姑都最喜欢看飞镲了,你想不想让他们开心?”

赵阳这次没有闹别扭,他朝李夏使劲点点头。又问:“我要怎么做,金刚才开心呢?”

李夏心里早有主意, 却故意想了好一会儿才说:“不如你去参加《哪吒闹海》的小镲头选拔吧,在金刚面前好好表演,让他知道你是真的喜欢这里。”

“我……行吗?”对于李夏的提议,赵阳显得没有斗志。

“为什么不行?”

“村里的孩子都比我打得好,他们老是笑话我。”赵阳低着头说出了心事,虽然他在村子里有了几个小伙伴,但大多数孩子都不跟他玩。

“管他们干什么,你就好好练好好比赛,最后能不能成功还是要看你自己的努力呀,只要努力了,你就是最棒的!”李夏搂着小赵阳给他鼓励,见他还没信心,便诱惑道,“我看不如这样,咱俩打个赌吧。”

“打赌?”这话引起了赵阳的好奇,他终于抬起头来。

“如果你输了,你来替我当小管家,打扫卫生。”

“那如果我赢了呢?”

“如果你赢了比赛,我就送你全套日本原装限量版的《名侦探柯南》。”

“一言为定!”显然奖品更有吸引力,赵阳立刻扬起手和李夏击掌为誓。赵阳解了心结,立马说要去找陈美美练镲。

童年真好!

想着赵阳刚刚的真挚笑脸,李夏直到进了镲神庙还一直翘着嘴角。仔细瞧了自己想修改的那处:遇见娘娘点灯,渔夫们或惊诧或大哭都算正常,其中要是有个一直微笑的,也没那么奇怪吧。

李夏决定不改了。继续前往下一站,她还得去趟满婆家。李夏老早就说要替螺姑写篇人物志,但一直觉得缺少素材未能写成。狗爷知道她的苦恼后就主动邀请她去家里采访满婆。这就对了,还有谁能比同胞姐妹更熟悉螺姑呢。

七夕节赶巧连上了一个周末,镲儿塘为此特地打造了“七夕祭寻爱专案”:为情侣游客提供温泉情人套房和烛光情人晚餐;也提供可租赁的帐篷,客人可以自己搭建在新修好的点兵场过夜;并连续三晚举办篝火晚会。本次活动最特别的创意则是联合婚恋网站推出一辆寻爱巴士,这趟寻爱巴士将在城市里巡回,然后将所有愿意登上巴士的单身男女拉到镲儿塘来参加联谊交友活动。

此次专案反响出奇的好,寻爱巴士为此不得不增加到一天两班。商户们都赚得笑不拢嘴,只是苦了赵俊亮这大村长要一直盯着各种突发事件。

七夕这晚,也是螺姑的祭日。李夏去赵家祠堂给螺姑上了一炷香,就被赵俊辉拉着去点兵场验收活动成果。点兵场右手边又修起了一座古塔楼风格的瞭望台,游客可以登上去凭栏远眺。李夏和赵俊辉就站在塔楼下,观察着点兵场上的动静。游客们已经围着篝火玩上了,好不热闹。

刚刚来的路上,赵俊辉跟李夏说过他的打算:如果寻爱巴士宣传效果好,他想要把这个项目常态化。而此刻,他皱着眉头凝视着点兵场中的一切,表情中却不见欣喜。

“瞧你这副模样,是在犯愁要付我多少策划版权费吗?”李夏的玩笑话终于逗乐了赵俊辉, 他又露出坏笑搭上李夏肩膀道,“那点小钱犯不着愁,我是替你愁啊,这么老大不小的还嫁不出去,要不我也来替你办一专场相亲会?”

“哼,某人这不是五十步笑百步嘛,得得得,咱俩谁也别说谁,这事说多了没劲。”李夏最近实在烦感情话题,见赵俊辉又说这个,干脆转身想走。赵俊辉立刻追上去道歉,又故意释放出八卦:“我和童美见面了。”

李夏缓了脚步,问:“你是因为这个心情不好?”

“哪能啊,在你眼里我真的这么不堪一击?”赵俊辉见李夏又用白眼瞪她, 立刻自己坦白,“我答应她, 我们可以试着重新了解对方。”

“我该恭喜你吗?”

“我刚刚皱眉,是因为我在想,我该如何感谢你。”赵俊辉这话让李夏听得糊涂。她偏过头,等待下文,赵俊辉会意继续解释,“你知道吗,刚才在祠堂上香的时候,我爷爷跟我说谢谢,谢谢我替镲儿塘设计了美好的未来。”

“这是你应得的赞美,真的。”

“我刚刚说了,镲儿塘能有今天,更应该谢谢你。”

“这话说大了,我可承受不起。”

“真的,我想谢谢你,在第一次来的时候没有放弃它。如果那时真放弃了,现在的镲儿塘可能只是一片待开发的废墟了。”

“那……感谢可以换成奖金吗?”李夏不想太感性,故意逗乐赵俊辉。他见无法煽情，干脆也故意装出一副勉强表情道："也行吧，你是要美金还是欧元？"

"我还以为你只给人民币。"

"我想外币对你更有用，我听说你打算画完壁画就离开镲儿塘？"赵俊辉见李夏自己不露声色，干脆直白发问。李夏脸上显出些惊讶。"你怎么知道的，这事还没定呢。先别跟其他人说啊，替我保密。"

"我还以为你这辈子都会留在镲儿塘了。"赵俊辉意有所指，李夏撇撇嘴，欣然接受了他的揶揄，又自讽说："一辈子太久了，我怕最后把喜剧留成悲剧。"

"这又是从哪说起的？"

"螺姑的故事你看了？"

"嗯。"

"那你能回答我一个问题吗？"

"你说。"

"螺姑十六岁嫁给赵平安，二十五岁守寡，她本有再嫁的机会，却把妹妹托付给了想娶自己的人，而她自己孤守终生，是因为爱吗？"

"也许吧。"

"满婆嫁给自己心爱的男人却终生未得到过这个男人的爱，最终这个男人还为了替心爱的螺姑求粮而遭遇海祸，可即使这样满婆还是替这男人生养孩子伺候公婆小叔，是因为爱吗？"

"或许吧。"

"狗爷暗恋寡嫂，求婚被拒后一直未娶。在城里教书的他，每周末都回村看望满婆帮她干活，风雨无阻，退休后还为她搬回村里住，是因为爱吗？"

"要不然，他是疯了吗？"

"赵俊辉，你一辈子也做不出这样为爱疯狂的事。"李夏说完，不等赵俊辉替自己辩解，又抢白道，"当然，我也做不到，这辈子再也做不到了，像螺姑、满婆、狗爷一样用一辈子的时间用自己的全部身心去爱一个人，我们都太自私了，做不来。可是活在现下这样的欲望世界,怎么可以不自私呢？你告诉我,有什么办法可以不自私？”

“如果自私让你有吃有喝吃好穿好,又有什么不好？”赵俊辉点上根烟,淡淡说出自己的观点。

李夏无语。这该是个她鄙视的想法,但是她反驳不了,她必须承认从某种程度上来说,她也在自己的生活中贯彻着它。可是,此刻,她和赵俊辉说起这些,可不是为了再一次证明至死不渝只能是个传说。李夏怨怼道:“嘿, 赵俊辉, 你就不能给点阳光灿烂的建议？”

“你想多灿烂？用不用我给你们主持婚礼？”赵俊辉嗤笑她的模样实在扎眼,李夏偏过头望向别处,她知道她的请求是徒劳的,就算赵俊辉说好听的话骗她,生活也还是生活,一切都当不得真。

“或许,我的梦该醒了。”李夏喃喃。

赵俊辉沉默了好一阵, 直到抽完手中的烟才开口道:“你要写一个镲儿塘版的海螺姑娘传说,是吧？你的海螺姑娘一定是传统版本,为了爱为了报恩,她不再回到大海中而是留在打鱼哥哥身边生活。那你有没有听过另一个版本？”

赵俊辉的话吸引了李夏的注意。她忍住眼底的酸涩,再度回头望他,问:“什么版本？”

“现实版吧。”赵俊辉又点上一根烟,边抽边说,“在另一个版本里,海螺姑娘并不是因为爱上打鱼哥哥才愿意留下来一起生活的,而是打鱼哥哥藏起了她的壳,使她无法回到大海的怀抱。你看,这才是爱,爱就是这么自私。”

“是这样吗？”李夏脑子乱乱地,想不清楚。

“还能是怎样,你自己不也说梦该醒了？”

“我不知道了,但狗爷说了一句很有意思的话,他说:人这辈子啊,要是活得够久,有时候喜剧会变成悲剧,那悲剧呢也有可能又变成喜剧了。”

“听起来……似乎挺有道理的。”

“所以,你会和童美复婚吧？”

“啊？又扯回我身上了，我可没你那么看重这些……”赵俊辉正说话，广场一边突然骚动起来，似乎有人在闹事。

两人立刻奔过去，就见唐大鹏正和唐晓鸥拉扯，陆军则站在一边和一个染了黄头发的年轻人争吵。陆军正骂着：“是我的种又怎样，你要有种没处撒，跳海里涮涮去，明年兴许有个王八就爬上来找你认爹。”

周围人听得一阵哄笑。那黄毛脸上挂不住想动手，唐晓鸥晃着身子边拦边喊：“唐大鹏，把你的人弄走，我的事跟陆军没关系，我的事也不用你管。”

“他妈的，唐家的脸都叫你给丢光了，你还叫我不用管，我抽你操的……”唐大鹏话音没落，一只大掌已经挥了出去。

混乱中，只听见一声尖叫。

李夏的注意被一串血蛇吸引了，它正迅速从唐晓鸥的大腿爬向小腿，那血蛇越来越粗、越爬越快。李夏立刻高喊：“快叫救护车！”

红红青春敲啊敲

唐晓鸥的孩子没保住。李夏瞧着周围这些人的反应，倒猜不透这究竟是坏事还是好事了？翟隽一改漠不关心的态度，第一时间就出现在医院，甚至还安排了一个保姆专门替唐晓鸥煲汤补身；唐大鹏得知妹妹流掉的是个小财神，自是悔不当初，低声下气地凑在妹子身边照顾，被骂被赶也不走；唐国翠更是毫不掩饰她的高兴，自打接唐晓鸥回村休养后，她做主给她做了个“小月子”，补身兼洗脑，到后来还真管了用，就连唐晓鸥见着李夏也一副松了气的模样。

李夏知道这样的结果挺好，大家都省心，但不免又是一阵唏嘘。这人世间的事，怎么就总这么别扭呢？不说唐晓鸥的事，单说这镲儿塘两位头头——陆军和田家富之间的权力之争，一个村支书的位置能产生多大的效益啊，也值得争得你死我活？大权独揽的倒还能见些真金白银，可现下这地方基本就是多权分立的状况嘛。

李夏思虑再三，决定和赵俊亮私下透露些自己知道的情况，看能不能找机会给劝和劝和。这小子倒依旧是那副谁与争锋的架势，说他要“后发制人，以静制动”。赵俊亮最近一直在研究《孙子兵法》和《三十六计》，似乎颇有心得。李夏见赵俊亮有自己的打算，也就不再多嘴，径自去完善她的镲儿庙壁画。

壁画绘制工作在八月底全部结束，正好赶上了开海祭。李夏、马鸣、高木和村委会几人共同策划了这次开海庆典，镲神庙也将在这天举行开庙大典。

明天就是大日子了，李夏这晚一直坐立难安。不是怕活动进展不顺利，她只怕自己的画作面对世人的检验不能过关。想着想着，她干脆又出了门。她想再去镲神庙看看，这已经是她一天之中第五次去镲神庙了，明明一切都已检查妥当，但她就是不放心。

悬在镲神庙门前的鱼形牛皮灯是古塘手工坊新来的制灯师傅特意创制的，燃在静默之夜，淡淡传递出古朴的温暖。李夏推门进去，已不见有人还为明天的庆典忙活。她轻步至一层殿，才刚站稳就听见外面传来急促脚步声。李夏不想被人窥见自己的心事，闪身藏在门后。

又等了一阵儿，那脚步声才越来越大。李夏猜这人应该是从二层殿走过来的，可这么晚了，谁还和她一样在这里晃悠，难道是萨米耶？正想着，那人就进了门。

来人却出乎李夏的预料。唐国翠抱着个包袱径直走到香案前，她把包袱放在案上，小心翼翼地打开，竟从其中取出一对响铜镲。

李夏心里一激灵，心想这对响铜镲莫不是……还未等她深究，唐国翠的举动已替她解了惑。她举起响铜镲想把它摆到香案上方的祭台，神镲未丢失前就摆在那个位置。她前倾了大半个身子，响铜镲上了位却没能摆周正，唐国翠似是不满意，忽然回身满屋搜寻着什么。她很快扫到门口的人影，角落有些黑，她机警地小声喝道：“谁？快出来，要不我喊人了。”

李夏无奈，只好一边打招呼一边走到明亮处。唐国翠见是李夏，先是一愣，随即松了口气。她平静叮嘱李夏说：“刚才你看到的一切，可别跟人说，尤其是村里人。”

“台上那对响铜镲，真是螺姑烧庙时搞丢的那对神镲吗？”李夏不置可否，只追问重点。唐国翠见瞒不过，只好点点头。李夏不解，又问，“既然这对神镲一直在你手里，为什么现在才拿出来？”

唐国翠并没有马上回话，她走到殿门口极谨慎地往四下望了望，才转身小声说：“满婆是上一代选定的龙骨看守人，你知道吧，就是这种制度，在镲儿塘也有几百年了，螺姑是上一代的护镲人，我是她选定的继任者。这可是秘密，只有村里的几个老人知道。”

李夏大概能联系起这事的来龙去脉了，可这种事情实在神秘，唐国翠为什么非在今夜让神镲物归原处，是她自己决定的？还是由谁做了这样的决定？李夏追问唐国翠，她却不肯再多说，再三叮嘱今夜之事不可外传。

李夏只好先帮唐国翠寻来板凳，将神镲摆正位置。唐国翠又催她赶快随自己离开，免得撞见其他人。两人默默不语走出镲神庙。李夏暗忖着，唐国翠不公开身份，是不是要冷眼看着这些镲儿塘的人，若有人再做了有辱神圣的事，她还会让神镲隐于市？

快走到码头边的岔路口时，唐国翠突然主动邀请李夏去她的小酒店喝酒。李夏见时间已晚委婉拒绝，并表示不会透露她的秘密。唐国翠却说：“我想和你谈谈我家亮子的事儿。”

李夏到底是没能拒绝唐国翠的邀请。两人回到小酒店，厨房已经熄火。唐国翠端出李夏最喜欢吃的半干小白虾、馇八代和花生米，又给两人都倒上一小盅白酒。

李夏没说话，她等着唐国翠开口。唐国翠却不紧不慢，喝了小半盅白酒，才说：“李夏啊，咱娘儿俩从来没坐一起道过心事，我呢文化不高，也不知道自己哪些话该说不该说，说重说轻你就担待着听吧。”

“翠姨，你有话就直说吧。再怎么说您都是长辈，千万不用跟我客气。”李夏心里多少有点紧张，她却故作轻松，说完这些还故意伸筷子夹了口馇八代，又啜了口白酒。二锅头入口有点辣，她捡了几颗花生米丢在嘴里，顿时满口生香。

唐国翠并没马上接话，她望着李夏，嘴角弯出些笑意。李夏故意不闪躲她的注视，她淡笑着回望唐国翠，似是在鼓励她道出心声。

唐国翠终于开口。“我这人呢，一辈子都没什么大志向，年轻的时候就是喜欢亮子他爸，那时候二海可是这镲儿塘的美男子，多少姑娘惦记着呢，人又爽快，又在城里的工厂上班。我当时就想啊，我这辈子非二海不嫁。不怕你笑话，李夏，那时候你翠姨我也是打败了好多情敌才让你二海叔明媒正娶带回家的。”

唐国翠说起往事，脸上现出少女般的笑靥。李夏不懂唐国翠为何要对自己说这些，但她不想破坏了气氛，便也就这么听着。

“我俩结婚后，我就跟着二海进了城，两人都在工厂上班。二海好文艺，会飞镲，在工厂里也是文艺骨干，厂子里好多女人喜欢他呢。哎……我原本以为结了婚，二海就跟我塌心过日子了，可根本不是那么回事。二海他喜热闹，工友、朋友还有他的飞镲队，哪个都比我重要比这个家重要，以前我老为了这些生气，后来孩子大了，我也明白了，人呀还得为自己活着，做自己喜欢的事才能开心。”唐国翠停下话音，喝了口酒，似乎还沉浸在自己的故事里，又继续说，“后来我们都下了岗，二海操持他的飞镲队不少赚钱，但我更喜欢村里的生活，现在我们两处分居，倒比以前关系更好了，不吵架了，吵了大半辈子终于不吵架了，不容易。”

李夏低头喝酒不语，唐国翠说的这些事，她作为晚辈可不好发表意见。她甚至有点心急，恨不得唐国翠能直入主题。

唐国翠似乎窥见了李夏的心思，她突然语重心长道：“李夏啊，我活了半辈子终于明白了，这老人的话一定得听。龙配龙，凤配凤，王八就得配绿豆。就说我和二海，他一心想往上奔，可我就是个围着锅台转的女人，我追着他好多年，这真是件累人的事儿，一年两年看不出好歹，十年八年就耗得人不想再折腾了。这罪不好受，我花了半辈子才想明白，这苦我不想我儿子再受一次。你是见过大世面的城里小姐，我儿子几两重我清楚，他降不住你。”

“哎呀，翠姨，我看你一定是误会了，我们年轻人有时候逗着玩没轻重,亮子只是把我当姐姐崇拜吧,不是你想的那样。”李夏急忙辩白,又故意说,“我有别的计划,还没跟任何人透露呢,既然今晚咱们交了心,我也就不瞒你,我准备离开镲儿塘了,我接了一个新工作,正在筹备出国的事。”

唐国翠听到这番话,脸上表情立刻松快许多,她漾开笑脸,又为彼此斟上酒。“可能是翠姨我想多了,李夏你别在意,虽然翠姨舍不得你离开镲儿塘,但你要有好前程,咱可不敢拦着。翠姨就借这杯酒,先祝你一路顺风。”

唐国翠这番急着送她走的模样,倒把李夏逗乐了。她举杯,主动碰了唐国翠的杯子,道:“走是要走的,不过没这么快,翠姨你呀后半年还少不了被我骚扰。”

唐国翠又扬起初见时那般排山倒海的笑了。李夏也跟着笑,笑得极灿烂,只是仍笑不尽心底的酸楚。酒过三巡,微醺的她终于离开了小酒店。

阴历庚寅木年,七月小,二十六日。

宜:祭祀、求财、签约、嫁娶、订盟。

今日镲儿塘多了许多熟面孔和生面孔。苍井优一、董六一和老范等曾经给予过镲儿塘帮助的人们都作为贵宾被请了来;镲儿塘还通过多种媒体广发邀请,老鱼骨庙村的村民来了,熟悉镲儿塘美食的老饕客们来了,减肥团的孩子们来了,落户古塘的手工艺人来了,还有来西塘寻找文化创业机会的年轻人、四里八乡的亲朋和城里的游客都来了。

镲儿塘今日可不止是一场盛会。

镲神庙的开庙仪式,只是盛会日开幕的第一个高潮。开庙仪式上,飞镲会只飞出了最传统的“飞钹三曲”,在新师傅唐金生的调教下,这最传统的飞镲套路显然焕发了灵动的生机。用唐金生自己的话说:“这帮小子终于领会了老辈子人们打镲的心事,不再是一劲儿傻打,飞出了渤海海狼的精气神。”

李夏站在人群中,她看见一旁的赵有余不住地点头,那张清瘦黝黑的老脸上，漫溢着喜悦。她也在仔细瞧着，瞧着这帮她亲手参与选拔出的渔家小子们，他们终于贯通了飞镲这门根植于镲儿塘的民间艺术，他们已有资格将它继续传承。

清平典雅的“敬香曲”后，接上欢快激昂的“朝山颂”，再一曲“长粮”已将现场鼓动得欢腾四起。三曲结束，赵俊亮作为镲头，领着飞镲会一众人进到一层殿拜祭。没一会儿，一众人突然冲出庙门大喊：“神镲回来了，神镲再度现世了！”

人群中迅速骚动起来。丢镲是众所周知的事情，神镲突然再现宛若神迹降临，自然令围观的村民们趋之若鹜。

李夏趁机偷窥了赵有余的表情，他脸上笑意更深了些，只不见惊诧。他是早知内情了吗？又或者其中还有更多秘密？李夏放弃纠结于此，乡村的秘密解也解不完，更何况神秘不正是村子的魅力所在吗。

众人潮水一般涌向镲神庙，显然神迹比开庙仪式更具吸引力。李夏却往后退，她招呼着飞镲会的人，立刻赶去东塘码头，在那里一会儿将举行开海仪式。

才到码头，李夏就被赵阳拦下讨要他的礼物。他终于在飞镲比赛中赢过了村里的众多少年得到了参与“哪吒闹海阵”的表演机会。按说赵阳是赢不过自己的小师傅陈美美的，但陈美美这两年蹿得太高，已不适合出演哪吒一角，唐金生便安排她担当了“八仙过海阵”中的一员。

开海仪式由新上任的村支书田家富主持，降职为副支书的陆军连个人影都不见。现下大伙忙着招呼宾客也没人注意这个，赵俊亮倒趁着一点空当凑到李夏身边邀请说：“一会儿跟我们上头船吧，咱就出海兜一圈。”

李夏没回话，心里小边鼓敲得响。她知道现下唐国翠一定时刻关注着他俩的举动。

“八仙过海阵”、“哪吒闹海阵”和“七星八卦阵”，李夏恍惚间就全飞过了。直到萨米耶拉着她跑到头船边上，自己跳上去，又回身想要拉她，李夏才突然醒过闷来。她向后退了一步，不想上船。可身后不知是谁突然推了她一把，再回头，飞镲会已舞到船边。李夏进退两难，只好硬着头皮登了头船。

欢乐的锣鼓使劲地敲着，江三两一声“开锚起船”，像是号角一般，拉响了码头上的礼花炮，缤纷的彩带和金纸花片和着镲声漫天飞旋。

东塘在李夏的视线中渐渐远去了。海岸线上，古塘和西塘的风景全部纳入眼中。古塘的练兵场上，一样热闹非凡，高木策划的新市集庙会吸引了大批的小商贩和游人；西塘的亲水平台上，已泊上了雪白如天鹅一般姿态美丽的游艇；还有那海岸线之内的绿塘，芦苇荡里的游击战今日也将首度开赛。

望着新镲儿塘，想着新镲儿塘，李夏眼眶突然湿润了。这真是那个她懵懵懂懂撞进来的村子吗，她现在竟真有了赵俊辉夸耀她的那种难以言喻的自豪感了！

“瞧，咱们镲儿塘多漂亮！”赵俊亮不知何时站到了李夏身边，他窥见了李夏激动的神情。说真的，连他这神经向来大条的男人，竟也突然有点儿想哭的冲动。

李夏见是赵俊亮，立刻收敛了情绪。赵俊亮正兴奋，他扬起那一如从前阳光般灿烂的笑脸，自信地笑着。好一会儿，才忽又感慨道：“当初我跟爷爷说我要选村长时，他只跟我说了一句话，日子是过出来的，不是想出来的。那时候，我以为他是骂我好高骛远，现在我终于有点明白他的话了。”

李夏望着已渐渐褪去男孩稚气的赵俊亮，她越来越确信眼前的男孩正蜕变成一个具有责任感并且勇于担当的男人。那么，他也应该有能力承受现实的考验吧。李夏决定告诉他自己对于未来的计划。

“我收到了一份邀请，萨米耶推荐我去非洲参加一个文化保护基金会的筹备工作。非洲是我从未去过的地方，我准备接受这份工作。”李夏说完，立刻观察赵俊亮的表情，他脸上却未流露出太多惊讶。

倒是李夏认真检视的模样把赵俊亮逗乐了。他主动解释。“不好意思，七夕的时候无意中偷听见了你和赵俊辉的谈话，其实就算没偷听到，我也知道你早晚要走。你的心大着呢，镲儿塘装不下，我知道。”

“你不留我？”李夏明知他们两人不可能有结果，还是忍不住问。

“我不留你，但是我会等你。”赵俊亮言简意赅。李夏心里一震，不待她回话，赵俊亮继续表白心意，“如果是以前的我，也许不懂你为什么一定要走，但是自从你送我们飞镲会去法国参加表演，我终于明白了，外面的世界是那么大那么精彩，哪怕是我现在也有了更大的野心，我想让全世界的人都听见这响铜镲敲出的海神赐福的声音。所以我不拦你，我希望我们都能拥有最丰富最精彩的人生。”

李夏再也抑制不住眼眶里的酸涩了，这才是她爱上的那个心比大海还要宽阔的爱人呀，她第一次如此笃定，这一次她并没有爱错人。赵俊亮急忙用衣袖帮李夏擦掉脸上的泪，又小声警告说：“别哭别哭，海上风紧，一会儿脸可就给哭皴了。”

李夏被他逗得又哭又笑，忍不住给了他一拳。赵俊亮伸手包住她的粉拳，笑着说：“我给你唱首歌吧。你还记得博客里留给我的那首《水手》吗，我早就学会了，可一直没机会唱给你听呢。”

“那本来就不是让你当卡拉OK唱的。”李夏故意刁难他。赵俊亮反而笑得更灿烂了，说：“我明白你的意思，所以我今儿给你唱个更好听的。”

说罢，赵俊亮立刻挥起手中飞镲给自己伴奏，大声唱道——

谁能知道明天是不是危险
谁能接到一份后天的报纸
书本上发生的事
都可能在眼前实现
是不是和别人一样的平凡
如果我们的灵魂告别身体
打开那天堂大门

有没有什么人在等
把整个微笑改装
当作是我们的安全港
你是否会相信明天的预言
红红青春敲啊敲
自己的歌唱呀唱
爱要爱得简单
做要做得精彩
我的心从来没有休止点
红红青春敲啊敲
自己的歌唱呀唱
梦要梦得遥远
冲要冲过考验
年轻不能平凡

海岸线已经不见了踪影。蓝色机帆船上，飞镲会的小子们举起飞镲合唱起这歌，唱得铿锵有力、直入云霄。

萨米耶忽地尖叫起来。李夏也看见了，成群的鱼儿正围着这船跳舞，那跳得最欢的正是渤海河神，李夏相信那一定是塘宝和它的孩子。

海螺姑娘·镲儿塘版

出处:镲儿塘民间故事

讲述者:螺姑、赵有余、江银满、镲儿塘人

记录者:李夏

上世纪二十年代,镲儿塘村四大家族中,赵姓和唐姓人丁不旺日渐衰败,田家和江家因拥有大片盐滩,就成了四里八村最富有的大滩户。江家老爷娶了三个老婆,诞下一子幼年就不幸夭折。人到中年又得了一双女儿,便取名金满、银满,倍加宠爱。不但锦衣玉食,更是请了老师在家里教授女儿们四书五经。

话说江金满年方十二时,一日偷跑到海边戏水,却忽遇暗流差点溺亡。幸被海边捕鱼的赵平安所救才转危为安。赵平安家很是贫困,父亲刚刚出了海祸,母亲一边看顾稚龄小妹一边替别家织网为生,每日只能靠着赵平安捕些鱼货海产拮据度日。但是,赵平安婉拒了江老爷的谢礼,称救人是理所应当的事,拿了钱反倒不安。

赵平安年方十四,已是村里有名的小海狼。江金满和赵平安两人本不熟识,却因此救命之恩结缘。江金满见赵平安明眸皓齿、丰神俊朗、一身正气,便芳心暗许。江金满深知赵平安不屑被接济,便常常暗中帮助赵家母子。后来赵平安加入了游击队,江金满更是多次为其提供保护。

赵平安十七岁时,为了保护游击队员安全撤退,用计将日本军官骗到海上,不但利用飞镲向游击队的藏身地传递了消息,还消灭了一整船的日本鬼子。那日,受了伤的赵平安虽安全回村,却被日本人追缉,是江金满急中生智将他藏于自己的闺房。养伤其间,一对小儿女朝夕相处。赵平安早知江金满待自己不同,心下已将这知书达理的好姑娘装了许久,而性格爽直的江金满更直白表达爱意,虽碍于家境,两人也顾不得许多。浓情蜜意之时,更许下一生诺言,永不相弃。

江老爷出门谈生意几日,一回家就发现了赵平安。他早已耳闻风声,知他身份不一般,他两方都不想得罪,只让赵平安当夜趁黑离开。一年后,江金满逃家,与赵平安结为夫妇。

再几年,赵平安与队友执行侦察任务时被日军俘虏,一番刑讯逼供后关入牢房。随即,有风声传出赵平安投敌叛国,出卖了游击队。江金满不信丈夫会干出这等孬事,单枪匹马闯到县里亲手抓出叛徒。后日军投降,赵平安重获自由。江金满又亲自送赵平安参加了解放军。解放战争胜利后,赵平安回到镲儿塘当了村长。没两年,却因为救人而死于海祸,时年二十八岁。

自那时起,江金满便束发素衣,在村里改称"螺姑"。因为丈夫赵平安活着的时候,总爱这样叫她,他说她就是自己这傻渔夫的海螺姑娘。

螺姑一生未再嫁,有倾慕者愿娶,她却请他帮忙照顾自己的妹妹江银满。倾慕者遂娶其妹,却不能忘情。大荒之年,无米下锅,螺姑为给孩子讨一口饭, 头次向妹妹家求助。不想妹夫竟为求鱼而亡,姐妹俩从此不再相见。

螺姑家成分不好,她艰难度日抚养二子,好容易都成家立业,却又遇地震横祸。小儿子一户全亡。螺姑中年丧子,赵家从此只剩赵有余一脉。幸而此脉虽不繁盛倒还平顺,螺姑晚年得享清福。

螺姑为保镲儿塘村免于拆迁厄运，身为护镲人的她重请镲儿塘神物——百年神镲出世。谁知人心不古，螺姑被逼得怒烧镲神庙,终于以身殉此。享年九十岁。骨灰竟缤纷五色,遵嘱撒于渤海湾。

镲儿塘村人由此警醒,镲儿塘重现生机。

冬祭

青头子蚂蚱得了病，
小担螂立刻请先生，
请了个黑蹄子老马蜂，
一蹄子踅它把天升，
小蚂蚁去报丧，
报给知了他盟兄。
盟兄听说盟弟死，
落在树上哭长声。
一伙子白蛾来吊孝，
一群苍蝇来陪灵。
一对鼹鼠去刨坑，
一群蚂蚁起了灵。
别看他们个儿小，
做事不比人缺情。

——镲儿塘民谣

点灯点灯啦

西塘复古渔民民居使用了镲儿塘老辈子盖房的建筑材料芦苇、泥巴与木料、钢筋相结合并运用现代科技涂料造屋,这种房子冬暖夏凉,“会呼吸的房子”成了招牌,镲儿塘“生态渔村”的名号也因此叫得更响亮。

更令李夏兴奋的是,鱼骨庙地块二期开发刚刚开始,地底下就挖出了几大箱宝贝。两箱木刻板虽多腐蚀仍可见雕工之美,另外几只铁箱装着一摞摞铜片和许多铜铃铛。满婆看了,说这是鱼骨庙村宝辇上的物件。她小时候见过,听说被日本人抢去了,结果在运往省城的途中遇到了劫匪,宝辇失窃再没现过世。现下看来,定是当时鱼骨庙村的人假扮盗贼抢回了宝辇。可又怕日本人报复,便将宝辇拆分埋于地下,等待和平安居之日再请宝辇出世。

满婆说,这宝辇曾是京东第一辇。老辈子时候,京东地区的娘娘会上,各个村子出的会每次汇集,唯有鱼骨庙村的辇最高大最华贵。

宝辇足有五米高、宽要三米,需用十六个壮汉分两组轮流抬。做工也极其复杂:辇龛有三层八面,内外有别;内置三层供奉台,第一层供奉如来佛,第二层供奉护海娘娘,第三层供奉各仙位;外檐三层,用柏木、松木雕刻多扇可拆卸活动门,每一扇活动门刻有一个典故传说,如八仙过海、哪吒闹海、娘娘点灯等,这至少需要四个工艺精湛的木工足足雕刻一年。外檐各层边沿探头挂铜铃铛二百个,与之相衬的是隔三跳一的八卦形蜡烛台,台罩用牛角制成,蜡烛粗一寸、高六寸。而每片一厘米厚的风波铜片则做辇内装饰之用,足有百斤。

据说,以前每次宝辇出巡,都有光膀赤脚童男子四人护辇,每人手持三炷香走在辇的前边,即使寒冬腊月也不例外;更有上百村民跟于辇后,护辇进香。且每次出辇所到各处,百姓均拥挤街道观迎,沿路跟随宝辇进香团进香者亦常有。

宝辇是个好东西,但现下依手边的材料想要组装起来却不容易。一是部件不全,二是这些物件的所有权还有点扯不清。李夏真想在她离开镲儿塘之前见一见这宝辇的全貌,那该是何其壮观的一番场景啊!只可惜了,这件事她操不上心。

十一黄金周,镲儿塘的旅游市场十分火暴。恢复了身体的唐晓鸥许是想要求赎些罪孽,主动要求担当起镲神庙的义务清洁员。一早一晚,每天两次,她从不曾请假早退,每次打扫都极其认真。偶尔李夏遇见,都觉得她不是在清扫尘土而是在清扫自己嘈杂的内心世界。所幸,李夏渐渐在她脸上又复见了清朗的笑靥。

最耐人寻味的是,翟隽竟又到村子里来找唐晓鸥了。大千世界真是无奇不有。翟隽不想要唐晓鸥做他孩子的妈,这老天爷就偏偏设计了一出荒诞戏,翟大老板的精子独爱唐晓鸥的卵子,换个女人就不行。真是痴情啊,这也许是世界上最痴情的精子了吧。可光精子痴情可感动不了唐晓鸥,她喜欢上了对自己照顾有加的陆军,她现在只想替他生孩子。

为了此事,翟隽找上李夏当说客。李夏拒绝送这个人情,翟隽自己已经把能够提供的物质条件都摆清楚道明白了,她难道要去威逼利诱不成?

陆军开了村委会的车到市区办事，李夏便搭了顺风车回市区购物。翟隽又约她吃饭。李夏只好卖人情替他出了另一个主意,如果他同意人工授精异体怀孕，或许他当爸爸的美好愿望还犹可期待。

午饭后,陆军正事还没办完,大概要傍晚才能回村。李夏得了半日清闲,便找了童美一起去喝下午茶,又被拉到绿会所的 SPA 中心享受了一次免费的 VIP 服务,一番折腾下来竟耗去三四个小时。虽然被伺候得挺爽,但李夏在镲儿塘过惯了朴素生活,还真有点不习惯 VIP 服务的过分礼遇。

李夏心下嗤笑自己真是有点做作,这不就是社会分工不同吗,自己又没狗仗人势欺负人,有啥觉得对人家不起的?

当然,这世界也从来没有免费的午餐。童美贿赂她,无非想要从她这里得到更多关于赵俊辉的信息。知他俩进展缓慢,李夏便让童美再矮些身段,不妨主动出击。

陆军终于来电话了,说一小时后在绿会所门口碰头。李夏见时间还早,便决定继续做个指甲养护。

一小时后,李夏准时出现在会所门口,竟见陆军和一个穿着会所制服的女孩子在说话。她正犹豫着要不要上前打扰,陆军就朝她挥手示意,她只好上前礼貌招呼。陆军介绍说她是同乡的学妹。那女孩见着李夏,表情顿时变得有些不自然,她说了几句客套话就匆匆道别。

李夏和陆军上了车。才发动车子,陆军突然建议吃个晚饭再回去。李夏虽稍有诧异,但并没反对。陆军又提议道:“你陪我去吃个滨海市最有名的西餐厅吧,我请客。”

“怎么？有好事？”李夏玩笑,陆军倒真笑着应说:“对,有好事,这可是我第一次去西餐厅。”

李夏偏头望着陆军,觉得他今天特别不对劲。她欲言又止,略想了一下，才应说："行，咱们去吃法国大餐吧，我知道有个地方挺正宗。"

这家本市堪称最贵的法国餐馆，李夏吃过几次却并不喜欢。作为一个饕客，她吃饭的标准从来不是看价钱，可陆军今天似乎铆着劲地不求最好但求最贵。幸好，他还没蠢到非逼她露出一副享受美味的姿态。最后的结果当然是饭菜剩了一大桌，李夏看不过去，硬要服务生帮忙打包。

这还不算完。出了饭馆，陆军又说想去酒吧坐坐。李夏不想去，可陆军一说自己这辈子活到二十八岁还没去过一次，她就再说不出拒绝的话。李夏知道陆军最近备受田家富欺压，心里肯定难受，心想若能让他高兴点儿也好，于是便选了一个有歌手驻唱的静吧。

陆军并不多话，他点了一打啤酒闷头喝着。李夏几次想开口，终是欲言又止。酒吧里，歌手动情地唱着，一首接一首。直到演唱告一段落，陆军突然起身走过去与那歌手说话。李夏见那歌手摇摇头，她猜测肯定是陆军点了歌手不会唱的歌。才想着怕陆军喝多了与人争执，竟见那歌手邀请陆军上了台。陆军也不怯场，他接过乐手手中的吉他，径自弹唱起来——

你知道你自己是谁吗？你勇敢地面对自己了吗？
你也想要一个答案吗？会不会没有人能回答？
这个世界是你所想象的吗？所有的改变你都能承受了吗？
你会不会也常常觉得害怕？你会不会也常常想不出办法？
为何总重复着矛盾与挣扎，模糊不清的黑白真假
你能不能为自己想一想
为何总分不清该简单还是复杂，它会在心里不停地起变化
你能不能好好地想一想
你决定轻易妥协了吗？是真的已经无路可走了吗？
你无法让自己的心平静吗？你无法让自己更有勇气吗？
……

陆军唱得并不嘶吼，但内心的挣扎与痛苦从歌声中不停地漫溢出来。这是一个李夏从未见过的陆军。此刻,他不再是农家飞出的凤凰男,不再是汲汲名利的投机者。原来他也是喜欢小众音乐的年轻人呢,吉他一定是下苦工练过的。李夏第一次打开耳朵,认真倾听陆军的内心世界。这家伙,也是个不屈服的男人吧。

还未唱完,酒吧里已响起了如雷的掌声。有人大声喊着“再唱一遍”,于是陆军把吉他弹得更响了些,又有一位美女冲上了台跟他一起合唱。

这夜,陆军认识了一帮新朋友。但是他喝大了,醉得不省人事。李夏不得不请人帮忙把他弄上车，还好回镲儿塘的路已修得一片光明,她也极有远见的滴酒未沾。午夜时分,他俩终于安全抵达了镲儿塘村。

转天一早,李夏先是找了唐晓鸥去照顾宿醉的陆军,然后又联系赵俊亮,看能不能一起商量商量看有什么办法能够帮帮陆军。

许是昨晚的那首歌,李夏也常常放来听的那首歌,让她终于将陆军认定为同一国。挣扎着不想与物欲世界同流合污的人都该被保护,李夏一直有这样的执念。

有个大领导要来村里视察,田家富光忽悠不管具体工作,陆军降职后也消极怠工,村里就只剩了一个赵俊亮忙得团团转。两人直到下午才抽空见上面，赵俊亮还不忘利用这时间往田家富新购入的二手游艇上送了一箱水。

“连送水的活你都管,你这村长当得也太窝囊了。”李夏跟着赵俊亮上了游艇,趁机又是一番教育。赵俊亮放好水,才转身笑着回话:“你真当我软柿子谁都能捏啊，我还不是为了咱俩能有个二人世界。”

“什么二人世界?”李夏话音还未落,赵俊亮就从口袋里掏出一串钥匙,向李夏显摆地晃了晃,就去开舱门。他说:“我跟田家富借了船,咱俩出去兜一圈。”

出了海,倒真是难得的二人世界。李夏瞬时兴奋起来,又提议:

"赵俊亮,不如你去弄些酒菜上船,咱们边喝边玩。"

"我早就定好了,马上就去取。"赵俊亮笑答完,立马转身下了船。李夏一个人无聊,便仔细在船上观察起各种设备。这游艇果然与镲儿塘村的渔船不同,全是为了享受而设。游艇共有三层:一层有两间卧室、一个卫生间和一个冲凉房;二层则设客厅、厨房、前后甲板休闲区;顶层有驾驶台和观光区。李夏转了一大圈,又回到一层,她想去个卫生间。

没多久,李夏突然感觉船动了。暗骂赵俊亮心急,李夏想着这是难得的约会,便也放松了心情在卫生间里摆弄起自己的头发。她将高绾起的发髻解开,让长卷发披在肩头,又不满意整齐的卷度,故意弄了些水把头发拨得更加蓬松。

折腾了好一阵儿,李夏才慢条斯理地出了卫生间。步上二层客厅,不见酒菜,李夏正疑惑想去驾驶舱寻人,忽听见楼上传来说话声,这声音很熟悉,却不是赵俊亮。

李夏屏住呼吸偷听。就听见田家富正喊着:"陆军,我跟你有多大的仇,不就是一个破支书嘛,我不要了还不行,你千万想清楚了,杀人可是犯法的罪。"

李夏心里咯噔一下, 暗想自己大概又非常倒霉地介入了一件坏事。她猜测着,听田家富这话,现下驾驶这艘游船出海的人应该是陆军,难道他绑架了田家富出海,那他接下来想干什么?

李夏偷偷往舱外张望,游艇已驶出很远,海岸线完全消失了。她举棋不定,不知该躲起来等游艇回港,还是现身劝阻可能发生的悲剧。思忖之间,游艇又行出很远。李夏心下决定,既然自己这旱鸭子已无路可逃,只能再听听陆军如此冲动行事到底所为何来。

过了许久,李夏终于感觉游艇缓下了速度。田家富一路未停的叫嚷声也渐渐弱了下去。又过了好一阵儿,陆军才出声。

"田家富,我今天就告诉你实话,什么狗屁村支书,我根本不在乎, 我到镲儿塘就没想活着离开, 你知道我是谁吗? 你猜猜我是谁? "

陆军这话将田家富问得更惊慌了,他一沓声地颤抖着声音问:

“你是谁,你究竟是谁? 你到底想干什么? ”

楼上传来踢打声,过了好一会儿陆军才又说话:“真没想到,咱们天不怕地不怕的田支书竟然也有这么狼狈的一天。我是谁,是啊,我是谁,我来繚儿塘这么长时间了,你怎么还没猜出我是谁呢? 田家富,我真替你羞愧,这么些年,你每天晚上都睡得安稳吗? 害死了人,从来都不做噩梦吗? 我弟弟真没化成厉鬼去找你算账……”

“你是……你是陆明的哥哥? ”田家富突然打断陆军的话,高声说出另一个人名。这问话令陆军失了声。好半晌,楼上静得仿佛能听到呼吸声。李夏在楼下听得着急,又无可奈何地只能等待。田家富又出声追问了:“你真是陆明的哥哥? 你以为陆明是我害死的,所以来找我寻仇? ”

“没错,当我知道我弟弟是被你害死的,我发誓要替他报仇。”陆军声音沙哑,听起来有些哽咽,“我弟弟才十六岁啊,你怎么忍心让他上船,他连游泳都不会! ”

“我招工,他应聘,他跟我说满十八了,你以为我想要他啊,是他一直不肯走求我用他,说家里哥哥上学等着用钱,我才好心收下他的。再者我根本不知道他不会游泳,谁知道就是那么晦气,他第一次上船就遇上了海祸。”

“哼,对,海祸,可据我所知,那海祸里应该死的不是我弟弟! 有人告诉我,陆明已经要登上救生艇了,是谁命令他不许登艇的,你要他去帮忙放下另一条救生艇,你明知道他没有海上经验,还竟然忍心夺了一个孩子的生路? ”

“那是我当时以为……我以为……两条救生艇足够大家都跑掉。”

“那你为什么不自己等着第二条救生艇,你是船老大,你应该最后一个走! ”

“那时候谁还想这个,我也有老婆孩子,我也想活命! ”

“哈哈哈……终于说实话了吧, 你明明白白知道遇上海祸,早一秒或晚一秒都能决定人的生死,那时候就是你,你把我弟弟送给了阎王爷。”

“没有，我没有，我从来没有想要害人，那真是一场意外。那之后，我不也赔了你们家一大笔钱？”

“对，你是赔了一笔钱，那笔卖命钱让我读完了研究生，有了来报仇的机会。你以为给钱就没事了吗？你这是谋杀，罪该万死！”

陆军对田家富又是一番拳打脚踢。李夏听不下去了，她打算上楼去，刚迈出一步却被人拉住。她一惊，回头发现是赵俊亮，才松了口气。两人对了个眼色，赵俊亮示意她继续听。

楼上，陆军又开口说话了。“我真没想到，你这人怎么这么命大，或许真是祸害遗千年，车祸没有弄死你，江豚的事也没能把你搞进监狱，看来我只有最后这一个办法了。”

“陆军，你千万别冲动，我知道我对不起你弟弟，我可以再给你一大笔钱……”陆军的话吓坏了田家富，可他还没说完就被陆军高声叱问：“给我钱？给我再多钱我弟弟能回来吗，你要我怎么忍心花他的卖命钱？”

“当时我真不是故意不管他，我真不知道他不会水。”田家富哭号着替自己辩解，试图想要打动陆军，“你当我真的没良心吗，那事之后我就再没上过船，每到你弟弟的祭日我就睡不安稳。”

“呵呵，那刚好，今天之后，咱俩都能睡安稳觉了。”陆军的声音不再像刚刚那么激动，李夏却越听越怕，楼上传来混乱的脚步声，她再也等不下去了。赵俊亮却不让她上楼。

“让女人冲锋陷阵，那叫什么事，我赵俊亮可干不出来。”赵俊亮小声说出自己的想法，“你去卫生间躲着，我刚刚已经联系了码头，他们应该派船出来了，我上去瞧瞧。”

李夏听这话虽感动，却仍有些踟蹰。斟酌了一下，她还是摇摇头。她在赵俊亮耳边说了几句话，赵俊亮终于松开手。

李夏一个箭步冲上顶层。果然，陆军已将捆绑了双手双脚的田家富拉到栏杆边。李夏急喊：“等等，陆军，请听我说一句。”

李夏的突然出现显然不在陆军的计划之中，他表情呆愣了一下，田家富的眼中却绽出希冀的光芒。李夏趁机连忙劝说，“你弟弟拼死拼活为你筹钱上学，他想看到的哥哥的美好未来绝对不是今天这一幕。你想想,你牺牲自己为弟弟报仇,值得吗?这就是你勇敢面对自己的结果吗?”

李夏这话似乎起了效果,陆军揪着田家富望了李夏好一阵儿,突然松开手把他推倒在舱板上,自己则颓丧地靠在栏杆上。李夏丢了一包烟给他,陆军抽出一根又扔给李夏一支。李夏趁他点烟的空赶紧示意田家富不要再开口刺激陆军。

一根。

两根。

三根……

陆军又如同昨天一样,闷头抽烟不说话。薄薄的烟雾中,天边烧起了火红的晚霞。李夏靠在游艇围栏上,仰起头望着那美丽的霞光,心下却不确定自己能熬过今晚,快乐迎接明日的朝阳。陆军不说话,他在想什么?不会是在想……怎么把她也给处理掉吧?

李夏觉得自己必须做点什么,可又不敢贸然招惹陆军,怕一个不小心就点燃了他的愤怒小宇宙。她于是唱起了昨晚的那首歌。然而,陆军似乎封存了他的感觉一般,面无表情。

李夏又搭讪说:“陆军,你一直觉得自己是个外人吧,是这个村子里的外人,也是这座城市里的外人,其实……说真的,不怕你笑话,我一直都觉得我也是这座村子甚至这座城市里的外人,虽然从户籍上讲,这座城市是我的故乡。”

这个话题似乎稍稍引起了陆军的兴趣,他转头望向李夏问:“你想说什么?想改变我的决定?”

李夏使劲摇摇头,说:“我尊重你的任何决定,只要你自己不后悔。但是这值得吗?田家富真的值得让你自毁前程吗?”

“如果这是唯一解决问题的办法,我愿意与他同归于尽。你以为我这些年好受吗,用着弟弟的卖命钱读书,我没有一天快乐过。”

“那也不一定非要用这么激烈的手段报复吧,事情都过了这么久,是不是……你今天的决定和昨天见的那个女孩有关?”

李夏似乎说中了些陆军的心事,他故意偏过头不看她,嘴里却接了她的话:“她是我以前在学校时候的女朋友,学长毕业的时候甩了她，只给她留下一把吉他，是我陪着她走出上一段感情的阴霾,但她是怎么报答我的,一出校门她就变了,马上提分手。我听人说她在绿会所做什么高级管家,什么管家能赚那么多钱,没几年她就买房买车了。”

李夏当然知道为什么绿会所的高级管家能赚那么多，但她并不想纠结这个,怕又刺激了他,只淡淡回说:“一个变了心的人,你还想着她干吗,你应该知道,这世界上还有别的人喜欢你。”

“你是说唐晓鸥?”陆军提起这名字竟笑得苦涩,他自嘲道,“如果她没有之前的遭遇,能看上我吗?她现在不过就是想抓上一根救命稻草罢了。”

陆军直白的分析,令李夏不知该怎么安慰他。她沉默了。好半晌。陆军突然主动开口:“李夏,你和我不一样,这世界就是这么不公平。咱俩打从出生开始,我就输在人生的起跑线上了。有时候我常常会怨恨我父母,既然他们没能力照顾孩子,干吗把我生出来受苦?像我这样的人,谈未来根本就是奢侈的,我没有后台也黑不下心,这辈子最多就是个平头百姓了,就算结个婚生个孩子,不过也是重复我受苦受难的老路。”

“你怎么竟是这些丧气话呢，我承认我家的条件是比你家好些,但是我一路奋斗上来也不是坐享其成,我不吃不睡做方案的日子只是你没亲眼见着罢了。这世界或许不公平,但是老天爷绝不是没给努力奋斗的人成功的机会。”

李夏说得有点激动,陆军却只是冷笑应对。“或许老天爷真给了这机会,但是他一定忘了我。凭什么我累死累活干了那么多,这镲儿塘的人还不认可。那么一点点错误,就把我的职务给降了,我要求调职到别处去,你知道上面怎么跟我说,他说村里不放人,他们也没办法。就是田家富搞的鬼,他有今天都是自己造的孽。好吧,他不让我好好活着,我就跟他同归于尽。”

“是我的错,都是我的错,只要你放了我,我什么都可以给你。陆军,你要是不相信,可以请李夏作证人,咱们白纸黑字写下来,我这次绝不骗人,一上岸立马兑现承诺。”田家富忍不住又替自己谋求生存的机会,却只换回陆军一口狠啐。

李夏皱起眉,试图寻找个更恰当的说辞打动陆军。想了想,她问陆军:“你不好奇我为什么在游艇上吗?”

“为什么?”陆军这一问实在敷衍,但李夏还是继续解释说,“我和赵俊亮准备出海看夕阳的,陆军我平日对你不错吧,我可真是误打误撞破坏了你的事,这或许也是老天给你的一次机会。”

李夏最后一句话显然引起了陆军的兴趣,他凝视着李夏等待下文。李夏见陆军已有所动,便说:“你和田家富的谈话我都听见了,你弟弟确实是受害者,但是后来你做的有些事也属违法,你想想家里年迈的父母吧,虽然你恨他们没给你好的生活,但是他们毕竟给了你生的机会,你努力了这么多年,你真甘心就这么放弃一切?如果你愿意给这船上所有人一条生路,我想有很多人会因此受益。田家富的妻女并没害人吧,他家小儿子才刚读小学而已。田家富制造了一个悲剧,难道你还要制造更多个,那将来他的孩子是不是还要去找你家的人报仇?”

“可我已经没有退路了,你知道,没有退路了。”陆军脸上显出挣扎。李夏立刻追说,试图摧毁他的心理防线:“只要活着,就有退路。你们的谈话我都录下了,并且上传到了网络硬盘,只要你调头回村,我想田家富肯定愿意与你签订一个协议,你有什么要求都可以提出来。”

依旧倒在舱板上的田家富立即附和。陆军却惨淡一笑,说:“对不起,李夏,太晚了,一切都太晚了。”

“为什么?我保证绝不向外人透露今天发生的一切!”李夏有点急了,她没想到陆军求死的心意如此决绝。

“仪表盘已经被我砸了,咱们回不了岸了,我今天出来就没打算回去。”陆军说这话时,声音低了许多,似乎不再一心求死。李夏暗骂他做得决绝,正沉默不知该如何应对,赵俊亮突然一个闪身扑倒陆军将他制服。

“陆军,对不住,上岸之前都得委屈你了。”赵俊亮不知从哪寻来了绳子,将陆军捆了个结实,又骂他,“你说你,瞎搞什么呀,至于搞成这样么，有什么难关过不去的，田家富再不好，他也是个人，就算他不是人，就是个猫啊狗的，你狠得下心直接往海里扔？你弟弟是死得冤，你这样为他死，不是更冤吗？哥——我一直当你是我哥，你这样我很失望。”

赵俊亮说得急，竟有些哽咽了。陆军突然哇哇大哭起来，像个讨不到糖的孩子。田家富喊赵俊亮帮自己松绑，却又被给了一脚。赵俊亮骂道：“你他妈是人吗，真给镲儿塘丢脸，海狼做不出你那事，咱不是从祖辈就立下规矩的吗，你是船主，你就应该是最后一个活命的。”

李夏管不了他们了，她奔去驾驶室，无比希望陆军说的是假话。然而，望着破碎的仪表盘，她的心凉了。她透过驾驶室的玻璃窗往天边望，夜幕已经完全笼罩了整个海面。

今夜，天幕真清亮，星星都闪烁得格外耀眼。李夏走回船头，却没心情看那些。她跪了下来，第一次如此虔诚地呼唤芦花娘娘。

“你在干什么？”赵俊亮不解李夏的举动。李夏望向被捆着的两人，淡声说：“你们放心，若今天能安全回村，我和赵俊亮绝不会多说半句。所以，此次此刻，也请你们和我一起期待神迹出现吧。我相信，娘娘会为咱们点灯的。”

赵俊亮十分干脆地跪了下来。或许是求生的欲望真在陆军和田家富心中燃烧得浓烈，他们都不再多话，默默挣扎着跪坐在船头乞求神迹。

海风，由清爽变成了刺骨。

海上夜，暗黑得可怕。

李夏瞪大了眼望着远方，期待能看见一盏指路的明灯。不知过了多久，当李夏终于快熬不住闭上眼时，她依稀看见了海那边渐渐亮起温暖的渔火。

哦，一定是娘娘点灯了吧！

她最近一直在努力做好事，不是吗？

李夏是在市区医院里醒过来的，海上太冷，她被冻感冒了，高烧了三天才渐渐好转。那天赵俊亮发出的求救短信很及时,飞镲会的几个小子开了一条船出海,本也不知道要到哪寻人,可那日真挺邪性,到天黑还没寻到人,他们都想回码头了,却突然发现船前方出现了一个小光点在晃啊晃,他们就一直朝着那小光点开船,最后竟真寻着了人。奇怪的是,他们凑近游艇时才发现艇上并没有亮着的灯。

李夏很愿意相信这是芦花娘娘为他们点了灯，那至少说明他们都还不算是大恶之人。她嘱咐赵俊亮一定要让出海的小子们对当晚发生的事封口。李夏住院期间，赵俊亮一直报告着事情的进展:田家富并没把事情闹大,而是给了那晚出海救人的小子们每人一笔封口费,嘱咐他们那晚的事绝对不可再提起;听说田家富还主动去问了陆军的想法,是想继续留在镲儿塘还是拿笔钱离开;陆军的最后决定是拿钱走人,临走这天,正遇上有孩子在海边垂钓意外坠海,他二话不说下去救人,捞上来才发现竟然是田家富的儿子。这阴差阳错的善举终于触动了田家富内心深处的羞愧，他恳求陆军留下来,他愿意出钱把他的父母接过来,代替陆明终生侍奉。

李夏回到村里时,陆军又恢复了村支书的职务,田家富自愿做回副支书。当她再次看见那条差点引她完成死亡之旅的白色游艇,忽然又想起了《水果篮子》里的那一番话:“人不是生下来就懂得温柔的,人出生时只知道食欲、物欲等欲望,换句话说,只是求生的本能,温柔是随着人身体的成长在每个人心中发育,也就是所谓的良心。所以每个人的良心也会随着人的不同而有不同的形状;所以温柔是每个人亲手打造的;所以人的良心是有形状的,我就常常在与人面对面的时候想,他的良心是什么形状?”

远处,又传来傻顺的号子声。他最近谋了个新活,正式被投资公司雇佣成了一个专业的喊号手。这也算是投资公司为那些辛苦工作在一线的建筑工人们提供的福利吧，工作需努力也需张弛有度。李夏走去西塘那边的工地,号子声越来越响亮,还有人齐声附和——

哥几个加把劲呀，
唉唉嘿呦哇，
谁也别偷懒呀，
唉唉嘿呦哇，
把钱往兜赚呀，
唉唉嘿呦哇，
媳妇笑开脸呀，
唉唉嘿呦哇……

接娘娘回家

故事名:《接娘娘回家的传说》
出处:镲儿塘民间传说
讲述者:螺姑
记录者:李夏

镲儿塘的人为啥非去景忠山拜娘娘呢,原来啊,这景忠山和镲儿塘的关系可不一般。传说景忠山碧霞宫的娘娘是镲儿塘去的。这个传说很有根有叶,在咱们这儿都知道。

不知是大明王朝的哪一代,皇太后有天夜里忽然做了一个梦。她梦见了未来的儿媳妇,就是以后的皇后,正在北京东南方向的某个地方,骑着龙,抱着凤,是一位非常美丽的少女。

皇太后梦醒后立刻传旨, 命太监率领人马往北京东南方向找人。这位太监巡访了好多地方,也找不到"骑龙抱凤"的少女,最后就到了镲儿塘村。可这村里他转了一大圈,还是没见着"骑龙抱凤"的美丽少女,他只看见一位头上生有秃疮的小女孩,正骑在一个墙头上,怀里抱着一只大公鸡在玩。太监心想,这个土墙不就像一条龙嘛,怀里抱着的那只公鸡不就是一只凤嘛,而且这里的方位也正是北京东南地带。于是就把这个小女孩带到了皇宫里向皇太后交差。

说也奇怪，这个头上生有秃疮的小女孩，经过皇宫生活的调理,秃疮很快就好了,满头乌发,长得如花似玉,成了绝代佳人,并真的当上了皇后。这个皇后可不一般,她为百姓做了很多好事,死后还被明朝皇帝封了神,并在景忠山上盖了寺庙让百姓供奉香火。于是自那时起,镲儿塘人就当这娘娘是自己村子的骄傲,每年都要去迎娘娘回家过年。甚至每隔几十年，就有村人去景忠山出家为僧,以终生侍奉娘娘。

李夏一直认为这是螺姑讲述过的关于镲儿塘的最不靠谱的一个传说。因为就连景忠山上的和尚也不知道在明朝时他们那里曾经受过那样的荣耀。在现存的文字资料记录里,最喜欢这座宗教名山的大抵还是清朝的顺治帝和乾隆帝。

不过无论真假,这世界上一切美好的缘分都该被珍惜。去景忠山出家当和尚的,镲儿塘三百年历史中确实有过几位,真名真姓对得上号,这个假不了。再不济,现下也还活着那么一位僧人正在景忠山修行,上次他们去拜山时李夏也见过。

一晃又快到阴历十月十五了,这是碧霞元君的元斋日,也是一年中规模最大的举行庙会的日子。许是上次的经历引起了景忠山那边的注意,这次庙会的筹办方早早发了邀请函,希望镲儿塘的飞镲会能够去共襄盛举。

赵有余特别吩咐村里几个巧手的媳妇按照老样子给飞镲会新制了几面会旗。萨米耶见那会旗花色十分特别,又见飞镲会竟为了表演一事加紧了训练,便觉得这次庙会与上次大不相同。她缠着李夏问究竟，李夏也解释不明白，只好找出以前记录的螺姑口述的《景忠山朝圣见闻录》，将老辈子人准备朝圣的种种行为翻译给萨米耶听,以显示他们对这事的重视。

十月十五是庙会开始举行的日子,过去交通不发达,提前好几天就得动身。据说,朝圣的人出发前三天必须要洗澡更衣,甚至连房事也要禁止。朝圣会这一趟走下来是要花很多钱的,凡属会务花的钱由集体公摊,也有由大户人家捐助的;但凡属生活费用,就需要个人自理了。

朝圣会一般在辰末巳初之时出发,临行前还要做一次隆重的拜庙仪式。举行仪式之前,镲神庙庙门大开,庙前锣鼓齐鸣,朝圣的人会陆续集中到庙里。朝圣会的会头见都来齐了,就从背上取下供在家里的神驾——碧霞元君的画像,画像要慢慢展开放在神镲殿的香案前,并用祭器压在顶端,使神像面朝众人。

祭拜仪式开始,善男信女们都要一齐跪在神镲殿殿前。磕头上香后,会头便走到祭桌前捧起神镲,走向殿外跪着的一众人,并将一对神镲举过头顶高喊:"一路平安,娘娘保佑。"跪在地上的善男信女也要跟着齐声随喊:"一路平安,娘娘保佑。"念后,再磕四个头,拜庙仪式就算结束了。

拜庙以后,朝圣的人要到会头家去吃饭,这叫摆会。镲儿塘的会头都是轮流当,为啥呢,就是因为摆会要花钱,没有实力可管不起这么多人吃饭。有的会人多,会头干脆就不摆会了。就是摆会的,也大都是准备些高粱米干饭,配菜不外乎粉条、豆腐、肉片白菜。

吃完饭,朝圣会就要出发了。如果是几个村联合办会的,出发前还要绕街,就是到参加朝圣会的各村去走一趟。据说最兴盛的年月朝圣队伍的顺序一般是这样:大锣开道,旗牌伞扇、斧钺钩叉先行,娘娘凤辇居中,辇后是鼓、钹,朝圣的人相随,跟着是花会,最后是车辆和送行的人。锣很大,有三尺高,需用两人抬一人敲。旗牌伞扇、斧钺钩叉和辇都是模仿皇后銮驾设计的。辇有大有小,小的需八人抬,大的需十六人抬,有人接替轮流着抬。临行时,神驾就放在辇内,有的朝圣会没辇,神驾就卷成画轴由会头背着,因此会头又叫神驾。辇后大鼓直径三尺,需四人抬二人敲,旁有大钹与鼓配音,声响如雷。镲儿塘村自己出会的时候,就要简单许多,主要是由飞镲会开道,会头及其他朝圣人等跟随其后。

会出得大的，还设有分会头。分会头背着一根擀面棍大小的黑漆木棍，也被叫做神棍。如果在路上有人犯了会规和禁例，就要用这神棍拷打。

古时朝圣的人又分为两种：一种是烧苦香的，一种是随会的。烧苦香的人，就是许了愿要去跟娘娘还愿的。烧苦香的都是男人，头上顶着画有娘娘像的纸马，并从脖后绕一细绳用嘴咬住，还要光着膀子于脊梁骨处背一马鞍，裤腿儿也要卷起半截，光着脚丫不许穿鞋。顶纸马自然是表示对娘娘的崇奉，嘴里衔着的细绳代表马嚼子，光膀子光脚丫表示牲畜不穿衣裳，背马鞍子则表示自己是地地道道的驴马。这一切都是为了说明自己在娘娘面前甘当牲畜，对娘娘的心是无比虔诚。至于随会的，除了遵守会规、禁例之外，就不那样打扮了。这些人大多家里无灾无难，上山朝圣不过是求得今后平安无事，也有的是为了看热闹才去的。

朝圣之路有两百多里地，即便是古时候，人们也不能一步步走去，尤其还有一部分随会的小脚女人，同时也为了载人们携带的东西，一般朝圣会最后都会跟着几辆铁木轱辘大车。队伍出村走了一段路后，送行的人便要陆续返家了。这时候烧苦香的便穿上衣裳，朝圣的人都坐上车辆。辇也不抬了，放在车上拉着，只有路过大村大镇，需要热闹一番时才由人抬着。凡路过商家门口，老板必亲自出门应酬，鞠躬作揖并摆放糕点、香烟、茶水供队员享用，以示感谢。有的还馈赠钱财做资助。

朝圣会的行走路线大都是固定的：从镲儿塘出发，经宁河县芦台、汉沽农场陡沽至丰南县北傅庄、王兰庄、胥各庄，再经丰润县车轴山、遵化县铁厂到迁西县三屯营，过了三屯营就到了景忠山下。

李夏当时记录螺姑口述时觉得有趣，还曾经从网上搜到了一份新中国成立前的老地图给螺姑瞧。螺姑指着地图上的一些地标，那些地球上真实存在的城市村镇，有的已经数次更名，有的还在使用原名，而镲儿塘朝圣会在路上经历的种种，依旧被螺姑津津乐道。

比如，朝圣路上见庙烧香遇佛下拜，是一定要按当地习俗来办的。到了丰南县北傅庄的药王庙,一定要拜干瘪和尚,否则半路定要翻车。传说这干瘪和尚名叫来秀,法号涵宏,原是明末的一个进士,清兵占领云贵之后,就从云贵家乡北上隐蔽在北傅庄药王庙当了和尚。他佛心虔诚,自知要成仙成佛。他对小和尚说,哪一天他身上着了火,千万不要惊慌,只要用清净水浇他的身子就行。谁知到了着火那天,小和尚们先浇清水,后来清水不够了,浇了一盆泔水。来秀和尚就这样没能完全炼成金身而成了一具干尸,被供在庙内,很受附近人们的崇拜。

而到了丰润县车轴山村,则要"浇龙"。据说不"浇龙"就会遇祸,半路不是折车就是掉轱辘。所谓"浇龙"就是给村北的一个石头蛟龙的龙嘴上抹油。螺姑说,其实这石头蛟龙也不是龙的形状,五尺多高,倒很像一只蹲着的毛兽。

走到遵化县铁厂村,飞镲会就更是不能过而不入了。那里的人喜欢打法鼓,各种各样的套数都打得极为精彩。每每路过,镲儿塘的飞镲都要和铁厂村的法鼓斗上一斗,常常是招引来成千的村民和过路客。

过了三屯营,就到了景忠山下。庙会期间山下有许多店铺是专门接纳朝圣人的,其中有个王家店,是镲儿塘人的下脚处。王家店只要付了店钱就管吃管喝,食物也就是些大白薯,可镲儿塘不产白薯,所以人们都爱吃。

镲儿塘人大多白天登山,飞镲会每到一处茶棚便要飞上一番。烧苦香的自然又要把自己打扮成牲畜模样,衣裳由雇来的当地人挑上山去。

碧霞元君殿堂里香火昼夜不熄,和尚在那里整日迎候着香客。镲儿塘的飞镲舞到元君殿前时,定是要先飞上那段"飞钹三曲",然后由会头带领飞镲会成员敬香,之后其他朝圣的人才可进殿磕头许愿祷告。镲儿塘人向娘娘献供的,一般都是手工制作的小木船儿。人们也可以根据自己的财力,准备一些银子、铜钱、币钞投入条案上的香碗里。

庚寅木年，十月大，十五日。

宜：祭祀、交易、收财、安葬。

景忠山庙会在九点有个开幕仪式，飞镲会要进行表演。怕耽误了人家的吉时，镲儿塘的朝圣会凌晨五点就发车了。一路走得十分顺畅，飞镲会也成了抵达开幕仪式现场的第一个表演队伍。

直到景忠山下，萨米耶还在跟李夏抱怨。她觉得很遗憾，倘若镲儿塘人能走百年前的朝圣路，这一趟朝圣之旅定会更有意义。李夏也知道那样极好，可村里有村里的考量，这几车人拉出去人吃马喂的可是不少花钱，尤其现下这个年代，上个公共厕所都得收费。重走朝圣之路所需不菲，尤其现下已不同百年前，路修得四通八达了，真要循着原路走，真不知会遇到什么情况才能抵达景忠山。说回来，还是表演重要啊，总不能误了正事。

萨米耶耸耸肩不置可否，就一个人背着相机登山去了。李夏决定留下来看表演。虽说这飞镲会的各种阵势她看了不下百遍千遍，自己也已经完全卸下了在镲儿塘的所有职务不必再为飞镲会操心，即使只做个欣赏者，她还是爱看这群风里来浪里去的小子们肆意野性，任响铜镲释放他们对人生无尽的热情。

表演一如以往，受到了观众们的热烈追捧。为突出镲儿塘渔村特色，开幕表演特地选取了“哪吒闹海”、“蛟龙弄潮”、“娘娘点灯”三阵。

小赵阳扮上了哪吒，一对特制的小小响铜镲舞在手中，颇有些少年英雄的模样。已是吸引了现场所有人的瞩目，被摄像机和摄影机一劲儿追逐着。许是跟着赵俊辉见过不少大场面的缘故，这小小人儿对长枪短炮倒是一点儿都不憷头。

“蛟龙弄潮”则是一水的男子汉，镶水蓝浪花滚边的白绸布衫裤映着一个个被海风磨砺得黝黑的脸，人们围在场外几乎只能看清他们手中飞旋的五色彩绸。

下一场，就是“娘娘点灯”这阵了。一身红衣的陈美美在李夏身侧候场，一会儿的表演她是主角，这也是她第一次参加大型表演，她看起来很紧张，一直不停地来回踱步。突然，她拉住李夏的手说：

“李夏姐姐,怎么办,我紧张,打坏了怎么办?”

李夏反握住她的手,在她耳边悄悄说了几句,陈美美表情紧张的脸上终于绽开了笑。轮到她上场了,果然如李夏所料,陈美美镲点一开,判若两人。

“娘娘点灯”阵顾名思义,讲的是护海娘娘海上救人一幕。用飞镲表演讲述故事实属不易,为了增加观赏性,编这阵势时李夏可真没少动脑子,甚至还把赵有余拉进来表演,并头一次使用了可升降、移动的道具渔船。在这阵里,穿白绸布衫的小子们化身为滚滚海浪。茫茫大海上,一艘小木船迷失了方向,只能被海浪推着走。船上,一黑衣老汉击着飞镲向护海娘娘求救,形单影只的飞镲声却几乎被海浪的鸣响淹没。当他几乎绝望之时,一红衣少女劈浪而来,与汹涌“海浪”一阵搏击,终于跃上船头高提起一盏鱼形皮灯。瞬间,汹涌“海浪”围在渔船四周化成了一朵金莲花,盛开在海上。

响铜镲摆出的金莲花造型在阳光的照射下反射出金灿灿的光芒,照得李夏看不清观众的表情,但耳畔传来的如雷掌声已然证实了这次表演的成功。

李夏舒了一口气,其实她内心里也有点小小的紧张。她承认,她提议编排这阵是存着那么一点点小私心。据说镲儿塘在古时,女人是只能看镲不能摸镲的。但是,若不是几代镲儿塘女人保护着神镲,又口耳相传地一代代讲述着那些传说故事,镲儿塘岂会还是今天的镲儿塘?

“镲儿塘的女人们都是芦花。”李夏现在终于有点明白螺姑临终前说这句话的意义了。在镲儿塘,女人们永远要守着那片堤岸,守着家,守着庙。无论是充满希望地守着,还是绝望地守着,这片海岸都因她们而生生不息。

一如江金满、江银满两姐妹,一如唐国翠、马三姑,还有不再好高骛远的唐晓鸥。她在古塘开张营业卖祖传的“八大馇”手艺了,可买可教,只有最绝密的配料需买现成的。听说有些饕客吃惯了嘴,定期就会下单订购。唐晓鸥干脆开了个网店,以便与外地的客商交流。唐晓鸥终于原谅了唐大鹏,她还劝说去城里打工的哥哥回来帮忙,唐大鹏确实又回来了一次,却是故意以厂人事代表身份到村里招工。不过,他没再反对陆军和唐晓鸥恋爱的事,似乎不再幻想妹妹能嫁入豪门。

有时候李夏真是羡慕唐晓鸥的洒脱,比如现下,她一点都不忌讳别人的眼光, 十分亲昵地搂着陆军的胳膊, 两人边走边笑咬耳朵。她也想拉了赵俊亮找个清静的地方一起说说话呢,陪萨米耶在镲儿塘过完年,她就要出发去非洲了。这次回去,她大部分时间都要留在市区筹备出国的事。他们能在一起的时间不多了。虽是这样想着,李夏还是十分理智地没有打扰赵俊亮,因为按照传统,飞镲会还要在三道茶棚和碧霞娘娘殿前表演。

飞镲会行至二道茶棚时,已尾随许多爱看热闹的香客。李夏默默退在人群后面,安静地充当着观察者。突地,视线和一个人胶着。李夏朝站在龙缸前的田家富笑笑,他回了个笑容,便又和身边的一对老人讲着什么, 那是陆军的父母。田家富真将他们接到了镲儿塘,并视同亲生父母般赡养着。

田家富突然就这么变了,变得热心村事,变得慷慨大方,真正变成了传说中的致富领头人的模样。据说今年过年错季养殖的河海两水混养大虾就要上市了, 这是田家富带领养殖合作社一起实验的新项目,仅这一项就能为村里带来十分可观的收入。

有时候李夏不禁猜测: 究竟是海上遇险的经历使田家富明白了因果报应的可怕?还是陆军救了他家的命根,他由衷地理解了人性温暖的可贵价值?

飞镲会这一番“八仙过海”打得极好,纵使八人分散在人群中竟也能各司其职,并没像上次一样乱了镲点。飞镲会进庙拜过后,镲儿塘的香客们才鱼贯进了殿内祭拜。许是正日子的缘故,今天香客特别多。李夏从外望去,殿内虽挤满信众却秩序井然,大伙都自觉排队,有些人等不及了就干脆跪在地上。李夏突然又发现了一个有趣的事, 即使是平日里的泼赖户在她的信仰之地也不会撒泼使混呢。

人真的需要有所敬畏！正感叹着，李夏突然被人拉走。回神一看，是赵俊亮。他也不说话，直把她拉到大殿后山。李夏一看见那两棵松树就明白了，却故意假装不懂问："你拉我来这干吗？"

赵俊亮也不啰唆，掏出两把铜锁，递了其中一把给李夏。李夏仔细看看，上面是刻了字的，竟是她曾经跟萨米耶提起的那首古诗。她稍有些惊讶地抬头望向赵俊亮问："是萨米耶跟你打小报告了？我都不知道你英语水平提高得这么快？"

赵俊亮倒实在，笑着承认是袁天乐帮忙传达的。李夏故意闹他，一边挂锁一边威胁说："那你要赶快提高一下英语水平，是你自己说的，你要越来越强，我决定以后给你发邮件只用英文。"

"别别别，你总得给我一段学习期吧，你要真把我逼急了，咱俩就只能是画图为信了。"赵俊亮将自己的铜锁挂在李夏的锁上，回身突然搂住李夏，在她脸上偷了个香。李夏轻轻推了他一把，才接话说："我看画图不错，我画了作品直接拍下来传给你，写信的工夫都省了。"

"行行行，我知道你是为我好，我一定认真把英语学好，这总行了吧。"赵俊亮做投降状，又嘟囔说，"不知道是谁说的，还是咱们中国的文字最好看，最有美感。"

李夏还想斗嘴，赵俊亮又从口袋里掏出个东西，立即令她止住了话音。她明知故问："这是什么？"

"响铜镲片，千万别告诉我你不认识。"这次换赵俊亮耍嘴皮子了，他试图掩饰心里的紧张，甚至害怕李夏的拒绝。

"送我的？"李夏再次确认，她拿过一对只有方寸大小的镲片仔细观察着：每个镲片镲肚凸起的一面上都雕着浪花纹；镲肚凹下的一面则刻了字，仍是那首诗，正如同那对同心锁一般，一支镲片上只有半首诗。

赵俊亮轻轻念起上面的字："君生我未生，我生君已老。君恨我生迟，我恨君生早。君生我未生，我生君已老。恨不生同时，日日与君好。"

赵俊亮念完，李夏眼睛已经有点酸了。她夺过赵俊亮拿去的那片响铜镲，说："一人一片吧，这片送给我。"

"这本来就是送你的那片。"赵俊亮笑着从口袋里掏出皮绳，从镲肚上的小孔穿过，小小的响铜镲片瞬间就变成了一个别致的项链。赵俊亮也不多话，直接就帮李夏戴在了脖子上。

李夏抚摸着胸前的小镲片，突然故意刁难："是你亲手打制的吗？不是亲手打的我可不要。"

"当然是自己亲手打的，要让这么小的镲发出好听的声音真不容易，我弄了一个多月才搞成的。不过我承认，在上面刻字太难了，最后还是找了外面的人用机器刻上去的。"

赵俊亮说着，又拿出根牛皮绳系在另一个镲片上。李夏整个人都好像被泡在蜜罐里了，她笑着拿过赵俊亮手中才弄好的项链，一边帮他戴在脖子上一边小声在他耳边呢喃着这诗的下半首："我生君未生，君生我已老。我离君天涯，君隔我海角。我生君未生，君生我已老。化蝶去寻花，夜夜栖芳草。"

"你要是不回来，我就真的到处去拈花惹草，别说我没警告你。"李夏刚深情款款地念完这诗，赵俊亮就给出这么一句。

李夏哭笑不得，干脆直接搂上赵俊亮的脖子，狠狠地吻他的唇。在这充沛着爱和希冀的地方，有什么比亲吻更好的表达方式吗？

此刻，他们恨不得吻到地老天荒世界末日去。

一分一秒都不分开。

小镲片挂在了脖子上，李夏心思终于沉静了许多。飞镲会去了三道茶棚打镲，李夏在二道茶棚遇见陪着小赵阳来参加活动的童美，便主动过去带走了小赵阳。她想帮童美制造些机会，童美和赵俊辉这对前任夫妻已经暧昧了很长一段时间，或好或坏就差那么一个恰当的时机挑明一切，或许今天正是时候。

可惜的是，童美似乎仍未能把握住这次机会。许是家庭的变故使她由自傲变得自卑，她做事总是缺乏一种勇往直前的勇气，而赵俊辉似乎也不想主动示弱。

折腾了大半天，终于踏上回程。萨米耶不死心地又提起重走朝圣路的事，李夏想着这事也有些心痒，便跟赵有余和村委会几人商议。最后还是司机打包票说这些路他都熟，可以先走一段，实在不行就上高速，一众人才下定决心走走看。

车一驶上朝圣路线，赵有余的表情就突然严肃了起来，他一直扒着车窗往外瞧。赵俊亮倒很兴奋，见着一个村子就问他爷爷以前去没去过，赵有余却是一劲儿摇头。李夏知道赵有余只在十三岁时曾跟随飞镲会一起走老路线去过景忠山，可过了这么多年，即便是同样的村子，也大不相同了吧。

客车又经过一个村子了，赵有余仍是一副陌生表情，赵俊亮却忍不住喊了司机停车。李夏不解地问："看这村子像是新建的，又不是老村，为什么在这表演？"

"为啥一定要找老村啊，看看这名字——芦儿塘村，跟咱村只差一个字，这就是缘分！我先去探探路，你们在这先歇一会儿。"赵俊亮说完就径自奔下车。赵有余起身想跟着下车，可琢磨了一下又落了座。李夏见比情形知他是有心考验赵俊亮，可还是不放心，随即叫上陆军、田家富一起下了车。

陆军提议先找村委会，问问人家村支书的意见。一众人来到村委会，许是赵俊亮表达未清，芦儿塘村的村支书竟支吾了好一阵儿才说："表演嘛，不是说不行，但是你们突然来，我们这儿可什么都没准备。"

听这话，大伙立刻明白了他的心思。陆军急忙笑着解释："您放心，我们不收费。我们村的飞镲会刚从景忠山下来，以前我们那儿有个习俗，去景忠山的路上遇到村子都得打一场镲，和当地的百姓一起乐呵乐呵。"

田家富接着说："我们不勉强您，要是不让打，咱们就走了，绝对不给您添麻烦。"

李夏一直未说话，观察着众人。眼前年逾半百的村支书脸上渐渐清明了起来，他突地恍然喜道："我记得我爷爷那时候，有个飞镲会每年都要在村里打一场，不会就是你们村吧？镲儿塘，对，就是叫镲儿塘！”

“对，我们就是镲儿塘来的。”赵俊亮又扬起他那张电力充沛的笑脸了。他们终于获得了表演许可，赵俊亮立刻打电话给爷爷让司机把车子开进村来。

村支书带领他们一路从村委会走到村民广场。边走边介绍着这些年村里的变化。这显然是个富裕的村子，家家都有小二楼，还修了一个极漂亮的村民广场。陆军问那村支书：“你们村这么富裕，支柱产业是什么呀？”

“卖墓地，也发展旅游。”村支书说这话时透着一股子骄傲，陆军和李夏悄悄对了个眼神，两人都忍住笑。

大喇叭里开始播放观赏飞镲表演的通知了，无论现代科技手段多发达，在村子里用大喇叭放送消息显然还是最便捷有效省钱的方式。村人们陆续走到广场上来了，飞镲会也正在准备表演事宜。

李夏站在广场一角，拿起相机等待需要记录的那一刻。她莫名觉得这一刻很重要……突地，有人拉了她的衣角。李夏回身一看竟是小赵阳，他一副不高兴的模样说：“我不想表演了。”

“怎么了，谁惹咱们的小哪吒不高兴了？你用风火轮打他。”李夏逗弄小赵阳，却没有效果，赵阳还是嘟着小嘴耍脾气。李夏于是摆正了态度，认真问他，“好吧，我认真听，你跟我说说，为什么不表演？”

“我没有心情表演。”这么老成的话，亏他说得出口。李夏忍住笑，耐心又问：“那究竟是什么事让你没心情表演了呢？”

“你觉不觉得，我妈特别笨。”李夏不解，只望着赵阳鼓励他继续说，赵阳似乎有些犹豫，李夏拉着他寻了个石凳坐下，好半晌他才小声说，“我爸妈是不是不会再结婚了？我不想要后爸，也不想要后妈。”

听了这问话，李夏猜测赵阳可能是在景忠山上听见她和童美的谈话了。可是这种事要怎么跟孩子说呢？李夏沉吟了一会儿，突然觉得不如就利用这事刺激两人一下。于是她和赵阳决定演一场戏。

赵阳罢演的事，自然是把他的一对父母都吸引了过来。李夏将他们带到背人的地方说话，又故意让小赵阳说出心里话后哭着跑走。童美想去追孩子，却被李夏拦住。李夏问："你们知道赵阳为什么小小一个孩子脾气就常常阴晴不定吗？"

赵俊辉和童美显然被问愣了，或许他们都没意识到这问题。李夏见两人不语，继续骂道："就是因为你们两个，你们让他感到不安，让他老是害怕，害怕有一天爸爸妈妈突然都没了。你们两个成年人，也老大不小了，感情的事真有那么难抉择吗？自己看着办吧，要断就断干净，别老给孩子希望，希望越大失望越大，赵阳年纪小受不了这个。"

李夏说完，甩下一句"我去找赵阳"，就故意气呼呼地走掉，把谈话空间留给两人。飞镖表演快结束时，李夏和赵阳才见两人由暗处走出来。他们脸上的表情看起来都轻松了许多。赵俊辉朝赵阳招招手，赵阳跑过去，两父子说着什么。不一会儿，赵阳脸上终于漾开了笑。

赵阳一手牵起童美，一手牵住赵俊辉，这一家人雄赳赳气昂昂地朝李夏走过来。直走到李夏跟前，赵俊辉才说："我们决定再试一次，我想我们全家都欠你一声谢谢。"

李夏急忙摆手拒绝："别别，我可受不了这么温馨的场面，你们要浓情蜜意就一边凉快去。"

童美被逗笑了，她在赵俊辉的示意下带着孩子先离开。赵俊辉又问李夏："听说你已经决定去非洲了？"

"嗯，年后就出发。"

"你这女人，心太野了！别忘了给我寄明信片。"

"羡慕我吗？"李夏听出了赵俊辉话里的遗憾，故意逗他问。

"想听真话还是假话？"

"先听假话好了。"

"祝你一路顺风。"

"真话呢？"

“保持联络,还是好朋友。”

赵俊辉说这话时格外真诚,李夏真庆幸自己当初的选择。倘若当初她选择和赵俊辉成为恋人，现下大概也只是留下一段情伤而已吧。赵俊辉这样的男人，需要的妻子终究还是宜家宜室的那一款。

宽阔的广场上,镲点越来越急了。李夏知道,飞镲会已飞至第三番,准备亮相结束表演了。

正这时,鼓点镲点一齐收音。围观的村民大声叫着好,他们不吝掌声,正如同飞镲会的小子们不吝热情。

春记

一网金，
二网银，
三网打个聚宝盆，
四网打个『铜罗』群，
五网拉个蚶、蟟潾，
六网虾、蟹满仓盛，
网网船船都不空吻，
满船载着返家门，
娘娘保佑好年成，
来年为娘娘庙镀金身。
——撒网喜歌

再给娘娘送盏灯吧

标题:镲儿塘圣徒记之再给娘娘送盏灯。

亲爱的各位,虽然我已经离开了镲儿塘,飞赴地球的另一端,但我的心好像还留在镲儿塘。听镲儿塘村的帅哥村长赵俊亮说,今天要在古塘的点兵场举行元宵节灯会。虽然身处世界的另一端,不能亲身参与,我还是忍不住想卖弄一下。

哎,我还有啥可卖弄的呢,螺姑和满婆讲给我的那些老事也都倒得差不多了。我就来说说今晚头次再登场的“秃子会”吧。

元宵节除了看灯猜谜,民间花会自是不可或缺的。秃子会在镲儿塘比飞镲会出现得更早。顾名思义,表演这会的人都要扮成秃子表演。为啥要如此扮丑呢?据说古时候镲儿塘远离河口缺乏淡水,盐碱地又难长蔬菜,于是好多村民生下来就头上生疮。当地也流传着这样的顺口溜——

镲儿塘呀几十家,糠菜饽饽烂鱼虾;

丈夫吃了出海去，妻子烧香保佑他。
苦咸水呀喝个够，生个孩子没头发；
风浪无情索人命，男的女的苦不煞。

每到春节，各村都要出花会。话说有一天，村里长者把大伙叫到一块儿商量出会的事。你一言我一语地出主意，不知是谁就来了一句“咱们这秃子多，干脆就出秃子会，保准人们瞧着新鲜。”一众人都觉得这主意可行，便分头去准备。

村里能人真不少，他们找来猪尿脬，在上面刷上油，再撒上白粉子，又粘了几根染了黑色的麻条，戴在头上。八人一组，三组二十四个人，踩着咚咚嚓、咚咚嚓的锣鼓点，扭着花步，有节奏地抓头套上的白粉子，白粉子边抓边掉，一路上就像是雪花飘落。果然逗得看会的人们哈哈大笑。

满婆说：据老人们讲，秃子会并非只是取乐的噱头，它也有实在的意义，代表着镲儿塘人希望神灵能够保佑下一代不再秃头。

镲儿塘的秃子会直到新中国成立后才告终止，因为渔民生活条件越来越好，大人小孩都不再秃头了。而今天镲儿塘人又重新办起秃子会，是为了纪念曾经历尽艰苦的祖先们，也是为了告诫后人要知福安乐。

呵呵。

越来越发现，讲故事是一个很令人快乐的活。难怪螺姑那么喜欢。还听到几个关于镲儿塘的消息，在这里八卦一下：村里开始修复鱼骨庙村的宝辇了，听说最近很多鱼骨庙村的村民跑到镲儿塘来打工，他们把宝辇的事说给以前的村人，于是又有老人捐出了保存在自己手里的宝辇配件；村委会正通过陈县长的协调，与周边的农业村一起搞旅游套餐服务；赵俊亮招了一批大学生给自己打工；村支书陆军和唐晓鸥已经筹办婚事了……

听起来都是喜事，只是还有一个关于镲儿塘的谜，我还没有解开。螺姑去世时曾留给我一张白纸和一枝芦花。那张白纸，难道她是让我用来写——我和镲儿塘的故事？

我和镲儿塘的故事呀，我可能要用一辈子去写吧。至少，现下的我仍期望着、努力想要将这故事续写下去。

我相信！

十分相信！

特别相信！

绝对相信！

我和镲儿塘的故事并不会到此剧终。

亲爱的螺姑啊螺姑，那个你为镲儿塘讲述的最后一个故事，我还从未对人讲起，或许现在正是时候。

《娘娘二点灯》

出处：镲儿塘民间传说

讲述者：螺姑

记录者：李夏

镲儿塘几个大姓家的族长自从知道是镲儿塘船队在海上害了邻村人的性命，就合计在村里开设一间学堂。大字不识上哪明理去？兴许这招真的奏效，镲儿塘人不论贫富都可到学堂读书识字后，村人的野劣之气果然都收敛了许多，待人接物越来越谦和。

又过经年，当时害了邻村人性命的船老大已是满头白发。这些年不能出海捕鱼，镲儿塘村甚为凋落，全村人大都只能靠煮盐为生。

镲神庙失了神镲，再无人来拜。这年南方大水、北方战乱，大批难民拥入镲儿塘，村长思虑再三，还是决定将难民安置在镲神庙暂居。各家各户不需硬派，便主动拿出自家的口粮分给这些遭难的陌生人。有愿意留此居住的，大伙也都帮忙量地搭屋。

时至春节，村里各家各户都把能吃的东西拿了出来。村长将村民和难民聚集到一起，分喝一碗酒，分吃一碗粥，一同唱歌跳舞苦中作乐。交子时分，一众人来到海边打起飞镲为娘娘送灯。木船入水，竟行出甚远，直到消失在海天相接处。

这好兆头已许久未见，众人才兴奋，海上忽然亮起一道金光。

芦花出现了。她手执飞镲笑着说道："这些年不能出海自是苦了大家，但这并非是大家的劫难，而是碧霞娘娘替大伙跟龙王求来的福分。前些年镲儿塘向龙王索了太多鱼货，龙王本是大怒要发难淹了这地界，惩罚你们的贪婪，是娘娘求情才改为薄惩。恶有恶报，善有善报。现下娘娘看见你们知错能改，便又派我来重掌渤海神灯。还望各位乡亲经此一劫后能善待渤海，千万不要绝了子孙的后路。"

芦花说完，扬手飞出神镲。只见神镲如流星一般射向镲神庙所在位置，那里顿时灿如白昼。

镲儿塘村一带海域从此风调雨顺。